散文：觉醒年代

周闻道 编著

天津出版传媒集团
百花文艺出版社

图书在版编目（CIP）数据

散文：觉醒年代 / 周闻道编著 . -- 天津：百花文艺出版社，2024.6

ISBN 978-7-5306-8810-6

Ⅰ . ①散… Ⅱ . ①周… Ⅲ . ①中国文学—当代文学—文学评论—文集 Ⅳ . ① I206.7-53

中国国家版本馆 CIP 数据核字 (2024) 第 106492 号

散文：觉醒年代

SANWEN：JUEXING NIANDAI

周闻道　编著

出 版 人：薛印胜
责任编辑：魏　青
装帧设计：書點文化
出版发行：百花文艺出版社
地址：天津市和平区西康路 35 号　邮编：300051
电话传真：+86-22-23332651（发行部）
+86-22-23332656（总编室）
+86-22-23332478（邮购部）
主页：http://www.baihuawenyi.com
印刷：四川科德彩色数码科技有限公司
开本：787 毫米 ×1092 毫米　1/16
字数：357 千字
印张：23.75
版次：2024 年 6 月第 1 版
印次：2024 年 6 月第 1 次
定价：89.00 元

如有印装质量问题，请与四川科德彩色数码科技有限公司联系调换
地址：成都市郫都区成都现代工业港北片区港北二路 551 号
电话：028-88451797　邮编：610021

从『文以载道』到『文以在场』（代序）

在场主义有两个关键词：散文性与在场精神。前者说的是散文的本质特征和身份识别，旨在把散文与其他文体区别开来；后者是在场主义的审美本位和写作追求，旨在把在场散文与其他散文区别开来。两个区别，不仅让散文从此结束了身份不明、界限不清的混沌，成为与小说、诗歌、戏剧等量齐观、拥有独立文格的文体；而且让中国传统的以“文以载道”为核心的文学担当意识，获得了价值回归与精神重振，赋予了散文鲜活的时代意义。

“在场性”（Anwesenheit），是德语哲学中的一个重要概念（传统英语表达为：be on the scene），现已为整个西方当代哲学所接受。在康德那里，“在场性”被理解为“物自体”；在黑格尔那里，“在场性”指“绝对理念”；在尼采思想中，“在场性”指“强力意志”；在海德格尔哲学中，“在场性”指“在”“存在”。到了法语世界，“在场性”则被笛卡尔翻译为“对象的客观性”。“在场”（Anwesen）即显现的存在，或存在意义的显现，或歌德所说的“原现象”。更具体地说，“在场”就是直接呈现在面前的事物，就是“面向事物本身”，就是经验的直接性、无遮蔽性和敞开性——而“澄明”是通往“在场性”的唯一可能之途——只有“澄明”才能使“在场性”本身的“在场”成为可能。而欲达致“无遮蔽状态”，只有通过“去蔽”“揭示”和“展现”。

在场主义认为，在场精神主要有五个维度：精神性、介入性、当下性、发现性、自由性，核心是介入担当。因此，在场主义把在场精神作为作家的存在底线，把散文性与在场精神的完美融合作为作家追求的艺术高线。

现代文学的介入（concern）观，是法国存在主义哲学家萨特于 1945 年提出的，而且是直接针对散文说的。但萨特的介入总体上是不纯的、前后矛盾的、混沌的，与政党政治纠结在一起。后来，原型批评的主要代表、加拿大文学理论家弗莱也在他的文论中引入了介入思想，认为“介入是文学的大法典”。法国新哲学派的领袖人物贝尔纳·亨利·列维这样为萨特辩解：“文学介入是自然而然的、自发的，而且从某种意义上说，是不言而喻的。”因为“文学是用文字写成的，这一事实必然会导致文学的介入”。因此，萨特说：“‘介入’首先意味着：意识到话语的力量。”在场精神的核心是介入。

作为文学的介入，是依靠语言来实现的。呈现存在的意义，传达世界的终极价值，都离不开语言。在场写作尊重语言、依靠语言、敬畏语言，相信语言的力量能够全面地、彻底地“直指人心”，语言甚至是全部的答案。萨特说：词语高于一切。纯粹的介入肯定语言形而上的力量，是自由与约束，揭示、批判、否定与真实、善意、构建的统一。在场的介入观，要求作家不为浮尘遮望眼，走出狭隘的小我和封闭的个人内心世界，介入现实、关注当下、体察苦难，把话语的力量指向国家的、民族的、人民的当下关怀。其本质是文学的担当，在中国传统文化中有深厚的土壤。

担当意识、忧患思想，一直是中国传统文化的重要精神风骨。司马迁记史，“述往事，思来者”，可以说是一种自觉承担。“前不见古人，后不见来者。念天地之悠悠，独怆然而涕下。”当我们朗诵唐陈子昂《登幽州台歌》时，体会到的无不是作者的担当豪气。可以说，从“文以载道”到“文以在场”，正是在场精神或文学的担当意识成为历史流变的水到渠成和必须结果。

文以明道。中国的“文以载道”思想，早在战国时的《荀子》中已露端倪。荀子在《解蔽》《儒效》《正名》等篇中，就提出“文以明道”。用《老子》的《道德经》来解释，道就是天地万物的基本规律；德就是这些规律的表现和意义。汉代的扬雄，宋代的欧阳修、周敦颐、苏轼等，对此都有重大发展完善。刘勰《文心雕龙》第一篇“原道”对此说得很明白：“心生而言立，言立而文明，自然之道也。”就是说，人看到了万物生发的表现，悟到了一些规律（道），自然会在心里产生反应，文就是把这些反应呈现出来。道与文，如影随形，自始难分。

文以贯道。是中唐时期韩愈等古文运动家提出的。韩愈的门人李汉在《昌黎先生集》中说：“文者，贯道之器也。”贯，象形，从毌（guàn）、贝，像穿物之形。本义为穿钱的绳子，“都内之钱，贯朽而不可校”（《汉书》），后引申为“贯穿”“贯彻”“贯通”之意。《苍颉》会意曰：“贯，穿也。”“贯道”，意指文章应贯穿道的思想，是在“知”基础上的“行”，是对“明道”的进一步发展深化。“文以贯道”中的“贯”，兼具“彻”“穿”“通”之意，是韩愈等对文学功能的理解。

文以载道。是宋代古文家韩愈、周敦颐提出来的，指文章是来传播道的，能“载道”的“文”才是好“文”。周敦颐在《周子通书·文辞》中说：“文所以载道也，轮辕饰而人弗庸，徒饰也。况虚车乎？文辞，艺也；道德，实也。美则爱，爱则传焉。贤者得以学而至之，是为教。故曰：‘言之不文，行之不远。’”他认为，写作文章的目的，就是要宣扬儒家的仁义道德和伦理纲常，为封建统治的政治教化服务；评价文章好坏的首要标准是其内容的贤与不贤，如果仅仅是文辞漂亮，却没有道德内容，这样的文章是不会广为流传的。

在中国漫长的封建社会中，几乎实行的都是科举选才治国制度，在传统文化中把文章的社会功用和担当看得很重。无论杜甫的“文章千古事”，还是曹丕的“盖文章，经国之大业，不朽之盛事”都是明证。文与道的思想贯穿始终，影响深远，尤以“文以载道”最甚。“道”是目的，是文的功能体现；而“明”“贯”“载”则是实现目的的途径，或语言的介入方式。这既体现了变的规律，也决定了其历史局限性。首先是“道”的局限。这里的“道”，主要是儒家的伦理道德；而儒家之“道”本身，主要是维护统治阶级利益的，离社会之责、百姓之苦、民族之难相去甚远。其次是介入方式的局限。“明”“贯”“载”，都缺乏明确的主体意识和发现性。朱熹的批评，也只是觉得它们颠倒了主次，并没有跳出传统“道”的框框。在场主义的出现，才从根本上解决了文学的担当问题。

文以在场。只有在场主义超越了历史的局限，让文学担当拥有了坚实而深厚的社会基础、人民根基、生命源泉。在场主义的贡献在于，在对传统“文以载道”思想的继承超越的同时，以发现与呈现意义为出发点，不仅解决了现实主义所没有解决的“关注什么样的现实（现实是多样的、复杂的，并不是一切现实都有意义，都值得关注）”和“怎样关注现实（在场性的介入）”的问题，还解决了浪漫主义在抒发对理想世界的追求中，容易犯的粉饰太平、遮蔽真相、忽视苦难的问题。苦难才是世界最真实、最深刻、最值得文学关注的时代本质。正如罗兰·巴特讥诮的那样——那些现实主义作家从未将“现实”作为他们的话语起源。而他们所谓的话语起源，不过是一些“已被写过的真实，一种用于未来的符码”，一串后继的摹本而已。

在场的精神性，让散文直抵心灵。在场包括身体的在场和精神的在场两个维度，在场主义的在场主要是指后者。精神是人类独有的存在，是人的理性与感性诸多心理因素的有机统一。散文更需要精神——内在的、本体的、貌似无用的、不断超越自身和功利的价值。精神是散文的灵魂，是散文的内核，同时也为散文提供强大的价值支撑。“在艺术作品中，存在着一些构成其价值的确定的特性，那就是艺术的精神价值的特性。”（德国现象学学家 Moriz Geiger 语）也有学者认为，这是一种“超越意识形态”，或曰悖逆、摆脱和超越意识形态与现实之间的距离。

散文在本质上是一种存在方式、生活态度；生命内涵与价值，是艺术赖以支撑的骨骼。因此，在场写作又叫生命写作。正如尼采所言：“凡一切已经写下的，我只爱其人用血书写的。用血写书，然后你将体会到，血便是经义。”夏榆的《黑暗的声音》获得在场主义散文奖后，他在接受《文学报》记者采访时说：“黑暗是我生命的一个深刻烙印。在某个时刻，我发现黑暗也是我积聚的财富。看见自己内心储存的浩瀚的黑暗、丰饶的疼痛之后，我开始新的书写和生活。我的心犹如储蓄的银行，我提取它们，结果是越取越多。随着我的深入，我发现黑暗不只是属于我，它也属于更广大的人群。黑暗是我们体验到的共同处境。我希望尽快走出我对世界的黑暗和疼痛的体验。因为看见而言说，因为在场而表达。这就是我的使命。”这就是在场写作中精神的抵达，它拥有形而上的深刻。

追求精神性的在场写作，反对两种倾向：一是以标榜日常写作而津津乐道于琐碎的“个人经验”“个人趣味”；二是企图追求所谓“宏大叙事”，实为图解某种政治需求。在场写作的精神，以作家“个人的立场”关注“共同的命运”为存在方式，是对真实人性的剥露，对终极价值的关怀，对存在意义的哲学思考，是作家个人的生命史，而结构、语言和叙述方式等，都只是外壳。

在场的当下性，让散文直击时代。当下是最直接、最现实、最生动的存在。在场写作的生命在于，主体始终“在场”或游离于“场的范围”，伴随时间和空间慢慢走下去，直到世界老去。世界却总是一厢情愿地背离我们而去，现代化日趋激烈地摧毁着我们的意愿。恐惧感源于我们一直“生活在别处”。

后农业文明与前工业时代的差异，新旧体制的交替和碰撞，财富和权利的再分配失衡，中产阶级危机的到来，所有这些因素的重组，必然产生边缘钝化和“场”断裂，让我们有意或无意地缺席。新的变化超越了我们既有的“现代性”经验视界。

文以在场的使命、作家的良知，敦促我们需随时保持对“物质欲”和“幸福感”的警惕，对未来命运的忧虑。在场主义关注的，是当下发生的亟待解决的问题，而不是过去尘埃落定的问题；是身边的疼痛，而不是流行的、华丽的、自己并不熟悉的别处风景；是国家的、民族的、人类的共同问题，而不是悬空的、高蹈的、虚浮的存在；是躬身触摸生命鲜活的生长状态，而不是在枯尸口里去拔金牙。“问渠那得清如许”，唯有当下活水来。

在场的介入性，让散文的担当获得有效能量。在场的唯一路径是“介入”，这不仅是方法论，甚至是本体论。散文的“介入”能让形式的感受与生存经验紧密联系。屈原是散文介入最早的先行者，他的《卜居》《渔父》等，其孤愤之声、求索之志、忠贞之心、报国之义溢于言表，振聋发聩，开创了散文介入现实的先河。鲁迅、王小波和在场主义散文奖众多获奖作家，如齐邦媛、高尔泰、王鼎钧、张承志、刘亮程、李娟、林贤治、金雁、夏榆、塞壬等，是当代汉语散文介入的代表和先锋。在他们的滋养下，汉语散文重新彰显了“介入”的优秀品格。“介入”不是为了重建某种秩序和规范，现实原本就是“无秩序的秩序”或“天然乱”。“介入”为散文提供了考察与正确把握公共审美领域与公共交往领域中“无秩序的秩序”或“天然乱”的一种视角可能。

文学是语言艺术；散文的介入，归根结底是语言的介入。因此，无论现代主义还是后现代主义，许多思想家都把视线聚焦在语言上，“意义存在于语言之中”“话语之外无意义”成为他们的共识。语言学转向甚至高喊“我们用自己的话语创造出众多的意义”。当然，作为作家的“个性经验”，介入公共话语会遇到很多障碍。但介入的使命，就是承受，就是担当，就是关怀，就是切入并打破话语体制的封闭性。它强调作家的使命和责任，反对把散文写成风花雪月的补白，权力意志的注解，歌功颂德的谄笑，痈疮疥癣的挠痒等；强调的是散文对生活的干预，反对把散文边缘化，让散文成为“诗余”“小说余”“杂文”；反对把散文软化、轻化、边缘化，提倡散文要锋利，要有硬度、接地气，揭示真相，扎入最深处的痛，承担苦难。在场写作的叙述手段，不是纠偏和规范，更不是抹杀，不是要一统天下，而是提供一种新的可能。叙述的力量就是尊重“场”或者“场的档案”，因为它——不可“毁灭”。强调日常写作的“在场”，抒写亲历和经验，为呈现存在的真相获得内在的能量。

在场的发现性，让散文获得了存在价值。所谓发现，就是人类对自然、社会、思维内在规律的认识或创造。任何一次真正意义上的创作，都是一次发现，是对既有的否定和对新极限的挑战，是一种叙事流的探险。发现具有初始性、唯一性和价值性特点，是陌生化写作的最高境界。发现的终极目标是真相或本真；发现的过程，就是求真的过程。西方哲学的精神实质，就是“爱智，求真”。德国逻辑学家和哲学家弗雷格认为，逻辑（哲学）要认识所有真实存在的规律。他这里所说的“存在”，实际上就是“事实”，并认为“一个事实是一个真的思想”。

在场主义的发现，不是表象的，而是直指存在背后的意义。别人已经看见的、写过的，你再写，写得再好都不是发现；大家已看见了、表达过的，你再去看去表达，也不叫发现。在场写作的去蔽、敞亮、本真，就是发现的过程；每一次发现，都是向真相的一次抵进。发现的指向是意义，而不是表面的现象，或者虚妄的假象。没有发现就没有意义，就失去了价值。在场写作的使命，就是要像威廉姆·布莱克在《天真的预言》中所说的那样，“在一粒沙中看世界，在一朵花中看天堂，将无限握在手中，在片刻中寻求永恒”。高尔泰在他的《寻找家园》获奖后，接受《文学报》记者采访时说：“寻找家园，无非就是寻找意义。人生短暂而渺小，它的意义只能植根于身外大的世界和长的历史中。我的漂泊感和无意义感，也就是一种世界没有秩序、历史没有逻辑、个人没有着落的感觉，似乎是宿命。我写作，无非就是对这种宿命的抗拒。宽容是强者的特权，弱者是没有资格谈宽容的。”

发现既是一种态度，又是散文写作的起点、过程以及最终归属；发现是一种方法，用发现的眼光观照事物，用发现的刻刀解剖事物，用发现的心灵体察事物，我们才能传达出事物不为我们所熟悉的那一部分隐秘；发现是一种结果，是在场主义写作永恒的追求。意义存在于生活，生活是先验的，我们只是参与者和“发现者”。在场写作在发现价值的同时，也让自己获得了有效的价值。

在场的自由性，让散文获得精神解放。中国现代美学重要奠基人之一高尔泰有句美学名言:“美是自由的象征”,把自由上升到审美的最高境界去观照,可见其重。自由是人性的最高尺度,也是写作的最高尺度。在所有文学体裁中,散文是最自由的,自由的题材、自由的发现、自由的表达。最高境界的自由是精神的自由,可以说,自由精神不仅是散文的灵魂,也是一切文学的灵魂。

在场写作的自由,是在对写作策略全面洞悉基础上的无策略,是遵守写作基本规则基础上的大自由,是对写作无限可能性孜孜不倦的追求,是对散文边界的突破和维护。在场写作,凭借怀疑、否定、批判、矮小、暗面、冷质、凌乱、粗砺、驳杂、反向、非判断、无秩序和拒绝集中之手段“去蔽”。在场主义散文从民间立场,以貌似“清醒的”“冷峻的”写作情感,提倡个性化的小叙事,在叙述时代和人性的复杂上,表现了很大的自由向度。反之,一切让作家思维方式陷入“公共话语体制”的东西,都是在场主义写作所不屑的和需要避免的。解构是自由的,构建也是自由的。自由的结果,是最好地表现本真。在场主义散文追求汉语回归,即语言的自由与在场。不是回归到体制和名家经典,而是回归到语言本身。用本真的语言表达根性真实,实现汉语本我表达的极致之美,让语言在自由的王国中,充分发挥其介入的力量。

从“文以载道”到“文以在场”,是中国传统文化中的担当思想走向成熟的标志和终极价值实现。这对改变当下散文边缘化、表面化、虚浮化、小品化,过度关注个人内心世界的文学生态,无疑具有重大意义。

周闻道

2022 年 12 月 26 日

目录

CONTENTS

A面

散文：觉醒年代

<问场>

< 问答 >

< 问道 >

B 面

在场：B 面浏览

<读场>

<读书>

<读心>

<读城>

A面

散文：觉醒年代

•••●

〈问场〉

〈问答〉

〈问道〉

＜问场＞

在场写作与散文性

这次回家发现，小侄子珠珠能够说一些简单而清晰的话了；喊妈妈时，那眸子里更有一种穿透力极强的童真。

珠珠一岁多了，与我们在场主义几乎同岁。散文是从说话开始的，于是我想到成长中的珠珠；或者说，从珠珠逐渐清晰的话语，想到了在场主义。对智慧的人，一岁也许就是一个坎。过了一岁，不仅开始产生自己独立的话语，而且那话语逐渐清晰而明亮。我相信，从童真开始，逐渐走向清晰、丰富、成熟和睿智，是一种生命的规律。

在场主义是2008年的3月8日诞生的。一群对汉语散文先锋实验葆有热情的人，公开站在民间的立场，以亮剑的姿势和自己独具的姿态，站出来替散文说话。如果还要往前追溯，追溯到“十月怀胎”，就不得不提到2005年5月的“中国新散文批判”。全国二十多位活跃的新锐散文作家、评论家会集眉山，以善意的建设性姿态，对二十世纪八九十年代以来兴起的新散文热，提出质疑与批判。那次批判的意义在于，让我们清晰地触摸到，自二十世纪二三十年代白话散文兴起以来，散文意识的再一次觉醒，并由此带来了散文的空前繁荣与躁动不安。我们的幸运在于，及时捕捉到了时代的脉搏，强烈地感到，该是为散文做点什么的时候了。于是，就有了后来的艰难跋涉。

走到现在，我们至少已经历了这么几个阶段。“十月怀胎”不说，那种艰难，也许女士们更有体验。在《镜像的妖娆》中，我们提出的“在场，思想，诗意，发现”，更像是一种胎音，预示着一个新生命即将发育成形。《散文：在场主义宣言》是一个标志，诞生的标志，成形的标志，“命名即是创世，说出就是照亮”，在这里体现得最充分。宣言的最大贡献，在于对散文性的发现和初步探讨，让我们能够走出三千年的迷惘，沿着正确的道路，去观照散文、认识散文，让散文围绕自己在说话。虽然“四个非”（非主题性、非完整性、非结构性、非体制性）不一定完善，甚至不一定正确，但我们坚信找到了一条认识真理的正确道路。如果离开散文性去谈散文，不是一件滑稽的事吗？

《从天空打开缺口》和《从灵魂的方向看》，既是一种起步，又是一种昭示。从理论与创作方面，昭示在场主义已出发，沿着自己的路，证明并丰富着自己的存在。在理论上，我们以同样的热忱，同样的真诚，面对各种赞扬或者反对，证明着生命的存在和价值。对赞赏的，我们报以微笑，道一声同道快乐；对反对的，我们说一声谢谢。因为这种反对，让我们从另一个维度，面对种种质疑的挑战；可能和不可能，都必须一一求证。答读者问和在《美文》杂志的对话，都是一种形式，表明一种平等的交流姿态。平等地探讨，平等地交流，平等地证明在追求本真面前人人平等。事实上，这种思想的撞击，闪耀出的火花，比我们预想的更美丽。精湛的评论，同样是一种建设，给我们提供了另一种参考，表明世界本真的存在、遮蔽和去蔽，以及对在场主义作品的解读，都具有多重性。如果说，去蔽、敞亮和本真，提出了在场主义的写作哲学及方法论基础，“四个非”揭示了散文性的文体特征；那么，“内外珠联，根性真实，介入当下，表现本真”，则反映出在场写作在散文性上一种更深层次的内在接近。

我们非常明白，任何创作主张，最终都是靠作品说话的，在场主义也不例外。因此，我们的建设，一开始就包含了两个方面：理论的探求和创作的体验，缺一不可。《镜像的妖娆》中，六十多位作者的亮相，更像是一种热身，他们以贴近本真的追求，表明真正的出发即将开始；在《从天空打开缺口》和《从灵魂的方向看》中，我们以在场写作的眼光，以散文性为核心，选入了三十多位作者的作品，进一步从创作体验上，呈现了在场主义的美学主张、散文主张。由百花文艺出版社出版的这套“在场主义散文丛书”，在我们探索与前进的道路上，无疑具有里程碑式的意义。它表明，在场主义的文本实验，开始由广泛的面上行动，走向代表作家的个体深入。

在这里，我用了“开始”这个词。事实上，我们的每一个脚印，都既是一个结果，又是一个开始。开放的在场主义建设，欢迎来自各个方向的质疑和探讨。在场写作“永在路上”，在场主义对散文性的探索，从来就没有停止过。在这篇文字里，我们在之前的有关散文性的系统论述基础上，再着重谈谈关于在场写作的精神性、当下性、介入性，以及发现性与自由性等艺术特质问题。

精神性。精神是人类独有的存在，在场写作作为最贴近自然、社会和灵魂的活动，不可能背离精神。外在、实用和功利，不是散文价值的尺度，散文更需要精神——内在的、本体的、貌似无用的、不断超越自身和功利的价值。“在艺术作品中，存在着一些构成其价值的确定的特性”（德国现象学学家 Moriz Geiger 语）。也有学者认为，这是一种“超越意识形态”，或曰悖逆、摆脱和超越意识形态与现实之间的距离，感受灵魂在精神之宇自由飞翔的愉悦，产生一种冲击虚假的意识形态的力量……精神是散文的骨架，是散文的内核，同时也为散文提供强大的灵魂支撑。散文在本质上是一种日常生存方式、生活态度、生活内涵，是艺术生命赖以支撑的精神。追求精神性的在场写作，反对两种倾向：一是以标榜日常写作而津津乐道于琐碎的“个人经验”“个人趣味”；二是企图追求所谓“宏大叙事”，而图解某种政治需求。在场写作的精神，以作家“个人的立场”，关注“共同的命运”为存在方式，是对生存意义的追问，对真实人性的剥露，对生命终极价值的关怀，对人类“终极家园”的精神诉求，对生存与存在根本问题的哲学思考，是作家个人生命的阅读史，而结构、语言和叙述方式等，都只是精神存在的外壳。

当下性。当下有几重含义。一是时间概念，二是空间概念，三是范围概念，四是主体概念，五是结构概念。这里无须赘述。概念是苍白的，生命之树常青。在场主义散文写作的生命，就是主体始终“在场”或游离于“场的范围”，伴随时间和空间，慢慢走下去，直到世界老去。世界却总是一厢情愿地背离我们而去。现代化日趋激烈地摧毁着我们的意愿。恐惧感源于我们一直“生活在别处”。后农业文明与前工业时代的差异，新旧体制的交替和碰撞，财富和权利的再分配失衡，所有这些因素的重组，必然产生边缘钝化和“场”断裂，让我们有意或无意地缺席。新的变化超越了我们“现代性”经验视界。作家的良知，敦促我们需随时保持对“物质欲”和“幸福感”的警惕，以及对未来命运的忧虑。对正在发生的一切，散文要做的事情，就是对这些零散化图景，在精神层面予以描画和投影。在场主义关注的，是今天发生的亟待解决的问题，而不是过去尘埃落定的问题；关注的是身边最感疼痛的问题，而不是流行的、华丽的、自己并不熟悉的那些元素；关注的是我们的、人类的、地球的问题，而不是悬空的、高蹈的、虚饰的问题；是躬身触摸生命的生长状态，而不是挖掘古墓，在枯尸口里拔出金牙。散文的当下性要求我们要沉潜下来，保持叙述的定力决不动摇；要安静下来，有独立判断；迎击上去，有斗志和韧劲；坚守下来，有独立的品格和良知。

介入性。在场主义的在场，是“介入——然后在场”；认为散文写作“在场”的唯一路径是“介入”，是“去蔽”“揭示”和“展现”。“介入”的始作俑者萨特，将“介入性”赋予了散文。在萨特看来，散文首先是一种需要积极“介入”的公众化的艺术活动，散文的“介入”能让形式的感受与生存经验紧密联系。他甚至在“介入”时发现了“距离”的美——“距离”带给人特殊的“晕眩”和“惊恐”的经验，这可看作他对纯形式的领悟，或者对个人现实生存经验的唤醒。鲁迅和王小波是中国现当代介入散文的代表和先锋，在他们的滋养下，当下汉语散文重新彰显了“介入”的优秀品格。“介入”不是为了重建某种秩序和规范，现实原本就是“无秩序的秩序”或“天然乱”。“介入”提供了考察公共审美领域与公共交往领域中“无秩序的秩序”或“天然乱”的一种视角可能。显然，“个人性经验”介入公共话语领域，会遇到很多障碍。但是，介入的使命，就是承受，就是担当，就是关怀，就是切入并打破话语体制的封闭性。它强调的是作家的使命和责任，反对把散文写成风花雪月的补白，权力意志的注解，歌功颂德的谄笑，痈疮疥癣的痒挠。它强调的是散文的身份和地位，反对把散文边缘化，让散文成为“诗余”“小说余”“杂文”“玩字”；反对把散文软化、轻化、边缘化，提倡散文要锋利，要有硬度，要扎入最深处的痛，要体贴底层，揭示真相，承担苦难。在场主义的叙述手段，不是纠偏和规范，更不是抹杀和提纯。叙述的力量就是尊重“场”或者“场的档案”，因为它——不可“毁灭”。强调日常写作的“在场”，抒写亲历和经验，为呈现生活的本来面目提供方便——将外物投射于内心，获得视觉的奇异感，揭示出“场的档案”的本真面貌和内在能量。

发现性。任何一次真正意义上的创作，都是一次发现，是对现有的否定和对新极限的挑战，是一种叙事流的探险。发现具有初始性、唯一性和价值性的特点。别人已经看见的、写过的，你去看去写不是发现；大家都看见的、表达了的，你再去看去表达，也不叫发现；发现与表达的东西，应当是有积极的审美价值的，而不是毫无意义的拉杂。米兰·昆德拉认为，文学人物都是一个“实验性的自我”，代表人类不同的生存处境。文学有义务担负起敞亮“被遮蔽的存在”的使命，在“不灭的光照下守护‘生活世界’”，考察、发现人类具体生存的可能境遇。他把考察人类生存处境的作品视为“发现的序列”，“每一部作品都是对此前作品的回答，每一部作品都包含了所有先前的小说经验。”只有前赴后继，不断发现新的可能性，才能汇入整体的“发现序列”。显然，他把发现定性为叙事作品最重要的标准。

在场写作的去蔽、敞亮、本真，就是一个发现的过程，包括对自然、社会、人生、灵魂，对生命本质的独特的发现。在场主义认为，有没有发现，是散文及散文作家高下的分野，甚至是散文及散文作家存在与消亡的根本原则。发现既是一种态度，又是散文写作的起点、过程以及最终归属；发现是一种方法，用发现的眼光观照事物，用发现的刻刀解剖事物，用发现的心灵体察事物，我们才能传达出事物不为我们所熟悉的那一部分隐秘；发现是一种结果，是在场主义写作永恒的追求。生活存在于生活，生活是先验的，我们只是参与者和“发现者”。与生活相比，任何经验的写作，都不可能严格地实现“在场”。经验总是滞后。反过来，任何预设的写作也于“事”（生活）无补。在场主义散文，只是就散文写作提出了更为严肃的要求，强调写作过程的身体力行，以及对于散文所坚持的基本立场和态度。

自由性。自由是人性的最高尺度，也是写作的最高尺度。在所有的文学体裁中，散文是门槛最低的，同时其尺度也是最高的。在场写作的自由，是在对写作策略全面洞悉基础上的无策略，是遵守写作基本规则基础上的大自由，是对写作无限可能性孜孜不倦的追求，是对散文边界的突破和维护。在场写作，凭借怀疑、否定、批判、矮小、暗面、冷质、凌乱、粗砺、驳杂、反向、非判断、无秩序和拒绝集中之手段“去蔽”。“否定意识是意识的一种特殊现象，有着更深的哲学内涵。否定意识是人的理性思维为追求客体的内在必然性，对现实存在进行否定性思维的价值判断，其本质表现为对现实存在的反映。与其他社会意识现象不同，否定意识对现实存在的反映突出表现为理性通过情感判断而与价值判断相联系。”（王达敏《论新时期小说的否定意识》）。在场主义散文从民间立场，以貌似“清醒的”“冷峻的”写作情感，提倡个性化的小叙事，在叙述时代和人性的复杂上，表现了很大的自由向度。反过来讲，正向的思维方式则容易陷入“公共话语体制”的泥潭——散文写作的镣铐和束缚，这是在场主义散文写作所不屑的和需要避免的。解构是自由的，构建也是自由的。自由的结果，是表现本真。在场主义散文意欲最大可能地应用本真语言，最大限度地表现根性的真实。

汉语是自由的，汉语散文也是自由的。在场写作坚持着自己的方向，自由发展，默默成长，一直在“最大限度地接近散文本质”。散文写作的姿势是渐渐向下的，向下的过程，即是汉语散文重返的过程——向民间转移。可以这样说，很多优秀的作家在民间，很多优秀的文字也在民间。他们游离于体制之外，与体制形成强大的对抗。“在场主义散文丛书”，集中推出周闻道的《七城书》、第广龙的《摇晃》、傅菲的《生活简史》、张生全的《变形词》、沈荣均的《斑色如陶》、黄海的《黄石手稿》六部散文作品，可看作在场主义散文流派的又一次整体亮相。丛书的相当一部分作品，都是在场主义作家们近年来自觉思考散文的结果，体现了当下汉语散文最前瞻的追求。

无疑，在场主义散文在现代性精神和后现代叙事上，发出了振聋发聩的冲击波；而“在场主义散文丛书”则是二十一世纪初，汉语散文吹响的又一集结号。连同此前的三本书，在场主义廓清了三千年来汉语散文的认识，建立了一套真正属于自己的话语体系，以追求本真的在场写作姿态，不断地接近散文性，其对于中国文学史的贡献，将接受未来汉语散文写作实践的检验。

（本文为作者为“在场主义散文丛书”作的总序）

在场写作与精神自由

在场主义创立已经三年多了。

三是个饱含哲理、孕育与希望的吉祥数。道家说：“道生一，一生二，二生三，三生万物。”这里的“道”，是世界的总法则，包括天体、宇宙、地球、人类，包括我们的上班下班、生老病死，当然，也包括在场主义……其中都有“道理”。这只是个比喻。事实上，作为世间万物的法则，“道”的隐喻要复杂得多。按照老子的说法，“道可道，非常道”。即“道”这个东西，不是随便三言两语说得清楚的，处处皆有，处处皆无。因此，对“道”的把握，是一个只有开始、没有终结的长期过程；在场主义的“命名即是创世，说出就是照亮”，说的就是悟道的价值和意义。

应该是两个三年了。

2005 年，在进行“中国新散文批判”的同时，我们就开始探寻自己的路、散文的路。2006 年年底，我们邀请周伦佑先生加盟，进一步对散文的一些基本问题，包括什么是散文、散文流变史、散文的主要问题等，进行了认真的研究和梳理，不仅理出了粗略的头绪，而且发现了一些长期存在于散文，而又被严重忽略了的问题。要者有三：一是散文性的缺失。离开散文性去谈散文，是不可思议的。就像谈论人离开人性，谈论物罔顾物性，怎可能把其津梁，得其要领？二是在场精神的忽略。面对热烈尖锐鲜活的当下现实，许多作家表现出惊人的缺席状态。不是热衷于小我情绪的宣泄，就是满篇花鸟虫鱼、风花雪月，而对人类的、民族的、国家的前途命运、彻骨痛感，却视而不见，听而不闻。三是标准失范。对什么是散文，什么是好散文，没有科学规范的价值尺度，以致散文身份不明，界限不清，批评无据。

2008年，在场主义创立，针对散文存在的问题，我们在解构与建构中，做了这些工作：旗帜鲜明地提出了“散文性”的命名，使散文第一次确立了自己的身份识别标志，给未来的探索指明了正确的方向；对散文性的文体特征进行了探索，提出了“四个非”的初步观点。以在场精神为方向，提出了在场的途径，即“去蔽，敞亮，本真”；在场的五个维度，即“精神性、介入性、当下性，自由性、发现性”。以散文性和在场精神为基础，构建了鲜明独立的在场主义散文哲学本体论、文本本体论和写作方法论；进行了不懈的文本探索与实验。包括热身预备文本《镜像的妖娆》（中国青年出版社）；年度实验文本《从天空打开缺口》《从灵魂的方向看》《九十九极》（花城出版社）；《稻草人的信仰》和“在场主义散文丛书”六人六部（百花文艺出版社）。加上《青年文学》“在场主义”专栏的文章，在场主义的实验文本已逾500万字，其中理论构建50余万字。本次由新疆美术摄影出版社出版的“在场散文书系”十人十部，是在场主义倡导的在场写作的一次大规模、高层次、全方位的结集出击。虽然，不一定收入丛书、书系或年选的作家，都是在场主义成员，他们有的也许对在场主义的某些观点仍持有保留意见，但是，我们的目标却是非常明确的：以散文性和在场精神为标尺，坚持不懈地进行在场写作的探索实验，力求文本与理论的呼应。

在场主义是一个开放的体系，具有强烈的介入使命和当下意识，其终极指向是精神自由。在确立了散文性和在场精神后，精神自由自然成了我们关注的话题。

在场是精神自由的必然要求。我理解，所谓精神自由，主要指人的精神活动在法的空间里的无拘无束，自在而为，接近本真的过程。反言之，那些有拘有束，阻碍自在而为，与本真的指向背道而驰的东西，都是与精神自由相悖的。科学研究表明，在人大脑的“海马区”，储存着大量的记忆和信息。这种信息，虽具有客观性，却未游离于人体之外，仍是一种主观精神。只有在精神自由的在场状态下，这些信息才可能被激活，展开想象的翅膀，对未来和未知进行畅想，产生波音卡所称的“灵光闪照”（在某个问题的触发下达到理性的飞跃），输出最有创造性的智性成果。

作为存在意义显现的在场，终极目标指向的是世界本真。但在在场写作中，抵达本真的旅途并非坦荡无阻。其不是澄澈透明，一目了然的，不可以无拘无束，自在而为，而是存在种种遮蔽，包括主体的、客体的、结构的、语言的，等等。就作家主体而言，要耐得住寂寞，抗得住各种诱惑，尤其是所谓主流意识形态和价值观的诱惑。要充分显现存在的意义，让思维对世界的认知、感悟、发现，最大限度地表达，让精神实现自由的而不是被约束、被绑架、被遮蔽的目标，就必须在场。可以说，从离场到在场的过程，就是精神从囚禁到解放、由束缚到自由的过程。在这样的境界里，我们发现了在场写作与精神自由的高度融合。

精神自由是在场的最高境界。精神自由是人性解放的最基本也是最高要求，它不需要功利来求证，其本身就是证明：只有它，才使人真正成为人。英国《经济学人》有一张图，按人均 GDP，上海如同沙特，贵州如同印度。上海并不富裕，沙特也不富裕，富裕的只是少数人——富裕的神话因此破灭。可见，物质自由不过是一个填不满的无底之壑。相反，物质上并不富裕的波希米亚，对于精神自由的追求，却影响着整个世界文化的风向。自由精神也是超乎具体内容的，不要把它与具体事项联系在一起，它只存在于人的形而上的精神空间。

中国是需要寻找自由精神的。儒家文化的君臣父子、克己复礼思想，留给我们的最大遗产，就是对自由精神的禁锢。因此，精神自由构成了“五四”那一代启蒙者的思想主调。此后百年，思想精英们就一直为之奋斗。从鲁迅的“首在立人，人立而后凡事举；若其道术，乃必尊个性而张扬精神”，到陈独秀要求青年“自主而非奴隶”，再到胡适关于“社会最大罪恶莫过于摧折个性”的呐喊。显然，无论是老祖宗的理论，还是思想先驱们的呐喊，对我们这片冰封的土地，似乎作用都不大。“生命诚可贵，爱情价更高，若为自由故，两者皆可抛。”这首自由的赞美诗，百多年来在全世界广为传诵。然而在中国，它的作者——匈牙利诗人裴多菲，却与一个充满贬义的政治名词连在一起：“裴多菲俱乐部。”扪心自问：我们长期以来坚定信仰的东西，还在内心吗？

自由包含了两个层面：身体和精神。在场也包括了身体在场（在现场）和精神在场两个维度。在场主义的在场和自由，主要是指向精神层面的。精神的在场提醒写作者：不要以为自己已获得全部的答案，永远是未知多过已知，缺席多于在场；要用灵魂贴近对象，而不是停留于表面；真正的自由，不是一知半解式的自以为是，而是精神对本真最大程度的接近、了解与呈现；而去蔽的力度，敞亮的程度，决定了抵达本真的深度。同样，在场写作要求作家不要高高在上，悬浮于云雾之间，而要俯下身子，贴近大地，贴近生命；不要热衷于一些浮华幻象，满足于浅表的真实，而要深入事物内里，窥测隐匿于深处的秘密；不要盲人摸象，囿于一隅的局部真实，而要目观四面，耳听八方，统观全部的真谛；不要游移于某个维度的界域，忽视了结构对本真的影响，让多维的、立体的真实被遮蔽其内。当做到了这一切，我们的精神境界，便抵达了接近本真的自由王国，也就真正地精神在场了；而精神的自由，也同时在这种在场中得到最好的实现。

在场为精神自由提供了意义指向。人的本原是一种社会存在，每个人都在一定的社会关系中扮演着不同角色，为了生存而劳动，为了秩序而恪守社会法则。精神自由是人回归本原的过程。在这个过程中有无逻辑可循，有无法理可依，有无界域所限？回答是肯定的。因为精神作为社会的产物，必然不可游离于社会条例的约束之外，不可能以某种无法无天的自由，去损害他人的、更多的自由。只有当个人对自己的自由选择负责，才能获得公民责任感，才有可能使更多人的自由实现成为可能。通常情况下，这种界域由法律来划定。因此，孟德斯鸠说，“自由就是做法律所允许的事”；美国人则主张，“你有随意挥舞拳头的自由，但你的拳头必须到我的鼻子前为止”。这样的约束，既是社会秩序的保障，也是道德的来源。放野的精神必将陷入“绝对自由”的怪圈。按照尼采的观点，无论是自由的日神精神，还是自由的酒神精神，一旦走向极端，都只剩下只有自由的“我”，而“他人就是地狱”。在这样的逻辑下，精神被囚禁于独我的狭小空间，不知道自由何处寻找。精神自由的价值，只有在精神对本真的最大限度抵达中才能实现；它表现为：精神的既敢于设想、敢于创造、敢于表达，又敢于认同、敢于分享、敢于包容，并在汲取众家营养的基础上，实现自身的超越和升华。在古希腊和罗马，就曾有许多这样的思想家和哲学家，他们的智慧成果，早已经超越地域和时代，成为人类共同的精神财富。

那么，精神自由的逻辑何在、法理何寻、界域多大呢？在场主义为我们提供了答案，那就是存在的意义指向。

精神自由的程度，是与意义联系在一起的；或者说，意义是精神自由的重要标尺。作为存在意义的显现，在场主义的在场，其核心是意义。而所谓意义，可以理解为世界存在的终极价值，而不是某个人随意的、狭隘的精神赋予；它是对存在于特定的社会背景下的事物的综合意义评判，具有合法性、公义性、积极性、普适性和鲜活性的特点。精神自由，不能背离存在的意义去寻找，不是精神的任性撒野，肆意妄为，而是精神在自由王国中，最大限度地、不受约束地对本真、真相或真理的接近。背离本真的精神，不仅不是自由的，而且是对自由的反对。真正的本真是不可忽视意义的，而最真实有效、最有价值的意义，既不在绝对的可中，也不在绝对的不可中，而在可与不可的互相对抗、互相让步的良性结构中。越是接近本真的精神，越具有自由的价值。反过来说，精神自由的价值，只有在接近本真中才可验证，背离本真就是背离价值。在场写作就是要最大限度地把存在的终极价值显现出来。这就为精神自由的验证提供了有效可能。

在场决定了精神自由的介入意识。以存在意义为价值指向的自由精神，在获取真实、真相，抵达本真的途中，必然会遭遇许多不可逃避的阻隔。面对这些阻隔，是回避、绕道、折中，还是迎头而上，破除它，越过它？这不仅是一个方法论问题，而且决定了是在场还是缺席。在场，最大的场是什么？就是社会现实；在哪里？就在当下，在身边。要么介入，要么逃避，没有第三条路可走。只要你坚守精神自由，就必须面对现实，积极介入，敢于介入，善于介入。这正是在场主义介入观的客观要求。正如《在场主义宣言》中写道的：要"面向事物本身"，强调经验的直接性、无遮蔽性和敞开性；散文写作"在场"的唯一路径是介入。可以说，当下的介入观，是在场精神的核心之义。

按语词含义，所谓介入，就是"插入两者之间进行干预"。在场主义认为，介入就是"去蔽""揭示"和"展现"。它至少包含了三层含义：一是深入的，而不是表面的，是"插入其间"；二是积极主动的，而不是消极被动；三要"干预"，而不仅仅是了解、旁观或和稀泥。在场写作的介入，强调作家的使命和责任，强调散文的身份、地位和境界；提倡散文要扎入最深处的痛，要贴近灵魂，体贴底层，揭示真相，承担苦难。

介入是在场的客观要求和不可逃避责任，也是精神自由的客观要求和不可逃避责任。

写作是作家的写作，存在首先是作家的存在。一位作家，并不是散文写好了就在场了。真正的勇士，要敢于直面惨淡的人生；真正的在场写作，要有强烈的介入意识和责任担当。作家的存在状态、社会意识、政治意识、悲悯意识，不仅反映了是否介入、怎样介入，而且反映出作家对社会的态度和立场。只有通过对社会的深度阅读，才能抓住社会的本质；只有抓住了社会的本质，才能抓住时代的核心；只有抓住时代的核心，才能获得人心。这既是生活的逻辑，也是写作的逻辑，更是在场的介入要求。巴尔扎克的《人间喜剧》，实际上是深度的人间悲剧。现实情况是，我们的不少作家，似乎更喜欢古典文人学士式的儒闲优雅，更接近于庄子式的自由。这种看似出世逍遥、超然自在的精神状态，不仅现实中很难寻找，而且，由于它对现实的逃避，对场的缺席，必然与本真的方向背道而驰，结果是离精神自由越来越远。有的作家虽写了现实与苦难，但从中看不出作家主体意识，没有介入与悲悯。他们要么与惨淡的现实和平共处，要么隔岸观火，要么把玩欣赏。显然，这不是介入，也不是一个负责任的作家可取的。一个追求精神自由的作家，必须要有自己坚定的信念，要有敢于担当，敢于干预的介入意识。而不能忽视意义和责任，不应该逃避现实，逃避当下，逃避生命中的苦难与疼痛。在场主义坚信，对人类、民族和国家当下现实的关怀，超过任何无病呻吟的个人情绪宣泄。这是在场写作的生命之源。

精神自由依靠在场语言来实现。如何表现事物的本真面貌，揭示存在意义，传达世界的终极价值，对一个作家来说，唯一的方式就是写作，用语言来表现，或“说出”。正如维特根斯坦所说：“语言的界限就是世界的界限，对语言的驱使有多大，世界就有多大。语言不是工具，而是我们的存在方式。”但是，语言真的能够完美表达吗？或者说，就算这个作家已洞察了世界的奥秘，达到精神自由的境界，想介入，敢介入了，在他的写作文本化后的语言，真的能够完美地表达他内心的想法吗？事实并非尽然。

揭示存在意义的方式有很多种。写作是一种，还有“艺术语言”。比如音乐的声音，绘画的色彩，舞蹈的肢体。它们对世界本真的表达，或许更加形象生动准确。蒙娜丽莎的一个微笑、维纳斯的一只断臂，耗尽了我们多少文字也没说清楚。禅宗根本就不相信语言，他们提出“教外别传，不立文字。直指人心，见性成佛”。他们实现精神自由的方式是“棒喝”，在“棒喝”中彻悟，“放下屠刀，立地成佛”。但是作家不能。作家只能用语言。我们必须相信语言，依靠语言，用好语言，敬畏语言。要相信语言的力量能够全面地、彻底地“直指人心”；相信语言不仅是自由精神的一种表现形式，它甚至是全部的答案。苏轼对语言是有绝对自信的。在苏轼那里，语言的境界以“辞达”为止。因此，不是需不需要用语言表达，语言能不能表达的问题，是我们应该怎样对待语言，或者用什么语言表达的问题。应当说，语言的在场，就是最有效的途径。

在场主义所说的语言在场，就是“追求语言的敞开、澄明与本真”。“敞开”就是开放，打破陈言熟语的约束，探索语言的多种可能，展现语言的多个侧面。这是一个破的过程。但是，探索不是目的。当我们把语言的多个侧面展示出来后，我们需要沉淀，达到语言“澄明”的效果。这就如同太阳光经过三棱镜后会现出七彩。三棱镜不是将太阳的色彩变异，而是还原，回归本真。还原的目的，是要实现语言的本真。雷蒙德·卡佛说：“我曾无意听到作家沃尔夫对他的学生说：‘别要廉价的花招’这句话也该写在一张卡片上。我还要更进一步：‘别要花招’句号。”“别要花招”，这就是追求语言的本真。语言的本真就是精神的自由，就是对世界的彻透。

针对语言存在的问题，在场主义提出了“汉语回归”。回归到哪里？不是哪个时代，哪种文本范式，哪个经典作家或作品，而是回归到母语本原，回归到汉语本我表达的极致之美，回归到汉语的审美优势。事实上，早在先秦或更早，我们的母语就基本成熟，以后正常的演进和发展，都没有脱离基本语意。因此，哪怕是一山一水，一草一木，母语在产生的时候是表达什么，就该回归到那里。在场，正是回归的最高境界。追求语言的敞开、澄明与本真，是一场漫长而艰苦的持久战。这不仅是在场的需要、散文写作的需要，也是精神自由的需要。

我们坚信，在场写作的无穷魅力和多种可能性，让精神自由在散文创作中的实现成为可能，加上我们的包容、友善与开放，我们的前景是无限开阔光明的。

（本文为作者为“在场散文书系”作的总序）

追求审美空间的无限宽广

这是世界最大汉语网站——天涯社区·散文天下的十年精华呈现，也是在场主义散文的第四个选本。

十年树木，百年树人，千年文化。无论是回望，还是前瞻，面对文学的路、散文的路，在些微的欣慰之后，我们都难免诚惶诚恐。拿崔健的歌说，不是我不明白，这世界变化快；而我最深刻的感受，则是不是我不明白，世界存在的意义太宽广复杂。面对宽广复杂的世界，任何的探索和追求，任何优秀的作品都是有限的，其对对象世界存在意义的显现，都不过是冰山一角；永远是未知多过已知，遮蔽多过显现，缺席多过在场。何况，我们对散文的探索，对散文性和在场精神的体验，都才刚刚起步。包括本书在内，尽管凝聚了数以十万计的天涯网友十年企盼，但从语言、结构、叙述、文本，到对存在意义显现的广度和深度，仍是十分有限的，我们没有理由满足。

这就不得不让我们回到源头，再次关注在场或存在意义本身。

毫无疑问，在人类还没有出现之前，作为自然的对象世界就已经存在。在我们每一个具体的人来到世界之前，作为自然和社会混合的对象世界就已经存在；无论是农耕文明时的日出而作，日落而息，还是现代文明的朝九晚五，我们都经历着一个个不同的存在，在一个个不同的场中切换。问题是，我们对这些存在的意义关注了多少，了解了多少，呈现了多少？我曾多次举过一个例子，说比如我们今天的某一个聚会，某一次活动，某一起事件，即某一个存在，让几个人、几十个人，甚至几百个、几千个人来写，各写一篇散文，其结果必然是各不相同的，有好有差，有深有浅，有新有旧。同一个存在，为什么有那么多不同的意义被呈现出来呢？显然，作者的个体差异只是一个方面，但并不是主要方面，主要还是存在本身；或者说，任何一个存在，其本身隐含的意义，具有无限宽广丰富性。所谓一叶知秋，一滴水可以映照整个世界，大概也是这个意思。

无限宽广丰富的存在，不仅决定着意识，而且决定着存在意义的多重性、丰富性、复杂性及散文写作的多种可能性。问题是，我们的散文写作，是否真正注意了这一点；换句话说，我们在散文写作中，该如何呈现存在意义的多重性、丰富性、复杂性、让多种可能性融为一体，使作品的审美空间更加宽广丰富。可喜的是，本书的许多作品，为我们展示的审美空间，让我们感到在场写作的魅力和前景。但是，在阅读不少文本中，我们往往也看到这样的情况：一些作品题材、语言、叙述、结构等都无可厚非，但审美空间却很狭小，其表现要么意义单薄，满篇虚华浮词；要么生怕读者不明白，事事说透道清，文章一目见底，没有多少回味想象的余地，读罢不想再翻第二次；要么缺少发现，呈现的所谓意义，都是别人早已阅历的陈年风景。

追求审美空间的宽广丰富，是在场写作的应有之义。但是，正如对象世界的遮蔽是多重的，去蔽的维度、敞亮的程度、本真的向度是复杂的，对审美空间拓展的程度也是没有止境的。作为以散文性和在场精神为旗帜的在场写作，我们只是企盼在散文写作时，尽量对你所要表达的对象世界多用一分心思接近，少一些浮光掠影；对对象世界、自身眼光及语言存在的遮蔽，多花一些功夫去除，少一些自以为是；对呈现出来的存在意义的宽广丰富复杂，多一些尊重与呵护，少一些主观武断的诠释；多一些留白与淡出，少一些说全说尽；多把眼光聚集在自己独特的发现上，而不是浪费在别人足迹的重蹈上。

值得指出的是，审美空间的大小，与文字的长短并没有直接的联系。真正的功夫，在于短中求大，以小蕴大，字字藏金，以最简约的文字，营造出宽广丰富的审美空间。屈原的《鱼父》仅几百字，却蕴含了一个时代的不平与忧伤；马致远的《天净沙》是可以当着散文来读的，二十四个字，给我们营造了一幅多么美妙惆怅的情景框架。同样，写成都龙泉驿桃花园的文字不少，诗歌、散文都有，有几千字、上万字的宏文，其中也不乏美文佳构，但让我记住且回味无穷的，却只有张新泉先生的十个字：“桃花才骨朵，人心已乱开。”有人说这是诗，我却以散文的眼光去阅读。其实，是诗还是散文，都不重要了，重要的是它营造的宽广丰富的审美空间。

总之，追求审美空间的宽广丰富，就是要让我们的作品呈现出来的审美空间，宽广些，再宽广些，丰富些，再丰富些；让我们的散文作品令人百读不厌，再多的人读，都会有不同的体悟与共振，再多次的阅读，都会有新的发现与吸引，再不同的对象阅读，都可从中找到属于自己的灵魂。

这样，也许我们就真正在场了。

（本文为作者为“天涯社区·散文天下”十年精华《稻草人的信仰》作的序，该书已由百花文艺出版社出版。）

阅读一个时代的良心

——读索尔仁尼琴《古拉格群岛》

近来，床头一直放着一套书——《古拉格群岛》。该书为群众出版社出版，三大本 140 万字。作者亚历山大·索尔仁尼琴是 1970 年诺贝尔文学奖得主。说其是文学巨著或历史巨著，都可以。

书中惊心动魄的故事，足可以让人不忍释卷，也是阅读的巨大引力。读读停停，心头总是压着一块石。并不是因为太长，是因为痛。一个时代的痛，“美丽”的痛。它从我们曾经的美好与向往中剥露出来。如此痛彻心扉，让我的每一次翻阅，都是一次对伤口的撕裂。它让我无法逃避，翻开就是一次炼狱之旅。可良心与善就在书海的对岸，我又不能放弃。

古拉格，是苏联时期劳动改造营管理局的音译缩写，主要是用来关押政治犯的，让他们在这里接受改造，重新做人；群岛，则是遍及全国的意思。《古拉格群岛》所记述的，就是苏联自 1917 年起近 40 年间劳改营发生的故事。索尔仁尼琴本身，就是其中一员，不同的只是他稍幸运，能够活着出来。活着出来的他，没有忘记伤痛，历尽千辛，采访了劳改营的无数受害者，通过数百个人物命运的描写，还原古拉格真相。拿现在流行的话说，这属于典型的非虚构写作或在场写作，有点类似于诺奖得主斯维拉娜的记录式书写。

读罢该书，我在书的扉页写上这样一句感言：即便大恶当道，善已稀薄，自由和善，仍具有值得历险的伟大价值。因此，我愿意把这本书推荐给更多的朋友。

在场写作主张关注国家的、民族的、人民的当下的痛。痛是悲剧的表象。

最大的悲剧，不在天灾人祸的自然逻辑中，而在它的背后。现代主义的“美丽死亡”，只是对悲剧本质的粉饰。索尔仁尼琴呈现的“美丽”，从布尔什维克就已开始。这场革命的发动者和中坚力量是无产阶级。他们抱着“无产阶级只有解放全人类，才能最后解放自己”的崇高信念投身革命。殊不知，在推翻沙皇，革命成功后，这场革命的性质却悄然发生了改变。而且，一切都沿袭了那个“美丽”的逻辑。因此，人们在研究《古拉格群岛》时，首先想到的就是列宁的《怎样组织竞赛》（《列宁全集》中文版第35卷，人民出版社1986年版）。

列宁在文中说，要“肃清俄国土地上的一切害虫”。对此，索尔仁尼琴在《古拉格群岛》中写道：“列宁在1917年底为了建立‘最严格的革命秩序’，要求‘无情地粉碎醉鬼、流氓、反革命分子及其他人等制造无政府状态的一切企图’。而且，列宁所阐述的害虫，并非业已被推翻，企图卷土重来的反动势力，也不仅仅是阶级异己分子，而是‘逃避工作的人’，例如彼得堡党印刷所里的排字工人，在大城市的哪一个街区、哪一个工厂、哪一个村子……没有……自称为知识分子的怠工分子。于是，2870万人的厄运铸成。”

肃清害虫的形式，列宁在文章中预见了多种可能，比如坐牢、枪决、扫厕所、监禁期满发给他们一张黄色卡片，“或者受到最劳累的强迫劳动的处分”。他还建议将寻找最好的肃清办法，作为‘公社和村社’竞争的对象。恐怖、荒谬、狂热，一幕幕令人发指的“美丽”悲剧，就这样被制造了出来，并吞噬道德、良心和人性。逮捕，是进入古拉格群岛的唯一途径；刑讯，是赋予岛民合法身份的保证；而远离，则是安心的定海神针。一个公民无论是否有罪，只要进入了古拉格，那里总会有一个“合法”的罪名在等着你。作者在书中列举了31种刑讯法，心理的、肉体的，熬鹰、穿和平衣、车轮战、臭虫隔离室、利用亲人的感情等，对人进行精神和肉体折磨，手段残忍至极。在1929年到1953年斯大林时期，死于俄国劳改营的囚犯达270多万人。而这个数据仍然没有反映全部真相。

索尔仁尼琴是这样成为“害虫”的。他1918年生于北高加索的基斯洛沃茨克市，苏德战争爆发后，应征入伍，曾任大尉炮兵连长，两次立功受奖。因为在与一个老朋友的通信中批评了斯大林，于1945年2月在东普鲁士的前线被捕，并以“进行反苏宣传和阴谋建立反苏组织”的罪名，被判处8年劳改。

刑满后被流放到哈萨克斯坦。

尼采在《悲剧的诞生》中，认为希腊艺术的繁荣，不是源于希腊人内心的和谐，而是源于他们内心的痛苦和冲突。他因此而创造了日神和酒神精神，想用艺术来拯救人生。

也许，索尔仁尼琴正是这样。为了哀悼那些数以百万计的生命，为了记住那几千万人的悲惨际遇，为了拯救俄国乃至人类的良心，他勇敢地提起了笔。他花费 11 年时间调查，走访了大量狱友和相关人员，将其称为“文艺性调查初探”。他在书卷首写道：“此书中既无臆造的人物，又无虚构的事件——所写的事实都是千真万确的。”他写这本书的目的——“献给没有生存下来的诸君，要叙述此事他们已无能为力。但愿他们原谅我，没有看到一切，没有想起一切，没有猜到一切。”换句话说，是出于一个作家的道德和良心。

文艺性调查，当然离不开文学精神。《古拉格群岛》还没有完整出版，作者便获诺奖，就足以证明其艺术成就。更有意思的是，该书的体裁，完全在传统的文学“四分法”之外，以非小说、非诗歌、非散文、非戏剧的形态，攀上了文学圣殿的巅峰。没有别的解释，只能说超文体力量的存在和魅力，在场写作和创新，为文学开辟了多种可能。

在结构上，该书以古拉格群岛居民的生活为经，以俄国劳改制度的发展史为纬，以在场写作姿态、经纬交错的网状结构，以及数百万古拉格居民的悲惨命运和大量个性细节，呈现了一个时代之痛和一场人性的灾难。全书结构宏大，叙事坚实，情感丰沛，卷帙浩繁，事件触目惊心，处处是强烈的控诉、愤怒的谴责、尖锐的批判、辛辣的嘲讽、痛心疾首的诉说、深切的唤醒；既有知识分子共性的懦弱胆怯，又有他们百折不挠的反抗精神，既有哀其不幸，怒其不反，又有恨其不醒。充分展示了作者驾驭宏大叙事的卓越才气。

索尔仁尼琴试图呈现一种荒谬的神话。与诺斯洛普·弗莱的原型批评相反，索尔仁尼琴是用真实来印证神话，而非探究神话背后的真实。在他讲述的古拉格神话中，不可能逃跑赫然醒目。他笔下的古拉格，逃跑是“一项巨人的事业——但却是劫数难逃的巨人的事业”。书中的瓦尔拉姆·沙拉莫夫，讲述了幻象逃跑的状态：“试图逃跑的几乎都是新来的囚犯，第一年服刑，自由和虚荣在他们心中还没有泯灭。”古斯塔夫·赫林则以另一个故事，介绍了一名难友试图逃跑的结果。经过几个月的精心策划，他成功逃了出去。饿着肚子在森林里转悠了7天之后，他发现自己离开劳改营不过8英里。饥饿迫使他回来自首、加刑。每当向难友讲起自己逃跑的经历时，这名囚犯总会说，自由不属于我们。

强烈的介入意识、批判精神，与卓越的艺术成就完美结合，让《古拉格群岛》成为世界文学史上不可复制的经典。该书1973年在法国一经出版，很快引发了轰动。他在唤醒人类良心的同时，也在唤醒人们的思考。比如，对以国家形式的犯罪，进行艺术性或纪实性描述，是否注定要失败或遭遇厄运；即便如此，只要个体道德尚未泯灭，该不该冒险。又如，罪恶是如何产生的，是否像书中说的那样，莎士比亚的恶，在人们的想象力和气魄中，也就止于几十具尸体，因为他们没有思想体系；而由于思想体系，人类在二十世纪遭逢的是残害千百万人的暴行。再如，如何让人们弄明白，作为个体思考者，在何种道德状态下，才切实可能地正确把握文学、政治、人生的世界观，而不至于对为所欲为集体失语。

索尔仁尼琴是二十世纪俄国最伟大的良心之一，是异议的化身。他的不屈不挠、个人理想以及多舛的一生，使得他成为继陀思妥耶夫斯基之后的一代传奇人物。他完全有资格进入世界伟人殿堂，我对他表示深深的缅怀。

法国总统萨科齐对索尔仁尼琴的唁词，说明了索尔仁尼琴的道德高度和这本书的价值。

浅说徐志摩诗歌的理想悲剧色彩

徐志摩是“五四”新文化大潮之后，走上诗坛并在中国现代文学史上较有影响的诗人之一。作为诗人，他似乎大器晚成（24 岁才开始写诗），又过早凋谢（35 岁去世）。然而短暂十年，诗人在诗歌这块缪斯的圣地辛勤耕耘，却收获颇丰。这不仅表现在他诗歌创作的数量上，还表现在其作品的质量和品位上。他先后结集出版了《志摩的诗》《翡冷翠的一夜》《猛虎集》，以及大量的散文和译著，在他英年早逝后，友人又为他编辑出版了《云游》。

徐志摩的诗，执着地追求“从性灵暖处来的诗句”，在诗里真诚地表达内心深处真实的情感和独特个性，并且往往把这种情感、个性外射于客观物象上，创造出韵味十足的艺术意象。加上诗人潇洒空灵、不受羁绊的个性，形成了徐诗飞动飘逸的鲜明艺术风格，深受读者喜爱，具有经久不衰的艺术魅力。

然而，作为小资产阶级的代表，徐志摩诗在思想艺术性上最大的特色，还是它的理想悲剧性。纵观诗人的思想脉络，正如他短暂曲折的生命流程一样由高扬到低抑。他十分向往资产阶级民主共和制，却对中国国情缺乏基本了解；他渴望和平，却不得不面对战乱频仍的国家；他追求美好人生，但在人生旅途上却命运莫测。结果，在理想与现实的巨大反差中，他走向失望与消沉。正如梁实秋分析的那样，徐志摩一如西方浪漫派文学家雪莱、拜伦、卢梭等，“一生追逐理想的生活，而终于不可得。他们爱的不是某一个女人，他们爱的是自己内心中的理想”（《爱眉小札：浪漫情怀总是爱》）。这种理想悲剧意识，反映在诗人创作的全过程，使得徐诗带上了十分鲜明的理想悲剧色彩。在表现形式上，徐诗理想悲剧色彩主要有三种类型：

一是战争意象。从政治的角度看，战争是政治斗争的最高形式；而从人性、人生、人文角度审视，战争却是恐怖、灾难的象征。人们渴望和平与美好人生，战争却带给人灾难，毁灭了人生美好的追求。徐志摩生活的年代，正处在中国延续了两千多年的封建主义制度走向衰亡，新的社会制度正在母腹中躁动的年代。社会动荡、军阀混战、平民遭殃构成了当时社会现实的主题。因此，在徐诗的理想剧中，反映战争意象的作品占有重要位置，如《大帅》《人变兽》《太平景象》《俘虏颂》等。

描写战争的残酷，是战争意象的重要表现形式。“你不见李二哥回来，烂了半个脸，全青？他说前边稻田里的尸体，简直像牛粪……全的，残的，死透的，半死的，烂臭，难闻”。《太平景象》采用第三人称方式，以一群将被运往前线参加战斗的士兵的对话构成全诗，在诗的字里行间却找不到半点太平的影子。作者直笔勾勒在我们面前的是一场战争洗劫后的田畴荒野，横尸遍布，惨不忍睹的悲惨场面。同样，《大帅》向我们展示的则是战争进行中人性表现的残酷场面：“前敌战士，随死随掩；间有未死者，即被活埋”；而《人变兽》呈现在我们眼前的更是一种死尸、乌鸦、豆苗所共同构成的战争恐怖意象。城门洞里“跳舞着没脑袋的英雄”——那是一群乌鸦在争食着战争遗弃的英雄的死尸，青绿的豆苗则“全是用鲜血浇”。描写战争的残酷，不仅反映了诗人对当时中国社会普遍缺乏人性、人道与和平理想的深刻现实的不满与鞭挞，更表现出如诗人在《自剖》中道白的那样：“爱和平是我的生性。在怨毒、猜忌、残杀的空气中，我的神经每每感受一种不可名状的压迫。”

当然，揭示战争的残酷及战争对人性的摧残，并不是鼓励人们逃避现象、逃避战争或在战争的残酷面前沉沦、投降、自毁自灭，而是唤醒人们起来与现实搏斗。徐志摩在给英国著名汉学家魏雷的信中，将自己的心态表白得清清楚楚：“中国现状一片昏暗，到处都是人性里头卑贱、下作的那一部分表现。所以一个理想主义者可以做的，似乎只有制造一些能刺透心魂的挖苦武器，藉此跟现实搏斗。”（《徐志摩英文书信集》梁锡华）即使像《太平景象》那样似乎带有自然主义色彩的具体、逼真地描写战争残酷的作品，表面的冷峻也并不意味着诗人的无情，恰恰相反，它是诗人内心深处愤怒与血的凝结，充满了无尽的反讽意味。“身上脸上全挂着彩 / 眉眼糊成了玫瑰 / 口鼻裂成了山水 / 脑袋顶着朵大牡丹。”《俘虏颂》中，士兵的血与伤等战争意象，则以“玫瑰”“山水”“牡丹”等美丽意象表现出来。尖锐的反讽不仅刺破了现实的假面具，而且给人们营造了一个积极浪漫的意境，使人在品诗中获得一个更具积极意义的审美世界。

二是坟墓意象。生与死是人类不可逃避的客观规律，也是文学作品永恒的主题之一。应该说，每个睿智与理性的生命一旦诞生，就应有存在的自由；一旦冷酷的现实拒绝了生命存在的要求，生命就只能选择反抗或死亡。反映这种生命与死亡的抗争、较量、搏杀，在徐志摩各个时期的作品中都不鲜见，如《问谁》《再不见雷峰》《苏苏》《一块晦色的路碑》《雷峰塔》《默境》《希望的埋葬》《冢中的岁月》，译诗《一个厌世人的墓志铭》和《情死》等。

死亡作为生命的终极，在徐诗中是以坟墓意象出现的。这与诗人对死亡的理解有关。他认为：“坟与死的关系并不密切：死仿佛有着或实质的一个现象，坟墓只是一个美丽的虚无，在这静定的意境里，光阴仿佛止息了波动，你自己的思感也收敛了震悸，那时你的性灵便可感到最纯净的安慰。”可见，选择坟墓意象取代死亡，表现生命终极，可以避免死亡的恐怖，营造美丽的意蕴，使生命与自然融合同化。难怪徐志摩自己也说：“它（坟墓）只是它，包涵一切，覆盖一切，调融一切的一个美的虚无。”（《契诃夫的墓园》）以《问谁》为例：“在这冻沉沉的深夜，凄风/吹拂她的新墓？”“不久，这严冬过去，东风/又来催促青条/便妆缀这冷落的墓宫/亦不无花草飘摇。”不难看出，诗中的凄切伤情，是由沉沉的抒情意象转化而来的，一旦转化，坟墓便成为主导意象。同样，在《苏苏》中，饱受摧残的苏苏，虽已化为荒野“染血的蔷薇”，但“但命运又叫无情的手来攀/攀，攀尽了青条上的灿烂——”

徐志摩诗歌坟墓意象的一个鲜明特点，是表现“美丽死亡”。描写坟墓与死亡，并不是要人们以宿命主义者的观点消极对待死亡，而是揭示更高层次的生存价值与生命意义。徐志摩认为，“死只是中止生，不是解决生，更不是消灭生；只是增剧生的复杂，并不是清理它的纠纷。”（《契诃夫的墓园》）《默境》这样写道：“生命即寂灭，寂灭即生命/在这无终始的洪流之中/难得素心人悄然共游泳/纵使阐不透这凄伟的静/我也怀抱了这静中涵濡/温柔的心灵；我便化野鸟/飞去……”在这里，神秘与宁静透射出作者对生命的感悟，在富有禅学意味的天人合一、物我两忘意境中，人与自然，生存与死亡，心灵与外物的界限已模糊，在对生命的理性沉思中，诗人对死亡的理解已超越时空限定的生命之极，使永恒的时间和短暂的生命得到完美的融合。

徐志摩诗歌中描写“美丽死亡”的作品还有《为要寻一个明星》《这是一个懦怯世界》《希望的埋葬》《爱的灵感》以及译诗《死尸》等。从这些诗中我们可以感到，在为获取生命存在的自由和生命真实本义的诗人眼里，死亡不再是阴森恐怖的恶魔，而是披着绚烂光华的美丽天使；死亡不是畏缩与消逝，而是进取与升华的象征。“埋你的秋林之中／幽涧之边，你愿否／朝餐泉乐的琤琮／暮偎松茵的温柔／我收拾一筐的红叶／露凋秋伤的枫叶／铺盖在你新坟之上／长眠着美丽的希望！”（《希望的埋葬》）“我死了的时候，亲爱的／别为我唱悲伤的歌／我坟上不必安插蔷薇／也无须浓荫的柏树／让盖着我的青青的草／零着雨，也沾着露珠。”（《歌》）《这是一个懦怯的世界》揭示的则是这样的生命真实：与其容忍真情贫乏，懦怯苟且的生存，倒不如索性背离这狭窄丑恶的生存轨迹：“跟着我来。我的恋爱／人间已经掉落在我们的后背／看呀，这不是白茫茫的大海？／白茫茫的大海／白茫茫的大海／无边的自由，我与你与恋爱！”谁能说这样的死不是美丽的呢？只要有夸父逐日般的坚毅，就定能到达“恋爱、欢欣、自由”的理想的天庭。

三是伤感意象。“月有阴晴圆缺，人有悲欢离合，此事古难全。”渴望美满，追求美好生活是人的天性。然而，现实往往不以人们的主观意志转移，有情人难成眷属，才相聚时又道别的情景在现实生活中更多，它留给人们的当然是伤感与遗憾。徐志摩理想中，表现伤感意象的作品主要有《沙扬娜拉》，译诗《情死》等，虽数量不多，但颇具影响与代表性。“最是那一低头的温柔／像一朵水莲花不胜凉风的娇羞／道一声珍重，道一声珍重，那一声珍重里有蜜甜的忧愁／沙扬娜拉！”“沙扬娜拉”是日语“再见”的音译，诗歌抒发的是诗人的惜别情怀，却不见一个离别、伤感的文字。作者将自我情感外化，将自己“蜜甜的忧愁”转移到一位日本女性身上，以一位日本女性离别时欲说还休的“娇羞”神态，以及连续两个“道一声珍重”这令人柔肠寸断的韵味，把作者的离别伤感之情表现得淋漓尽致。《情死》中的“玫瑰”，是作者感情的寄托和象征，既象征爱情的终极，又展示了真情实爱的绚烂华丽。“玫瑰！我顾不得你玉碎香销，我爱你／花瓣，花萼，花蕊，花刺你，我——多么痛快啊／尽胶结在一起；一片狼藉的猩红，两手模糊的鲜血／玫瑰，我爱你。”

徐志摩诗歌创作中理想悲剧风格的形成，既与诗人所处时代的社会文化背景有关，也与诗人自身的人生经历、个性气质及其对社会人生的独特感受有关，还与中国传统文化和西方现代派思想影响有一定联系。

首先，徐志摩曲折多变的人生履历，对其理想悲剧产生重要影响。人所共知，徐志摩一生游历极广，欧亚美大陆均有其驻足流连的印迹。其中，对其思想和创作风格产生决定性影响的，无疑是留学欧美那段时间。1918年，徐赴美攻读经济学硕士学位。对思想尚未定型的年轻诗人，美国社会的思想、文化、制度、民俗等都使他感到陌生而新鲜。好奇的性格使他不满足于专业课程的学习，对社会问题、对马克思、欧文等人的著作也兼收并蓄，以至被人称为“鲍雪微克”（布尔什维克），他的毕业论文便是《论中国妇女的地位》。这种广泛的爱好与钻研，使得他的思想很快融入了西方社会的主流，强烈感到要挽救中国必须从改革社会制度入手。然而，这种明显带有青年热血式的冲动，在诗人进入典雅、保守的英国剑桥大学后便逐渐消弭了。此时的诗人，已淡化了参与社会政治经济活动的热忱，开始试图从“人”的角度，寻求人生体验的答案。

1922年，饱经欧美风雨体验的诗人，带着青年人抹不掉的理想、天真，怀抱神往已久的资产阶级民主共和的企望，雄心勃勃地回到熟悉而陌生的祖国时，一腔热血很快被冷凝了。他看到，经过“五四”大潮洗礼后的中国，虽然古老的大地洒下了几滴春雨，封闭的四合院透进些许新鲜空气，人们的生存观念发生了或多或少，或深或浅的变化，但就整个社会而言，并未发生质的变化。特别是随着孙中山的与世长辞，资产阶级民主共和制在中国成了水中月、镜中花；“五卅”惨案，“三一八”事件，“四一二”大屠杀，使中国陷入了血腥残酷的深渊。此时的诗人，全部家当“除了几座空中的楼阁，至多只是一颗热烈的心”了。于是，残酷的现实使得诗人的原本就“不够深”的心河，流淌着的全是缠绵的忧愁；原本“并不大”的胸膛，承载着世纪末日的凄凉（《现代派论·英美诗论》《秋》）。并且这颗“热烈的心”始终弄不清“到了中国以后，也不知怎的，原来热烈的态度忽然变得温和；原来一任感情的浮动，现在似乎要暂时遏住了感情，让脑筋凉些了仔细的想一想”。他始终在惊讶几个朋友的巨变——“从青年变成暮年，从思想的勇猛变成生活的萎靡”（《南行杂记·劳资问题》）。这种人生的转折起伏，是徐诗理想悲剧的深刻思想根源。

其次，西方现代文学中悲剧意识的影响。徐志摩留学欧美的年代，正是西方现代文学各流派争芳斗艳，发展活跃的年代。作为对诗歌有天生潜质与敏感的诗人，不可避免地受到了西方现代派文学的影响。事实上，徐志摩是以十分积极的姿态对待西方现代派文学的。他不仅参拜过西方文化神髓，而且为象征主义大师波德莱尔（1821—1867）唱过赞歌。作为以非理性思维为创作特征的西方现代派文学，基本的思想内容就是危机意识和异化观念。无论是生存危机，还是人的异化，人与人关系的异化，人与自我的异化等，归根结底都是揭示人生存状态的险恶，揭示人的命运的莫测，即都是反映人的悲剧性处境。从象征主义大师艾略特（1888—1965）的《荒原》，表现主义泰斗卡夫卡（1883—1924）的《审判》《城堡》《变形记》，到意识流小说代表作家詹姆斯·乔伊斯（1882—1941）的《尤利西斯》，以及存在主义、黑色幽默等流派文学，无不具有浓郁的悲剧色彩。西方现代派文学中的这种悲剧意识，对徐志摩创作风格的影响是不容忽视的。事实上，徐志摩在吸取西方现代派文学创作营养的同时，还向中国翻译介绍了不少西方现代派作家的作品，如《歌》《抹词》等，构成了他创作成果及其悲剧意识的重要组成部分。

再次，中国传统文化中悲剧意识的影响。我们在研究中国的人类感情和理性思维的结晶时，作为人类价值观的重要内涵和人类思想宝库中最成熟、最富力量的部分，悲剧意识几乎与我们民族文化的形成与发展相伴而行。从文学角度看，早在先秦时期的中国古代神话和寓言中，就含有悲剧意识的因素，如《精卫填海》《夸父逐日》。屈原可以说是我国最早的悲剧大师，他的《离骚》《国殇》所反映的悲剧意识已达相当高度。其后在历代文学中，特别是在婉约派作家们的作品中，悲剧意识的脉搏从未间断过跳动。从无名氏为焦仲卿妻而作的《孔雀东南飞》，王粲（177—217）的《七哀诗》，以及后来的《窦娥冤》《琵琶记》《白蛇传》，到杜甫、白居易、陆游、关汉卿、龚自珍、王国维等名家作品，无不饱含浓郁的悲剧意识。《红楼梦》不仅是中国封建社会的百科全书，也是一部难得的封建悲剧全书。

特别是到了中国近代，悲剧意识更是迅速崛起。以鲁迅、郁达夫、茅盾、巴金、钱锺书、沈从文等为代表，标志着中国文学从悲剧意识走向成熟。徐志摩作为站在中国传统文化阶梯上成长起来的诗人，在他思想的宝库中不能不留下传统文化的影子。以坟墓意象为例，徐本人也认为“吊古——尤其是上坟——是中国文人的一个癖好”，是坟墓意象为怀念、伤感的心灵提供了与客体对话的契机，使之成为宣泄痛苦、孤独、伤感的载体。同样，徐诗中的战争意象和伤感意象，在中国传统文化中都不难找到踪影。

总之，理想悲剧构成了徐志摩诗歌中深刻的思想内涵，而这种理想悲剧的形成，则归因于徐本人特殊的人生履历、个性特质和中西文化中悲剧意识对其的熏陶。

在草木生活中发现生命的奥秘

——杨庆珍《人间草木有真情》序

《人间草木有真情》的书写，没有所谓的宏大叙事，也没有明显介入当下的重大题材，入文对象大都是普通花草树木，或一些名不见经传的乡野植物。但正因为它们的微不足道，才充满生命细处的原汁原味，也更接近生命的真相，让人从中发现生命的奥义。

这本书分为四辑，时空的交织与物种的交织相互映衬，以“真情”为魂，从不同的维度，进入植物王国个性的微观世界，并从中发现植物与人的关系，以及广义生命的奥秘。第一辑“风吹故园”，书写蜀地原生植物，例如构树、爬山虎、石斛、皂荚、枫杨、香樟树等，同为一方水土滋养，那真情自然更亲一层；第二辑“老去诗篇”，指向千年古树与人的关系，包括凤凰鲸柏、九子银杏、千年香果树、古红豆杉、古树梨花、古榕树、桢楠王、羌山黄连木等，发现生命是可以跨越时空的，相遇不仅是缘分，也是情的缘起；第三辑“花下流光”，所写芙蓉、珙桐、山矾、紫茉莉等，都是见惯不鲜的乡土花草，关键是能不能从中发现不一样；第四辑“野草葳蕤”，笔涉一些似乎有点卑微的植物，如紫苏、艾草、紫云英、车前草、木贼、夏枯草、苔藓等，读深读透了，才发现在生命世界中，其实根本就没有所谓高贵卑微之分，生与死都是一种存在方式。

赠人玫瑰，尚且手留余香，如此与一群植物灵魂对话，不仅可以感受一种郁郁葱葱、清香宜人的绿色温馨，更能从生命深处、细处，发现生命的真相和意义，从而从更高境界上敬畏生命。从这个意义上，可以说这本书既是作者写给自然的情书，也是作者替植物写给人类的家书——同处一个家园，同属地球村生物链中的生命元素，该如何相携相惜，在生命相生友好中共建我们美好的家园。因此，该书在展示草木在自然四季生命细微变化的同时，也书写了植物与人所呈现的美学情趣和文化意味，以及相互依存的家园意识。

事实正是如此，植物的生命世界奥秘无穷。

那是一个丰饶和幽深的王国，对于植物，我们究竟知道多少？植物学家们考证，早在15亿年前的太古代和元古代至泥盆纪之前，地球上就出现了早期的丝状藻类植物——这也许是生命的起源，它远远早于我们人类的出现。然后，沧海桑田，经过漫长的藻类植物时代、苔藓植物时代、蕨类植物时代、裸子植物时代，到现在的被子植物时代，地球上的植物已达4100万种，比人类种族还多一倍多。苏格拉底说，他自己“唯一知道的是不知道”。在笔者看来，这才是真正的智者。要是连“不知道”都不知道，才是一无所知。

世界很小，一片树叶很大。正如佛家所言，“一花一世界，一树一菩提”；当我们在阅读植物的时候，其实是在阅读生命，阅读我们人类自己。因此，我们在杨庆珍这本书中，看到了“植物”与“真情”两个核心词。透过这本书，我们从草木的生命细节中，发现了草木与人类的血肉关联，从植物对人生命的滋养中，发现了生活中的禅意；而这一切，又都是通过文字营造的叙事流，让灵魂的追问、生命的贴近、人性的发现形象地呈现出来，在女性特有的细腻绵密中，表达出精神的自由、生命的意义、自然的奇崛之美。这就从更高境界上，把草木奥秘提高到了人精神原乡的禅意层面。

与草木和谐契合、相生友好，构成了杨庆珍本书的生命禅意。生活多艰，草木为伴，不仅是光合作用、不仅是负氧离子，更是生命的相依共生和精神的慰藉。植物能让人过得美好舒畅，它的治愈力，可以让人无忧无惧增添生命的自信，体会清新甘美的存在。

譬如紫苏，在古代汉语里被称作“荏苒”。它是一年生草本，一岁一枯荣，古人用“荏苒”形容时光易逝，西晋文学家潘岳在悼念亡妻的诗中写道：“荏苒冬春谢，寒暑忽流易”，意思是季节不断更替，光阴飞逝，让人叹息，紫苏年年生，逝者不可追。作者说，“紫苏真是一株全身上下、由内而外散发香气的好植物”。紫苏可食可赏，是紧张忙碌的生活中最难以忘却的一抹紫绿。将紫苏与表示岁月的“荏苒”并列，是提醒人们，过好恒常如新的每一天。

人是情感动物。人的情感往往通过肢体表现出来，叫作表情。关于情绪的种类，从古至今有不同的说法。《礼记·礼运》有“七情”说，即喜、怒、哀、惧、爱、恶、憩；《白虎道·情性》又有“六情”分类，即喜、怒、哀、乐、爱、恶。心理学家 Ekman 将人的基本情绪分为六种：快乐、悲伤、愤怒、恐惧、厌恶和惊奇。

杨庆珍的难能之处，在于发现了植物与人的情绪的关系。

《梅花树下茶香浓》看似写花写茶，其实是写人与植物相处的一种情绪。什么情绪呢？怡然情绪。怡然是喜、乐、爱等情绪的综合体现，属于一种较高境界的积极情绪，是人的特定精神状态。这种“花间一壶茶，席上饮清雅”状态的获得途径主要有两种：一种是本来就衣食无忧，但闲而不俗，以诗文茶饮共舞时光，尽享怡然；另一种是风雨同行，劳碌相伴，偶有得闲，顿生怡然。多数人可能属于后者。后者的怡然含金量更高，“寒苦”后的“梅香”也更可贵，可沁入内里。这是真正的禅意人生。显然，《梅花树下茶香浓》写的正是这样的情绪。更可贵的是这种情绪的获得，是与植物紧密相关、借助于植物呈现的，甚至可以说，文中的“我”等几个，就是在与植物相处中获得的，也可以说是植物对浮世中人的治愈。

你看，几位不落俗、不无聊的知性女子，在开春的花季，抛开了都市的尘嚣，来到鹤鸣山上、天谷洞旁的梅花树下对花品茗。“小桌呼朋三面坐，留将一面与梅花”，不说参与，就是读着这文字，也会被这样的怡然感染。是文字的力量，还是植物的力量。总之，我是被感染了，有点“羡慕嫉妒恨”，何时可得此怡然？

《近绿者悦》，乍一看写的是花花草草，小格局、小情绪，典型的小女人散文。仔细一读，并非如此。杨庆珍列数的阳台花草，从竹子、栀子花、天竺葵，到橡皮树、忍冬、广青等，都是人格化了的；观花不仅可观人，还可观世界时代。在这里，“花心草心人心是相通的，置放于同一个阳台，阳台便是溶液”。正因为如此，养花才有了更深刻的意义，成为人性重要的观照系，“你以为你在养花吗？不，你在养育你自己——你的清气、静气、朝气”。“花香、茶香、书香交织在一起，让人内心安详宁静。”最终又回归到了人，但已不是原来的人，而是优雅脱俗的人，禅意人生的人。

特别喜欢《与树在一起》，不到两千字，却感情丰沛，情绪饱满，写出了与树的生命相依和诗意栖息。文章一开始，就以一句“我的姓名里带有‘木’字，五行也属木，对树木一直有掏心掏肺的好感”写出了自己与树的宿命关联，颇有点像弗洛伊德的胎衣。接着，作者解读了一系列的树，栾树、银杏、黑杨树、李子树、罗汉松等；对每一种树的解读，都不是停留于表面的形，而是深入内在的神，通过人与树的关系，融入自己的生命体验和发现。

比如，从栾树身上，作者想起的是儿时家里的贫苦和父亲的企盼。这何止是作者难忘的生命体验，更是我们一代人甚至几代人的不堪记忆。“银杏的黄，是绚烂壮阔的，给人无边无际的温暖。”“美好的时光羽毛一样飘在眼前，仿佛是卡朋特的《昨日重现》，清澈的歌声泉水一样流淌开来，优美、沉郁，好比风吹过树林，吹过童年的草地，吹过绿油油的青春。”而黑杨树令作者想起的，是西班牙诗人塞尔努达的诗：“我流溢的情绪，集中在三棵黑杨树清晰的轮廓周围”，“我笃信地靠近树干，抱住它们，把鲜绿的青春拥紧在胸口。”这首叫《爱》的诗，没有一个爱字，无涉情欲、不关男女，却更指明了爱的究竟。这是作者从黑杨树身上的发现：“真正的爱是滋养，能量充沛，源源不断。就像空气和水须臾不可离。树，以自己的盎然生机将人从忧郁中拔出，换个说法，相当于拯救，令人超越沮丧、颓唐等负面情绪。”

当列数了树与生命的神奇后，作者把自己对树与人生命秘籍的发现，提升到了禅意的哲学和精神层面：“树的在场，对人而言是一种安慰，它们无言、沉静、笃定，时时陪伴和照拂着人类。”

植物有情，情在生命；心中有禅，树皆菩提。

草木是生命形式，也连接着生命的起源。在草木生活中发现生命的禅意和奥秘，构成了杨庆珍散文的一大特点。我相信，正是因为有草木的浸润加持，杨庆珍才有这样的发现、这样的书写吧。《人间草木有真情》，其中有情，有爱，有对世界和生命的观照。

2023 年 7 月 16 日

∧
问答
∨

作品是文学观念的证词

——周闻道答《文学报》《眉山日报》记者问

记者：请你结合评奖的过程和结果，简要谈谈这次“在场主义散文奖”的总体印象。你认为，与首届相比，无论体现在评选过程，还是结果上，有哪些不同之处？或者说相比有什么需要完善的地方？

周闻道：与首届比，本次评选有几个特点：一是视野更开阔。面向所有华语散文写作，包括港澳台及海外华人。除自行申报外，组委会还利用评委中的专门研究机构，获得年度公开出版华语散文专著目录，从源头上几乎达到无遗漏覆盖。二是申报更热烈。首届在场主义散文奖评出后，凭着它的良好声誉，获得了业界人士的广泛认可，极大地激发了作家们的申报热情。三是程序更严密。评审专家有两套人马，初审和复审、终审各一套，整个专家队伍20多人。采用复审以得票排序，终审以排序计分，使评选更科学精准。特别是强调独立阅审，评委不集中、不讨论、不沟通，不得以电话、邮函或其他方式影响其他评委等，有效保证了评选的客观公正。四是旗帜更鲜明。作品是文学观念的证词，二者是否一致，也是大家所关心的问题。因此，坚持“散文性”与“在场精神”，始终是在场主义散文奖的鲜明旗帜。无疑，这一旗帜在本届评审过程及结果中，都得到更充分体现。齐邦媛的《巨流河》，以亲历的个人和家族命运，观照国家和民族的苦难史，以片段式的经验呈现，书写哀痛的生命历程，具有强烈的介入意识和时代精神。张承志的《匈奴的谶歌》，对生态恶化的探求及其愤激而从容的呐喊，以严谨而富于质感的文字，表达出强烈的悲悯意识和当下关怀。新锐奖的十篇作品，也从不同角度诠释了散文性的美丽，展现了在场写作的巨大魅力。五是质量更整齐。无论是专著还是单篇，获奖作品质量都更整齐。六是奖励更多。总奖额近50万元，保持了华语文学大奖地位。其中提名奖由于后两位得分相同，按章程一并得奖；新锐奖奖金从首届的5千元增加到1万元。新锐部分作品，以社会与年选划分，似不利于统一标准，公平竞争；但是必须坚持民间立场和客观、独立、公正，防止任何人以不当方式影响评委的独立判断与公正。

记者：这次获奖作品，给我总的感觉是有诗化倾向。无论是齐邦媛的《巨流河》、张承志《匈奴的谶歌》，还是李娟《阿勒泰的角落》，都带有较强的异域气质。对于散文的诗化，一些人认为正是当前散文创作所极其缺乏的，也有人对其做出了批判，认为这是一种伪抒情。你怎么看？你认为，诗意在别处吗？

周闻道：我理解，你的问题包含了两层含意：本届在场主义散文奖获奖作品呈现出来的异域气质与诗意倾向。

先谈第一点，的确，本届获奖作品，特别是专著部分，从齐邦媛的《巨流河》，到张承志的《匈奴的谶歌》、李娟的《阿勒泰的角落》，都带有较鲜明的异域色彩。但这只是一种巧合，而非评选中的刻意。评选的标准只有一个，那就是散文性和在场精神。不过，这也许从另一个方面，呈现了文学的另一规律，即共性存在于个性之中，越是民族的、地域的东西，越具有典型性、普遍性。

关于第二点，我使用了诗意，而非诗化这个词。我认为，诗化是一个具有性质确定性的词，而诗意则只是一种属性呈现。在场主义强调，散文应当具有散文性。而所谓诗化或诗性散文说，是对散文标准的混淆，是对诗歌标准的张冠李戴。但我们不仅不排斥，反而强调散文的诗意。这里的诗意，是散文对诗歌元素的吸纳，而非异化；它的作用是，既增加了散文的包容性、开放性、自由性，扩展了散文的审美空间，又不影响散文的本质属性，即散文性。诗意的基础是真实，本质是浪漫。这与在场主义倡导的追求本真，介入当下，从容面对惨淡的现实是一致的。世界的一切存在都是有诗意的，哪怕死亡。在文学中，死亡不仅是一种恐怖，而且是一种美丽意象，即所谓美丽死亡。在福柯那里，死亡不过是“一道亮光照亮了生命的暗夜”。齐邦媛的《巨流河》，无疑表达了一种苍凉的历史诗意。因此，散文不能拒绝诗意。

记者：能引领散文发展的走向，至少对此有所影响，是判断一个奖项足够成熟的标志。从这次获奖的情况看，你认为是不是可以从在场主义散文奖中看出一些趋向性的东西？

周闻道：是可以看出的。在场主义散文奖设立初衷，就旗帜鲜明地提出：重构文学价值，捍卫文学尊严，引领二十一世纪汉语散文发展趋向。有人说，这个目标太高太大了。我认为，既然是目标，就应该具有终极价值的意义，不高不大是难以承担的。从两届评奖结果看，显然在朝着这个目标坚定前行。其标志为：

一是散文性的坚守。散文性是我们第一次发现并提出的，既是在场主义的核心价值观之一，也是在场主义散文奖的重要评选标准。在两届评选中，这一价值观都得到充分体现。林贤治的整个写作，都是非体制的；他的散文随笔，“四个非”色彩非常鲜明。齐邦媛的《巨流河》和龙应台的《目送》，是典型的片段经验式书写。通过片段，呈现整体，二者相互交融，浑然天成。

二是在场精神的体现。在场精神，是在场主义坚持的又一基本标准。如果说，散文性确立了散文的共同身份，把散文与其他文学体裁区别开来；那么，在场精神则彰显了在场主义的个性主张，把在场主义散文与其他散文区别开来。在场精神的主要体现是“五性”，这在两届评选中得到充分的体现。林贤治的《旷代的忧伤》中介入意识和当下关怀，是显而易见的。筱敏的《成年礼》，以鲜明的精神在场姿态和女性特有的细腻，赋予了作品高贵的尊严，是作家远离一般的女性写作模式，自觉承担起知识分子介入现实的优秀之作。李娟的《阿勒泰的角落》，无论呈现的生活还是文字，都是一派天籁之音，给当下陈腐黏滞的散文写作带来了勃勃生机。周晓枫的《雕花马鞍》，在母语回归中，展示了语言介入的魅力与力量。

总之，散文性和在场精神，既是我们坚守的标准，也是我们努力引领的方向。尽管我们尚处在探索中，还有许多路要走，但我们的趋向性是明显的。

记者：这次奖项的新锐奖部分，还是像去年一样给我一种庞杂的印象。我疑惑的是，该怎么理解体现在这一奖项中的“新锐”？

周闻道：应该说，新锐奖的设置、定位和评选，直至最终结果，一直是我们探索中的问题。初衷是为了展示一种面，由于散文更多的是以短章呈现，一个严密完整的奖项，不可能没有大量存在的单篇散文。冠以“新锐”名字，首先是为了扶掖新人新作，章程也因此而做出了一些限定。同时，也有探索尝试之意，充分展示在场写作的多种可能性。当然，还有一层意思就是，给评选留下更广阔的空间。每年发表的单篇散文多如牛毛，再强大的评选团队，都可能挂一漏万，我们的努力与发现都没有止境，希望永远“新锐”。因此带来的一个结果，就如你所说的，获奖作品比较庞杂。值得欣慰的，一是我们始终坚持了统一标准，那就是散文性与在场精神；二是总体看，第二届的作品比第一届更好，我相信会越来越好。

记者：在场主义散文流派创立三年多来，不断发展壮大并在整个华语世界产生广泛影响，而不是昙花一现，你觉得最主要是凭借什么？

周闻道：我认为，主要有四方面原因：一是它的科学性。这是一切事物存在与发展的生命所在。黑格尔说，凡是存在的都是合理的，这里的合理，显然就是科学性。在场主义的科学性在于，它第一次发现和揭示了散文性，让散文这一几乎与说话同起始的文体，第一次真正确立了自己的身份。与此相适应，我们还以散文性为核心，构建了在场主义散文的哲学本体论、文本本体论和写作方法论，形成了科学严密的流派理论体系。目前，在场主义理论成果已超过30万字，可以说，作为一个自觉的散文写作流派，其理论构建已基本完成，剩下来的问题主要是丰富和发展。二是它的介入性。在场的旗帜、核心和意义是介入。所谓介入，就是主动深入与积极干预，它要求作家及其作品介入现实，关注当下，承担苦难，紧贴时代脉搏。这让散文成为现实中不可或缺的存在方式，拥有了不竭的生命源泉。三是它的实践性。在场主义在创建理论的同时，没有忘记自己的文本实验。到目前为止，在场写作的实验文本已近500万字，包括5部年选，6部在场主义散文丛书，10部在场散文书系，以及大量的专栏文章。四是它的开放性。我们坚信，在场主义对散文性的发现，在场精神的倡导，对于散文，只是找到了一条认识真理的道路，而不是穷尽真理。永无止境，永在路上，永远不要相信已获得全部答案，是我们永存的心态。

记者：作为一个民间文学大奖，公开、公正、公平是很重要的。在场主义散文奖在评奖过程中，是如何避免这个奖成为一个地方文学奖，避免其他不正当因素影响，成为一个坚持独立价值取向和具有公信力的华语文学大奖的？

周闻道：的确，公正、公平、公开是一个奖的生命力所在，许多各类奖项开始红红火火，最后不得善终，一个重要原因，就是丧失“三公”和公信力。因此，在场主义散文奖一开始，就以“重构文学价值，捍卫文学尊严”为己任，以散文性和在场精神为鲜明旗帜，坚持民间性、独立性、公正性、权威性，克服偏执一隅，立足于整个华语散文。为了实现这一目标，我们不仅邀请了国内顶级的散文理论家、评论家、作家组成强大的评审团队，确保了鉴赏眼力，而且还制定了科学的《章程》，确定了严密的评选程序。特别是在国内首创并实行了不集中、不讨论、不沟通的“三不”评审办法，确保了评委的独立阅审。在这个游戏规则下，任何个人要干预和影响整个评审都很难。从已进行的两届评选结果看，获奖作品可以说是众望所归。

在场的价值是去除遮蔽，呈现真相

——周闻道访谈录

晚报会客厅：周先生你好！第三届“在场主义”散文奖颁发，地点在我们苏州。你是在场主义的创始人，又是文学界这个当代影响很大的民间第一奖的发起人，请你给我们的读者介绍一下，设立这个奖的宗旨是什么。

周闻道：好的。我在设立在场主义散文奖的新闻发布会上就明确宣布，设立这个奖的宗旨是重构文学价值，捍卫文学尊严，引领二十一世纪汉语散文发展趋向。这个宗旨是我们一贯的，不会改变。

晚报会客厅：那么，什么是在场？在场主义散文的核心要旨又是什么？

周闻道：在场主义的在场，不仅是人们通常所说的在现场，而是精神意义的，是显现的存在或存在意义的显现。这体现在散文创作上，就是要求作家对存在意义的呈现，应当是去除遮蔽的、呈现敞亮的、展示本真的，应当具有鲜明的散文性；要敢于介入、勇于担当，关心国家的、民族的、当下的、身边的痛。可以说，在场的旗帜就是介入。

我们每个生活在现实中的人，每天都要亲历许多事；这些事，是我们生活的客观存在。不同的人，以不同的形式，反映或呈现自己经历的生活；散文作家以散文的形式呈现生活。但是，由于世界存在的意义具有多维性、复杂性、遮蔽性；加之作家主体也受观念、知识、方法、经验等的局限，去除遮蔽的能力是有限的，个体之间的差异也很大。因此，并不是每个人对生活的呈现，都能充分反映生活的本真，都是客观的、真实的、深刻的、有意义的，都真正做到了在场。

晚报会客厅：你提到散文家以散文的形式呈现生活问题，是不是就是指散文性？什么是散文性，散文性的意义何在？

周闻道：是。所谓散文性，就是散文的纯粹性，是散文区别于其他文体的识别标志。在在场主义之前，许多人并没有认识到这一点，更谈不上有自觉的、正确的写作方向，散文写作、研究、阅读，都在一种身份模糊的混沌状态下进行。

散文性的意义在于，第一次鲜明地提出了散文的身份问题，强调从散文的纯粹性、唯一性或本质特性入手，去认识散文、观照散文。这使我们对散文的认知，从此走出混沌，在一种明了正确的态度下进行。无论从哲学本体论、文本本体论，还是创作方法论层面，都开辟了认识散文的正确途径。也许，我们对散文性的完全把握，还有一个漫长而曲折的过程。但是，我们可以自信而从容地说：从此，我们的探索和努力，方向是正确的；我们的前进，哪怕是小小的一步，都是向正确目标的靠近，而不是背离。

晚报会客厅：那么，为什么第三届评选的地址选在苏州，有没有什么特定的意义？

周闻道：当然有一定的特殊意义。首先，苏州是中国散文创作和散文研究的重镇。苏州的范培松教授，在散文研究上，是卓有建树的。他是我们“在场主义”散文奖的评委，他的《中国现代散文史》，是许多高校的教材，也奠定了他在中国现代散文研究上的地位。他自己还投入地进行散文创作，今年第一期《钟山》发表的他的长篇散文《南溪水》，以在场的姿态，从独特的个人体验和人生际遇出发，去回顾历史，发现存在的意义，读来震撼人心。这部优秀的长篇散文，也是在场写作的成功实践。还有，以苏州大学文学院院长王尧教授为代表的一批中青年评论家，在现当代的散文研究和创作上，也是引人瞩目的。所以，在苏州举办这次“在场主义”的散文评奖，是一次重要的散文交流，对推动散文发展有积极意义。

晚报会客厅：说说你本人的文学创作之路吧，据说充满着传奇色彩。

周闻道：我走上文学道路，既有偶然，也有必然，谈不上传奇。

偶然，那是二十世纪七十年代。那时，我正在读高二。从“文革”开始，“停课闹革命”已经5年，在“旧的教育路线回潮”下，开办了我们这届高中班。和前后被停下来的5届初中生一起考试入学，全县招收了4个班，200人，我在2班。入学时我不足15岁，全班最小。也许是运气好，赶上“回潮”正合时，中间没有中断和耽搁。我的学习成绩一直很好。先是数理化史地英语等，考试几乎没下过90分，且学习感到轻松自然，似乎没有什么压力。唯语文稍差，于是，想到该花一点精力突击一下。除了认真领会老师在课堂上的“传道，授业，解惑”，还千方百计寻找有限的课外参考书。学校没有图书馆，只是听同学们私下传，学校食堂对面的那间上了大锁的旧房子里堆了很多书。在求知欲加好奇心下，几个怀同样心情的同学，趁夜深人静时偷偷摸去那里，有的放哨，有的做人梯，翻窗户进去偷出了一些书和杂志，轮流私下传阅。就是从那时起，我如饥似渴地阅读了《青春之歌》《红岩》《林海雪原》《钢铁是怎样炼成的》，还有中国古典文学“四大名著”等。这些语言艺术的精品，带给我的不仅是对语文的敏感和润物细无声的变化，更是对语言无法割舍的热爱。我知道，这一生将被语言俘虏了。

转折发生于那年的暑假。老师布置假期作业，要求以暑期所见所闻为内容，写一篇作文。我写的题目是《放水》，写的是暑期发生在乡下的一个小故事：大概是一个雷雨交加的夜晚，为了防止洪水冲毁正在灌浆的稻谷，父亲冒险起来放水排涝。也许是阅读名著的缘故，文章自然地有了一些构思、立意和谋篇布局，从开始的铺垫到结尾的照应，以及中间的环境烘托、景物状写，都融入了一些自觉的文学元素；许多语言是模仿的，但作为中学生作文，无疑也增添了不少文采。开学后只是作为例行的暑期作业，把作文交了，没有想到会出现什么奇迹。没想到，几天后老师竟把《放水》作为范文，讲了整整半堂课。时隔30年后，在一次同学聚会上，一位叫涂翠华的女同学，还提起那堂影响我一生的课，并脱口说出了那个作文的标题。就是从那堂课起，我与文学结下了不解之缘。

晚报会客厅：据我们所知，你开始引起社会关注的，并不是散文，而是新闻时评，是吗？

周闻道：呵呵，是的。也可以说，我曾经与你们是同行。这要说到我的“香港写作”了。

组织上派遣，1991—1993 年，我去了香港工作，任乐山市政府驻香港办事处负责人兼蜀山企业有限公司经理，主要任务是给市里提供经贸信息，公司经营是为了自己养活自己。写文章是偶然的，看见香港报刊那些文章也一般，抱着试试的心理，写了个批评彭定康的稿子，发给《大公报》，第三天就在评论版头条发了，心中窃喜，兴致大增。接连又写了几个，政治的怕惹敏感，就写财经评论和散文杂文，分别发给《文汇报》《商报》《新晚报》《紫金》杂志、《信报》《星岛日报》《经济日报》等，几乎全都登了。我承认自己世俗，可观的稿酬，是促使我写作的另一个重要原因。一篇两千字左右的稿子，稿酬都在 600 元左右，甚至 800 元，上千元。这相当于我在家两三个月的工资啊。于是，趁着年轻气盛，思维敏捷，拼命写，疯狂写，大量发，由散手变成专栏，从文学到财经。常常出现同一天香港多家报刊登载我的文章，一家报纸在同一天，以我和我爱人、女儿等的名字刊发多篇文章，一个月发表二三十篇，这种状况一直延续到离港后相当长的时间。几年下来，在香港发表各类作品竟达六七百篇，150 余万字，除许多文章被海内外著名传媒广泛转载外，香港一家出版社选了其中的部分财经和时评，推出了三本逾百万字的专著；大陆的西南交大出版社选择部分，出版了《主权回归前的香港》。

在香港写作的最大收获，除了文章、书、稿酬和练笔，更极大增强了我驾驭文字的能力，让我骨子里热爱文字的天性，得到极大激发和张扬，让我这一生再也离不开文字了。

晚报会客厅：你一直从事行政工作，而且是位地市级政府部门主要领导，为什么还能积极从事散文创作呢？

周闻道：是的，自 1975 年参加工作以来，我一直从事行政工作，无论是最早工作的青神县委办、县府办，到后来的乐山市计经委、外经贸委，以及到眉山以后的市经贸委、市发改委，都可以说得上是所谓的“眼热”部门。

但我拥有“眼热”的工作，与热爱散文并不矛盾。人生的价值取向应当是多维的、立体的，而不是单一的。古人就说过，一生最大的成就，当是立功、立德、立言，这是我奋斗的方向。于我而言，行政工作是我的职业，或曰谋生的形式，干好即是“立功”。世上的路千万条，为什么就选择了这样的工作，这样的单位，只能说是机缘和阴差阳错。“眼热”与否，都是自然，并没有什么刻意。深度介入现实的工作，也给我的创作提供了丰富的源泉，让我的创作更具得天独厚的条件，“立言”在无心插柳中得到成全。至于“立德”，当是一种人生的境界，贯穿于每一个方面。干一行爱一行干好一行，是一种职业道德。敢于直面人生，鞭挞苦难，拥有悲悯情怀，是一个写作者的道德底线；散文写作是我的热爱，是我“立言”的形式，超出职业和功利的痴情。要干事、要为文，首先要做人，则是一个人的品德操守。以“三立”为目标，做到高尚的道德境界，与卓越的工作成效和开拓性的创作探索珠联璧合，是我追求的完美成功完整内涵。

晚报会客厅：据我所知，作为官员，你的口碑很好；作为作家，你的思维活跃。你是如何处理好两者关系的？

周闻道：谢谢。首先，要说明的是，我这点小小职务，算不了什么官，我是把这份差事当职业和职责来对待的。我认为，领了人民的俸禄，就该尽心尽责为民做事。这是天经地义，否则，就有违官德。

其次，无论做人、做事还是为官，应该说我个人的口碑尚可。我所领导的部门，每年目标考核都是优秀，且在多年来市里组织的经济社会发展软环境测评中，都名列前茅；我本人除几乎每年被评为优秀外，2008年还被市委市政府评为二等功公务员，全市一万多名公务员只评了12名。我认为，口碑好首先是组织和群众对我的信任,我只是做了一些该做的事。不把官当官来当。我注意发现每个部下的长处，然后尽力创造条件让他发挥，让每个在我手下工作的人，都有价值感。我公开对员工承诺：凡是在我手下工作的人，都不要担心怀才不遇，只需担心自己的知识、经验、能力、精力不够。我注意以公义和正气凝聚人心，要求职工对同事的优点多跟组织说，缺点多跟本人说。我为人光明磊落，既无整人之心，又无防人之心，主张领导之间、同事之间，以“耿直、坦诚、包容、友善”相待，大家活得轻松愉快。等等这些，都营造了一个宽松、和谐、团结的良好氛围。我既是这种氛围的倡导者、培育者、守护者，又是受益者。

创作只是我的业余爱好，取得的成就不大。前后出了13本书，360余万字。其中财经类3本，百余万字；其余多为散文，也有杂文和评论。

晚报会客厅：请结合你自己的散文创作，谈谈“在场”对当今散文发展的特殊意义。

周闻道：我认为，首先要有明确的在场姿态。在场不只是作者身体在，关键是精神在，作者的立场、观念、责任在；要用一双寻求真相的眼睛，观察一切，思考一切，然后不顾一切地说出真话。如果我们所有的散文作家、作品，都做到了这一点，散文的使命和担当价值，就自然会显现出来。

晚报会客厅：“求真相，寻真理，说真话”，巴金已为我们做出了榜样。作为“在场主义”的创立者、传播者和组织者，你认为哪些方面是值得重视的？

周闻道：我理解，“求真相，寻真理，说真话”的核心，是如何发现真理与坚持真理。这与在场主义在本质上是相通的。发现真理，即所谓“求真理，寻真理”是前提。如果没有这个前提，就会在谬误的路上越走越远，你的坚守也许就成了一种与社会前进反向的力。在场主义的“去蔽，敞亮，本真”，其实质就是发现真理；在场主义也坚持把“在场”与“发现”，作为散文性的重要内容。发现真理，在本质上是一个方法论的问题。坚持真理，包括了说真话、办真事、交真心等等。这就不仅仅是一个方法论的问题，更是世界观的问题，与人的道德操守、胆识、勇气和良心相关。正是在这里，我们看到了巴金的人格力量。现实生活中的情况往往是，有的人不敢坚持真理，不是因为他不知道谁是谁非，而是要么出于某种私心考虑，要么没有胆量和勇气。

接受《初中生作文》杂志访谈

《作文》：您是什么时候开始写作文的？您一开始就喜欢写作文吗？那您是怎么样喜欢上写作文的？

周闻道：正式写作文是在初中的时候。我并不是一开始就喜欢作文，反而甚至有点讨厌作文。因为在我的学习科目中，多数都名列前茅，唯语文和作文稍差，并由此而心生厌倦，甚至厌恶。喜欢上作文，是高中时的事。这种转变，究其原因，既有偶然，也有必然。

偶然，发生在 1972 年的秋季。那时，我正在青神中学读高二，学习成绩一直很好，唯语文稍差。于是想到该花一点精力突击一下语文。除了认真领悟老师讲的课，还千方百计寻找有限的课外参考书阅读。学校没有图书馆，只是听同学们私下传，学校食堂对面的那间上了大锁的旧房子里堆了很多书。在求知欲加好奇心下，几个怀同样心情的同学，趁夜深人静时偷偷摸去那里，有的放哨有的做人梯，翻窗入户进去偷出了一些书和杂志，私下轮流传阅。就是从那时起，我如饥似渴地阅读了《青春之歌》《红岩》《林海雪原》《钢铁是怎样炼成的》，还有中国的“四大名著”等。这些语言艺术的精品，带给我的不仅是对语文的敏感和润物细无声的变化，更是对语言无法割舍的热爱。我知道，这一生将被语言俘虏了。必然，则是缘于骨子里对文学的亲近。俗话说，江山易改，本性难移。我一直认为，人的一些根性性格，是与基因有关的；一个人如果几十年坚持钟情于某事，决不能用普通的“爱好”二字去解释。文学是一种语言艺术，而艺术的最高境界应是出神入化。因此我还认为，真正达到艺术境界的文学，是要靠天赋的；后天的努力，永远只能属于技术的范畴。艺术与技术是两种具有本质差异的境界。

《作文》：您在初中阶段的作文水平如何？在同龄人中是出类拔萃的吗？如果是出类拔萃或者不是，请问是什么原因？

周闻道：我初中时的作文非常一般，在同龄人中，最多只能算个中等。究其原因，大概有三：一是文字基础差。由于教学秩序不正常，压根儿就没有学多少东西，腹内空空，怎能缀字成文。二是厌倦情绪重。越是成绩好的越喜欢，越是差的越厌倦，这大概是初中生的普遍心理，并因此而恶性循环。三是悟性差。作文和其他学科一样，是需要悟性的。在初中时，总是感觉对作文没悟开，每次作文，面对命题，往往一头雾水，满脑木讷，不知怎样落笔，怎样谋篇布局，怎样遣词造句。而当某一天突然悟开的时候，又觉得就那么回事。

《作文》：您觉得中学时代的作文对您以后的文学创作有什么影响吗？两者之间是不是有一脉相承的联系？

周闻道：就我的体验而言，是有非常大影响的，而且与后来的文学创作有直接关联。

《作文》：您在中学时代关于作文的印象，最深刻的一件事是什么？

周闻道：是一堂作文课，它改变了我一生的追求。1972年暑假，老师布置假期作业，要求以暑期所见所闻，自命题写一篇作文。我写的题目是《放水》：写的是在一个雷雨交加的夜晚，为了防止洪水冲毁集体正在灌浆的稻谷，父亲冒险起来放水排涝。也许是平时阅读名著的缘故，文章自然地有了一些构思、立意和谋篇布局，从开始的铺垫到结尾的照应，以及中间的环境烘托、景物状写，都融入了一些自觉的文学元素；许多语言是模仿的，但作为中学生作文，无疑也增添了不少文采。开学后，只是例行地把作文交了，没有想到会出现什么奇迹。没想到几天后，老师竟把《放水》作为范文，讲了整整半堂课。时隔30年后，在一次同学聚会上，一位女同学还脱口说出了那个作文的标题，可见其影响。

就是从那堂课起，我对文字的热爱几近痴迷。

《作文》：您对现在的中小学作文教学有所了解吗？您感受如何？

周闻道： 我对现在的中小学作文教学不甚了解，谈不上感受，只是有一些感觉。这种感觉，缘于平时逛书店。走进许多书店，特别是高考前夕，最显眼的位置和最热闹的区域，往往是教辅材料区，各类作文辅导、模拟试题和范文、素材集粹之类，可谓眼花缭乱。我理解老师们的良苦用心，但是，还是强烈地感觉到一个累，书商累、老师累、学生更累。黑格尔说，凡是存在的都是合理的。我不知道，这里的累的合理性缘自哪里？我以为，真正的动力应在于考试制度和商业利益，而不是作文规律和学生自愿。就是说，我们是在背离作文规律和学生意愿下，在考试制度和商业利益的驱使下，为学生和老师制造一种累。

《作文》：请您对现在的中学语文老师说几句有关作文教学方面的话。

周闻道： 作文是一种综合语言能力的呈现，作文教学，既具基础性，又具综合性和应用性，在整个人才要素中，占十分重要的位置。我以为，中学语文教学，有几点十分重要：一是打牢基础。既包括扎实的字、词、句和语法修辞，又包括广泛的阅读和觅取，还有丰富的社会实践，增加生活之源。二是传授技巧。虽然作文贵在灵性与创新，但中学阶段的教学任务，主要还是打基础，包括必要的技巧基础。如果说，作文“大巧则有，小巧则无”，这里的技巧则指的是大巧，即一些作文的基本法则。三是多练勤写。熟能生巧，首先是要熟，然后才能生巧，作文也不例外。实现熟的途径，就是多练勤写。写万篇文，与读万卷书，行万里路具有相通的道理。四是关注当下。要培养学生对当下社会现实的关注热情，使作文透射出时代的体温，而不是脱离现实，为文而文。

《作文》：现在的中学生，有些喜欢写作，但不知道怎么写；有的对写作十分害怕，请您开导开导他们。

周闻道： 我认为，对喜欢写作的学生，首先要肯定和鼓励，这毕竟是一个好的喜好。同时，也要引导他正确对待写作，无论是学习还是人才成长，写作都只能是重要方面，而不是全部；要正确处理好写作与其他学科的关系，做到平衡发展，相得益彰。害怕写作的学生，心中的“害怕”，多半是写作基础不好造成的。因此，对他们首先要鼓励，增强其写作的自信心；其次要引导和指导，分析寻找害怕的根源，有针对性地加以辅导，帮助提高；再次是激发他的写作热情，培养他的写作兴趣，逐步变写作的被动为主动。

《作文》：您认为，作文在人的一生中会有哪些作用？不当作家，是不是一定也要写好作文？

周闻道：我认为，作文在人的一生中具有基础性的作用，无论你从事什么职业，都离不开作文表达的基本法则。比如，当领导的要经常发表讲话，离不开作文的思想、结构、语言和表达；从事工程技术工作，你的学术成果、科研报告等的撰写，离不开作文的基本规则；当一名教师，你在“传道、授业、解惑”中，离不开作文表达的清晰、条理和文采；机关工作人员，天天和各类工作请示、报告、汇报、总结、会议纪要等打交道，这些公文撰写的基本规则，也是和作文相通的。就以我负责的部门为例，每次选调干部，写作能力都是最基本的要求。因此，并不是要当作家，才应该学好作文，从事任何工作，作文都是基本功。

《作文》：您认为，在写作中最重要的是什么？为什么这么说？

周闻道：我认为，在写作中最重要的是思想。这里的思想，不是简单的政治赋予和说教，而是广义的对生命和存在意义的发现。就是说，无论是中学生的作文，还是作家的作品，都要有深刻的思想内涵；而且，这种思想不是别人的，不是陈旧的，不是肤浅的，而是真正属于自己的，即自己在对对象的贴近和体悟中，独特发现的生命和存在的价值。

《作文》：请问您写作时有什么癖好，是怎么养成的？

周闻道：我写作时没有什么特别的癖好，无论环境多嘈杂，工作多繁忙，一旦触摸键盘，我就会很快进入状态。有时，在写作时会喝茶或吃糖果瓜子之类，纯属为调节疲劳，因为我不抽烟。

《作文》：读书对写作具体有哪些用处？介绍一下您的读书方法好吗？

周闻道：读书对写作，可以丰富知识，开阔视野，启迪思维，借鉴技巧。我读书有三个特点：一是专。就是专注、集中、深化。主要是对一些思想方法和工具类的书，比如哲学、经济学、语法修辞和逻辑学等，我都有比较深的阅读。这对我的写作有很大帮助。二是杂。就是在重点专的基础上，广学博览，尽量扩大阅读面，开阔视野，丰富自己的知识沉淀。这样，在写作时可以信手拈来，游刃有余。三是用。就是根据特定写作题材的需要，有针对性地阅读，学以致用，立竿见影。这种阅读具有快餐性质，不一定可取。

《作文》：您觉得中学生课外最好读些什么书？如果初中生平均每天有一个小时的课外阅读时间，请您为他们开一个书目。

周闻道：据我了解，现在的中学生课内的学习任务十分繁重，能课外阅读的时间并不多。这是我们教学制度的缺陷。我始终认为，中学阶段的主要教学任务，还是打基础，如果有时间课外阅读，还是围绕打牢基础进行为好。当然，如果时间许可，最好学一些知识性的书籍，包括自然知识、社会知识和思维知识等。具体书目因人而异，不好开具。但不要整天从工具书到工具书，没有哪一种工具书，能够像工业化生产那样，培养一大批写作人才。

《作文》：您觉得中学生在生活中注意培养哪些习惯对写作文有帮助？

周闻道：我认为，中学生在平时生活中，培养一些良好的习惯，对写作是大有帮助的。以我的体会，应记好三个笔记：一是学习笔记。在阅读中，及时记录下精彩的片段和感悟，日积月累，必然大有用处；二是观察笔记。在生活中，每天都要接触许多人和事，要做有心人，善于把自己的观察记录下来，既可以练笔，又可以记事，大大丰富写作素材；三是思想笔记。处处用心皆学问，不妨常常动动脑筋，思考一些问题，从时事、生活、社会人生，到一些好的文章的写作技巧、构思立意、文字色彩等，然后把自己思考中的发现记录下来，可成为写作中重要的精神积淀。

《作文》：您在散文写作中首倡“在场主义”，引起了全国文学界极大的反响，而我刊在中学生中提倡“真情表达”的作文态度与写作风格。您觉得“在场主义”和“真情表达”有何内在联系？您对中学生作文有什么具体看法或建议？

周闻道：世界上的任何存在，都有其自身的意义，在场写作的核心，就是将存在的意义充分地揭示出来。而事实上，存在意义并不是敞亮显现的，往往存在遮蔽，这种遮蔽包括主体、客体和语言。因此，要充分揭示存在的意义，就必须经过去除遮蔽，呈现敞亮，展示本真。就情感而言，在场主义倡导的展示本真，与贵刊提倡的“真情表达”是一致的。二者的区别在于，在场主义所说的本真，包括了世界的一切存在，情感本真只是其中的一部分，拿形式逻辑的说法，二者是属种关系。

不说与我们所处的那个年代比，就是与二十世纪八九十年代比，现在的中学生作文是大有进步的，这既是主流，也是事实。看了一些期刊上的80后、90后的文章，那种成熟，那种新锐，那种鲜活，不得不令人惊讶。我理解，客观上这符合社会进步的规律。同时，这种进步也与所处时代有关，毕竟经济、文化、信息、思想都在发展，给现在的中学生奠定了不同的基础，他们站在时代这个巨人的肩上。因此，要说建议，就是珍惜时代：既不厚古，也不薄今，既不崇洋，也不媚外，重在珍重处所，把握当下；用心贴近你所要表达的对象，让存在的意义更充分地展示在你的笔端，写出属于这个时代的美丽文字。

谢谢！

让阅读开启智慧之门

——周闻道访谈

对中学生来说，作文是语文学习中的一大难关。究其原因，大多是阅读量不足，或缺少阅读经验，无法把自己的阅读经验转化为文字。现在，让我们走近名家，听听他们在阅读和写作方面给我们的建议。

《三悦文摘》：对一个优秀作家来说，阅读也是写作的一部分。那么根据您的阅读经验，您推荐初中生读哪些书？

周闻道：阅读是人获取知识的重要途径，是人生中没有止境的必修课。但在人生的不同阶段，对知识需求重点会有所不同，阅读的重点也会有所差异。我把阅读划分为增知和增智两种类型，前者属于基础知识层面，后者属于思想智慧层面。人生的阅读史，应该是一个从增知出发，逐步向增智转化的过程。让阅读开启智慧之门，应该是阅读的根本目的。

一般情况下，初中阶段属于学知识、打基础阶段，阅读的重点也应该是增知型的。因此，我建议初中生更多地阅读一些与学科有关的参考书，从更多的维度夯实学科基础；多读一些通俗性的自然历史地理等读本，不断拓展知识视野；适当读一些社会人文特别是文学名著等书籍，逐步增加知识的厚度；有选择性地阅读一些政治思想哲学等类读物，丰富和培育审智能力。

《三悦文摘》：每一个优秀的作家都有自己的阅读技巧，而这些阅读技巧对于中学生来说都是弥足珍贵的。那么您认为高中生应该怎样读书？

周闻道：所谓阅读技巧，实际上是阅读中的一种机会成本，即花同样的阅读时间，怎样获得更多的收获。我的体会是，降低阅读的机会成本，提高阅读效率，要注意“三结合一对路”，即读与知结合，既然读，就要读通读懂，掌握相关的知识，而不能囫囵吞枣或“猴子搬包谷”；读与思结合，在阅读中思考文本的意义，从遣词造句、构思结构，到思想内涵、意义表达，再到触类旁通，举一反三，通过思，把阅读对象激活；读与用结合，注意读中的用，以用的姿态投入读，即便不立刻用，也为今后的用积蓄基础。还要注意因用而读，比如在作某个文，做某件事时，有针对性地查阅相关知识。这不仅会让人“此时”的思路更开阔，知识更丰富，还会使阅读效果更好，让知识掌握得更牢。

《三悦文摘》：您对高中生阅读经验的积累有何建议？

周闻道：高中生的阅读比初中生阅读具有更强的增智性，个人认为，其阅读经验的积累，应该在前面谈到的“三结合一对路”基础上，扶住人生的阶梯，实现在悟道、知业、释惑中，不断由量的积累到质的飞跃。

《三悦文摘》：对于高中生来说，有了阅读经验后，尝试模仿进而创造性地构思、表达，应该是由读到写的一般途径。对此您有什么建议？

周闻道：由模仿到创作，是中学生阅读写作中一个难免的过程，甚至可以说是捷径，有点类似于我们在科技创新中的引进、消化、吸引、创新，无可厚非。但必须明确：模仿只是捷径，不是目标；模仿的目标是跳出模仿；任何意义的创作都拒绝模仿。要积极模仿，即为增知增智而模仿，在模仿中悟其精要，融会贯通，化为本领；而不能消极模仿，即为模仿而模仿，模仿过后仍一无所获。

谢谢！

问道

中国现代主义文学的心理逻辑解读

西方现代主义在中国现代文学史上，或为现实主义“所用”，或为浪漫主义“所用”，或因吸收其影响而形成时断时续的小小流派，如以李金发为代表的象征派、以闻一多与徐志摩为代表的“新月”派、以戴望舒为代表的“现代”派、以穆旦与郑敏为代表的“九叶”派。现代主义对中国现代文学确实产生了广泛影响，获得了广泛运用。因此，中国现代文学创作中出现了一系列可归之于现代主义行列的文学作品。那么，怎么去审视与把握现代主义文学作品“表现自我”的繁富内涵呢？本文以“心理逻辑”为新的理论基点、新的方法与新的视角，从非理性思维规律角度去解读中国现代主义文学作品，以期更贴近现代主义文学作品的意义世界，并试图建构心理逻辑学框架。

一、心理逻辑是非理性思维的规律

人与一般动物的根本区别之一就在于，人是有思维的高等动物，人可以通过自己的思维由此及彼、由表及里地去认识客观世界的规律，进而遵循这种规律去改造世界，动物则不能。因此，思维和存在的关系问题，便成了认识世界中的基本问题。正如恩格斯所指出的那样：“全部哲学，特别是近代哲学的重大的基本问题，是思维和存在的关系问题。”千百年来，这一基本问题让多少思想家、哲学家殚精竭虑，终以毕生。

应当说，随着马克思主义的诞生，它所创立的辩证唯物主义（唯物辩证法）和历史唯物主义，就已基本解决思维和存在的关系问题，倒是对思维规律本身的研究和认识，在有些方面还显得很不全面和深刻。总的来看，对理性思维的研究较多，对其基本规律的把握较深刻，早已建立起了较完整的科学体系，而对非理性思维的研究、认识则很不够，至今尚未建立非理性思维规律的科学逻辑体系，以致形成对一些非理性思维现象的认识和评判上思想方法的混乱，舛误颇多。

所谓理性思维（线性思维），就是人们通过科学思考，理性的判断和推理，认识和把握客观世界规律的一种思维方式。理性思维有三个鲜明的特点：一是思维的客体是客观世界（包括自然界、人类社会和思想领域），即通过科学的思维（实验）揭示客观事物的规律，通过对事物本质和规律的科学性判断，沿着合乎规律的理性轨道，推导出另一事物的本质和规律；二是思维方式是线性的，满足叠加原理，无分支性，一因一果，无新质出现，用数学符号表现为：1+1=2；三是注重个体独立性，从个体中去把握整体。自公元前5世纪开始，在中国、古印度和希腊，就有许多智者开始了对人类理性思维规律的探索，逐渐形成了本质相同、形态各异的逻辑学说。司马迁在研究先秦学术思想的分类时，就列有“名家”一项。这里的“名”相当于概念，“名家”即是善于分析概念的人；荀况早已对“名”的实质、种类、概括和限制，以及相关的谬误（三惑）进行了较系统的阐述，并从结构上指出判断是由内容不同的概念联合构成以表达人们思想的断定；而墨家的创始人墨翟更早已对理性思维中的同一律、不矛盾律、排中律、充足理由律等，有了较深入的研究和建树。在印度，公元前1、2世纪便有了研究理性思维逻辑的古因明和新因明派。在西方，逻辑学与哲学如同孪生姊妹，早在公元前5、6世纪就已诞生。被称为西方“逻辑之父”的亚里士多德，第一个全面、系统地研究了人类思维问题，建立了西方第一个逻辑科学的类型。发展到现在，研究理性思维规律的逻辑学已是一门科学、完整、成熟的体系了，不仅形成了形式逻辑、辩证逻辑，还有一些内涵逻辑，如模态逻辑、多值逻辑、认识逻辑、时态逻辑、模糊逻辑、规范逻辑等许多分支。然而，在对非理性思维规律的研究上，却至今尚未真正起步。这不能不是个巨大的遗憾。

所谓非理性思维，就是人们通过直觉、意志、欲望、本能等，认识和把握世界规律的思维方式。非理性思维也有三个鲜明特征：一是思维的客体是思想本身，而不是客观世界；二是思维方式是曲线的，交互耦合作用下，产生放大或缩小效应，叠加原理失效，系统中要素独立性丧失，用数学符号表示为：$1+1\neq 2$，在思维表现上往往时空倒置、信马由缰；三是关注整体性，追求整体和谐。无论是在科学落后、人类认识水平低下的古代，还是科技发展、人类认识能力不断提高的现代和未来，理性思维和非理性思维都是客观存在的，是人类思维中两种不可或缺的思维形式。人的意识活动从来就是理性和非理性的辩证统一。整个人类认识史，不仅是人类理性的发展史，也是非理性不断涌动的历史。

自然科学的研究早已证明，人的脑体分为大脑（左脑）和小脑（右脑），大脑有上千亿个神经细胞，它们之间通过突触相互联结，形成网络；大脑与小脑间存在耦合功能。大脑主要从事语言、逻辑、数学等理性思维，小脑主要从事音乐、美术、文学和空间的知觉辨认系统等非理性思维。因此，许多非理性思维能力强的人，比如作家、发明家等，往往小脑比一般人发达。正是从这个意义上，科学家们几乎一致断言，不管今后电脑如何发达，但它在本质上不可能超过人脑，因为再发达的电脑，也是按人编定的程序运作的；再复杂高深的程序，也是理性思维的产物，也只能按理性思维规律运行（“程序”本身就是理性思维最显著的特征），永远不可能产生只有在非理性思维领域才有的意志、欲望、激情等。也正是从这个意义上，我们说迄今为止的人类智慧成果，也是理性思维和非理性思维共同创造的结果，特别是一些带有超越现实的创造发明，往往萌芽于非理性的科学幻想、预测。比如，自由落体定律、万有引力定律的发现、蒸汽机和电灯的发明等，往往都是在科学的理性知识的基础上，通过小脑产生非理性的思想飞跃实现的。早在几千年前，中国民间就有了“嫦娥奔月”“千里眼”“顺风耳”之类的神话。1969年7月20日美国阿波罗号载人宇宙飞船在月球成功着陆，以及现代射电望远镜、无线电通信等的高度发展，都使这些神话成了现实。美国科幻片《独立日》中有这样的镜头：外星人乘飞船来到地球，爱好和平的人类驾飞机迎客，但得到的是一束耀眼的蓝光，顷刻间地球人魂归西天。这与现代各发达国家正在研制的强激光武器何其相似。据科学家预测，21 世纪强激光武器投入实战将不再是幻想。

哲学和心理学研究的成果也证明，非理性思维不仅存在，而且在人类思想发展上起到举足轻重的作用。古希腊哲学家苏格拉底认为，了解事物，寻求真理，只能“求援于心灵的世界”。柏拉图认为，世界是由一种从来就存在的“理念”产生的，“理念”具永恒性、普遍性，现实不过是理念的影子，比如树木是树木理念的影子，房子是房子理念的影子。他所创立的“灵感迷狂学”认为，艺术是在人失去正常思维情况下产生的，在灵感迷狂情况下，诗人可以把河中水描写为美酒，正常情况下则不可能。我国宋代哲学家朱熹则认为“理在事先”，他把最根本的“理”叫作“太极”，认为“太极”是造物的枢纽。明代的王阳明更认为“心外无物”。格林童话中的亚当和夏娃，基督教《圣经》中上帝造人的故事，都是非理性思维的产物，只不过在柏拉图、朱熹那里，上帝“死了”，代之以“理念”“绝对精神”“太极”等。这些非理性思维的一个共同特点，是将非理性扩大化、绝对化，并形成广义上的非理性主义而与信仰主义、神秘主义、蒙昧主义的发展往往紧密联系在一起。

在现代西方社会，随着资本主义的发展，在其自身所不可避免的各种深刻矛盾催生下，危机意识和异化观念的增强，对非理性主义的发展起到了推波助澜的作用。与此同时，对非理性思维的研究和认识也取得可喜成果，为我们探求非理性思维规律奠定了一定的基础。其中，比较有代表性的是叔本华和尼采的强力意志、弗洛伊德和荣格的精神分析学，以及柏格森的直觉主义哲学。

概括叔本华和尼采的哲学即是，人的非理性思维不仅客观存在，而且是社会演变和万物发展的本原。在叔本华哲学中，这种非理性思维表现为人的“生活意志”和“生殖意志”。叔本华认为：“世界就是我的表象”，不仅从“自我”中可引出客观世界，而且“自我”决定客观世界；人的“自我意识”是完全不受理性制约、摒斥理性的本能意志；而这种意志的实质是人追求生存、繁衍后代的生命欲望和冲动，这种欲望和冲动是永远得不到满足的，它带给人无尽的痛苦。他说：“我们既已在无知无识的自然界，看到大自然的内在本质就是不断地追求挣扎，无目标、无休止地追求挣扎……欲求和挣扎是人的全部本质，完全可以和不能解除的口渴相比拟。”他认为，人的理性的认识只限于表象世界，而要认识“自在之物”即意志的世界，必须依靠非理性的“直觉”“静观”“体验”“领悟”等。

在尼采哲学中，非理性思维表现为“强力意志”（又叫冲创意志或权力意志）。尼采认为，人都具有拼命实现个人欲望，释放内在精神能量的冲动与创造的原始本能。他将人的这种欲望视为与贪欲、攫取、强占、豪夺同义的词。他说：“你们愿意给这个世界一个名字吗？愿意给你们的一切疑难一个解决吗？愿意给你们，给你们这批最固执、最顽强、最狂妄、最不愿见天日的东西一盏明灯吧——这个世界就是权力意志——岂有他哉！你们自己也是这个权力意志——岂有他哉！”这种把哲学的本体、认识的对象从客观世界转移到人的意志上来的观念，是非理性思维存在的最典型论证。

精神分析学派在对非理性思维的论证上，达到了空前的完整性、严密性与科学性。在精神分析学派创始人弗洛伊德哲学中，人的非理性思维是以人的前意识和无意识形式存在的。弗氏认为，人的意识分为三个层次：表层的意识、中层的前意识和深层的无意识。无意识是可为人们的理性所感知的，是人的非自觉的心理活动，它被压抑在心理底层，不能轻易进入意识领域；无意识的内容是人的原始的、野蛮性的冲动和本能欲望，在人的精神世界起主宰、统率作用；无意识的核心部分是性本能和权力欲，这是人精神活动的源泉。荣格发展了弗氏的思想，认为人的欲望不是来自性，而是生命力；里比多是人的生命力的普遍表现，是一种能转化为心理能的物理过程，它源于对营养的需求；人的进化、人的摆脱野蛮及文明程度，取决于这种生命力如何分配。荣格还认为，无意识不仅存在于个体中，而且存在于群体中，这种集体无意识往往更深广、更隐晦、更可怕，它是有人类以来，甚至有机体产生以来，亿万次的社会活动的一种心理沉淀，通过种族遗传的方式传递给个体，成为人的一种先天的精神模式，在很大程度上支配和规范着人的活动。因此，人首先不是作为一种生理个体存在，而是作为一种先验的群体文化的携带者存在。这就更广泛深刻地赋予了非理性思维存在的空间和地位。

柏格森的直觉主义哲学，不仅以“生命冲动”理论肯定和发展了叔本华、尼采的“意志”论，而且发现了意识领域“心理时间”的存在，为非理性思维找到了客观存在的时间形态。柏格森认为，时间分为空间时间和心理时间，空间时间属于理性思维存在的时间形态，它按顺序依次排列，具有一维性，只能按过去、现在、将来依序延伸；心理时间属于非理性思维存在的时间形态，具有多维性，各个时刻上相互交融，互相渗透，在人们意识中，特别是意识深处，起作用的主要是心理时间。对于这一点，我们不仅可以得到理性的证明，而且随时随地可以感受到。

综上所述，人的思维可分为理性思维和非理性思维两种形式，其中，理性思维又分为低级和高级两个阶段，低级阶段的理性思维主要包括感觉、知觉和表象三种形式，在这个阶段，人表现为“自我”——自然的我；高级阶段的理性思维包括空间概念、空间判断和空间推理，人表现为“超我”——超越的我；在理性思维领域起主导作用的时间形态是空间时间，思维形态主要是意识和前意识。非理性思维的主要形式有心理概念、心理判断和心理推理，人表现为“本我”——本能的我，思维形态主要是无意识，思维存在的时间形态为心理时间。既然非理性思维客观存在，它自身的思维规律就应客观存在，心理逻辑就应该是非理性思维规律的体现。现在的问题是我们如何去揭示它、把握它。

二、心理逻辑是现代主义文学创作遵循的基本逻辑规则

所谓现代主义文学，主要是指一种以非理性的哲学和心理学为理论基础，以危机意识与异化观念和表现自我为思想特征的文学创作，包括象征主义、意象派、未来主义、意识流、表现主义、超现实主义、存在主义等。以形象思维为主体的文学创作，与非理性主义联系更为紧密。因此，虽然现代主义文学流行于现代，但它的创作思想、创作方法却源远流长，只是在过去尚未形成一个完整的成熟的文学流派，未从传统文学中剥离出来。

从思维特征看，传统文学遵循的是理性思维即空间逻辑规则，现代主义文学遵循的是心理逻辑规则。无论是现实主义还是浪漫主义（虽然从浪漫主义创作中我们不难看到非理性思维的影子），无论是古希腊神话还是中世纪基督教神学文艺思想，由于其遵循的哲学和心理学基础主要是理性的，思维

内容是现实的感悟而非异化的感悟，决定了它在创作中必然遵循理性思维即形式（空间）逻辑规则。现实主义的“真实地反映客观现实生活，再现典型环境中的典型人物”是如此；浪漫主义无论抒发对世界的热烈追求，还是表达悲观厌世情绪，采用的丰富想象、夸张等手法，也大都是立足于客观现实生活的。古希腊神话和中国的志怪小说，也莫不是社会现实生活的变形反映。正如马克思所言：“……希腊艺术的前提是希腊神话，也就是已经通过人民的幻想，用一种不自觉的艺术方式加工过的自然和社会形式本身。”西方早期著名的唯心主义哲学家、思想家苏格拉底所提出的艺术模仿说与功用说，认为“艺术模仿自然”不是模仿人物的外形，而是描绘出人物的“精神方面的特质”，即描绘出人物的“心境”“神色”和“感情”；他认为要创造“美好形象”就应该“从许多中选择，把每个最美好的部分集中起来，使全体中每一部分都美。”这与现实主义的塑造“典型环境中的典型人物”文艺观何其相似。中国古代文艺美学中“悟”的思想，则从方法论的角度对此作了形象阐释。悟即感悟或心领神会，本是佛教禅宗用语，后被我国古代一些文艺理论家借用来解释文艺创作和审美活动中的一些现象。宋代文论家严羽说：“大抵禅道惟在妙悟，诗道亦在妙悟。”与严羽同时代且交流甚深的戴复古亦说：“欲参诗律似参禅，妙趣不由文字传。个里稍关心有悟，发为言句自超然。”古代文论家还把“悟”划分为三个层次，即“用志不分，乃疑于神”，为起始；“咀嚼既久，乃得其意”，为深化；“彻悟到家，一了百了”，为最高境界。这里的“悟”不仅是一种文艺创作及审美的方法，而且是一种理性思维在文艺创作和审美中的体现。

现代主义文学则不同，它不仅开宗明义以反传统、反现实为旗帜，而且全面否定传统文学的审美价值、经验和方法，用非理性的世界观和美学观对世界、人生进行自省与观照。思维方式与思维基础变了，所遵循的逻辑规则必然发生相应改变，才能适应这种变化的客观规律。如果说柏格森的“空间时间”，弗洛伊德的“意识”，荣格的“内倾理性思维”“超我”等概念与理性思维和形式（空间）逻辑相对应，那么，他们的“心理时间”“无意识”“外倾非理性思维”“本我”等概念则与非理性思维和心理逻辑相对应。

从文学创作实践看，中外现代主义文学创作中，也可清楚触摸到心理逻辑跳动的脉搏。比如，现代主义文学常用象征、寓意、暗示等手法，代替现实主义的写实、白描和浪漫主义的直抒胸臆，用具象表抽象的手法，代替了现实主义以抽象表具象的手法；在现代主义文学作品中，作家对外部世界、人生的体验，往往用具体可感知的物象暗示出来。如果用理性思维的规律对这些物象进行演绎、归纳和简单类比，就会对中国现代文学人物画廊中的阿Q（鲁迅《阿Q正传》）、狂人（鲁迅《狂人日记》）、爷爷（王蒙《坚硬的稀粥》）以及西方现代主义文学中的人变成甲虫（卡夫卡《变形记》）、永远进不去的城堡（卡夫卡《城堡》）、似有似无的戈多（贝克特《等待戈多》）等感到不可思议，莫名其妙。但是，当用非理性的心理逻辑对这些物象进行心理演绎、归纳和类比解读时，就会发现他们蕴藏的丰厚文化内涵。透过阿Q、狂人这些具象，我们看到的是几千年的封建礼制对国人的愚化、扭曲、癫狂，是令人痛心疾首的民族劣根性；透过爷爷这个具象，我们看到的则是封建家长制、宗族制对我们的政治、社会制度的巨大影响，看到改革的艰难与风险及其政治、社会、历史渊源；而透过“甲虫”“城堡”“戈多”等具象，我们看到的是作家心灵彼岸停泊的或许是资本主义对人性的扭曲，或许是社会对人的尊严、信心、自由、理想与追求的摧毁，或许是个人之于社会的渺小、无能为力与无可奈何，或许几者皆而有之。

又如，受西方现代主义文学中表现主义影响的创造社诸作家，他们的早期艺术倾向着重于自我表现的浪漫主义，以自我暴露、主观抒情和宣泄内心苦闷为鲜明思想特征，以“自我”内心深处深刻的苦闷、彷徨、焦躁、惶恐为思维的驿站，沿着心理逻辑轨道信马由缰，尽情挥洒，对封闭、守旧的社会道德观、价值观形成巨大冲击，形成中国现代文学中非理性思维创作最亮丽的一页。其中，郁达夫的《沉沦》最具代表性。

《沉沦》创作于1921年，是郁达夫早年心迹的自我表现。郁达夫生长在中国传统文化土壤中，从小受这种传统文化教育，成为这种传统文化的集体无意识的传承者、携带者。中国传统文化的主流是儒家思想，儒家道德观中“男女之大防”“男女授受不亲”等戒律强烈地影响着郁达夫。但是，当17岁的郁达夫留学日本，突然跻身于明治维新后开放发达的日本文化环境时，两种文化的巨大反差在他心灵产生强烈碰撞。一面是性本能的觉醒，又突然落入性开放程度很高的日本文化环境中，道德与欲望、过去与现在的冲突，一面是身为“支那人”（当时日本人对贫穷落后的中国人的侮称）的自卑、压抑，在郁达夫的心中形成巨大的痛苦意识，并通过《沉沦》艺术形象地表现出来。小说的情感爆发点在性，在性爱的渴求："知识我也不要，名誉我也不要，我只要一个安慰我、体谅我的'心'。一副白热的心肠！这副心肠是生出来的同情！从同情而来的爱情！我所要求的就是爱情！"这种大胆、直接暴露人的变态性心理的作品，在中国现代文学中郁达夫是肇启者。正如郭沫若评价的那样："他那大胆的自我暴露，对于深藏在千百万年的背甲里面的士大夫的虚伪，完全是一种暴风雨式的闪击，把一些假道学、假才子们震惊得至于狂怒了。"

同样，如果我们用理性思维规律去观照西方现代主义文学，就会认为象征主义的扛鼎之作《荒原》(艾略特)是那样浅显苍白，意识流小说的代表作《喧哗与骚动》《墙上的斑点》（弗吉尼亚·伍尔夫）是那样的杂乱无聊，存在主义的经典《局外人》（阿尔贝·加缪）是那样荒谬可笑。可是，当我们将自己的心灵定位于这些现代派作家们所处的19世纪末20世纪初的西方资本主义的现实社会，与他们一道去体验当时的社会变态、人情冷暖、物欲横流，以及由此衍生的充斥于社会的精神创伤、信心崩溃、人际关系冷漠，从他们思维主体出发，沿着他们心灵的轨迹（即心理逻辑）去审视，就会发现让人心悸的当时欧洲社会这个大"荒原"，就会体会到品昆丁为什么要自杀及自杀前无以复加的精神压力，就会明白"局外人"恰是难得糊涂的"局内人"。在这些作品心理逻辑的主轴上，看似任意倒置的时空，变幻莫测的场景，颠三倒四的胡言乱语，荒诞无稽的故事情节，都是表达作家心理体验不可缺少的道具，都具有严密的心理逻辑性。

再如，现代主义文学普遍采用怪诞变形的艺术手法表达自己的心理体验。这种怪诞变形与古代神话和志怪小说中对现实生活的变态反映也不完全一样。前者变的基础是作家主观世界，作家对客观世界的体验，以变形的具象反映出来，就其本质而言是一种非理性的反映；后者变的基础是客观世界，只是作家用变形的手法反映它，就其本质而言是一种理性的反映。换句话说，一个以主观世界为出发点，一变已离其宗，如甲虫、戈多、城堡、狂人、阿Q等；一个以客观世界为出发点，万变不离其宗（《西游记》中的孙大圣、唐僧、猪八戒，《聊斋志异》中那些会通人性的鬼怪等）。

再次，从推理结果看，心理逻辑与形式（空间）逻辑也不相同。由于他们在思维方式上的根本区别在于，进行逻辑推理的基础和出发点不同，前者以作家（人）的主观世界为出发点，循着作家对世界、人生的体验这条轨迹展开思维的羽翅，后者以客观世界为出发点，循着事物发展的一般规律这条轨迹展开思维，因此，前者推理的结果因人而异，具有多样性，而后者推理的结果受同一科学基础规律的支配，往往殊途同归，具有同一性。以茅盾的现实主义小说《子夜》，与受表现主义影响甚深的鲁迅小说《示众》及伍尔夫的意识流小说《墙上的斑点》对比分析，就能明显地看得出这种区别。茅盾在谈到《子夜》的创作动机时，曾不止一次地称想写一部“白色的都市和赤色农村的交响曲”。虽然创作的结果并未完全实现这个意图，但作品对中国20世纪30年代初社会复杂矛盾的揭露都是全景式的。作品中各种形形色色的人物，虽身份、命运各异，但他们的命运轨迹，都受当时社会现实的客观规律支配，具有个人的不可抗拒性。比如，小说主人公吴荪甫有发展民族工业的强烈愿望，希望成为“20世纪机械工业时代的英雄骑士王子”，但却生不逢时，在官僚买办资产阶级赵伯韬的强暴侵吞下，终于落得四面楚歌、众叛亲离的下场，以破产告终。正如周扬评吴荪甫命运那样：“《子夜》里的吴荪甫是个具有刚毅勇敢性格的人物，这个人在那以软弱、无能、屈服为共同特色的中国民族资产阶级群里，不能不说是特殊的，但在他的性格的发展、矛盾最后的悲剧里，我们却读出了中国民族资产者的共同命运。”

《示众》写于1925年3月，最初发表在北京《语丝》周刊第22期上，是一篇表现主义色彩十分鲜明的短篇小说。小说描写一个巡警押解一个囚犯临街示众。如果以现实主义的手法，其故事情节应该为：首先交代这个囚犯姓甚名谁，多大年龄，为什么犯罪，犯什么罪，示众结果如何，最终结局怎么样，理性思维推理的结果当是导致一个好人犯罪的社会根源。然而，在小说中这一切全无，我们只知道他是一个被巡警用绳拴住的“穿蓝布大衫上罩白背心的男人”；小说的由头和故事核心是这个“示众”的囚犯，但表现的主体却是围观的芸芸众生，是对各看客灵魂的一次大“示众”。你看，“秃头站在白背心的略略正对面，弯了腰，去研究背心上的文字”；而“胖孩子却看见那白背心正研究着这发亮的秃头，他也便跟着去研究”；“又像用了力掷在墙上而反拨过来的皮球一般，一个小学生飞奔上来，一头按住了自己头上的雪白的小布帽，向人丛中直钻进去”。在这里，思维的主体已经转换，由囚犯转向看客，心理逻辑推导的结果也昭然若揭——多么无聊的一群人，多么可怕可悲的国民劣根性！

《墙上的斑点》无论是显示出的思维轨迹，还是对人物生存状态的反映上，都具有鲜明的不同点。在思维轨迹上，作品描写主人公“我”——一个贵妇人躺在床上，抬起头来看见墙上的一个斑点，一会儿看似“一块圆形的小迹印”，一会儿觉得它像“一个小孔”，一会儿想到它很可能是“一个夏天残留下来的玫瑰花瓣造成的”或是“一只巨大的旧钉子的钉头”，最后弄清“那是一只蜗牛”，与这些猜测联系在一起的，还有若干生活片段和场景。这些看似杂乱无序的猜测、生活片段和场景，却都是以“这一个”贵妇人生活中曾经历过、所熟悉的东西。比如，“这一个”贵妇人的猜测就没有也不可能与人造飞船、人造卫星、激光等联系起来，因为当时还没有这些东西，在她的思维库里没有这些概念；也没有想到乡下的泥迹、破屋的漏洞等，因为“贵妇人”不可能有这样的体验。贵妇人的意识从目光触及墙上的斑点这个思维驿站出发，使自己思维库里储存的一系列相关概念按照心理逻辑规则闪现出来；而透过这整个心理逻辑推进的过程，正惟妙惟肖地表现了当时西方社会贵妇人们百无聊赖的生存状态，这与《子夜》对吴荪甫为代表的中国民族资产者命运的直接揭示，具有明显区别。

心理逻辑与空间逻辑（理性思维规律）的区别不在于形式，而在内容，在于二者思维的主体和出发点不同，前者是主观世界，后者是客观世界。因此，在心理逻辑中，理性思维规律即空间逻辑中表现思维形式的空间概念、空间判断、空间推理，则表现为心理概念、心理判断、心理推理。

三、中国现代主义文学中的心理概念

在逻辑学中，概念是反映事物范围和本质的思维形式。不同的逻辑学，其研究的概念反映对象的“范围和本质”是不一样的。形式逻辑研究反映事物本质规定性的抽象概念，辩证逻辑研究反映事物辩证本质的具体概念，而心理逻辑则研究反映事物心理本质的心理概念。象征主义追求的“象外之意”，实际上就是非理性思维下的心理本质；这种心理本质用一定的形象概念表现出来，即为心理概念。中国现代文学中的现实主义文学与现代主义文学在形象概念上是有区别的。以沈从文的《边城》和鲁迅的《狂人日记》中的人物形象概念的对比，就可看出这种区别。

沈从文是中国现代文学史上有影响的现实主义作家之一。在他笔下的“湘西世界”里，三教九流，无所不包，农民、士兵、渔民、猎户、船夫、木工、官吏、乡绅、商人、娼妓、水手、巫师、刽子手，个个都是栩栩如生的艺术形象，都给人理性的现实感。作为表现生命的自然形态的代表作《边城》，致力于展现给读者的是生命的爱、美、善，无论是温柔、纯朴、天真、善良而又在爱情中表现出执着、忠贞、坚韧的山村女孩翠翠，还是勤劳、宽厚的老船工，或是重义轻利的顺顺等，各自都有鲜明的个性特征，又共同展示了这种湘西人共有的爱、美、善；而透过对这些具有爱、美、善天性的湘西悲剧人生的揭示，表现的是作者对现实社会人生的叹息与忧虑。总之，由于作者采用的是现实主义的理性思维规则，无论其个体形象概念还是整体形象概念，都给人强烈的理性感、现实感，在当时的湘西世界，这样的人比比皆是。

与之相反，《狂人日记》中的狂人，则是非理性思维创造的典型人物，是一个异化了的社会里异化了的人。他因患“迫害狂”症而“语颇错杂无伦次，又多荒唐之言”：30 多年不见，今天见了，才知道以前的 30 多年“全是发昏”。早上小心出门，便见赵贵翁奇怪的眼色“似乎怕我，似乎想害我”；一路上的人都是如此，其中最凶的一个，张着嘴，对我笑一笑，“我便从头直冷到脚跟”。昨天街上那个女人打儿子，嘴里说道：“老子呀！我要咬你几口才出气！”那青面獠牙的一伙人便都哄笑起来。翻开历史一查，发现“历史没有年代，歪歪斜斜的每叶上都写着‘仁义道德’几个字”，“仔细看了半夜，才从字缝里看出字来，满本都写着两个字是‘吃人’”。甚至偶然发现，“吃人的是我哥哥！我是吃人的人的兄弟！”“四千年来时时吃人的地方”，“我也在其中混了多年”，我便有了四千年吃人履历。在作品中，鲁迅成功地借鉴与运用了西方现代派象征、寓意、暗示以及怪诞变形和意识流等手法，来塑造狂人形象，与《边城》比，在形象概念上，无论是审美价值、认识价值，还是社会底蕴，其内涵和外延都有鲜明的区别，因而他属于一种心理形象概念。事实上，在现实生活中是难找到“狂人”这样的人的，因为他是非理性思维的产物，是一种心理形象概念，追求的是心理本质的真实，而非现实艺术的真实。

在实际的文学创作中，由于各种艺术手法在使用上往往具有交叉性、相融性，决定了文学作品中的许多具象，包括人物、环境、时间、地点、名称等形象概念，在内涵和外延上都具有丰富多样性和多元复合性。就以《子夜》书名为例，以理性思维和现实主义的眼光去解读它，它在我们头脑中形成的思维形式形象概念是指深夜11点至凌晨1点这段时辰，是黎明前最黑暗的时间。如果以非理性思维和现代主义的眼光去观照它，它在我们头脑中形成的思维内容形象概念即心理概念，便有了全新的意义。它在心理本质上象征、寓意的或向我们暗示的是中国在20世纪30年代初期那段黎明前最黑暗时期的社会现实，这里的"黎明"和"黑暗"都是社会意义的而非自然意义的。在中国现代主义文学中，不同作品或同一作品中的不同具象，由于其心理概念的内涵和外延不同，作家对异化了的社会和人生体验、感悟的心理本质不同，又可分成若干种类型。

（一）普遍心理概念

即反映由若干个别心理感悟所组成的一类感悟的心理概念，其特点是类感悟所体现的心理本质，在各个个别心理感悟点中都可得到充分体现。新感觉派作家穆时英，以写"十里洋场"上海畸形的风景与"战栗和肉的沉醉"见长。他的《夜总会里的5个人》，写了5个不同身份、不同性别、不同际遇的人，在同一时间进行的活动，来表现社会生活的风云变幻，个人命运的捉摸不定，以及人之于社会的无奈。以小说摘取的第一个生活片段为例，时间为1932年4月6日下午。"5个从生活里跌下来的人"的不同处境为：金子大王胡均益在金业交易中因"80万家产也叫标金的跌风吹破了"而碎了嘴唇碎了心；大学生郑萍因失恋不仅碎了嘴唇，而且"头发又白了"，"胡髭又从皮肉里边钻出来了"；曾经风韵照人的黄黛茜忽然发现青春已从"自家身上飞到别人身上去了"，"觉得有条蛇咬住了她的心"；研究《哈姆雷特》，却作家梦难圆的季洁，怅闷地坐在书房里，案头放着各种版本的莎士比亚著作译本，冥冥中被"你是什么，我是什么"的诘问折磨着；信奉不求有功、但求无过哲学的市政府一等书记缪宗旦，在平稳地度过5年之后，突然接到市长手书的撤职书。5个人虽从生活中跌下来的背景不同、方式不同，却在心理本质上反映了一个相同的东西——失落感，具有相同的普遍心理概念。

（二）单独心理概念

即反映单个心理感悟点所构成的概念。如新感觉派作家刘呐鸥的《两个时间的不感症者》，写了一位舞女只知道自己某段时间属于某一个人，对任何人都无真实感情而言。作品中的舞女形象，是普遍心理概念，体现了一切舞女忍气吞声的处境；而两个时间不感症者 H 和 T，在形象概念上便属单独心理概念。先说 H，他赌马中了彩，当“将近一千元的钞票”拿到手时，便对不期而遇的“一个温柔货色”——舞女，想入非非。二人心照不宣地“从赛马场到吃茶店，从吃茶店到热闹的马路上”，直到 T 的出现，他才“觉得 3 个人的茶会总是扫兴的”。同样，T 也是被这个舞女约来跳舞的，而且约在 H 之前。当舞女和 H 跳华尔兹时，他“一个人无聊地抽着香烟。3 人在这种微妙而尴尬的关系中饮、抽、谈、舞的过了一个多钟头”，当舞女看了看腕上的表，表示要去赴新的约会时，“H、T 两个人用同一个声音，同样展示着奇异的眼睛：“‘怎么，怎么啦？’”如果说，H 告诉我们的是一个“有钱就变坏”的人的形象概念，那么，T 呈现在我们面前的便是寻花问柳、百无聊赖的形象概念。这两个具体的形象概念，都是单独心理概念，它揭示的灯红酒绿环境中人们精神的疲惫、空虚和心理的堕落，以及人际关系的冷漠。

（三）集合心理概念

即反映由个别感悟点集合而成的心理概念，集合体所体现的心理本质并不必然为它的组成部分即个别感悟点所具有。在穆时英的代表作之一《上海的狐步舞》中，这种集合心理概念体现得较明显。小说没有连贯的情节，而以感觉主义、印象主义和意识流的方法描写了旧上海令人眼花缭乱的都市风景。作品所要表达的主题即心理本质是小说开头和结尾相同的一句话：“上海是造在地狱上的天堂。”这是作家对上海当时社会人生的深刻体验、感悟所形成的集合心理概念。这个集合心理概念由四个个别感悟片段构成：一是三个穿长衫的人因“各为各的主子，咱们也要吃口饭而杀了一个提篮老妇”；二是一个富翁回家，他的妻子和儿子（二人关系是“法律上的儿子，年龄上的情妇”）向他要钱，他用钱把他们打发走了，他自己也走了；三是一个孤独的夜行的作家，在半路上被一个老妇请去代写书信，到老妇家才知道她是个暗娼，以这种方式拉客；四是刚才那个富翁到了一家豪华旅馆，在那里过着腐化奢靡的生活。四个感悟点将杀人、金钱与乱伦、卖淫、享乐集合在一起，表达了“上海是造在地狱上的天堂”这个作家所感悟的心理本质，而每一个感悟点，都不能完整准确地表现这个集合的心理概念。

（四）非集合心理概念

即反映非个别感悟点的集合体的心理概念，它在心理本质上反映的是作家对某类事物的感悟。鲁迅《阿 Q 正传》中的阿 Q 形象概念，便属此类。《阿 Q 正传》系 1921 年冬鲁迅应《晨报·副刊》编辑孙伏园之约写的，写作目的非常明确，就是暴露国民弱点，写出国人的灵魂来。在创作方法上既继承了中国古典文学优良传统，又吸收了西方现代派的创作技巧，做到了深刻的思想内容和完美的艺术形式的统一。

小说以辛亥革命前后的江南水乡未庄为背景，成功地塑造了阿 Q 这个深受封建主义压迫和毒害的不觉悟的农民形象：他没有家，甚至姓什么人们也不清楚，只是在他活着的时候人们叫他阿 Quei，简称阿 Q；有一次他说他似乎姓赵，招来赵太爷一顿痛骂，便不再开口了。他自尊又自负，未庄的人全不把他放在眼里，与人口角时他却爱说：“我们先前——比你阔得多了，你算什么东西！”他鄙薄城里人：用三尺长三寸宽的木板做成的凳子，未庄叫长凳，城里人却叫条凳，这是错的，可笑。因赵太爷打他嘴巴而出了名，他便得意了许多年。就是糊里糊涂被押上敞篷车送去枪毙，他在瞬间的恐惧之后便又得意地喊道：“过了 20 年又是一个……”阿 Q 的形象是丰满而典型的，这种丰满典型并不是作者对中国国民性若干感悟点的集合形成的，而是作者从总体上、本质上对国民性的体验、感悟。因此，阿 Q 形象在心理本质上反映的是中国农民的劣根性与中国国民的劣根性。

其实，当我们仔细琢磨，《阿 Q 正传》中的各种类型的心理概念有很多。未庄，不仅是故事演绎之地，人物活动的主要场所，更是社会人生的浓缩，有着丰厚的文化内涵。它正是作者对半封建半殖民地社会农村的心理本质的把握与透视。赵太爷，则是典型的封建族长单独形象概念。麻木不仁的未庄的农民们，展示的却是另一幅民族劣根性集合心理概念图。

此外，以作家对社会人生的非理性感悟、体验是否反映某种心理本质，又可以把心理概念划分为正心理概念和负心理概念；以作家对社会人生的心理体验、感悟是反映对象的心理存在，还是反映对象的心理本质，或心理关系，可将心理概念划分为心理实体概念、心理性质概念和心理关系概念。如20世纪30年代受弗洛伊德影响较大的新感觉派作家施蛰存的小说《梅雨之夕》，一改传统小说以故事情节为主线的线性叙事方法，采用了意识流手法。作品无故事情节，只写了雨天的黄昏“我”打伞送一个不相识的女子回家过程中的意识流动。由于这位少女容貌与自己女友相似，便想到这正是自己时刻思念中的“初恋的那个少女”，随即陷入了以这位少女为中心的漫无边际的遐想。“我”沉醉在作为“她”的“丈夫或情人”的幻想中，尽情享受这隐秘的欢乐。作品表现了“我”对异性的微妙心理及在前意识支配下的种种幻觉和行动，大胆坦露出人物深层的内心世界。作者在这里塑造的形象概念，就属于心理关系概念，反映的是特定的人在特定环境、特定关系下的心理本质，是对人前意识的曝光。同类作品还有《春阳》《石秀》等，只是在心理本质上反映出性欲至上、“最愉快的是杀人”等不健康的倾向，形成扭曲的心理概念。

四、中国现代主义文学中的心理判断

在逻辑学中，判断是对事物进行断定的思维形式。无论是理性思维，还是非理性思维，都离不开判断这种重要的思维形式。我们把非理性思维的判断称为心理判断。

（一）心理判断是非理性思维的重要环节

所谓心理判断，就是以非理性主义哲学和心理学为基础的，按照心理逻辑规则，对心理概念的性质或关系进行心理断定的思维形式。与理性思维规律中的判断相比，除了必须有所断定及判断总是有真实和虚假两种结果外，心理判断最鲜明的特征是对事物属性或关系的断定具有间接性、隐晦性和多样性的特征。这种特征在现代派文学中得到充分的体现。从现实主义诗歌《窗外》和新月派诗人徐志摩的诗作对比中，就可清晰地看到这种区别。

《窗外》是“五四”时期现实主义诗人康白情的代表作之一。作品在抒写相思的羞涩与孤寂时，采用了一系列理性判断——“窗外的闲月 / 紧恋着窗内蜜也似的相思 / 相思都恼了 / 她还涎着脸儿在墙上相窥 / 回头月也恼了 / 一抽身儿就没了 / 月倒没了 / 相思倒觉着舍不得了”。诗写得很有情致，几乎每一诗句，就是一个理性的判断，或判定属性，或断定关系。不仅判断本身充满了理性的色彩，而且通过全诗展示的意境，让我们深刻生动地触摸到一颗渴望自由的孤寂的心在跳动，这又是作品在现实生活与诗人心灵体验之间作出的另一种属性判断。

受西方现代主义文学影响的“新月”派诗歌，除了在结构、韵律上强调“和谐”“均齐”外；在格调上主张强化新诗的抒情领域，丰富新诗的抒情技巧，运用心理分析的方法开掘新诗情感的内涵，注重“灵性”；在表现形式上注重对新诗体式的探索，由于引入了非理性思维，在对思维客体，对文学形象思想意义的判断上，往往显得隐晦、曲折。以徐志摩描写战争意象的诗歌《太平景象》《大帅》《人变兽》等为例，心理判断特征便非常明显。明明是描写社会的不太平和战争的残酷，却取名《太平景象》——“你不见李二哥回来，烂了半个脸，全青 / 他说前边稻田里的尸体，简直像牛粪……全的，残的，死透的，半死的，烂臭，难闻”；《大帅》向我们展示的并不是大帅的威武，而是战争进行中的残酷——“前敌战士，随死随淹；间有未死者，即被活埋”；而《人变兽》中，看似描写战争过后活着的乌鸦争食死去的人的令人恐怖的场面——城门洞里“跳舞着没脑袋的英雄”、青绿的豆苗“全是用鲜血浇”，实际上是在作这样的心理判断：战争是如此地摧毁人性、人道与和平理想。同样，在徐志摩的《俘虏颂》中，士兵的血与伤等战争意象，却以美丽的“玫瑰”“山水”“牡丹”等表现出来——“身上脸上全挂着彩 / 眉眼糊成了玫瑰 / 口鼻裂成了山水 / 脑袋顶着朵大牡丹”在受西方现代派影响的中国现代主义文学各流派作品中，这种心理判断随处可见。

（二）心理属性判断

思维主体根据心理逻辑规则断定思维客体是否具有某种心理属性的判断，叫心理属性判断。在现代主义文学中，利用心理属性判断来表情达意，反映作家对社会人生的感悟的作品比比皆是。比如，死亡与坟墓属于两个不同的物象。意识、观念及其所影响形成的心理概念不同，非理性思维出发的驿站不同，对此便会作出不同的心理判断。徐志摩认为："坟与死的关系并不密切：死仿佛有着或实质的一个现象，坟墓只是一个美丽的虚无，在这静定的意境里，光阴仿佛止息了波动，你自己的思感也收敛了震悸，那时你的性灵便可感到最纯静的安慰。"因此，在徐诗中，产生了这样的心理判断：坟墓即是死亡。作为生命终极的死亡，在徐志摩诗中以坟墓意象登场了。按照徐志摩的理解，这样可以避免死亡的恐怖，营造美丽的意境，使生命与自然融合同化。如《问谁》，诗中的凄切伤情，便是由沉沉的抒情意象转化而来的，一旦转化，坟墓又成了主导意象："在这冻沉沉的深夜，凄风/吹拂她的新墓"，"不久，这严冬过去，东风/又来催促青条：/便妆缀这冷落的墓宫，/亦不无花草飘摇。"

循着自己对死亡的独特心理属性判断，徐志摩进一步将诗歌中的坟墓意象升华为"美丽死亡"，这更是现实主义的理性思维无法达到的。徐认为："死只是中止生，不是解决生，更不是消灭生，只是增剧生的复杂，并不清理它的纠纷。"从这里可以看出，在诗人的心灵世界，对死亡的心理属性判断既有肯定，也有否定。正是从这种肯定、否定的统一中，让我们看清了诗人对待死亡的生命态度。他描写死亡，并不是要人们以悲观主义情绪来消极对待死亡，而是要人们从生与死的辩证统一中更高层次地把握生存价值与生命的意义。在《默境》中他写道："生命即寂灭，寂灭即生命/在这无始终的洪流之中/难得素心人悄然共游泳/纵使阐不透这凄伟的静/我也怀抱了这静中涵濡/温柔的心灵，我便化野鸟/飞去。"在这里，神秘与宁静透射出作者对生命的感悟，在富有禅学意味的天人合一、物我两忘境界中，人与自然、生存与死亡、心灵与外物的界限便已模糊，诗人对生命的心理属性判断已超越时空限定的生命之极，使永恒的时间和短暂的生命得到完美的融合。

（三）心理关系判断

即是思维主体根据心理逻辑规则断定思维客体之间是否存在某种心理关系的判断。在非理性领域，人心灵的世界是广袤无垠的，思维主体与客体之间，一个主体与另一个主体之间，以及客体与客体之间是什么关系，存不存在某种关系，都需要作出心理判断；思维主体的差异性，决定了判断结果的差异性。比如，不仅在理性思维领域，就是在非理性思维中，不同主体之间也很难判断“车站”“面孔”“枝条”“花瓣”这些概念有什么联系，但在意象派诗人庞德笔下，它们不仅紧密联系在一起，而且意象与意象之间环环相扣，相映成趣，构成一幅自然优美的生活图。“人群中这些面孔幽灵般显现/湿漉漉的黑色枝条上的许多花瓣”（庞德《在地铁车站》）。显然，喧哗嘈杂的地铁车站那一张张时隐时现的面孔，是激发诗人创作灵感的现实图景。经诗人点化，人群在诗人心中幻化为“湿漉漉的黑色枝条”，构成一个新意象。从视角上给人以阴冷压抑之感，恰如其分地表达了繁忙、压抑的都市生活。诗人并没有停留于此，继续寻找体现自然优美的意象，进而把美丽的脸庞意化为“许多花瓣”，让她盛开在“湿漉漉的黑色枝条上”。前后形成由明到暗，再由暗到明的意象反差，不仅表达了诗人感受到瞬间自然美时的喜悦心情，而且进一步对客观现实生活与诗人主观内在情绪的高度统一作出心理关系判断，表现出积极进取的审美取向。

在中国现代派诗歌中，不乏与《在地铁车站》异曲同工之作。以象征主义诗人李金发的《弃妇》为例，全诗从弃妇披遍两眼的长发写到她那发出哀吟的“衰老的裙裾”，把一连串物象堆积在这个“弃妇”身上，透过这些表面看互不相干的物象，我们感触到的是心灵深处剧烈的情感流动，使人感到对弃妇生活的隐忧和对充满“隐忧”的弃妇的哀怨。正是这种“隐忧”和“哀怨”，像一根心灵的红线，将“鲜血”“枯骨”“蚁虫”“空谷”“夕阳”“灰烬”“丘墓”等意象紧密联系在了一起，表达了作者所要作的心理关系判断。因此，诗中有一种奇特的“观念联络”，乍一看，似乎单独一部分，一个意象可以懂，合起来反而显得模糊不清了；而通过非理性思维逻辑进行揣摩，又不难作出这样的心理关系判断：一个被社会抛弃的妇女正经历“狂风怒号”的磨难，像“一根草儿”般的脆弱、孤独；谁知造就这个“弃妇”的社会迟早会不会成为真正的“弃妇”呢？

（四）复合心理判断

由多个简单心理判断构成的心理判断叫复合心理判断。在前面谈到的中外现代主义诗歌《荒原》《弃妇》《窗外》《太平景象》等作品中，诗人以非理性主义思想在作品中对各种意象的性质、关系作出的判断，实际上许多并不只限于单一的心理判断，而是包含了多个心理判断，即复合心理判断。复合心理判断中，因所用的联结词的性质不同，又可分为联言心理判断、选言心理判断、假言心理判断和负心理判断等。这里仅以联言心理判断对中国现代主义文学创作作一分析。

联言心理判断的一般形式为：P并且D，具有明显的心理演进和深化的特征，反映了非理性思维揭示事物心理本质的一种方式。当代著名作家王蒙获第四届（1989—1990）《小说月报》百花奖的小说《坚硬的稀粥》，是一篇较典型的中国式现代派小说。作品不仅反映出强烈的改革危机意识、人性异化观念和鲜明的自我表现色彩，而且在艺术表现手法上采用了一系列联言心理判断，揭示作品人物形象如："爷爷""父亲""我"和"徐姐"等的心理本质。小说开始就向我们展示了一个特殊家庭的组成："我们家的正式成员包括爷爷、奶奶、父亲、母亲、叔叔、婶婶、我、妻子、堂妹、妹夫和我那个最可爱的瘦高挑儿子。他们的年龄分别是88岁、84岁、63岁、64岁、61岁、57岁、40岁、40岁……16岁。"另外还有一个非正式成员徐姐，59岁，"在我们家操扯家务已经40年"，全家人一律称她为"姐"。通过这样的家庭结构我们不难得出这样的心理判断：这既是一个四世同堂的大家庭，又是一个封建色彩很浓，极度老化的家庭（全家已列出的正式和非正式成员12名，有9名57岁以上，2名40岁，只1名16岁），并且有明显的年龄断层。接着，作品又对这个"家"的生活状况作了交代："我们一直生活得很平稳，很团结。包括是否认为今夏天气过热，喝茶是喝8块钱一两的龙井还是4毛钱一两的青茶，用香皂是用紫罗兰还是金盾，大家一律听爷爷的。"从这里透露出了作家作出的这样的心理判断：这个家表面和睦，实际上笼罩着浓烈的封建宗族主义阴影；论资排辈是这个家治家的最高准则；而位居排辈顶端的"爷爷"便是这个家的最高家政和精神主宰。

作品的主要内容是写这个家的家政改革，而这个改革的发起者和设计者，当然只有主宰一切的爷爷。"爷爷很开明开放，每天下午午睡后从报纸上、晚饭后从广播里和电视里吸收新名词、新观念。""于是爷爷首先提出，由元首制改行内阁制度，由他提名，家庭全体会议通过，由正式成员们轮流执政"，"首先委托爸爸主持家政，并决议由他来进行膳食维新"。然而，爸爸遇事"一概去问爷爷”。这一来更麻烦了：“徐姐遇事问爸爸，爸爸不做主，再去问爷爷，问完爷爷再一口一个老爷子说的向徐姐传话，还不如直接去问爷爷便当。”由此，小说敞露出对这个家的家政改革作出这样的心理判断：这个家的家政改革是由至高无上的主宰“爷爷”发起的；发起的直接原因是“爷爷”从报纸上、广播里、电视里吸收了新名词、新观念，而非大家意识到这个封建宗族式大家庭的危机；虽然“委托”爸爸主持家政，推行改革，但由于封建宗族制阴影，爸爸遇事其实作不了主、不敢作主，“一概去问爷爷”，爸爸在发号施令时已习惯于“一口一个老爷子说”，爷爷实际上主宰着这个家庭的一切，包括老爷子倡导的改革；这样的改革注定是要失败的。结果不出所料。改革的突破口是“膳食维新”，当爸爸疲于奔命地辗转于负责膳食操作的徐姐与主宰膳食改革的爷爷之间时，连爷爷“也开导爸爸”“下放权力是大趋势”。于是，爸爸将“膳食大业”权下放给徐姐，徐姐掌权不仅“一切照旧”地奉行40年一贯制膳食方式，而且克扣伙食，“省下了伙食钱，买了一些人参蜂王精送到爷爷屋里，勒我们的裤带向爷爷效忠。”

人物的符号化、情节的程式化与主题的政治化，是《坚硬的稀粥》的主要特色。作品无论人物的设置、情节结构，还是心理概念，如“爷爷”“我们的反复和40年一贯制”“膳食维新”“家政改革”等，都具有明显的象外之意。作品以这些心理概念，沿着非理性思维的轨迹步步为营，在做出一个个关于家政改革的简单心理判断的同时，通过整个作品向我们做出了这样一个复合心理判断：改革是一场艰难的革命，不冲破传统旧体制，改革必然夭折。

五、中国现代主义文学中的心理推理

在中国现代主义文学中，不同流派、不同作家和不同作品，其心理逻辑的推理方式也不同。概括地说，主要有三种形式。

（一）心理演绎

其特点是思维主体从客观世界的某一个感悟点出发，然后让思维之缰围绕这个点演绎开去，构成一幅以这个感悟点为核心的社会生活变形图，最后达到揭示社会本质这个心理演绎的根本目的。心理演绎在许多中国现代意识流小说、象征主义、新感觉派小说、超现实主义和新小说派中，都得到了成功的运用。

以意识流小说为例。它直接的思想来源是美国哲学家、心理学家威廉·詹姆斯的心理学原理、柏格森的直觉论和“心理时间”说，以及弗洛伊德的无意识说和梦幻理论。他们理论中的“无意识”和心理时间，不仅是意识流小说创作的理论依据，而且正是意识流小说心理演绎的感悟点和时间轨迹。

这里，试就“现代”派诗人戴望舒的《古神祠前》、“九叶”派诗歌和西方意识流小说代表作福克纳的《喧哗与骚动》，对这个问题作进一步阐释。《古神祠前》呈现扩张性的流动意象，开始是一只蜘蛛，接着变为生出翼翅的“蝴蝶”，后来又化作一只“云雀”，最后幻化成一只翱翔于青天的鹏鸟，意象随诗人的前意识流动，通过一系列心理演绎，推导出这样的人生主题：社会是变幻莫测的，人的命运是难以捉摸的。

“九叶”诗派是在20世纪40年代中后期形成的一个追求现实主义与现代主义相结合的诗歌流派。它对西方现代主义的融会和创新，对中国诗歌传统的继承和发扬，对于推动中国新诗的现代化都提供了宝贵的经验教训，正如现代诗人艾青所概括的那样：“接受了新诗的现实主义传统，采取欧美现代派的表现技巧，刻画了经过战争大动乱之后的社会现象。”如陈敬容的《鸽》中所写：“暗红色的旧瓦上/几只鸽子想飞/又停下了/叠起灰翅膀伫望。”诗通过对鸽子欲飞还休的描写，演绎出诗人对人生前途徘徊观望的情态。“人与人之间稀薄的友情/是张绷紧的笛膜：吹出美妙的/小曲，有时只剩下一支嘶哑的竹管。”杭约赫的《复活的土地》，采用自由联想式的意象组合，省略了意象和意象之间的锁链，演绎出个人命运的渺小与无奈。

《喧哗与骚动》主人公昆丁，是哈佛大学学生，唯美主义者。他有一个妹妹叫凯丹斯（小名凯蒂），是他全部美好理想、希望、追求的化身，他全部的爱倾注于她。然而，他却发现妹妹与推销员达尔顿·艾密司幽会。妹妹的沉沦、堕落使昆丁的全部理想、希望、追求破灭了。这天（1910年6月2日），他在彻底的精神崩溃与绝望中徘徊于哈佛大学的宿舍里，准备自杀。美国作家福克纳抓住昆丁自杀前极度绝望的心态这个对社会生活的感悟点，进行一系列巧妙的心理演绎——昆丁想起父亲康普生为妹妹结婚发出的通知，他把这封信视为不祥的棺柩，接到后三天没敢拆；他想起妹妹与达尔顿·艾密司幽会后，他去向父亲“承认”是自己犯的乱伦罪，希望把妹妹的堕落与别的男人分隔开；他想起自己去找达尔顿·艾密司报仇，艾密司把枪给他叫他开枪，他却没有，因为“他会上哪儿去？她也会去，我也会去”（那样大家都会死，昆丁却不愿看到妹妹死）；他想起自己一家人在得知妹妹失身后的震怒：母亲拿了一张洒了樟脑水的手帕在哭泣，父亲决定让妹妹去法兰区·里克（印第安纳州南部一疗养地）换换环境，借以摆脱与达尔顿·艾密司的关系；家里人把空箱子从阁楼搬下来准备行装，空箱子的声音令自己想到棺材……

昆丁意识喷泉一般涌动，他心理逻辑的演绎快速推向变化万千的时空，但不管如何变，都是感悟点——昆丁自杀前极度绝望的心态演绎的结果。

（二）心理归纳

其特点是作家把对客观世界的若干具象的象外之意看似不经意实则有意识、有筛选的把握，归结到某个感悟点上，再通过这个感悟点把握世界的本质。在存在主义、荒诞派和魔幻现实主义作品中，心理归纳的特点最为明显。

存在主义以阐明、探索人的存在作为宗旨。存在主义的存在是指孤独的个人与自身的关系，他的自我意识和种种非理性的情绪体验；人的存在是荒谬的、邪恶的，世界就是这种邪恶力量的总和。存在主义的这种哲学，反映在文学创作中，作家对客观世界本质的揭示，往往表现为对人的种种存在方式的非理性的心理归纳。“现代”派诗人戴望舒的《印象》，连用7个意象组合成一个虚幻缥缈的境界，来暗示某种缥缈的记忆，心理归纳的特征就非常明显。同样，后期新月派诗人卞之琳的诗歌，由于受《死水》以后的闻一多的熏陶，特别是受波特莱尔的影响，在用象征主义表现生活中，心理归纳的特征就非常明显。以《断章》为例，“你站在桥上看风景，看风景的人在楼上看你。明月装饰了你的窗子，你装饰了别人的梦。”全诗四句，就有四个意象主体的转换；通过人们屡见不鲜的“风景”的刹那感悟，对日常生活现象进行哲学上的穿透与开掘，情景相融，实现哲理与形象的巧妙融合，最后归纳出事物相对性的人生哲理这样一种心理概念。从法国存在主义作家阿尔贝·加缪的作品中，也处处可体味到这种心理归纳的脉络。如《局外人》中的莫尔索是一个对世界上一切事物都漠不关心的人，母亲的去世，情人的求爱，甚至自己因莫名其妙杀了人被判了死刑都无动于衷；他糊里糊涂地来到世上，糊里糊涂地活着，又糊里糊涂地死去。他，就是现实世界的“局外人”。作品通过对莫尔索一系列荒诞行为的心理归纳，表现了人的荒诞，世界的荒诞，人与世界关系的荒诞，表达了改变这种荒诞的生存环境和生存状态的愿望。“局外人”其实是个大彻大悟的智者！荒诞派戏剧则是通过对荒诞人物、荒诞行为、荒诞事物的心理归纳（如《等待戈多》《秃头歌女》等），揭示西方人的危机意识及生存状态的荒诞无稽。魔幻现实主义作品对拉丁美洲的历史和现实的反映，则是通过作家的想象，把本地域多姿多彩的民族民间文化的现实，化为种种具有幻想或魔幻色彩的现实，再通过心理归纳来集中展现的。

（三）心理类比

其特点是通过对某个具象特征的揭示，令人联想到另一事物的本质，给人以意蕴悠长、茅塞顿开之感。只是，这里的“另一事物”不像形式逻辑的类比推理那样，具有单一确定性，而是具有不确定性和多义性。这个特征是由文艺创作的特点决定的。因为文学作品中的具象，不是现实生活中的具象，而是作家对现实体感悟的产物，是“杂取种种人，合成一个”。因此，它本身包含“借一斑略知全豹，以一目尽传精神”的丰富知识内涵。在象征主义、表现主义和未来主义创作中，心理类比用得较多，特别是象征主义追求的“象外之意”“得意忘象”以及未来主义主张把缺乏内在联系的事物合成“类比链”，再织成“类比网”，从而构成文学作品的多色彩、多声部、多形态等，都是心理类比的典型体现和运用。

在继承和发展晚唐五代李商隐、温庭筠“纯粹的诗”的同时，受法国象征派诗歌、美国意象派诗歌运动及以TS. 艾略特为代表的现代主义诗潮的影响的中国20世纪30年代新诗，显著特征就是运用隐喻、象征、通感等心理类比手法，实现情绪的意象化，把心中隐秘的、难以言状的情绪，通过心理类比的纽带，转化为具体可感的心理形象概念。戴望舒的《寻梦者》中的“梦”，是作者精神世界的雕像，她客观存在又难以捉摸。“当你鬓发斑斑了的时候 / 当你眼睛朦胧了的时候 / 金色的贝吐出桃色的珠……于是一个梦静静地升上来了。”你看，通过寻梦者顽强执着的追求，“梦”终于寻找到了，她像是“金色的贝”吐出的“桃色的珠”。从《我底记忆》之后，戴望舒追求“全官感或超官感”的意象特征，通过通感、隐喻等心理类比的方式，使自己心灵世界的感悟形成出神入化的奇幻之美。如《路上的小语》，“给我吧，姑娘，你底像花一样地燃着的，像红宝石一样地晶耀着的嘴唇，它会给我蜜底味，酒底味。”诗赋予感觉以复合性的丰富内涵，写出了作者内心的微妙感受，显示出作者与法国后期象征主义深厚的血缘联系。又如陈敬容的《划分》写道：“我往往迷失于 / 偶然飘来的一声钟……在熟悉的事物面前 / 突然感到的陌生 / 将宇宙和我们 / 断然地划分”。作品看似描写现实生活中偶然遭遇的钟声的感受，实则在以钟声的飘忽不定类比人生的不可捉摸。

在表现主义文学鼻祖、奥地利作家卡夫卡的作品中，从《美国》《审判》《城堡》到《变形记》《地洞》，心理类比可说比比皆是。比如《城堡》，通过主人公 K 踏着雪路去城堡——统治阶级的官衙，要求当局批准他在附近林子里安家落户的过程这根主线，设置了一条条心理类比链：由整个小说勾画的生活图景，类比到西方资本主义社会的莫名其妙与难以捉摸；由城堡类比到统治集团的高高在上、阴森恐怖及与人民的隔膜；由具有至高权力又谁都没有见过的 CC 伯爵和 K 的遭际，类比到一种神秘力量对人的命运的主宰支配及老百姓的无可奈何、惶惑不安与不得其所。对社会的类比、统治集团的类比和人的类比，层层递进，相互交织渗透，形成一个严密的类比网，把资本主义社会的本质表现得淋漓尽致、入木三分。

结 语

自然科学和社会科学发展的规律表明，人类对客观世界的认识是由自发到自觉，由无知到知，由知之较少到知之较多，循序渐进，不断深入的；每一个科学上的突破，都会带来某个领域的革命。笔者坚信，心理逻辑规律的揭示，无论是对逻辑学，还是非理性主义文学创作和研究，都具有十分重要的意义。

首先，心理逻辑揭示了非理性思维规律，从而使以研究思维规律为主要对象的逻辑学体系变得真正完善。在逻辑学家族成员中增添了“心理逻辑”，我们就可以看到：人的思维有理性思维和非理性思维，研究思维规律的逻辑学有空间逻辑（传统逻辑学中，将研究理性思维形式的逻辑称为形式逻辑，当心理逻辑诞生后，我们发现这个名称显得并不准确，因为它不能代表研究非理性思维形式的“心理逻辑”，因此，该用“空间逻辑”代替形式逻辑了）和心理逻辑，它们各自又有若干分支。同样，几百年来，非理性主义思想家们在非理性研究领域取得的一个又一个重大成果，如无意识、前意识，心理时间，外倾非理性思维，本我、超我等，像一颗颗闪光的珍珠，虽然分别观赏它们都晶莹耀眼，但它们却仅仅是分散的、零落的，并没有形成体系，不是“项链”。心理逻辑的诞生，仿佛突然给我们找到了一根红线，将这些零散的“珍珠”穿了起来，非理性主义的“项链”由此诞生了。由“珍珠”到“项链”，不能不说是非理性思维研究中的一次飞跃。

其次，心理逻辑对非理性主义文学创作将提供科学的理论支撑。在心理逻辑规律被科学地揭示之前，虽然许多非理性主义作家，也创作出了许多成功的非理性主义文学作品，但由于没有“人的自觉”，他们要么凭的是非理性思维下的冲创意志作支配，要么是以非理性主义思想家们一些零散的“珍珠”式的思想作指导的结果，并没有真正意义上的“文学的自觉”。心理逻辑诞生后，有了非理性思维规律作科学指导，有了非理性主义文学创作中“人的自觉”，必然产生非理性主义创作中“文学的自觉”。这又会出现一个质的飞跃。

再次，心理逻辑将给非理性主义文学研究提供科学的方法论。在心理逻辑规律被揭示前，由于没有非理性思维规律作指导，人们往往用传统的理性思维的规律（传统逻辑）去研究、评判非理性主义文学作品，这就难免产生舛误。比如，许多研究西方和中国现代派文学的文章、教材、专著等，都往往把“时空倒置”和“非逻辑性”作为其显著特点，认为“现代非理性主义强调偶然性、具体性、个别性，它不成其为逻辑的、概念的系统性，在表面上表现出主观性、随意性、直观性、浪漫性……构成一种杂乱无章的、无法加以论证的文体，若用严谨的论文形式，则不免自相矛盾、捉襟见肘、漏洞百出，而只能运用文学的或半文学的散论形式来表达。”当用心理逻辑的规律去观照，我们恰好发现这些论者犯了形而上学的错误。他们是在用理性思维的“逻辑”去解读非理性主义作品。

当然，本文对非理性思维规律的研究及其在文学中的运用仅仅是初步的、浅显的，许多论述还有待于进一步深入探讨。如果本文能够起到抛砖引玉作用，吸引更多人为心理逻辑这门新型学科的建设及其在文学创作和文学研究中运用添砖加瓦，作者也就可以聊以自慰了。

珍视精神家园的时代语境

——“夜话周庄”全球华人散文·诗歌创作大赛颁奖大会答谢词

感谢诸位偏爱有加，让我荣获“夜话周庄”全球华人散文·诗歌创作大赛”散文类大奖。我想，我的获奖，并不是因为一篇千字涂鸦有何夺人机巧，而在于珍视精神家园的时代语境。

据说，精神家园之说，源于一个传说：一个永世流浪的小矮人，在四处漫游，寻找想象中的家。因此，寻找家园，就是寻找希望、幸福和归宿。唐纳德·里奇说：“整个世界落脚于一个家庭中，世界的尽头就在家门之外。”家园，不仅是一个利益共同体，还是灵魂的泊地。孔子说：“里仁为美，择不处仁，焉得知？”意思是物质意义的栖居，应择其仁厚风俗；精神意义的家园，要成就大仁。

对精神家园的追求，是人的天性。可是，我们的精神原乡在哪里？所谓故乡，在文化上早已被否定，常与愚昧、封闭、落后联系在一起，是阿Q，是懦弱，是麻木，是没有希望的等待。生活在“别处”，是普遍的精神状态，不同的只是表现。“五四”运动那一代先驱的“别处”，是“德先生”（民主）和“赛先生”（科学）。在当代民族先锋那里，“别处”是柏拉图式的理想。可是，岁月轮回中，我们的疏离感、迷茫感并没有因此而消解。当我们历数着改革开放创造的奇迹时，却困惑于商品大潮冲击下，精神原乡的丢失。丢失于物质主义的肆虐中，丢失于房子、车子、票子、位子、孩子等世俗的诱惑之下，丢失于喧嚣浮躁、争权夺利的尘烟里。物质文明留下了斑斑碎片，精神原乡的残留物，也很难考古复原。正是在这种泛滥的丢失里，周庄让我们倍感亲切。

流亡在外的俄罗斯诗人布罗茨基说，“家是俄语，不再是俄罗斯”。语言是一种族系密码，昭示着一个人的来自与身份。因此，我要再次感谢这次大赛的组织者，给我们创造了一个难得的机会，让我们又一次以母语的方式，破译精神原乡密码，走进周庄。如果说，文学通过原型批评，让我们在神话传说中探寻精神原乡成为可能；那么，周庄则通过一种近似天籁的优雅闲适，让我们找到一条回归精神原乡的捷径。面对着周庄这一方水土人文，我们受到净化的不仅是疲乏之身，还有浮躁之心——回家的感觉，一种内心安静的求证。

这就是周庄之美，呈现出的精神意义。

回家的感觉真好。

谢谢大家!

2012 年 10 月 13 日于周庄

在意象重构中呈现诗性审美哲学

——黄明诗读梵高关键词

审美纠缠

在这里我借用了量子力学里的一个词：纠缠。在量子力学里，当几个粒子在彼此相互作用后，各个粒子的特性便综合进入整体性中，无法再进行单独描述。这种现象被称为量子纠缠。黄明诗读梵高，似乎正体现了这一审美特性。它将画的审美与诗的审美融于一炉，熔铸出一种全新的审美气象，表现在：

——诗性的审美哲学。宋代大画家郭熙说："山有三远……高远之色清明，深远之色重晦，平远之色有明有晦。"这既是指绘画，又是指读画。黄明诗读梵高名画，似乎深得这"三远"要旨。品这组诗，我强烈感受到了意象的美、诗意的美、审智的美、思想的美、激情的美、良知的美、语言的美。信手拈来《有石膏像的静物》，黄明以诗的语言化静为动，灵动，比如以"色彩""告诉我今天的心情"，让"巴黎郊外的风景""叙述"出情节，即便是雕塑的石膏像，也幻化为"血液里没有冬天的疯子梵高"的"真身"，而最终"让色彩沉到事物里 / 让光沉到色彩里，让我们身边的世界 / 赶着好天气，沉到梵高在内心 / 藏着的那片光里"。上述诸美，都随着诗的格律、意境、智慧、语言跃然纸上，不仅把静的画面激活，更赋予了色彩的诗性审美哲学品质。

——宏阔的审美格局。读黄明的诗，会感到有一股强烈的气横贯其中，让人激越昂扬；细细品味，又会发现那气不是小家碧玉式的闺房香气，也不是诲淫诲盗的歪风邪气，而是宏阔激昂、气势磅礴的“地块之气”（大地的呼吸）。比如“这是世界的秩序 / 他们必须劳动着，从泥土里下手 / 必须用同一种姿势”（读《吃土豆的人》），表达出的“世界秩序”；又如，“种子的力量出现了 / 在落日的硫黄色的条纹上 / 在麦田的古金色的波浪上 / 在泥土的淡紫色的犁痕上”（读《落日下的播种者》，表达的“麦田意象”；再如，“由于天空钢蓝 / 麦田，直接在大地上 / 把阳光摊开 / 也把劳动者，困倦地摊开”（读《午睡》），表达的“大地姿态”与“阳光姿势”。

——疼痛的审美介入。虽然在场主义的介入观是针对散文的，但介入原则适应于整个文学，甚至更广。从某种程度上说，不排除黄明在读梵高的画中，由于强烈的当下意识，发现的意义已超越了原画本身，而带有作者介入创新的成分。比如疼痛。黄明在读《莫斯梅》时，从静坐的普罗旺斯少女身上，发现了生存的本质：“不要把这个世界 / 想象得太好 / 但所有的生存 / 都要从痛苦开始。”同样，在读《吃土豆的人》时，他从土豆中发现了生活之难和生命之痛：“所有伸进盘子里的手，会让有些 / 疼感的土豆，开始叙述 / 穷人的生活。”而在读《看守特拉布》中，他发现：“躺在圣雷米 / 被秋天扫落的 / 疗养院里 / 一片黄叶，都会触痛 / 心底的残局。而特拉布 / 秃鹰一样，锐利的小眼睛里 / 全部用黑色，沉静痛苦。”

相遇错位

这里的错位，主要指读与被读或曰黄明与梵高作品的时空、体裁和风格错位。相遇错位，陌生化审美便产生了。

时空错位。黄明生活书写于 21 世纪初的当下中国，工业文明、城镇文明正迈向现代文明，一片百年前西方现代主义的景象。而梵高则生活于 150 余年前。当时的荷兰受西欧近代三大思想解放运动（文艺复兴、宗教改革与思想启蒙）影响，和当下中国一样，蓬勃兴起的工业化、城镇化，正改变着人们的生产方式、生活方式、价值取向和审美评判，现代主义思潮正在酝酿之中，哲学、文学和艺术都正发生着重大变革。可是这样的错位，却通过黄明的诗，近似完美地融合在了一起。

体裁错位。黄明是写诗，梵高是绘画，虽都属艺术范畴，但二者毕竟不是一回事。而且，梵高的画虽具有后印象主义风格，但从色彩、结构、表意上看，也不乏西洋画的写实主义传统；而黄明的诗，明显是带着现代介入的意识，注重于以个性经验和诗性哲学审美、审丑和审智，写意性更强。难能可贵的是，黄明通过自己的诗，把两者融合在了一起。这又产生了艺术语言的错位：一个以色彩和结构呈现意义，一个则以语言，或者说诗性哲学的语言，印证了“语言之外无世界”。

比如，在不同的文化背景中，乌鸦意象具有不同的象征，有的甚至强烈冲突。它有时象征黑暗，有时又是神的使者；有时预示灾祸，有时又是吉祥之鸟。梵高的《麦田上的鸦群》，就是通过乌鸦意象与麦田意象的糅合，把这种世界的多样性、复杂性，情感和审美的多样性、复杂性，表现得淋漓尽致。

黄明对这幅画的诗读，没有停留在画面本身，而是透过画的麦田和乌鸦意象，把审美触角指向人——画的作者梵高本身：“鸦群终于出现了 / 狂乱扭动的麦田上，种子金黄色的 / 力量，也终于裂成了 / 一个人，精神的碎片。”在天空的下沉与土地的上升夹缝中的鸦群，“或许比我 / 还要想念梵高。在这些狂乱的扭动中 / 为能找回，一个人的一生”。在这里，体裁的错位，通过诗被黄明缝合，进而让梵高，不，应该是让“人”破碎的精神得以归位，上升为一种超越的力量。

风格错位。梵高虽早期也崇尚现实主义，但总体看他属于后印象派画家，代表作《星月夜》、自画像系列、向日葵系列等，都具有鲜明的后印象色彩。后印象派画家与印象派最大的区别是，放弃了只追求色彩的狭隘目标，进而追求更富激情的主观表现。它导致了 20 世纪西方现代主义的萌芽。

黄明的这组读梵高诗，虽也有一些现代主义的影子，但总体看，显然是现实主义和浪漫主义融合的。他既没有现代主义的三大基本特征，也没有明显的意象派、意识流、黑色幽默等现代主义色彩。或者中国“朦胧诗”那样大量使用象征手法，使得诗歌的文学意义充满混沌性、不确定性。恰恰相反，他在诗品梵高的画中，采用散点式与焦点式，审美、审智与审丑相结合的手法，深入剖析画面背后的丰富意义。

这就产生了一个奇妙现象：现代的人、以现实主义手法的诗，去跨界解构、品读过去的梵高现代主义（后印象派）的画。从这种错位的解读与意义发现中，我不禁想起了德里达的话："解构不是一种方法或某种工具，你不能将其用到外部之物。解构是正在发生的事情，发生在内部的事情。"

那么，从黄明颇具鲜明当下意识和介入色彩的解构与重构中，我们看见了什么"内部""正在发生"的事情呢？

意象重构

从中国到欧美，评判一幅画的标准只有一个：好看。梵高的画无疑是"好看"的，而任何称得上"好看"的画，其"整体画面感（思想）"必然是丰富的，审美空间宽广。这就给解读带来了挑战。黄明完全可以采取以诗歌重述或者还原的方法，再现梵高油画的意象，就像绘画中惯用的临摹。那样肯定会相对简单，只需要艺术的转换即可。但他没有。黄明的可贵之处在于，他不仅敢于直面挑战，而且采用了意象重构的方式，以诗的话语体系，去实现对梵高画的解读。重构的意义在于，它不再是梵高的复制，而是黄明的再造。事实上任何真正的艺术，无不是对现实的解构与重构。

麦田意象的重构

麦的意象，一直是现代主义文艺中的一个重要意象，其中麦田象征大地、故土与乡愁，麦子象征粮食、生存与希望。在海子那里，当麦子与现代诗歌相遇，就有了他如潮的忧思及其婉约风格，有了他深入大地又高于天际的无尽哀伤。

梵高的几十幅关于麦田的油画，大部分是他在法国阿尔勒雷附近圣·保罗摩索拉斯的精神病院住院后期创作的。沮丧的他在病房的窗口看山丘、浮云、麦田与柏树，呼吸自由的空气。病痛的折磨与窗外的美好，让他对生命有了全新的理解，在这片心灵麦田里，梵高倾泻了他所有的情感与痛苦。

那么，黄明又是怎样用诗的慧眼和语言，审视梵高，重构自己的麦田意象及其意义的呢？他发现和重构了"伤口""病菌""饥饿"和"不含病菌的血液"等："我看见更多的金黄 / 不在尚未收割的麦子身上 / 而伤口一样的残埂上，涂得过剩的色彩 / 告诉我麦子的血液 / 就是阳光不含病菌的 / 血液 /

就是大地不含病菌的 / 血液，就是梵高在饥饿中 / 也不含病菌的血液”（读《麦田》）。他从梵高的《麦田上的鸦群》中，发现了匆匆赶路的人及其精神碎片与哭泣。同样，他还从梵高的《麦垛》中，发现和重构了“死亡”“祭祀”和“敬畏”等意象：“我要开怀，拥抱着这些麦垛 / 才能感觉：麦子的成熟 / 是为我们的，一次死亡。”无疑，这样的意象重构，不仅大大拓展了画作意象空间，而且深化了意义世界。

土豆意象的重构

在欧美国家，土豆早就成为第二主食。文学艺术中的土豆意象，象征的质朴、善良、坦荡、无畏、无私等，是人类所共同追求的美德。正如一首诗歌写的那样，“土豆改造我们 / 我们改造地球 / 或许 / 地球本身就是一个大大的土豆”；甚至有人说，“剥了土豆皮，你就是天使”。

梵高当然没有忘记土豆。而且在他的画中，土豆有鲜明的意象及意义指向。比如他的《吃土豆的人》，不仅表达了“真正在画农民”的卑微，更表达了他们脚踏大地、勤奋劳动的“力量”。黄明的意象重构，则带有明显的当下介入影子。他通过把意义指向了人——“穷人”“疼感”和“乡村的心脏”：“吃土豆的人，当你们真实地 / 享用着大地上的食物时 / 脸颊消瘦的梵高，却看见了乡村的心脏 / 让它从一块画布上，跳进 / 世界的眼睛。”这样的重构，显然是一种格局的突破，表达了作者深深的粮食忧虑和人文关怀。同样，在油画《农舍》中，梵高通过以色彩和构图，表达了乡村的苍凉等；而黄明却通过重构的土豆意象，呈现了乡村的孤独、衰老和贫穷等“恶之花”：“很想在一座，熟悉的农舍里 / 把身子放下。而一块土豆 / 在此刻，绝对比女人重要。”同时，乡村又没有完全绝望，农舍里还有一缕“微弱的光芒”。

向日葵意象的重构

梵高的油画中，绘制了一系列插在瓶中的向日葵。梵高通过这些作品，表达了他对生命的理解，展示出了他独特的精神世界，并传递出这么一个强烈的信息：要感恩这个世界。

黄明对向日葵的意象重构，跳出了梵高的审美界域，把诗眼聚集在自己对画面的发现上。首先，他通过向日葵看见的是人、人的生存状态和情感世界，并在这个新的情景框架下解读生命的意义。“十五朵向日葵，让我看见了 / 隐藏在后面的，十五张面孔”，“想起那些抱在，女人怀里的 / 半坡陶罐，要是有一只 / 把我和我的兄弟 / 当作向日葵，插上多好。”（读《向日葵》）在《高更的椅子》中，黄明看见的仍不是物象，而是人——向日葵和执灯者般的梵高：“静心看着这些物象 / 我能想象，那年秋天的梵高 / 就在画面以外，像一朵 / 正在旋转着的，向日葵”……“在阿尔一间很华丽的 / 画室，你（梵高）把心，放在烛光里 / 为他燃烧。”透过黄明的诗，我们似乎与他一起看到，由麦田和向日葵意象诠释的梵高短暂而辉煌的生命：“走过麦田，梵高来年在阿尔 / 用一生中挥霍得最多的金黄 / 点燃十二幅《向日葵》。”（读《麦田》）

黄明的诗读梵高，有许多个性见解，他通过语言和意象的重构把发现表现出来，向我们呈现了别样的梵高油画和他的绘画人生，进而抵达诗歌的一个新境界——意义重构。

2022 年 12 月 21 日

B面

在场：B面浏览

〈读场〉

〈读书〉

〈读心〉

〈读城〉

^
读
场
v

散文“在场”的文本踪迹

——读《七城书》兼论在场主义散文的流派标识

◎周伦佑

在场主义的创立，无疑是2008年中国文学界的一个重要事件。在场主义理论系统的建构，“散文性”、推倒“‘先秦散文’说”、推倒“‘广义散文’说”、“散文精神的自由向度”、“散文现代性与散文文体变构”等观念的提出，在散文写作界和散文理论界激起了沉重的反响与广泛的不安。人们在震惊于在场主义理论的高蹈、激进的同时，更对在场主义文本实践的可能性表示了质疑。我认为这是很正常的。一种新事物的出现，如果一开始（或很快）就得到人们的认可和普遍的赞同，那它的内在价值一定是可疑的——因为任何一种体现为新价值的人文理论和文学主张的出现，总是要经受怀疑目光的反复地打量，最后等待时间的裁决。常识告诉我们，凡是迎合人们思维惰性的理论或文学主张往往是没有生命力的。首先要确认：在场主义是一个先锋散文写作流派，在场主义理论是一种先锋理论。那什么是先锋呢？先锋就是反传统，就是反流行趣味，就是反思维惰性；先锋就是领先于时代的审美观念——先锋即未来的想象者。或如法国荒诞派剧作家尤奈斯库所说："所谓先锋派，就是自由。"在此意义上，我坚定地相信：如果在场主义流派和在场主义理论在它创立之初就得到普遍的掌声和赞誉，那才是真正的怪事！当然，这样说，并不表明我主张将在场主义置于公众审美的对立面，把拒绝作为必要的旗帜。恰恰相反，笔者认为，那些对在场主义理论抱有抵触或对抗情绪者，仅仅是因为缺乏接受一种新观念的心理准备，他们将和笔者一起接受时间的再教育；而对在场主义文本实践的可能性表示质疑的读者，则似乎把握着几分道理。为了回答读者的质疑，也为了在诘难中逐步完善在场主义理论，本文试图通过对周闻道《七城书》的解读，揭示并论证在场主义散文的文本特征和流派标识。

一、写作的"在场"或打开城堡之门

周闻道的《七城书》是 2008 年中国散文创作的一个收获，也是在场主义散文流派的标志性作品之一。这组作品在"散文写作的'在场'""散文主题的不确定"以及"散文纯粹性的追求"等多方面，为我们提供了一些有益的启示。

在进入《七城书》之前，我首先想到了卡夫卡和他的《城堡》。"城堡"是西方文学传统中的一个重要原型，也是西方现代文学中的一个主要的隐喻。但是，直到卡夫卡出现，才使"城堡"成为一个家喻户晓的意象。卡夫卡笔下的土地测量员 K 要去的那座城堡，永远和 K 保持着某种距离，只让 K 远远地仰望它，而不让 K 走近它，更不要说让 K 进入它的内部构成了。而城堡却可以从远处、从高处瞪视着那些想走近它的人，窥探着他们的动机和想法。城堡始终拒绝任何亲近它的企图，方法之一是不断地从城堡中派出一些官员（如 K 遭遇到的从城堡派出的官员克拉姆），用各种软的、硬的方法阻挠人们靠近城堡和进入城堡；方法之二是始终与想走近它的人拉开距离，当亲近者快靠近城堡时，城堡便自动退得远远的，依然矗立在高处、远处，把与世人的距离留足，留够，以保持它对这个世界的威慑力和控制力。这便是城堡的哲学——或者换成当下的流行语叫“城堡文化”。正是人与城堡之间的这种距离或张力，成为“城堡”这一精神原型永恒的魅力之所在。人们想进入城堡，城堡却自有一套办法一次次阻拦人们靠近它的企图，城堡的秘密由此得以保全，它控制和主宰这个世界的力量也因此继续保持不变。只要人们永远走不进城堡，城堡便永远保持着对人的威慑力和支配力。这便是卡夫卡的伟大之处：他从不告诉我们城堡内部的任何一点情况，甚至连城堡的外形也是模糊的，他只告诉了我们土地测量员 K 的遭遇，但我们全都看到了那座压抑我们精神的城堡；K 的遭遇就是我们每一个人的遭遇，也是整个人类的遭遇。在 K 测量了他与那座城堡的距离之后，我们这些被唤醒的后知后觉者能够做些什么呢？是继续怀着敬畏之心，满足于远远地仰望那座高踞于我们生活之上的神秘建筑物，还是以“我不下地狱谁下地狱”的勇气，大胆地走近它，靠近它，伸手推开那道厚重的金属之门，跨进去——看看城堡里面到底是一种什么样的景观？

进入城堡就是从日常生活突围，从谎言的遮蔽中看到生活的本相。《七城书》正体现了作者走进城堡的这种决然的勇气。

从表面上看，《七城书》写的是七个城，实际上是写的一座城堡的七种形象，或城堡内部的七种景观。更难能可贵的是，作者带我们进入的不是与我们无关痛痒的奥匈帝国时期残留的中世纪城堡，而是与我们息息相关的构成我们生存现状的当下的中国城堡。这七座中国城堡中隐藏着一些什么秘密呢？我们只需要看一眼七座城堡的名称：迷城、空城、蛊城、玻璃城、危城、欲城、皇城，就可以从中接收到某些消息了。

我们还是选择从《迷城》进入这座中国城堡吧。

作者告诉我们，他是从乡村来到这座城市的，希望能在这里实现他的人生理想，“舍弃旁物，只留意于街道的宽敞，走着，看着，街道的宽度，在不断地强迫我意识到自己的渺小。我突然对宽产生了一种敏感，一种明显的由‘宽’造成的压抑感”，如作者所说，这是一种“存在中不能承受之宽”，这种由宽造成的压抑，是无形的，看不见，摸不着，却大山般向作者紧逼过来：“我害怕越往前走，街道越宽，我会迷失在它无限度的宽敞中，整座城市的钢筋、水泥、废气、污水和它的亿万吨垃圾，会像大山一样向我压迫过来，厚厚地覆盖在我身上，把我归家的乡野小路，把我心中的青山绿水掩埋在它那冷漠的繁华之下，使我再也走不出这道巨石之门。”这种由“不断扩展的宽”所造成的压抑和迷失，在对城市经验的描写中，是崭新的；其体验和书写，无疑具备现代性的特质。不仅如此，作者还想带我们进入这座迷城的城中之城——政府大楼，因为那里才是这座城堡最隐秘的中枢与核心：“政府大楼耸立在街道的尽头。就像一条奔涌的大江，突然被一个闸门截流。高高在上的楼房，坐北朝南，俯视着这座城市的每一条街道，每一座建筑……”活跃在这座城市中的人，走近又走远，到来又离去，以一只蜗行的甲壳虫姿态而存在着，每个人都只能以对方的存在而聊以自慰。被某种幻象驱使着，经过一段漫长而艰难的跋涉，在一条被风景挤压的街道尽头，作者带我们来到了政府大楼前，“仰首敬望。浮云退避到了穹宇的深处，飞鸟不知去向，天空的深蓝仿佛是凝滞的。政府大楼棱角分明，深灰色的玻璃幕墙，泛着黯然而诡秘的光，令人捉摸不透。”虽然由于城堡的本性，最终拒绝作者带我们进入它的城中之城，但我们已从它紧闭的大门的缝隙中，窥见了城堡内部的混乱与惶恐；并且从它地址的不断变动，感觉到了这座城中之城的某种不稳定感。

在与城堡的对质中，我们于城堡的七种形象之外，还可以把《七城书》解读成我们生存状态的七个侧面，或中国当下现实的七种病理性症候。

这种深度介入的写作，即真正在场的写作。只有通过去蔽，从谎言和各种意识形态话语的遮蔽中揭示出存在的真实与真相，精神主体的在场——才可能从写作理念转换成文本现实。在这里，有必要对“在场”的精神性以及“在场”与“介入”之间的关系略作阐释。

“作为显现的存在或存在意义的显现”，“在场”包含三个维度：“当下性”“介入性”和“精神性”。那种把“在场”等同于“即时性”“现场感”或“现场速写”的理解是完全错误的，缺乏精神性的“当下”或“现场”不是在场，而是真正的缺席！因为任何“在场”都必须是精神的在场，缺少了精神性就是缺少了在场的主体。这样，散文的在场写作便对作品的精神性提出了明确的要求。它要求写作者不仅要关注“经验的直接性、及物性和无遮蔽性”，还要求我们的散文作家确立起自觉的介入意识。介入就是去除遮蔽。正如《散文：在场主义宣言》中所说的：“介入——然后在场。只有通过作家主体的介入，价值才会排列，意义才会彰显。同时，介入也会使散文作家树立起这样的价值感：散文写作不是与社会、与公众无关的自娱自乐，不是与人类整体命运无关的无病呻吟；而是可以通过‘去蔽’，通过在与黑暗的主动接触和冲突中无遮蔽的本真言说，揭示出‘真实’‘真相’和‘真理’，进而影响世界，改变世界的有意义的精神劳作。”有论者认为在场主义建构的是一种后现代主义散文观。这一看法有一定道理，但我认为不是很全面。在场主义不是用“现代主义”“后现代主义”这样的概念能够完全概括、说明的。在场主义主张借鉴后现代主义的某些文体资源，但在一些根本的方面对后现代主义又有坚决的批判。比如德里达和后现代主义否定“在场”，否定事物可以独立于语言、符号而直接呈现出来，认为作家只能通过文本、表征或其他中介来遭遇词语的指涉物，强调“文本之外无世界”，以对事物的表征分析来取代本质的洞见。我认为：德里达和后现代主义的“文本”观是片面的。任何语言、符号都不能离开经验世界——甚至超验世界而存在。语言、符号在复制经验世界的同时造成了对原初经验的遮蔽，同时也向新的经验之物——甚至超验之思敞开了大门。世界上并没有德里达所认为的那种纯文本的符号形式，任何文本都负载着意义和价值，“价值性”和“意义性”是一切文本得以存在和流传的根据。并且，文本所负载的意义和价值，从其根本上审视，都与终极存在有着某种关联——任何严肃的写作都在自觉或不自觉中指向终极存在；我们在散文写作中对散文纯粹性的寻求，便是向终极价值的趋近。在场的精神性要求和向终极价值的趋近，必然导向某种深度，这与后现代主义的“消解深度”是完全不同的。

二、《七城书》的“非主题性”解读

我们在阅读《七城书》时，常常会发现，作者在他的每一篇城堡经历中，除了告诉我们一些他在城堡中的所见所闻之外，好像还要告诉我们一些其他的东西（即一般所说的“言外之意”），仔细想来，又不知道他确切地要告诉我们什么；或者他要暗示我们的不是一种意义，而是有好几种边际模糊、相互交叉的意义在时隐时现地同时向我们暗示。这些“意义”不是以明确的方式在作品中表露的，而是作为一种深层的精神意向潜存于作品中，有待合格的读者在会心的微笑中发现到，领会到；不同的读者往往会有不同的发现、不同的领会；还可以有再发现，再领会。以这种阐释学的方式来读《七城书》，我们就会发现《七城书》所体现的“非主题性”的奥秘。我们在解读作者提供给我们的城堡路线图时，如果把《七城书》中的七座城想象为七座城堡，则不仅每座城堡都有自己的形象，而且一座城堡往往有好几种形象。比如《迷城》，你可以把它看作是一座“迷宫般的城”，也可以解读成“一座迷失的城”，或“一个人在城堡中的迷失”；在这三种形象之外，你还可以解读出“现代文明对乡村的吞噬”，“一个乡下人在城市中的奋斗史”，或“一个人在一座荒诞的城市中的一次荒诞的经历和体验”，等等。再比如《空城》，从它的篇名你就可以联想到“空虚”“空洞”“空心”“空乏”等多种语义，篇中的描写也确实是以某种多义性、模糊性和不确定性来展开的。《七城书》中的这种多义性和不确定性，不仅体现在对全篇主题的消解上，也体现在细节的描写上。

让我们来看《空城》中的这一段叙述：“跳上一辆巴士，却发现这辆公共汽车车头车尾一个样，都是一道门，一方前窗。窗圆弧形，开阔，亮堂。车上座位有的向东，有的向西，有的向南，有的向北。售票是自动的，不管几站路，都是一元，只须下车时将一枚硬币，丢进一个张着口的铁缝。司机面无表情，两眼平视前方，到站就停，到时就开，不管什么人上，什么人下，或者有没有人上下。车开动时，我只感觉到车身在动，却分不清究竟是在前进，还是在后退。一名女交警，笔直地站在指挥岛上，机械地挥动着手，或左或右，或上或下，表情与动作，都是格式化的，与街道车辆的运行似乎关系不大。”与这辆公共汽车一样，空城中的一切，都具有某种歧义性和荒诞性，如作者告诉我们的：“一座似是而非的城”，使你无法确定自己的思考。我们除了得知“这是一座没有名称，没有地址，没有灵魂，没有历史，也没有未来的城市”，此外，便不可能知道得更多了。

同样，《迷城》一开始，就把读者置于一种不确定的氛围中：“当我真正面对这个城市时，我突然发现了自己的荒诞。我不知道在这座城市里，我究竟是什么身份，是主人？居民？过客？或者旁观者？似乎都有点沾边，但又似乎都不完全是。我甚至不能确定自己此刻与这座城市的关系，我是它的一个电话号码，一个汽车牌号？还是互不相干的两种存在，我是我，它是它。我似乎更觉得，这城市于我更像是一部负载着神秘信息的大书，我既是它不倦的读者，又是它没有署名的作者，我们互相翻阅着对方，却彼此不相识。这种关系就这样危险地维系着。”首先是作者身份的不确定，接着是这座城市的不确定，再接着是作者与这座城市关系的不确定……还是《迷城》：“穿过那两块巨石肃立的城门，心中不停地默念着那位保安告诉我的那几个关键词：右拐，十公里，右侧。一路的右，浮尘遮断望眼，我陷入一种寻找与进入的迷茫。突然，一块很大的广告牌傲然地从扬尘中显示出来，张扬而醒目的广告词告诉我寻找的目的地到了。我心里想高兴，却高兴不起来，反而被一种隐隐的恐惧所笼罩。我怕又会重复先前的遭遇，忙碌一番，这里的守门人又要我返回到刚才来的那座大楼，或者，再把我指向另一个更扑朔迷离的所在……”

“站在新区政府办公楼的门口，我却被深刻的犹豫困扰着：不知道是该进去，还是不该进去？”这是典型的卡夫卡命题的当代版！作者进入了城中，却依然没能进入城堡——那座城中之城以变换办公地址的方式巧妙地拒绝了人们对它的接近，以及进一步对它内部结构的窥探。

《蛊城》中出现在我们眼前的是一座“不知方位，也没有地名，周围被一圈大约一丈多高的土墙围着，分辨不出街道和进出小镇的门道”的土城。开始的一切并不显得突兀：“在土城的中央，有一棵很大的黄桷树，掩蔽着一幢古朴的小楼，墙壁不是用红砖水泥，而是用山上的青石砌的；一些藤蔓植物，从墙脚下长出，沿着青石墙壁，爬出一些稀奇古怪的图案。”但是很快，不确定的幽灵就出现了：“刚绕过一幢吊脚楼，走上一座石拱桥时，一位年轻女子迎面向我走来——不，准确地说，是她突然就站在了我的面前，向我问路。”那女子讲的是普通话，却明显地夹杂着湘西口音，应该是本地人。本地人向外地人问路，难怪作者要迷惑了：“就在我纳闷时，那女子似乎要解出我的疑问，用夹杂着湘西口音的普通话软语说：‘哦，是这样的，本地人对这里的道路不怎么明白，外地人也许更清楚些。’她的解释让我陷入了更深的糊涂。见我茫然无措的神情，那女子却异常高兴起来，说：‘哦！清楚了，清楚了。谢谢你给我指路！’然后扭着细腰，款款而去。把我独自留在深深的迷惑中。”我们也在作者的迷惑中跟着迷惑起来——也许，我们与作者都已在不知不觉中被“蛊惑”了。《蛊城》中这样谈到蛊惑人最厉害的一个新蛊种：灵魂蛊。这是作用于人的灵魂，通过灵魂变异而使人丧失人性，变成非人的一种蛊毒：“灵魂蛊早已存在于传统蛊种中。比如，金蚕蛊的狡，篾片蛊的虚，石头蛊的顽，泥鳅蛊的滑，中神蛊的愚，癫痫蛊的狂，以及阴蛇蛊的毒，都是灵魂蛊中的一种成分。人们在谈论这些蛊时，往往忽略了这些蛊对灵魂的控制作用，也就忽略了对它的防范，以致危害千年而未能有效根治。它的炮制方法与危害方式，也与众不同。虽然，它处处与利益关系相勾连，制作时，却不是用有形的实物，而是借助精神、主义、观念、思想、规范之类，辅之以利益引诱。在潜移默化中，渗入骨髓，换血换脑，通过改变人的灵魂而使人变成非人。”虽然作者在《蛊城》中已明确告诉我们，所谓的蛊，不过是由人的黑暗本性滋生的，只要有人的地方，就会有蛊。并不只湘西才有。蛊的力量无处不在。但作者笔下的“蛊”到底意指什么？是指传说中的“蛊”，还是指“蛊”之外的别种东西？作者没有告诉我们，我们自然不得而知。

我们再来看《危城》。一座普通城市中居民们的平静生活突然被打破了。作者是这样描述这场危机的：“危险的信号是从一块悬石发出的，那块巨大的悬石高挂在城中心一座小山著名的景观崖上，已经有很多年了。山上杂木丛生，整个山被树荫庇护着，就像一个巨大的绿色高塔从平地突兀而起，与附近的高楼竞相比高。”但是，使这座小山著名并使它成为这个城市中心景观的，并不是这座小山的突兀形态和它的高度，而是山崖正面凭空突出的一块巨大的悬石，那上面刻有不知什么年代留下的像岩画的抽象图案和符号，市里正研究请专家鉴定后，申请为“省级重点保护文物”。然而就在此时，有人发现高悬于城市上空的那块巨大的悬石突然有了松动的迹象……

接下来，围绕由谁来负责解决悬石险情的问题，城市管理当局经过长时间的争论和研究，最后决定由文物管理部门负责。文管局长立即请来本地的文物专家，对悬石上的抽象符号和图案进行鉴定。几位专家用高倍望远镜对那块悬石观察了半天，给出了一个模棱两可的意见，说悬石上的符号和图案，可能是新石器时期的岩画，也可能是旧石器时期——甚至更早的。如果是后者，它的文物价值将不可估量。但是他们拿不准，建议请京城的考古权威H教授来作终极鉴定。文管局长为此带上重礼专门赶往京城。就在市里准备举行盛大的欢迎仪式，欢迎京城权威专家到来的时候，从邻近城市的一家医院打来电话，得知接专家的汽车在高速路上出了车祸，文管局长当场死了！京城来的权威专家H教授头负重伤，正在医院抢救。医生初步诊断可能双目失明！“而就在此刻，一阵狂风刮过，随着那棵凌空倒挂的大树枝叶披散地从崖顶飞落下来，高悬在城市上空的那块巨石又向下滑动了一点点……”

《危城》到底要告诉我们什么？作者在《危城》中只是向我们讲述了一场城市危机吗？那块高悬于城市上空的悬石到底意指什么？它真的只是一块石头吗？所有这些疑问，都源于人们阅读习惯中对一篇作品确定主题的期待，而《危城》的作者没有在作品中为读者前设这么一个确定的主题。他在主题的不确定中把解读的空间留给我们，让我们自己去思索，去体会。

笔者愿借阐读《七城书》的“主题的不确定”之机会，顺便谈谈“非主题性”与“主题的不确定”之间的关系。

首先需要指出，任何一个概念，我们在解释它的时候，都不能远离它的基本义——最多只能延伸到它的转义和引申义，否则，针对这一概念的言说便是无效的。对“主题性”与“非主题性”的理解也是这样。

我在《散文观念：推倒或重建》中是这样定义“主题”的：“主题即立意，即写作者在一篇作品中预先设立的某种确定的寓意；或写作者借某一题材所要比附和表达的某一种意义确定的思想观念。……在写作该作品之前预先设定好的主题，是为前设主题；在写作该作品的过程中设定的主题，是为后设主题。”关于“非主题性”是这样表述的：“作为最个人化的一种书写方式，散文是作者真性情、真文字的自然流露，一篇散文随意写来，往往不是刻意和深思熟虑的，也不需要预先设立什么意义确定的主题或寓意。”“不同的读者，从同一篇散文中读出不同的意味，那是阅读经验使然，而不是这篇散文表现了什么确定的主题。”

从以上所引的文字中，我们不难发现，与“主题”的定义密切相关的几个词组，如：“确定的寓意”“意义确定的思想观念”“意义确定的主题或寓意”“确定的主题”等，其中心词是两个字：“确定”。由此可见，在场主义所主张的“非主题性”并不是无主题，而是主题的不确定。

这里试以陶渊明的《桃花源记》为例来说明这一点。

一位批评者在他的文章中自以为是地问道：周伦佑说《桃花源记》表现了“疏离感、拒绝意识、自由精神和非体制思想”，那么，在表现这些精神和思想的时候，陶渊明是否“立意”了呢？言下之意是我所推崇的《桃花源记》并不符合“非主题性”的要求，我自己否定了自己的观点。按照这位批评者的看法，陶渊明真的在《桃花源记》中立了这样的“意”或前设了这样寓意确定的主题吗？需要提醒这位批评者的是，“疏离感、拒绝意识、自由精神和非体制思想”——不过是作为后人和读者的我阅读《桃花源记》的体会，是我个人理解和阅读经验的传释，而不是陶渊明在他的作品中前设了这样的“主题”或立了这样的“意”（我还说过《桃花源记》是世界上第一篇乌托邦散文，表现了陶渊明的乌托邦社会理想）；我们熟悉的主流教科书的看法则是：《桃花源记》表现了作者陶渊明不满现实但又无力反抗现实，最后只能选择逃避现实的思想；古代对《桃花源记》的解读更是多种多样，有“神仙”说（韩愈、王维），有“寓言”说（黄宗羲、吴旦生），有“纪实”说（王安石、苏东坡）。仅就我在这里列举的我个人的解读、古人的几种解读和教科书的解读就已充分地表明：《桃花源记》并没有什么寓意确定的主题，而只是提供了多种解读的可能性。一篇成功的散文作品，往往会隐含某种思想和意义，但这种隐含的思想和意义不会固化为一种单一的、确定的主题，而是作为某种不确定的精神意向存在于作品之中，让不同的读者——乃至不同时代的读者作出不同的解读，而对一篇作品内在意义的理解和阐释又可以是无限的，在一种理解和阐释之上可以有再理解，再阐释……这便是在场主义所指的“非主题性”，它和我这里所说的“主题的不确定”是相互解说，互为补充的。

三、向散文的纯粹理想致敬

在场主义提出的“散文性”理论正在得到越来越多散文界同仁的认同，但是，对于它的实践的可能性仍存在一些疑问；对于“散文性”的四种文体尺度：非主题性、非完整性、非结构性、非体制性，在认知上也还存在某些分歧。我认为这是很正常的。一种先锋理论的出现往往是在批评和争议中逐渐完善自己的。说到实践性，首先要说明：文学理论不是政治蓝图，它不会告诉你亦步亦趋的写作方法，也不会指导你按图索骥的实践步骤。一种前驱性的先锋理论的全部意义只在于：对于写作者，它能够提供某种启示；对于具体作品，它可以显示某种关照——所谓“命名就是照亮”，就是在此意义上说的。“散文性”或“散文性”的四种文体尺度，说到底，指向的是散文的纯粹性。这种“纯粹性”在整体上是通过非主题性，非完整性，非结构性，非体制性来实现的；在局部和细节上，则是通过“语境的澄澈”来实现的。语境的澄澈具有很强的穿透力，它可以使你从语象的后面看到更多的东西，或者换一种表述：一个语象的后面往往会透出比你看到的语象更多的东西。《七城书》的《空城》中写到这样一个人形雕像：“广场中央，建有一个近10米高的人形雕像，中心是镂空的，大概是采用了爱因斯坦的四维空间原理，这个空心的人形雕像，不管从哪一个方向看，都可以同时看到这个人形的面部、背部和左右侧面。”这就是澄澈的穿透力！

让我们以这样的澄澈之思，来看看城堡的另一种景观。

下面是作者初次进入《玻璃城》的印象：“发现这里是一座城，是在阳光出来的那一瞬间。不知是中午还是午后，困顿了半天的阴霾，倏忽间已然散去，我感到一种强烈的光，如一支支带着芒刺的银箭，从四面突袭而来，直射得我头晕目眩，什么也看不见。过了很久，我的双眼才慢慢适应了眼前的强光，再次睁开眼睛时，才发现这是一座城，一座玻璃城。刚才的刺眼，来自这一幢幢楼房的屋顶和墙面。在太阳还没有出来时，这个城市和那些楼房，还只是一些混沌而纯然的乳白色透明体，被同质的雾霭包裹着。而此刻我的眼睛和脸庞，还有我那几乎丧失了知觉的身体，突然被玻璃的反光洞穿，熊熊燃烧的已不只是太阳，而是整个世界。不仅如此，连我随后准备进入的故事，也在太阳的强光和玻璃反光的相互作用下，慢慢坍塌、溶解……”这种澄澈的语境，不是来自作者描写的对象：玻璃，而是因为通过语言表达的澄澈之思具有了玻璃的透明性质。

我们再来看《皇城》开始的一段描写：“这座仿古城坐落在两峰浅丘之间，准确地说，应当是三峰，还有一峰位于两峰之间，比两峰稍高，离得较远，看上去若隐若现，人们因此容易把它忘记。而这第三峰，要在风和日丽的时候，才看得清楚。最佳的时刻，是选一个晴日的黄昏，远远望去，就有一幅奇异的影像，呈现在面前，那影像就像一把椅子——一把皇帝上朝听政时坐的那种龙椅宝座；两峰是扶手，远峰是靠背，中间空荡荡的，太阳落山时恰好就填空在那个皇帝坐的位置上。真是鬼斧神工的一件杰作！”而同一篇作品的结尾处更有意思：“该是回家的时候了。准备离开时，已是午后，仍禁不住回过头去，想看一看两座山峰间，落日在龙椅上就坐的自然奇观。这时，一朵浮云，不知从什么地方飘来，阳光在地上洒下一片光怪陆离的影子。皇城退于身后。一片迷茫的壮丽中，第三座山峰从远处的迷蒙中浮现出来。两峰夹持，一把龙椅的形状在视野里清晰地出现，空荡荡的两峰之间，落日正从第三峰的肩部一点点下坠，就像一个人，在一把巨大的龙椅上慢慢入座……”这里没有了玻璃的反光和它的可穿透性，但语境仍然是澄澈透明的，具有穿透时间和历史的力量。

在前面论述《七城书》的“非主题性”时，我曾举例《空城》中关于公共汽车的一段描写。无独有偶，《欲城》中也有一段关于公共汽车的描写，是作者无意中违返城堡居民语言禁忌的奇特遭遇：“我上车刚要掏钱买票，一位外地口音的旅客问售票员：‘小姐，到太升桥通讯城在哪里转车？’殊不想售票员把脸一沉，一阵破口大骂：‘谁是小姐？你妈才是小姐，你姐儿妹子才是小姐！’搞得外地口音一头雾水，半天回不过神来。见外地人迷惑，旁边一位乘客才悄声告诉他，在这个城市，‘小姐’是卖淫女的专用名词，是不能用来称呼普通女性的，否则，不仅要招骂，还可能要招打。我记住了外地人的教训，转上另一路公共汽车时，见售票员是一位男性，我想以‘先生’相称，总不会有什么问题吧，便礼貌地说：‘先生，给买张票。’没想到那位男售票员竟勃然大怒，挥手一掌打掉我递过去的钱，大骂道：你喊谁‘先生？’你爹才是先生，你兄弟舅子才是先生。你找打是不是？我再三解释我是外地人，不了解这个城市的规矩，他才息怒，然后教育我：知道‘先生’是什么吗？是出卖色相的男妓。以后不要乱喊‘先生。’我这才知道，我们平时使用的很多词汇，在这个城市已经被改变了语义，如果按其原来的语义使用，在这个城市将会寸步难行。”这是另一种澄澈——平实、朴素的透明。如果说前面一个段落的语言是白描般质朴的，那么《蛊城》中的一切却是诡异的。我们已在先前的阅历中见识了“蛊女”和“蛊毒”，而更令人匪夷所思的事，发生在那位黑衣老者带我们去寻找“蛊王”的时候。我们跟随作者，踩着一条曲折、异形的小路，在土城中不知转了多久，来到一处所在：“只在空旷中间用土垒砌起一个高台。高台周围已挤满了人，一个个表情木讷、僵硬。好像是要举行什么集会，因为没有会标，所以无法知道集会的内容。”

突然，场内起了一阵骚动，人们的眼光一下向左边转了过去，我们也条件反射式地跟着转过去：“只见远远地卷起一路灰尘，一辆小车像一只爬行的虫子疾驰而至，小车停下，从打开的车门走出一个矮个的胖子，在一群人的簇拥下向高台走去。空旷中堆积的人群，顿时被一种巨大的力量所牵引，从四面八方潮水般涌向土垒的高台。我和老者被众人的热情抛在了场外。一个尖细嗓门的讲话声，人群大众的欢呼声……万众的力量，把空旷中心那个土垒的台子越抬越高，越抬越高，直到使人望酸了脖子……”这样的描写是具有强烈的介入性和在场感的，语境的澄澈穿透时间，使我们与记忆深处的历史场景切身遭遇，并向未来发出警告，促使我第二次写下这同一句话：蛊的力量无处不在！

现在让我们返回到《空城》中吧，那里正在进行一场行为艺术表演——

“只见一束幽暗的灯光，照射着迷离的舞台。舞台正中，堆积了一堆头发，在多色灯光的照射下，头发显得光怪陆离，头发中心，有鼓风机在鼓动，伴着震耳欲聋的摇滚乐，那堆头发时而膨胀，时而收缩，给人一种躁动不安的强烈刺激。头发堆旁，有两把椅子，一把椅子上放着一本翻开的杂志，另一把椅子空着。不一会儿，报幕员出来宣布，上半场演出结束，进入中场休息。”

大厅的灯光骤然辉煌，我们随之看到：空荡荡的舞台上，没有演员，没有乐师，没有报幕员，甚至连通常演出需要的幕布也没有。只有一块长方形的木质框架，镶嵌在舞台后面的墙上，像一面硕大的窗；再往远处看，就是窗外的风景：一棵掉尽叶子的梧桐。

我们正在茫然中整肃思绪时，下半场的表演又已经开始了，只见——

“舞台一侧，有两个人，在一条路上行走，先是并肩而行，不一会儿，便一前一后，始终不能同步，时而这个在前，那个在后，时而相反；两人都表情木讷，形同路人。伴随他们的脚步，不同节奏的锣鼓声，时而舒缓，时而紧凑地敲打着。不时有人出来告诉观众：‘快到了，快到了。’台上的两人继续一圈一圈地行走着。然后，报幕员出场，告诉观众：那两人在继续寻找他们的幸福。休息一会儿，你们将看到他们是如何找到幸福的。”

这样的描写简洁、凝练，极具概括力，片段的文字中包含了深远的景象，它让我们联想到我们自己，联想到我们每个人，对爱情和幸福的寻求，联想到整个人类对幸福和理想生活的寻求过程——而文字中没有表达的这一切，恰恰是通过澄澈的语境呈现出来的。当然，这种“透视”是残酷的，但真正的“在场”写作就是要去除遮蔽，直指存在的真相。

如果我们仔细阅读还可以发现，《七城书》的每一篇作品中似乎都有一个引人注意的主要意象，如《迷书》中的“政府大楼”，《空书》中广场中心镂空的人形雕像，《蛊城》中土垒的高台，《玻璃城》中的未来镜，《危城》中贯穿全篇的悬石，《欲城》结尾处硕大的烟囱，《皇城》开头、结尾那把由自然奇观形成的硕大龙椅和在龙椅上就坐的落日……这些意象的后面似乎都隐含着什么寓意，但不管我们怎样费尽心思，还是不能确切地知道它们到底暗示什么，只能在无尽的遐思中任联想继续生产联想。

在对《七城书》进行文本解读之后，笔者认为，有必要对“散文性”命题做一点说明性的阐述。

作为散文的纯粹理想，“散文性”——散文的唯一性或散文的纯粹性，不是已经实现的，而是有待通过艰苦的寻求和去蔽一点一点去努力接近的。作为一种形而上的写作理想，“散文性”有时体现为一种内驱性的精神动力，推动我们朝散文写作的某种纯然之境趋近，有时又体现为某种召唤，仿佛那神圣的蔚蓝深处传来的天籁之音，牵引我们以纯净的语境去和它达成对称。和那种认为“散文性”会框限散文写作自由的误解相反，“散文性”理论的根本意义就在于实现散文文体的解放——非主题性，就是要把散文从“唯主题”的传统文学模型中解放出来；非完整性，就是要把散文从宏大叙事和全知全能的整体模型中解放出来；非结构性，就是要把散文从“二元对立”的内外结构中解放出来，非体制性，就是要把散文从体制话语中心的统摄中解放出来。所以，“散文性”是一个不断去蔽的概念，是一个敞亮的概念，更是一个开放的概念，它不仅是可以论证的，也是可以实践的。

每一个真正的散文作家，心中都怀有“散文性”的纯粹理想，每个严肃的写作者，都会在自己的写作中，以自己的方式，向心中的纯粹理想致敬；这其中，体现了写作者对终极存在的一种近乎宗教般虔诚的神圣感情。在一个严肃作家的写作生涯中，往往会有某种力量推动他，在自觉或不自觉中向这个纯粹的理想之境趋近，而在其一生的写作中，也总会有一篇或几篇作品接近于这种纯粹理想。《七城书》便是作者周闻道以自己的方式趋近散文纯粹性的一次可喜的努力，也是作者朝向终极存在的一次漂亮的敬礼。虽然从总体上看，《七城书》中的《空城》《危城》《蛊城》《迷城》和《玻璃城》的语境要更纯净一些，距离“散文性”的要求要更近一些，而其中的《欲城》《皇城》两篇在作品的非主题性和语境的澄澈方面还存在某些不足，距离“散文性”的要求还有比较大的距离，但作者在《七城书》中表现出来的“散文性”追求是应该予以肯定的。从对《七城书》的解读可以看出，在场主义散文的“在场”包括：“介入性”“当下性”“精神性”“主题的不确定性”以及“语境的澄澈”这样几个主要的文本特征——这几种文本特征也即是在场主义散文作品的流派标识。在《从天空打开缺口 / 在场主义散文 · 开端卷》所展示的作品中，除周闻道的《七城书》外，张生全的《睡梦简史》、傅菲的《南方的忧郁》等也是很具代表性的，这些作品都以各自的方式，不同侧重地体现了以上几种文本特征；在“在场”写作的实践方面，这些作品所体现的在场主义散文的流派标识是能够清晰辨认的。因为篇幅所限，这里就不一一展开论述了。我在前面的分析中已经谈到，我们可以把《七城书》解读成城堡的七种形象，也可以解读成我们生存状态的七个侧面，还可以把《七城书》解读成中国当下现实的七种病理性症候；此外，我们还可以把《七城书》当作反面乌托邦作品来阅读……即使有了这样多维的、多向度的解读，对《七城书》的阐释也还远远没有完成。这就是“在场”写作的魅力！从中也可以看出，“散文性”作为一种写作理想的真正意义。

周伦佑，著名文艺理论家，先锋诗人。

一个独特的“文化社群”和“公共空间”

◎唐小林

每次看到周闻道对文学、对散文、对自己关于散文的“在场主义”主张，总是一脸虔诚严肃的时候，我总是对自己及其同类的身份产生怀疑。

想来中国是这样，外国也是如此：被称为“学院派”的大学文学教授并非都爱文学，不少人是职业的需要，为“稻粱谋”，而少了对文学的热情。相反，在大学的高墙之外，一些人酷爱文学，把写作当生命，成绩斐然。据说，后来被奉为“作家的作家”的博尔赫斯，是一个图书馆员，卡夫卡也曾经是一位保险公司的职员。“无为而为”“不合目的的合目的性”，这些悖论性话语，好像都是对包括文学在内的艺术所说的。周闻道不仅是政府官员，而且是“主渠道”的政府官员，长期驰骋在经济主战场而非文化、文学主战场。但他在“政事”之外，对散文写作宗教般的热忱与执着，我只在二十世纪七八十年代之交那批“行吟诗人”那里见到过。可是那批“行吟诗人”如今早已走远，只剩下一个美丽的传说：“诗”与“远方”同在。而周闻道还在散文写作的现场，他的身边硝烟弥漫，而他似乎“独善其身”。

周闻道是有突出“辨识度”的作家。正如你所知道的，辨识度是一个成熟作家的标识。周闻道的“辨识度”来源于他的抱负，而他的抱负可谓“业余作家”的非分之想：他对散文怀有崇高的使命感。“朝闻道，夕死可矣”出自《论语》，是孔子说的。周闻道这个笔名与“朝闻道”如此谐音同意，其雄心与执念已然昭昭。他要干一件不少“业”内人士都不想干也不愿干的事情，文以贯道、文以载道、文以明道、文以弘道等，这些早已在“五四”

浪潮中声名狼藉的词汇，被他重新捡起来，作为大旗，固执地扛在自己的肩上。

广义“五四”先驱所痛斥之“道”，大家心知肚明。其实关键不在于“文”载不载“道”，而在于载什么“道”。在周闻道那里，“道非道，非常道”，“道”只是一种文学伦理，即散文必须拥有这样一种精神品格：介入。介入一词并不陌生，萨特二战后即高唱“介入文学”，要文学与单纯的想象和纯粹的艺术分道扬镳。在萨特看来，散文比起绘画、雕塑、音乐、诗歌等诸种艺术更具介入性，它应该穿越事物表象，越过客体事实，抵达主体价值，最终拥抱人的最高存在——自由。散文的语言岂止“符号”，乃是“行动”，是“上了子弹的手枪”，由此而生成的散文，就“是一面批判性的镜子”了。它对人类深陷其中的世界，起着命名、证明、显现与去蔽的作用，并以此解开所有系在人身上的可见与深藏的绳索，让人直接与真相照面，与自由拥抱。

正是“文以载道”与“介入文学”的相遇碰撞、相激相生，2008 年 3 月 8 日，在唐宋八大散文家占其三家的“三苏”（苏洵、苏轼、苏辙）故里眉山，一场以周闻道、周伦佑为旗手的、声势浩大的“在场主义”散文运动拉开了序幕。他们标举“在场”“去蔽”“敞亮”“本真”，以及“精神性”“介入性”“当下性”“自由性”“发现性”等旗号，向传统的散文界发起猛烈的冲击。2010年由周闻道、李玉祥发起，又连续举办了六届“在场主义散文奖”，更是在汉语散文界刮起“在场主义”散文飓风。至今十余年过去了，风势依然强劲，未有停歇之意。在场主义散文，已然成为中国当代散文史绕不过去的文学和文化现象。

“文以载道”跨越近千年的华夏文明与西欧“介入文学”，在周闻道这里接榫铆合，绝非某人或某些人的突发奇想，而是时代使然。中国百年白话散文经历了六个阶段，即启蒙、救亡、革命、新启蒙、新人文、在场，正如我在别处说到，从 20 世纪 90 年代到新世纪第一个 10 年的上半叶，新人文面对四大背景，显得力量微弱。一是消费主义文化的兴起与日益占据时代中心，使各种事物，包括思想、文化、文学艺术等都有“为消费”“被消费”的倾向。二是虚拟世界即网络世界的出现，使人们不断往返于线上、线下，或同时处在线上与线下之间的悬浮状态，与实在世界的关系，尤其是与周遭世界的关联日渐疏远和大幅弱化；人的脱域化倾向严重，处身性、具身性存在很大的问题。三是语言学转向到此一时期才真正落地中国，符号学中国学派的形成是其标志，写作的语言自指化倾向与消费主义紧密呼应，导致意义的离场，写作的及物性问题越来越尖锐，符号泡沫、符号异化表现突出。四是古典主义或拟古主义思想盛行，国学热、西方古典热、汉服热、古镇热，甚至伪古典的红色经典热等等，都把人们的目光从现实带向以往，思想界、文化界、文学界出现现实的缺席空场。如此种种，导致符号对真实、真相、真理的遮蔽，符号极尽撒谎之能事：一个后真实、后真相、后真理的时代已然到来。散文在“符号经济”或“符号政治经济学”的包围下，出现了名目繁多、花样百出的“大散文”景象，貌似极尽繁荣，实则四面楚歌，亟需突围。在场主义散文正是在这样的背景下走到了历史的前台。

在场主义散文主张的“介入”，显然与萨特的“介入文学”有别。特殊的历史语境与话语体制，使它更加强调“发现”，对真实、真相、真理的发现，是其自觉的创作追求。换言之，它是基于“建设”而被迫揭开、揭示、揭露与颠覆的。“发现性”，可以说是在场主义散文的“第一性”。但要以散文的方式“介入”与“发现”又谈何容易。语言并非澄明，文学符号更是涵义模糊、歧义纵横，甚至晦涩难懂，意象、象征、张力、悖论、隐喻等传统文学手法本身，与“去蔽”“敞亮”“本真”等在场主义要求，更像是背道而驰。更何况“无为而为”“不合目的的合目的性”的艺术自律性，从一开始就很难容纳萨特似“介入文学”的功利性。如何戴着多种镣铐跳舞，无疑是摆在周闻道作为在场主义散文创始人面前最大的难题。

就笔者观之，周闻道至少有两副笔墨。正是这两副笔墨，缓解了在场主义散文的上述悖论与内在冲突。他以报告文学直接“介入”现实生活中的重大问题，“发现”中国社会现代转型途中深藏的隐情、隐忧、隐患，或者症结、症候、症状。这时，他作为经济学家的敏锐、敏感被充分调动起来，而作为人文主义者内心的悲悯与同情，又使这种敏锐敏感变得特别深刻细腻，并透过文学语言，悄然越过经济社会的现象层面直达人心深处。他的《国企变法录》《暂住中国》《重装突围》，全是这样的作品：用犀利的人性目光，扫视中国当代社会的巨大变迁，既具有历史的厚度也具有人性的深度，是二十世纪八十年代优秀报告文学在新世纪的回响与延伸。周闻道的另一副笔墨，是以《七城书》为代表，以寓言和魔幻的方式，企图更委婉也更深入地“介入”和“发现”当代社会人们的危机与精神异变，现实的忧虑化作绵长深邃的哲学幽思。

当代人的精神“城堡”、心灵“围城”，以及危及生命存在的“鼠疫”，被一一解析成具体的物象、意象，被叙述成一个又一个迷宫般的故事。“报告”“叙事”与“哲思”，“现象”“价值”与“精神”，将周闻道的两副笔墨巧妙地融合在“在场主义”散文的旗帜下，并与散文世界的普遍关怀联结起来，既同声相应，又不乏个人特点与汉语散文的特色。

摆在读者面前的两本书，《介入的力量》《发现的秘密》是两本文论集。前者是别人谈周闻道的散文的，后者是周闻道宣示自己的散文主张或者谈论别人散文的，两本书的关键点都是在场主义。有这两本书在手，关于在场主义散文是什么，人们又是如何评价周闻道的在场主义散文的，就无须我在此饶舌了。

周闻道在“简介”里显得有些谦虚了。他只提到自己是“作家”和“经济学家”，其实还有一个重要的称谓尚未提及：文学活动家。周闻道以其鲜明的文学主张、生动的写作实践、过人的人格感召力和社会活动能力，调动各种资源，运用现代传媒技术，线上线下结合，以散文、微散文等多种文体，自创“在场主义”散文流派，聚集起庞大的“在场主义”散文阵营，为当代中国散文发展所带来的影响，历史岂会视而不见？尤其是连续六届的“在场主义散文奖”，把20世纪90年代以降具有介入意识和“在场精神”而被“大散文”等泡沫所遮蔽，或被主流有意无意“忽视”的一批海内外杰出散文作家作品，尽可能地纳入在场主义散文之中，从而“聚合起一个独特的‘文化社群’和‘公共空间’：曾经分散各处，面孔模糊不清的一群墨客骚人，从此，在‘在场主义’的名义下，以‘公共知识分子’的身份，面向我们的时代”。从这个意义上说，在场主义散文运动已经超出了“散文”和“散文史的范畴”，成为一个文化先锋事件。“周闻道”这个名字，或者说周闻道作为“文学活动家”的意义，也相应地超出周闻道作为一个作家的意义了。

之所以乐于作序，写下这些文字，是因为历史并非自明。

2019年10月26日于蓉城之东

时代书写：挑战与机遇

——读《重装突围》

◎申红梅

周闻道的《重装突围》，是引领时代风尚的“新时代叙事”的一部力作。宏大的主题，有相当的写作难度，非常考验读者、作者。在这部书中，我们能同时看到挑战和机遇。

一、对读者来说，这是重组阅读基因的挑战和机遇

拿到这本书，很可能被书的标题吓住。大事件大格局，阅读需要勇气，理解需要智慧。作者的选材，自然挑选了读者群，为大众读者设置了“审美栅栏”，绕不过跳不过的普通读者就只能在门外看风景。而敢翻开书的读者，徒具勇气还不够，也很可能带有成见地对待作者书中一开始对任洪斌的高度赞扬和信任的书写方式进行挑剔，以为又是一本主题宣讲式书籍，而放弃全本阅读。还有一部分读者，经历简单，领域狭窄，不能真正切身地体会到这一国家战略，时代大书。

拿到这本书，先是睡不着，再是睡不醒，最后是不想睡。因为书格局之大，视野之广，素材之丰，立场之坚，对个人经验形成强烈冲击而睡不着。因书中涉略的领域之宽，事件之杂，术语之多，需要大量补充而睡不醒。因为书中人物之纯，人性之深，民族之危，而陷入沉思不想睡。奇异的阅读体验，国家和作者的大理想会激发阅读斗志，让人不舍得读完。

作者围绕国企改革，通过构建和完善“鱼骨图”，来串联整个事件，用

三十多万字的叙述之浪将突围者们安放在中国的改革之海中，任凭畅游。一步步引领读者打开眼界，跳出舒适圈，主动涉猎新领域新观点，展开“头脑风暴”，多元而个性地看待国家、民族、世界和未来。

在书中，他用实例教年轻人像任洪斌一样正面迎接挑战，思考个体在职场、国家、民族和世界中的定位。更重要的是，他带领年轻的文学创作者走出书斋仰望天空，重新思考作品与大时代的关系。而这些，不仅是培养国家建设人才机制中个人的机遇，也是创作者在大时代背景下更新创作理念、重新出发的机遇。

一个作家，写出一本书，能释放自己、提供经验固然是好，要是能影响读者的审美趣味，能影响文学青年的创作理念，能预测未来的发展趋势，就不得不让人佩服。

二、对于作者来说，这是创作突围的挑战与机遇

阅读全书，到处都能感受到作者个性经验的超越与写作的蜕变。这种超越和蜕变，既是挑战，也是机遇。

（一）挑战与机遇，在于作者丰富的经历和多元的生命体验如何重组。

他几十年的政府部门工作经验，亲身经历甚至直接参与企业改革，如何安放和裁剪，才能合理有效地服务于写作；他几十年的日常生活思考，怎样挑拣和运用，才能客观公正地表达观点；他文学、经济和哲学的多方尝试和探索，怎样重组和整合，才能个性独特地建构理念……其实，作者的经历和思考越丰富，落于文字越千头万绪，容易想法太多，旁支斜溢，偏离主线，琐碎冗杂，过分自我而失之偏颇。这是对闻道先生巨大的挑战。

要把个人经验放在宏观格局，还不出偏差地表达得“大而得当”，无疑，就算对创作经验丰富的作家来说，也会有较高的难度系数。

周闻道因一条新闻点燃创作激情，主动竞标写作，是对自我的挑战。能接受挑战，基于他职业经验的积累，更离不开他对事件及其细节的深入。

深入细节，他把丰富的经历和多元的生命体验重组，创造性地将对“爱与痛”的认识和领悟升华到在国家改革发展的经济领域。

作者能在繁忙复杂的职场工作几十年，肯定有热情和爱的支撑，自然特别关心国企改革的进程。书中详细写了几次考察中国二重（中国第二重型机

械集团公司）的细节，反复提到“长子”“脊梁”和“装备中国”，表现了他个人对这个行业的深深感情。书中写国务院、国资委重视中国经济发展和国家安全的特殊地位，从一开始“爱的倾斜”，是写体制对企业和国家经济发展的“爱”。他将读者引向思考——从普通人到国家体制，众人过分的爱会把人和企业带到什么地方？从爱写起，他把人们引向了痛的领悟——这么热爱，却要面对巨艇沉潜中银行的催债、员工的下岗，股市的退市，企业的重组……这种痛惜，通过二重困窘冷清的工厂，门卫尴尬的微笑和德阳街头的三轮车夫的叹息表现得淋漓尽致，更彰显了国家体制和个人爱的厚重、沉重向痛的无法自拔转化。

感情强烈，又不能忽视要写到二重的大厦忽倾的困窘，一般作者多半会出现情绪的大量宣泄。而周闻道却要隐藏起情绪，节制冷静地投入到事件分析中。面对自己热爱的，不能过多表露情绪，只谈事情，少谈情绪。这是对人性修为的巨大挑战。战胜情绪，成就他叙述的冷静从容；立足事件，成就他观点表达的客观公正。

这样打磨作者丰富的经历和多元的生命体验，作者的写作，终于不辜负报告文学要求的真实、真诚和艺术的表现。

（二）对作者的挑战和机遇，还体现在写作的蜕变。

首先，重大事件的叙述方式和立场是对作者的挑战。他创新性地继承和发扬了古代史书体例——纪事本末体。这也使他的创作得到一个新的书写机遇。

作者运用纪事本末体笔法，以事显人，用事件串联起人物的珠玉，用外聚焦的叙事方式“发现、集结”，让国企改革浪潮动向明朗起来。

发现，是以问题为指引支撑整个重组事件，有问题的地方有事件、有手段、有回应。如书一开头就提出为什么执行重组的“国家任务”，并回答了国际和国内产业结构的变革导致国内国企改革的进程加快。第二章集中讲“为什么是二重被重组，二重怎么会到这个地步”，客观冷静地把二重置身于“辉煌”与“哀愁”的强烈对比中，巧妙地暴露出产业问题、人性问题，让读者被强力置于事件中，唤出个人内心公正的答案。第三章充分展示行业和各色人物在国际时代背景中的迷茫、黏滞、纠缠不清，把中国式处事经验置于尖锐的矛盾中，暴露国企改革在体制、产品结构等方面的重重问题。集中冲击读者对复杂事态的观念，并引起巨大的阅读兴趣，想要看时间和人是怎样处理这些问题的。

集结，是将问题中的多方放在一起，让他们碰撞、释放、相互对照。其中有国机勇担大任的任洪斌和其团队，有几经变更最终稳定的二重团队，有多家咄咄逼人的债权银行，有稳定方向的国资委，有悲情的职工和各界的评论……这些力量交汇形成文本奇异的光芒。作者笔触冷静理智，并没有过分纠结于具体的琐碎，而是落脚于事实，让各方态度得到充分表达。比如，其中人物都是改革派，都有丰富的实战经验，都有理想和信念，都为国为民干实事做实业，却产生了极大的反差。谁有错，谁全错？在文中没有直接主观单纯的批判。实事求是的暴露，他激发了读者的参与意识；落实在具体的事件上，以事显人，他引导众人的眼光落在改革实事上。

这样的手笔，没有强悍的驾驭能力，就会流于材料堆砌和责任推脱。周闻道不简单化也不故弄玄虚，奇幻地达到了“公道自在人心”的效果，张弛有道地保存了知识分子的独立立场和人格尊严。

当然，以事件为中心的叙事方式，天然的存在陷阱——叙事的过于曲折和琐碎，叙述时间节点奔逃容易导致混乱。这些都是读者和作者需要和解的地方。

要保持知识分子的独立立场和人格尊严，不仅要有足够的人生阅历，还需要作者写作经验的实践和突围，需要作者对文学理论的自觉。这是挑战，更是机遇。

第二，文学理论的自觉为他提供了方向。文本处理不可避免地涉及体制和顶层设计的重大社会题材，周闻道主动选择用报告文学的体裁来承装思考，是对虚构文学中过分技巧化造成的朦胧与虚弱趋势的规避，是对报告文学文体的自觉。而且，十几年在场主义文学理论的支撑，让他对真诚和事实的书写有着强而有力的实操经验。这种介入和在场，与报告文学的真实和在场是一致的。它们结合在一起，这样的文学是能包容，能生发的。

而且，从《悲剧，本可以避免》到《暂住中国》再到《国企变法录》的写作，周闻道的报告文学创作不断积累写作经验，从围绕人物以小见大的写作，转变为全景宏观的社会问题以大见大的写作，主动参与了整个报告文学的文学形式变革和思想转变，完全有能力操控这种融真实与艺术为一体的文学体裁。所以，他的得心应手，有铺垫，有实操经验，有摸索前行，有总结升华。这是他个人创作实践的突围和深化，也是在场主义理论和报告文学写作的突围和生长之姿，更是他独立精神的昂扬。

这种生长，必定有风的铺垫和蓄势，有雨的侵袭和留痕。所以，我们没有必要一直纠结书在最后部分为国机做的广告宣传，没有必要为那一部分激动人心的数据展示暂时淹没文学之花而遗憾。那是作家探索的痕迹，也是作家对整个行业发展和国家动向的支持拥护的热情，是他未来创作发展趋势的宝贵财富。因为，一个挑战了读者的阅读经验和耐心的作家，敢于把自己交给时间，敢于把真心留存作品，就值得人尊敬。

（三）当下的国情和市场，对创作者思维是挑战和机遇。

当下的国情和市场，不再是稳定的又相当固化的大陆模式，而是进入了超有隐匿性和流动性的大海模式。“大海思维”，是周闻道成书的挑战和机遇。

信息化产业变革的国际局势中，我们不能一直站在海岸上看别人精彩的弄潮。只有下到海里，才能真切感受海的包容与温柔——社会体制和宏观调控，社会主义中企业人责任担当中的决绝与落泪的柔情。只有下到海里，才能看到海的广阔与危险——经济大潮的势不可挡和变化多端以及应变不期……

周闻道用人生之海、学术之海和文学之海，与国际二重重组个案的经济之海，共同用供给侧、源创新、产业融合等改革具象，给中国建造、中国制造和中国拳头注入了力量。相信随着海的思维，海的摇动，海的塑造，文学和经济都会有一番新的局面。

三、结语

周闻道把个人经验和理念与时代和改革结合，进行了沉浸式写作。这种白纸黑字的暴露形式，于国企改革，甚至对于整个改革进程，是充满挑战和机遇的。

他对于整个经济发展的洞见，不会止步于文字，更会在总结经验教训和提供成功可借鉴的经验时起到重要作用。他对于整个报告文学和在场主义理论的主动践行，也会启发更多的年轻创作者。

在挑战和机遇之中，我们充满期待的同时，更应该像作者一样在场、介入和思考。

文以在场：意义与价值的沉重

——读周闻道报告文学《重装突围》

◎郭爱国

周闻道先生的报告文学《重装突围》，用讲故事的方式，把在中国特色社会主义制度下，“国机集团”和“中国二重”两个高端央企的联合重组过程娓娓道来，跌宕起伏，引人入胜，又审智启迪。

《重装突围》以时间为横轴，直击改革现场之洪流。作品中的主人公任洪斌是一位国企改革的见证者和参与者，敢受命敢拍板，呈现的是召之即来，来之必战，战无不胜的文武韬略，深深地影响着现实中的我们以及我们的时代。作品讲述的这个“中国故事”，表面上写的两个企业的改革个案，浓墨重彩呈现的却是以国企改革为中心的整个城市经济改革风貌；且不是就改革说改革，而是把改革放在与资本主义制度末日挣扎相关联的产业转型升级世界大背景，及战胜中等收入陷阱和工业化、城镇化后期产业转型升级的中国大背景之下，这就让他的叙事具有了中国改革史诗般的里程碑意义。《重装突围》从某种意义上来讲，更是一次改革文学的突围，是自蒋子龙《乔厂长上任记》以来，改革文学由先锋到平静、再到低潮沉寂以后，又一次高蹈出击和亮相，称得上是中国当代改革文学的在场脊梁，国企改革的经典蓝本。

“改革是由问题倒逼而产生，又在不断解决问题中而深化的。”显然，问题的复杂性决定了改革的复杂性、艰难性。《重装突围》就是在这个复杂艰难、恢弘浩荡的大背景下，用在场写作独有的文学触角，审视和辨知两个高端企业的外在和内质，虚实兼顾，把两个企业的联合重组，生动形象地呈现出来。

在场的途径是介入，作者通过介入，让灵魂抵达真相的彼岸；又通过文字，把自己的发现传递给读者，让作品具有了鲜明的史诗意义。当我们手捧这部“时代大书”（著名文艺理论家李炳银语），与其说是在阅读，不如说在与时代对话。

“鱼骨图”是日本管理大师石川馨的发明，是一种发现问题“根本原因”的方法，并找到解决方向的“问题导向改革”图。因此，它又被称之为“Ishikawa”或者“因果图”。国机、二重联合重组的设计者和操盘手任洪斌，不仅在多年前就接触到“鱼骨图”，而且灵活运用、创造性运用，在重组之初纷繁复杂的乱象中，构思了一个破解困局的“鱼骨图”，最终实现鱼跃龙门的浴火重生。周闻道则用在场的笔触，继承和发扬中国一千多年的“文以载道”传统，以其丰富的社会阅历、文学素养和经济学知识，用三十余万字的笔墨点化事件，让文字抵达精神的高地，让意义显现。史诗的创造，缘于企业家与作家、经济学家的联手，缘于“在场”之下，对真相的发现。

“他比一般作家多了一只‘天眼’。”曾经有人这样评价周闻道先生的创作。事实正是如此。从《重装突围》文本看，信息量之庞大，足以看出作者的博学多识，以及动笔之前下足“求是”功夫之硬核。那么周先生的这只“天眼”的特异功能又在何处呢？从这部时代大书中不难看出，其从“文运”到“国运”的锲而不舍，甚至延伸到对汉武帝时“国企”改革的追溯与反思，发现好的改革动机、改革方案，最终不一定有好的结果，“戊戌六君子”还因此丢了性命。但任洪斌为首的国机、二重团队，不仅没有让历史的改革悲剧重演，还书写了一幅惊世骇俗的新时代改革画卷。这一切，被同样具有介入精神和发现慧眼的周闻道敏锐快速地捕捉到了；并以从“国运”到“文运”的文以在场姿态，矢志不渝地紧紧跟踪，足以证明一位在场作家、经济学家的存在意识和侠者风范。他这只“天眼”所独具的犀利目光、久经文学沙场考验的老道笔法，给读者呈现了一个时代的精神风貌。

我们从《重装突围》文本中不难发现，面对复杂、尖锐而敏感的问题，比如重组开始时老领导与现领导、旧观念与新思想，国机、二重本身的分歧，重组过程中债权人与债务人、企业与员工、留下员工与裁减员工、管理层与劳动层、既有法律政策与现实的矛盾等等，扯不断，理还乱。这样的矛盾，付诸文字，如果一味回避，有违真实，是作家的“缺席”而非“在场”；如果全部直接呈现，势必引起更大对立、更多矛盾。处理不好，不仅文章失实，甚至还有可能带来法律和现实风险。这不能不说是对在场写作的考验，对周闻道的考验。

我相信，在周闻道内心，拥有一位在场作家勇敢的力量和卓越的审智智慧。面对纷繁复杂的矛盾，他从来不回避、不放弃、不依附、不媚谀。他从政治到经济、从理论到实际、从国际到国内，用其纵横捭阖的笔势，把以任洪斌为代表的业界精英高屋建瓴、勇于担当、卓智多谋、知难而上的当代企业家精神，形象深刻地展现出来。这方面的例子太多太多，比如，在最初的“破产重整”动议中，面对二重所在地省、市政府的误解；在与债权银行洽谈减债中面对的一个个质问、怀疑、甚至“威胁”；在与员工协商裁员中的误解与对立，直至发生“悲情5·11”事件；在二重与证监会沟通“ST二重”退市时的种种分歧，等等。作品中任洪斌凭借智慧和勤勉，挽救国之大器的担当精神和魄力，以事业为己任的家国情怀跃然纸上，表达得有张有弛、游刃有余。特别是面对一些涉及腐败、官场、上级之类高难度的问题，他巧妙地运用网络帖子、知情人“分析”、工厂传单等形式，借助于叙事的“第三张口”，把自己该说的话都说了，明眼人一看就清清楚楚，却又规避不必要的误会与麻烦。非老道智慧的书写者，根本做不到。这不禁令人想起周闻道先生曾经谈到的“在场批判三原则”：真实、善意、构建。是的，这就是在场法宝，也是周闻道的底气，还为苦于介入现实、怕对号入座的作者提供了难得的在场写作经验。

不能不说，《重装突围》还是一部智慧大书。它对当今企业应对世界性及中国产业转型升级、供给侧结构性改革，及处理现实中的各种矛盾，突破工作中所遇瓶颈，实现经济社会的“重装突围”，无疑有着“授之以渔”的金点子作用。对叱咤企业发展的领跑者来说，它是一道强力的助推剂，对读者知识层面的认知高度都会有一个提升。

搞企业的，就是要不断创造更多的就业岗位，为政府分忧，为社会减压。以人为中心，以情感为纽带，以效益为目标，这是企业家任洪斌的企业治理理念，也是本书中人性所遵循的道德逻辑。然而现实哪有什么理想的常态化，一直是这些站在时代前沿的弄潮儿，靠披荆斩棘，靠卧薪尝胆，靠一次次义无反顾地突围，历经山重水复疑无路，迎来柳暗花明又一村。《重装突围》就是对国企发展变革中的发声，以及对国企掌门人谋略举措的详实白描。

这才是一颗敬畏之心的勇敢所在。

大千世界，错综复杂，我们看到的很多，但是能够写出来，让读者能够从作品中汲取更多的经验和能量更为重要。这靠的就是一位学者、作家多方位探寻的把控力，打通政治文明与经济文明的通道，高扬不忘初心砥砺前行的大旗，用文学的方式把这场改革载入史册。

《重装突围》的叙事语言，也有诸多可圈可点之处。作为写实性的报告文学，作品客观上存在体裁和题材限制，决定了文本中有大量企业改革、经营管理等方面的专业术语。按理说，文学当以人物为核心，形象为手段，但这个个案却不行。因为国机、二重的许多高管，即这场改革的直接参与者，都身居高位，任洪斌、石柯、徐建等不仅是“部级”，任洪斌还是中央候补委员。受体制的局限，都不便甚至不敢过分突出他们。作者不得不一开始就定下一个“基调”：以叙事为主，而非写人，人物只能因叙事的需要而出场和活动。企业管理、减债减员、扭亏脱困、要素重组等概念与数字的频繁与呆板，也会让读者在鉴赏过程中产生“审美障碍”。这处理不好，不仅会在一定程度上影响作品的艺术发现表达，还难免跌进逻辑与理性的枯燥无味。

这不能不说是一次文学的历险，在场写作的历险。

然而周闻道却能够运用在场叙事语言的优势，及信手拈来的文学诗词或歌词，巧妙地点缀其中，让枯燥软化，僵硬诗意化，社会问题艺术化。这既是境界和层次的承上启下，又成了文本中情景交融的点睛之笔。比如台湾歌手陈明真的《甜蜜的负担》中的两句歌词，在第七章的第一节首尾两次出现，其舒朗节奏的置放，别出心裁，合情合理。歌德的《浮士德》，白居易的“萧条秋气味，未老已深谙”，范仲淹的秋，刘禹锡的“沉舟侧畔千帆过，病树前头万木春”，艾青的“为什么我的眼里常含有泪水，因为我对这土地爱得深沉”，罗隐的《筹笔驿》等，古今中外的警世名言和歌词警句布设得合情合理，与文本中的故事情节相得益彰，总能给读者一个突然的感悟、意外的眼前一亮，让沉重一下变得轻缓，大大增强了作品的艺术感染力。

掩卷而思，《重装突围》这本书捧在手里确实沉甸甸的，似乎比阅读之前还沉重了许多。这是文以在场的沉重，意义与价值的沉重。

时代和改革文学需要这样的沉重。

重述转型中国：周闻道在场主义散文的价值与意义

◎唐小林

在场主义再次亮剑。

周闻道的两部大书：非虚构散文《国企变法录》《暂住中国》，笔锋锐利，直刺大转型中的问题中国心脏，并以坚实的在场叙事证明：现代性运动在中国远未结束，中国还处在巨大的转型阵痛期，一切关于它的乐观叙述，都是痴人说梦。庞大中国帝制的幽灵，从秦始皇到如今，从未离开过祖国母亲的肌体，改用老黑格尔的箴言，关于现代性，一切精神的东西，离中国还很远。现代、现代性、现代化，这些在西方世界早已陈旧不堪的词汇，且慢解构！因为，对于国人而言，它们依然是遥不可及的梦。

这个结论显然太过悲观。但它并非故作矫情，更非空穴来风，是周闻道先生或者重返历史现场，或者介入当下现实，或者亲历事件本身，实施“在场”勘探、深入思辨的结果。两个在现代化运动中“异峰突起”的顽症，抑或是两个可能解开而又深处悖论的历史“死结”，被周闻道天才般地抓住：国企变革、暂住现象。这样的抓住并不容易，它显示了具有经济专家、政府官员、优秀作家、有良知的知识分子等多重身份的周闻道的敏锐和深邃。

国企，是从“社会主义老大哥”苏联那里原样照搬过来的，是计划经济社会主义中国的正宗遗产，是新中国创立初期，资本主义工商业社会主义改造的伟大成果，是社会主义经济的命脉，是公有制经济的基础。如果文革结束时的主流叙述是可靠的话，那么，所谓中国经济到了崩溃的边缘，主要指的就是国企。国企的试验并不像设计者想象的那么理想，那个曾经与聚集了中国最先进的阶级——工人阶级依存的经济组织，经过近三十年的经营，已经江河日下，大厦将倾。工人阶级作为先进生产力的代表，其活力不仅没有如马恩预言的那样被极大地激发起来，反而跌落谷底；国企不仅没有成为中国现代化的动力，反而扮演起“拦路虎”的角色。国企不改，国将不国。由于国企的特殊地位，如果不祭起“实践是检验真理的唯一标准”的利器，有谁敢动得？国企改革，从意识形态到社会现实，从体制根基到阶级基础，可以说牵动整个社会主义中国的制度体系，而且也最为腥风血雨、惊心动魄——它后面隐藏着社会主义中国的过去历史的所有秘密。

暂住，是市场经济社会主义中国最为敏感的词汇。古代有“流氓”，今天有“盲流”，两个词汇都用血泪凝成，都是社会大变动的另类符号。古代的“流氓”，指那些离开土地、流落四方的人，谁知世事沧桑，文化变异，它居然演变为贬义词，成为文明时代的过街老鼠，人人喊打。今天的“盲流”，大多是失地农民、下岗工人、失业大学生，或梦想改变贫穷命运的乡村青壮年，甚或是被人贩卖到他乡的“黑人口”。他们或“暂住”城市，或“暂住”城市和他乡而不可得，为讨生计，四处漂泊，构成当代中国的“流动大军”。当城市或异乡，事实上关上一扇扇大门的时候，流浪成了他们的必然归宿，“盲流”也因此成为中国社会维稳最为头痛的事情，成为国家机器不得不反复瞄准的靶心。客观地说，被市场经济和城市化巨流，从捆绑在前苏联“集体农庄”似的“人民公社”，撞击出正常生活轨道的“多余人”——农民，才是构成“盲流”的主体。

就这样，“国企”和“暂住”，在周闻道“在场主义”散文那里，成为观照过去、现在、未来社会主义中国的两个历史坐标。他一手抓住计划经济社会主义中国的历史，一手抓住市场经济社会主义中国的现实，一手握住工人阶级的大手，一手挽起农民兄弟的臂膀，在历史与现实的交汇中，在工人和农民这一历史主体的命运咏叹里，展现了当代中国社会转型的或一全景：从计划经济向市场经济转型的社会主义中国，迈向现代化途中的艰难“现场”。由此可以看出，周闻道关于中国“当代性”的想象和构思，有多么宏阔、深刻和睿智。

但，“全景”和“现场”，必须靠实在世界的饱满细节支撑。过去许多写此类宏大叙事的作品，大都是居高临下，把细节作为佐证。周闻道却反其道行之，以在场和细节，呈现叙述的力量。因为此次出场的周闻道，是以散文家的身份，而非经济专家和政府官员。作为文学体裁的散文，出示的只能是可能世界的景观。可能世界又只能锚定在实在世界之上。可能世界与实在世界不过是“文化程式”的区隔。正如维特根斯坦把“世界是一切发生的事情”作为逻辑哲学论的第一命题，认为“全部的实在即是世界”一样，在场主义散文也把对“全部实在”的还原，对“一切发生的事情”的再述，作为写作的第一要务。

《国企变法录》和《暂住中国》为了叙述可靠，第一人称叙述者“我”，竟是真实生活中的作者，那个市经贸委的“周主任”。不仅作者周闻道，就连他的真实姓名“周闻道”，也赫然出现在各种矛盾纷争的剧烈漩涡中。周闻道的妻子阎莉警官，多次卷入难了的“暂住”纠结，成为这些事件不可或缺的亲历者、见证者、思索者、拷问者和化解者。周闻道或者周闻道的上级、同事、同学、亲朋好友，诸如“王克思”“左耳书记”、办公室主任周强、行署专员尹志君、国营建川机器厂厂长黄永亮、仁寿棉纺厂厂长毛自雍、国营星华仪器厂厂长陈可夫以及他学法律的堂侄等，他所在的眉山市、青神县、东坡湖、大渡河、青衣江、岷江、慈姥溪、龙水凼、凌云大佛等等，这一切构成周闻道散文的真实语境。《国企变法录》浓墨重彩、大写特写的那些国营企业的“变法”，诸如大型军工企业电子厂的破产重组，芒硝厂、肉联厂、棉纺厂、机械厂的改制等，都发生在作家所在的辖区和担任经贸委主任的八年任期内，都是作家亲历亲为，都曾触动过作家的每一根易感的神经，甚至深深刺伤过作家的尊严，挑战过那条作为人的最低底线：到底要不要从狗洞爬出去？就连书中的插图，也全是当年真实的老照片。《暂住中国》的事件，虽然大都发生在北京、上海、广州、深圳等流动人口集中的地方，越出了作家居住的眉山市，但其个案不是发生在作家身边的亲人身上，比如“被二套房”的暂住户堂侄、深陷自主创业罗网的何琪，就是作家对于当事人采访的“笔录”，比如没有公民身份的上访者黄兵，或者来自权威报刊的可靠资料。

为了构筑“全景”和“现场”，营造无可比拟的“在场”感，周闻道试图再现“国企变法”的全过程，以及暂住现象涉及的全方位。《三套车》《一无所有》《从头再来》这三首歌的旋律，回荡在《国企变法录》的始终，意味无穷，其跨越国界、穿越时空、忧伤悲壮的莫大力量，撞击心扉、震撼灵魂。《三套车》看似意指国企如沉疴附体、积重难返、举步维艰的老马，看似意指必将勒死这匹老马的三根缰绳：传统的体制、机制和人（拥有国有身份的国企员工），其实它的更大功效，是带出前苏联，带出东欧社会主义，带出整个世界共运史。国企不过是这个大背景下“红旗下的蛋”。然后，这部大散文，从打破坚冰，国企改革破茧而出开始，在对几个典型“国企变法”案例的叙述中，巧妙地片面，机智地侧重，依次探入制约中国进入现代社会的各种尖锐矛盾，有些似乎是无解的悖论：党委、政府权力分治，书记、厂长角色转换后的对抗与妥协；东欧经典理论与中国复杂现实的尴尬与调和；“资本”与“主义”之争背后，传统政治信仰与现实经济行为之间的龃龉与顺从；公权与私权，人治与法治，法制与行政，法理与情理等多重矛盾撕扯中的无奈与无望；政府对改革的坚持与国企职工对既得利益的坚守，以及围困与突围的反复较量和血肉冲突。乃至国企如何一以贯之的钻政策的空子，占国家的便宜，坐吃山空，以企业为谋取利益的道具和平台；国企厂长如何在企业破产后，还以守望正义的姿态独守空厂，独守一种无法挽回的失落，无怨无悔。如此等等，可谓将国企变法中的深层次问题和盘托出。

《暂住中国》则可以说是由系列的追问构成：流动人口作为人与生俱来的迁徙权、居住权、公民权、选举权、工作权、教育权、就医权、申诉权，以及受国家宪法和法律保护的权利，都到哪儿去了？或者问为何如此不公平？我爱我的国，我爱我的家，可国不是我的国，家不是我的家，这对历经三十年，已有三代人，累积数亿众，祖祖辈辈生于斯长于斯的中国农民而言，自己深爱的祖国却只能暂住，却如同他乡，却被视同陌路甚至异己、刁民、流寇，如此反讽和荒诞，身何以托？心何以安？情何以堪？灵何所依？这种追问究竟指向何处，表面上看似乎是上面罗列的那些现象，其实远远不止于此。周闻道前不久在广州方所读者见面会开头的对谈，可谓一语中的。他说，“在《暂住中国》里，没有天灾，没有人祸，没有仇人，没有敌人，可我们却看到处处都是苦难。究竟原因何在，问题出在哪里？”周闻道似乎没有明确回答，但实际上已经回答了，那就是体制和机制，换句话说，是我们的制度设计出了问题。亦如在“国企变法”中成千上万的下岗工人，最后几乎是“一无所有”一样，周闻道还注意到了，由于农民流动大军的出走，带来的不仅是荒芜、贫瘠、空心化，甚至夹杂最后的被掠夺的中国乡村，更是这个流动群体的精神荒原：相约美丽死亡成为其精神突围的方式；QQ 是唯一的精神家园；慢慢地折磨直至逗死一只蚂蚁，以无聊的方式打发无聊居然成为乐趣；情爱生活低级到难以启齿。周闻道的洞见在于，这些朴实厚道的农民，原本也许只想做一只蜘蛛，心甘情愿让一张网网住，可是连求一个微不足道的网点的最低要求，都无法实现，最后更是落入无底的深渊，等待天明却等来或一张更大的没有出口的无形之网。这不是农民的错，而是中国工业化和城镇化的畸形发展，对农村和农民的剥夺，这种“剥夺”并没有因为事情越来越严重而停止，“反而更残酷和公开化了”。尤其是国企下岗工人不得不“重头再来”，也加入到这支流动大军以后，中国的工人阶级和农民阶级，再加上长期职无定位，居无安所的各类城市“漂族”，奇妙地汇合成“暂住中国”的历史洪流，身体的“暂住”与灵魂的“暂住”相纠结，对一个国家治理意味着什么？由《国企变法录》和《暂住中国》所提出的问题，就难免想到国家、民族的前途和命运了。

事实上，《国企变法录》和《暂住中国》不只是描述现象、提出问题。如果说还原“实在世界”，再述“一切发生的事情”，使这两部大散文肌质细密，文字结实；如果说再现“国企变法”的全过程，以及暂住现象涉及的全方位，使这两部大散文具有逼真的历史现场感，以及大开大阖、上下求索的思想质素；那么，叙述者在叙述中，不断站出来，或者站在正方、或者站在反方，或者站在政府、或者站在“盲流”，或者站在国家、或者站在地方，或者站在理论、或者站在实践，轮番变换角色，不断换位思考，反复诘问辩难，是在将实在世界发生的事情与宏阔的时代背景和历史现场相沟通，又使这两部大散文具有强烈的思辨色彩，而成为社会主义中国的一部独特的忧思录。

当下性，在场感，是为了澄明。西哲罗兰·巴特认为，文学是二级符号。呈现在每位读者面前的语言符号，只有当其成为新的能指，指向新的所指的时候，它才成为文学符号。也就是说，一个文学符号的实际意义，在语言符号的表面意义之外。符号学家赵毅衡说，艺术符号的本质特点，是跳过对象，直指解释项。换言之，作家描述的那些现象、事实，并非就是文学符号表达的意义，这个意义需要接受者的解释。作家只是仿佛用“真实”制造了一个“仿真”的世界，而真正要澄明的是隐藏其后的“真相”。如前所述，周闻道的《国企变法录》《暂住中国》叙述的就是“真人真事”，由不得你不信。但是，作为文学的散文，体裁决定了这些“真人真事”相对于要澄明的“真相”而言，只是“假象”。只有堂·吉诃德才固执地认为，文学会如其所是地记载历史。就拿这两部大散文中的叙述者“我”来说，就绝不是现实世界中的那个政府官员周闻道，也不是作家周闻道，他只是作家为了叙述的方便，塑造的一个人物而已，他的立场、观点、思想、情感、文化、心理等，与生活中的周闻道当然存在差异。这两部大散文所叙述出的信念、道德、伦理、价值等意识形态总和的人格化，也不等于实在世界的周闻道，他只是作家分裂出的一个人格，有作家的影子，却不是作家本人。他显然要比生活中的周闻道更有勇气、更大胆、更正直，更富于同情感、悲悯心。这不必责怪“文不如人”，谁都不难想到，作为官员的周闻道，由于特殊的身份、地位、纪律等要求，他难免不说违心的话，甚至做点违心事。这个例子只想说明：《国企变法录》《暂住中国》要澄明的东西，在其文字的背后，全靠每一位读者的悉心解读、多样解读。但在我看来，这两部大散文要澄明的，简而言之就是：民主政治、市场经济、多元文化，这些现代性的基本要素，依然是中国梦的主要内容。现代性对于当代中国，不是哈贝马斯所说的，是一项未竟的事业，勿宁说，是一项刚刚起步的事业。这是事关中国社会形态基本判断的大事，是对中国已进入后现代社会的有力回击。

由是，《国企变法录》和《暂住中国》对当下现实的介入就相当深刻。它实际延续了“五四”和“80年代”未竟的事业，重建了文学的批判精神，从政治、经济、文化、道德、伦理的维度，将知识分子的良知绑在时代的战车上，以笔为旗，让沉默开口，让真理现身。值得指出的是，这种被周闻道称为“在场批判”的批判，并不是过去传统的现实主义或批判现实主义的重复，而是具有自己鲜明的特征，那就是真实、善意和建构。这使周闻道在介入现实、批判体制中，实现了与现实和体制的和解。

这或许就是周闻道在场主义散文的价值与意义。

当然，以周闻道为旗手的“在场主义”散文，才满六岁，还很年轻。有些问题还必须面对，比如，如何处理“在场”与“距离”的关系；如何处理“纪实”与“虚构”的关系，如何避免不必要的“不可靠叙述”等。不过，我们完全有理由相信，这个以“关注当下的痛”为写作要义的散文流派，因其贴近现实和在场批判精神，必定会走得更远，直至走进当代中国文学史。因为这个时代需要发出不同的声音。

唐小林，四川大学文学与新闻学院教授、博士生导师，中国当代文学研究会常务理事。

散文创作评论与审美发现

——读评论文集《介入的力量》

◎冯　源

由周闻道编撰的关于其散文创作的评论文集《介入的力量》，全书由六辑组成：《读心》《读世》《读文》主要是对周闻道步入文坛初期的散文创作进行的评价，《在场》《读人》《读企》是对创作中后期对在场主义散文艺术探索予以的分析。

令人产生阅读兴趣的，首先在于这部文集的书名。“介入”一词表明文学创作的思想观点或主观立场，旨在揭示积极主动的探寻意义。显而易见，作者力图通过散文创作，对国家、民族和人类的当下现实予以主体性的介入，在介入中对社会进行深层的理解、对生命予以透彻的领悟。唯有如此，才能抓住社会的本质、时代的核心，引发读者的心理认同和情感共鸣。同时，通过这种有效性的主体介入，发现客观事物的本真或真相，无限地接近真理，最终实现身为作家的人生价值和使命当担。正因如此，作者将“介入性”和“发现性”视为散文创作的第一性和第二性。

就作者早期的散文创作而论，文集主要收录了向宝云、傅恒、唐小林、曾绍义、张叹凤、干天全、伍立杨等多位评论家和作家的文章。

《点击心灵》是作者出版的第一部散文集，作者通过对城市生活与凡常人生的真实描绘、对自然世界的静谧与纯美的由衷赞叹、对海内外各地山水景观与人文风情的注目凝望，对内心与情感、思想与灵魂的深层洞察，表达了对大地物象的深情厚谊和审美注视。正因如此，傅恒在《在诗意展示个性的思考——周闻道〈点击心灵〉序言》一文中写道："周闻道泉涌般的诗化语言铺天盖地，这种豪情随处可见。单看他写黎明就弄满了'一条街'。他认定黎明外在的美就是静——'静静的楼房，静静的庭院，静静的花草叶瓣上静静的露珠'，把静的黎明写意表达得淋漓尽致，甚至静得有点令人发憷。"

在傅恒看来，作者的这种诗意表述，与其对生活的感受、对生命的体验、对社会的认知具有深层关联，也与其对散文艺术、散文美学的理解和把握密切相关。从某种意义上讲，散文创作便正是如此，它需要作者最大限度地从个体化的审美视角出发，有意识地切入生活、现实或时代，形成与他者迥然有异的思维角度，对生活作出富有个体意义的价值判断和审美领悟，然后再用特定的诗化语言进行艺术表达。由此可见，傅恒对作者在这部散文集里所传递的艺术美的发现，是从其诗化语言的运用开始的。这是对这部散文集的最为有力的首肯和褒扬。

《对岸》是作者撰写的第二部散文集，既有对《春色三分》的直观体验和细腻描绘，对《浅水区，深水区》的深层领悟和真实写照，也有对《沉寂的戏台》的文化关注和艺术描写，对《过客》的认真梳理和审美传递，尤其在《天堂里不需要智慧》一辑里表达了对历史上那些伟大的哲学家、思想家、文学家的无限景仰。

向宝云在《内在生活的探寻者与构筑者》一文里，对周闻道散文创作的思想意蕴予以了深刻揭示，同时指出了作者创作的内在局限。在向宝云看来，作者在创作中体现出的"感受＋哲理"模式，无疑是其散文艺术的优长，但也由此暴露出自身存在的局限——作者只是用自己的感悟来证明、实证古圣先贤的思想和智慧，所表现出的鲜活度、冲击力、创造性稍显不足，缺失足够的清澈与透辟。毋庸置疑，向宝云的这种批评客观而公正。但我们也由此觅见这样一个事实存在，向宝云发现了作者散文创作中展现出的哲理之美。

就作者在中后期的散文创作而言，有陈剑晖、李炳银、杨献平、李银昭等评论家和作家的批评文章。这些文章，或是对作者在场主义写作的散文集《七城书》《山海为关》《只为卿云》展开的分析和评价，或是对报告文学作品《国企变法录》《重装突围》进行的理论研究。总体上看，这些文章表现出的理论观点，显得既肯綮又富于新意。

陈剑晖的《在场主义辐射下的存在之思——周闻道散文论》，可说是一篇以《七城书》为主要研究对象的文学评论。陈剑晖开篇指出："散文作为一种自由灵动、率性，且特别注重个人体验的文体，最可贵的是创作主体思维方式的独特和对于存在及诗性之思的不懈探求；或者说，是散文家精神世界的日趋成熟与辨证，以及心灵的丰满和强大。而在这个演化的过程中，又必然离不开散文家对时代与生活、历史与现实、文化与人性、存在与诗性等多个维度的深刻理解和真切把握。周闻道的散文正是这样。"

显而易见，陈剑晖的这番论述，是在有意识地抬升周闻道在在场主义散文创作领域的特殊地位。接着，陈剑晖又以俯视的眼光审视中国现代散文的历史进程，指出现代散文主要可以分为两大类：一类以周作人、丰子恺等为代表，另一类以鲁迅、史铁生为代表，认为周闻道的散文更接近于鲁迅、史铁生这一路。在这种认知的基点上，陈剑晖对《七城书》中所传递的思想意蕴展开了深入分析和理性探究。

李炳银在《一部蕴含时代中国的大书——〈重装突围〉序》里，重点评价了《重装突围》的思想意蕴和审美价值，认为这是一部蕴含时代中国的大书，是一部极具历史文献价值和文学史意义的重要作品。这里的"大"，一是指题材属性的宽大，因为书写的是世界第二大经济体在经济大转型背景下的国企改革；二是指涉及的内容非常广泛，带有很强的变革色彩和专业性。

作为一种批评方式或方法，散文创作评论不仅要关注作家写了什么，更需重视作家为何要这样写。《介入的力量》不仅展现出在场主义散文创作的特殊价值和艺术魅力，而且揭示了这种散文创作方式的思想意义和审美蕴含，更重要的在于"在场主义的旗帜上写着的是人性与良知的发现"。

冯源，绵阳师范学院教授。

散文的坐标

◎傅　菲

散文有自己的坐标，时间和空间上更具拓展性和更具开放性，文本上要求个性特征和强烈的内在气息，散文的本质是“我”与“自由”。那么散文的坐标是什么呢？我以为，是身体的在场，生活的在场，精神的在场，散文允许自由想象，但不是自由捏造。2015年9月6日，在广东南雄市参加笔会，圆桌茶话会时，作家们畅谈当下的文学，有个别小说家，说起散文时，口吻和态度比较蔑视散文这个文学样式，说，当下的散文，充斥着虚假和修辞，越来越不成散文的样子。当然，这也正常，当下的文字圈本来就是怪胎，写长文字的看不起写短文字的，分行的看不起不分行的，影像的看不起写字的。我发言时，探讨式地问小说家：“你对当下散文了解吗？读过多少当下散文？”小说家不置可否地摇摇头。显然，对散文的认识是有限度的，也有偏见，在文字圈一直是存在的，即使是散文界，对散文的认识也有比较大的分歧。很多人的审美还停留在周作人、冰心、刘白羽、林语堂的阶段。

散文作为古老的文学样式，随着时代的审美变化，正发生着深刻的变化。

当下的散文和传统的散文有非常大的区别。我们接受的课本教育，给了我们审美误区。我们一直认为刘白羽、杨朔、袁鹰、秦牧等散文家是现代散文“正宗门派”。课本教育我们，散文要有非常好的主题，文字要优美，结构要严谨，段落的过渡要自然，文章要给人以启发。其实，这些都是极其简单的散文：一事一议、一篇一个主题。他们做到的，是简单的线性发展。我觉得，优秀的当下散文，早把这些打破了：发展有起伏，呈抛物线；无主题或多主题；

在题材上很多禁区被打破；更多关注的是个人在日常生活当中的体验，以及写作者在当下遭际中所体现出来的精神指向；那种只为某个主题服务的东西渐渐淡化了，或消失了。

第一次给散文带来深刻变革的，是1997年。

《大家》杂志推出了六十年代出生的庞培、张锐锋的散文新作。《大家》将其命名为“新散文”。庞、张“新散文”的代表作品有庞培的散文长卷《五种回忆》《乡村肖像》，张锐锋的长篇散文《倒影》。这些作品对童年记忆作共时性展露，而不是将事件依时间顺序连属；写作起始于心灵在记忆中的漫游，着眼于细处的铺陈。其零星组合式的文本、间杂的形而上阐示提供了一种新的写作模式。他们的思考致力于普通人的存在，这使他们在个人化记忆与历史、时代、人类的普泛性之间寻找到了沟通的可能。在挖掘记忆的同时，他们对童年不是加以简单的描摹和再现，而是进行某种超越材料本身的深度凝练。庞、张“新散文”表现出一定的虚构倾向，只是，其目的旨在从被时间“磨损了现场提取往事的指纹，”“重现业已消逝了的东西，并使其恢复完整性。”（两段引文均见《大家》98〈1〉张锐锋《让隐匿的事物发亮——我的新散文写作及其他》）想象形成了“新散文”“过去进行式”的叙述。（引自于祎、杜蘋《散文创作与研究概观》）

新散文的出现，有其时代的背景。当时，散文界铺天盖地席卷着“女子散文”“青春散文”“副刊散文”“感悟散文”，只要能把文字写顺畅，感情表达真挚，人生感悟略为透彻，就是一篇好散文了。散文是当时门槛最低的一种文学样式。《大家》杂志“新散文”栏目的开设，和相继推出的作品，在文学界引起了强烈的反响，引起了年轻散文家的反思和老一辈散文家的“围剿”，在散文界，形成了两个阵营，“新散文”的概念以此发酵，并形成。此后，当年“新散文”的代表人物，如祝勇、周晓枫、张锐峰、庞培、黑陶、王小妮、于坚、王开岭、南帆等崛起，成为散文界的中间力量。散文理论家段建军、李伟著述《新散文思维》（2006年，中华书局）对新散文进行了系统的论述和研究。新散文代表人物和理论旗手祝勇，先后推出重要理论文章《散文：无法回避的革命》《散文的新与变》，对散文的流变、时代背景、美学价值，进行了阐述，进一步确定了新散文的地位和形态。

但散文工具论，一直不曾停止。新世纪初，工具论再次喧嚣尘上，认为假条、借条、产品说明、演讲稿、讲义就是散文。随后，“文化散文”“游记”洪水一样泛滥。随着网络的兴起，散文再一次陷入“博文”低门槛的尴尬境地。

在散文界荒杂的背景下，2008 年 3 月 8 日，由散文家周闻道为首发起，由诗人、理论家周伦佑建构散文理论的在场主义，作为中国当代第一个自觉的散文写作流派，应势而起。认为“在场主义确认：‘在场’就是去蔽，就是敞亮，就是本真；在场主义散文就是无遮蔽的散文，就是敞亮的散文，就是本真的散文。”（引自《在场主义宣言》）在中国，散文没有应有的地位。以前，诗歌的地位很高，诗人被喻为时代的预言家。现在是小说，小说与影像媒体走得比较近。散文则是一门“普及的技术”，谁都可以写。事实上，散文写得好的作家非常少，因为散文的发展比较成熟，打破原有的规则非常难。“在场”的提出，事实上，还有一个更大的语境背景，即，写作完全处于私人化，“公共语言”已经完全从“我们”的书写中退席。

“在场”就是去蔽，就是敞亮，就是本真。我对这句话，还有个人的发问，即，如何在场。这是一个散文思维维度的问题。我以为，散文还需要一个“我”的坐标系。那么这个坐标是什么呢？是身体的在场，生活的在场，精神的在场。身体的在场，是“我”与大地的关系；生活的在场是“我”与时代的关系；精神的在场是“我”与时空的关系。如《圣经》所言：“我从哪里来，我是谁，我到哪里去？”我个人觉得，好的文学或曰艺术，本质反映的是人物的命运，乃至时代的波澜、众生的命运，或自己的世界观，写作者和笔下的人物会有时空的对话。

我迷恋散文自身散发的强烈气息。散文最大的魅力是自由，是书写“我”的生活。我经历的生活，我当下的生活，我看到的生活，我内心隐藏的生活。散文书写的是“个人史”。

我以为，散文的美是重要的，但不是最重要的。最重要的是力量。美只是散文诸多元素中的一种。甚至散文完全可以不美。我写城市的散文一点也不美。题材和叙述方式决定了语言的行为方式。《亲爱的城市》《暗室》《无人看见的城市生活》等，我采取完全叙事的方式，一点抒情也没有，也没有什么景物描写，我以小说和新闻的手法写散文。我觉得，写这类散文，客观、准确、内敛，是非常重要的。

散文有自己的“磁场”，那就是一个散文家的血气和精神内核。我注重散文的语感。有节奏的语感，会产生“桥梁”的作用，使自己的文字比较容易通往读者的内心。独特的人物形象和摄人心魄的细节，也很重要。一篇散文，有人能记住其中的人物或细节，已经很不容易。鲁迅的“闰土”就以此成为经典。人物与细节是生活本身所赋予的，力量也由此产生。

我以为，无论叙事还是抒情，散文抒情的特性也是难以改变的。你说一件事，无非是表现事情背后的东西，这就转为抒发感情。你看漫画，你忍不住笑了出来，你听人讲幽默，你喷饭了。这种抒情是冷的。你看到大海起伏，你心潮也起伏，你忍不住，啊啊，这种抒情是热的。我比较注重冷抒情，自己不动声色，不发表或少发表观点，由读者自己去体会。这就要求文字客观、准确、不张扬。当然，这都是一些手法而已，是魔术师的左手与右手。散文的优与劣，不是手法决定的，也不是文字功底决定的，而是散文家境界决定的。

优秀的散文家都是有写作理想的，如张承志，贾平凹，周晓枫，祝勇，于坚等，他们以自己的精神、技术、生活、地域文化、信仰，构建自己的文字帝国。我理解散文属于一种慢运动，如太极拳。这需要安静，节奏，需要与他者（外部关系）建立良好的沟通渠道，需要适度的快感和兴奋点（兴奋点也许是慢慢游进胸膛的痛），也需要文字空间的疏朗感。就我个人而言，我把散文分为喜欢的和不喜欢的。我不喜欢精神指向很高的散文，不喜欢黏稠的散文，不喜欢密不透风的散文，不喜欢神父面对教徒一般严峻教唆的散文，不喜欢滔滔不绝引经据典的散文。写作的意义是建立在自我意义基础上的，没有自我意义，写作意义也将瓦解。散文是自我的代言人。我理解写作，是一种阶段式的，一个时期一个阶段，一个阶段有一个阶段的写作方向。写作没有胜利者，也没有失败者。写作永远是苦役。写作是不断地打碎旧镣铐，又打造新镣铐。写作是极力接近自由，又把自己关进了牢笼。我觉得，生活在文本中的体现，比文字本身的处理更重要，在场感，厚度感，文字的质感，以及文字恰当的温度和湿度，文本的弹性，都是我所追求的。我还追求一种个人的语境，柔软的，舒展的，痛感的，有内在的空间。我尽可能地让自己的散文，散发自己的气息，有我的汗渍和咳嗽。散文不仅仅是自己的心灵史或精神史，也是观察史。散文就是“我与生活的关系史”，这种关系具有时代的特征。我（社会性）的心里有“魔鬼”，有“噪音”，我写散文是想内心温和一些，崇善一些，我需要通过文字，达到与外部世界的平衡。对我个人而言，写作意义在于此。

现在去谈论散文，好像坐牢的人去谈论伙食问题。——能吃到一餐可口又营养的饭菜，是多么难。但也有加餐的时候，饕餮一下。我是个阅读重口味的人，一年或几年阅读下来，能够引起眼球痉挛的散文作品，确是少之又少。因此也弥足珍惜。

写作（当然包括写散文）相当于一个人在深夜做弥撒。一个文体的发展，是线性的，在我们以纪年的方式去阅读散文，我们能看到大时代在作家身上的印痕，假如这种印痕十分抢眼，这不是文体发生变化，而是大时代在作家身上发生了思想暴力。自20世纪90年代以降，散文确实发生了很大的文本变化，这种变化不仅仅是篇幅变长了，叙事化倾向明显了，重心向下了，更个人化了，更重要的是思维方式在改变，散文从单纯的抒情文本解放了出来，可以在“人”“物”“事件”上，像小说一样“大有作为”。无疑，新散文对近十五年的散文写作的冲击是非常巨大的，甚至影响到每一个20世纪70年代出生的散文家，这种影响，不是教人模仿，而是学会反思：何谓散文，散文需要突破什么或跨越什么？庞培的《乡村肖像》、张锐峰的《群山》、周晓枫的《你的身体是个仙境》、祝勇的《旧宫殿》，都是新散文强大经典的文本。反思新散文的出现、发展，我个人以为，新散文不仅仅是一种散文变革，也是一种散文运动——它让散文从一个人偶脱胎换骨，成了一个自由运动的人。新散文作为一场散文变革的运动，它的历史任务已经完成，那么在场主义散文所引领的散文写作，已兴起七年，许多重要的散文家如梁鸿、刘亮程、马叙、塞壬、李娟、郑小琼等在散文界，成为新的代表人物。

作为已经发展七年的一个自觉的散文流派，我们还需要对这七年的历程，重新作一个细致的梳理和辨析，深化“在场”的内涵，拓展更大的外延，对在场主义自创始以来的重要散文家，进行再一次集结，推出更有影响力的作品，而不仅仅是开研讨会、评奖，把眼光聚焦在中青年作家身上，因为有影响力的作品最具说服力，中青年最具革新的创造力。

傅菲，著名作家，诗人。

于寻常中见奇崛

——浅析周闻道散文中意象的营造

◎润　雨

周闻道先生在《浅谈散文的意象》一文中提到：作为语言艺术的文学，是通过形象表达意义的。古人认为，意是内在的抽象的心意，象是外在的具体物象；意源于内心并借助于象来表达，象是意的寄托物。意象在文学创作中具有重要作用，可以说，意象营造的成败，是作品成败的重要标志，也是衡量作品审美价值的重要标尺。

结合周闻道先生的散文佳作《轻轻拾起成吉思汗的神鞭》《岷东有帆影》《泸州有数》等，我想谈谈自己对这几篇散文意象运用的理解与感受。

《轻轻拾起成吉思汗的神鞭》，题目很有味道，新颖别致而富张力。成吉思汗，神鞭，轻轻拾起。与其说，是成吉思汗这个名字的耀眼光环，不如说是他的神鞭激起了我的好奇。在成吉思汗扩疆掠土、马上厮杀的光辉一生中，他的神鞭起了怎样的作用？在过往读过的书或看过的影视剧里，只是把它作为一个道具的标配，挥舞在主人公的麾下，与他的征战刀光连在一起，呈现的都是冷兵器时代北方草原民族的“仇”与“恶”，并没有突显出它人性的“善”与“爱”的不同凡响意义。但是，在《轻轻拾起成吉思汗的神鞭》一文里，如相机对焦般锁定的这个小小物像，让读者格外关注起来。这条神鞭，如一盏烛灯，吸引我缓缓走进一个神奇的“洞穴”，在渐渐走寻中，忽然灯花骤放，点点光束穿越历史纵深之墙，最后又凝聚成一束耀眼的光影划过上空，直达人性深处，震撼灵魂。

神鞭，成吉思汗一生握在手中不离不弃驰骋疆场的马鞭，在这里，已被赋予别样的意义：可以理解为权力的标配，也是战争与断杀的符号，还是一代天骄精神意义上人格魅力的某种象征。这个意象选择得如此贴切，出神入化，真可谓微处落笔，大处写意。一条神鞭，牵动的不仅仅是一段草原的历史，更是成吉思汗征战南北的精神之象。从最初的复仇，到拓疆扩土，借道西征，再到高奏凯歌、班师回朝，“大汗和他的大军，经过了鄂尔多斯”。恰恰是这一经过，让从草原出发，一生刀光剑影，只看见仇恨、只知道断杀的大汗，瞬间被鄂尔多斯超然的俊美震慑了。俊美的环境摄入大汗之目，把既有的神鞭意义颠覆，变成了一把以柔克刚的利刃——阳光、白云、苍鹰、煦风、青草、舞花、飞蝶，“牛羊游弋于树草间，温地旁，悠闲地觅食，动物与植物间，不是简单的相生相灭，而是一种生命的亲近与承接……”这天然柔和的大美，如神性的召唤，催生了大汗的神思和顿悟，对神鞭与征战有了新的定位：不是为了征战而征战，为了断杀而断杀，而“是为了消灭仇恨、消灭邪恶、消灭扩张；是为消灭征战而征战，消灭断杀而断杀。大汗的心里，拥有了更多的从容”。

鄂尔多斯，这个特定的地域，它的美丽如神的魔力，不仅吸引了大汗，震慑了大汗，让他的雄师驻足，而且激活了大汗人性深处的柔软，收留了他漂泊无定的灵魂，赐予他更包容的胸襟，更宽广的视野，更俊美的大善大爱。于是有了大汗深情的演讲，有了断杀的草原之后诞生的一个统一民族的代代和睦繁荣。鄂尔多斯也因此有了无上的历史厚重感。文章那种自然、富有哲思的语言风格，那种纵横驰骋的联想，那种通过叙事所表现出来的对社会和生命的穿透力、扩展力，其精神意义给予心灵的撼动和文字内涵带来的审美让人回味无穷！我知道，这样的文章读一遍、两遍，远远不够。时不时想起来就读读，每读一次就会有一次新的发现。

《岷东有帆影》中的核心是意象帆影。作品从具体的物像——岷江中的帆影入手，进入一次次人生梦想的追求，以及对城市建设的审视，一步步赋予了帆影新的精神意义。帆影起源于童年，“童年的梦，是一种记忆经典，被岁月风化，沉淀成精神标本。帆影是其中最珍贵的一页。它总与故乡的油菜花、白虎岩、思蒙河，还有乡情俚语联系在一起。稍不留意就返回去了，回到了帆影。”那牧牛草坡上躺在白虎岩上的“我”，就在一次不经意的辗转反侧瞬间，远方的帆影出现在视野。那遥远的平原尽头、山脉之前，平平缓缓滑行在地平线上的帆影，成为童年的一个谜。接下来，由帆影引出远方的县城——“农门”之外精神的高地与远方。那里不仅有可望而不可即的城市生活，还有恢复招生的“崇本中学”，有改变命运的万人拥挤的独木桥。庆幸，“我”成为过桥人，是第一次向帆影的走近。这里的帆影，已不是简单形而下之物，而是生活的最初梦想。之后，作者亲到岷江边，近距离接触岷江，所看到的物像是对童年梦境“远方帆影”的破解；而所思，对岸梦——成为一名正式“城里人”，端上“铁饭碗”，则是其精神意义上又一次追梦的呈现，这何尝不是那个年代很多人的梦想。

然，当“我”真正走进岷东，站在岷东安置小区的高处，以审视的姿态俯瞰这座城市的建设，一幢幢造型各异、拔地而起的楼房，再次延伸了帆影的意象。文中结尾：“我发现那高处挺立的不是楼房，更像是一面硕大的帆影，正乘着祥瑞的和风，带着这片土地扬帆起航。”这何尝不是一个更宏大理想的精神原乡式帆影，是童年“城里”梦的升华！

人生就是不断孕育梦想和实现梦想的过程。城市的发展，隐喻着事业的腾飞；而在一个有梦想的作家视域，文字就是圆梦的最好方式。恰如周闻道先生创立的在场主义散文流派的成长、发展、壮大，势将如凌波浩荡逶迤东去的岷江上帆影，千里朝夕，“云展帆高挂，飙驰棹迅征”。

《岷东有帆影》这篇文章的意象，作者在开篇交代了地理位置后，就指出：“帆影是一个长久的存在，若隐若现，如梦似幻，在我的精神原乡里徘徊，就像血液中的血浆、血细胞和蛋白。如要解读，可从但丁、彼特拉克、达·芬奇和拉斐尔等欧洲文艺复兴大师们，与古希腊和罗马文化的经典审美中，去找到类似的原型。”就是对帆影意象的精彩诠释。

《泸州有数》我读了多遍，无法不为文章独特的切入视角而讶然。总是在想，那个“数”，数字的“数”，一个僵硬的符号，是怎么入文，成为一篇优美智性散文的核心意象，进而成为泸州千年酒文化经典诠释的。

地界岩石上的一组数字 1573，竟变成了作者打开泸州这个有着丰厚历史底蕴、多元人文色彩地域的“芝麻开门”的秘语。从生活中流行的数字与运程的玄学游戏，在戏说中意外成全一桩美丽的姻缘轻松说开来；当得知 1573 是一种酒，一种四百年的玉液琼浆，作者沿着“数”的曲径展开想象之翼：

长江之水的文明孕育，李白诗文的记载，改革家张居正的“务实”主张，从中国酿酒的历史走进世界酒文化，以及蒙军铁蹄下巴蜀之地泸州的幸存……旁征博引，洋洋洒洒，从地域到人文，从政治到历史，从战争到遗存，从中国到世界，从具象到抽象，从不变到有变，从名人到凡客，从具体酒的制作程式到酒文化精神的传承，一组又一组数字，让我们品出的是社会不同阶段的发展之相，品出的是生命的酒香。枯燥的数字，在作者笔下已成为十分灵动饱满的意象，演绎成一种独具魅力的城市精神。

作家葛水平说过：一篇文章，读者有无数进入它的路径，有各自理解它的方式与情态。而我进入周闻道先生散文的路径，恰恰是被他独特的切入视角、巧妙捕捉并艺术营造的意象所吸引，通过层层富有哲思和张力的叙述方式和语言，以及收放自如的结构安排，在反复品读中逐步感受到了其文极高的审美意蕴。引用雪夫老师说过的一句话：“于低处仰望，于洞中穿行，于寻常中见奇崛。”这正是我读周闻道先生散文的贴切感受。

读文如观景，你若步履匆匆、走马观花看一遍，会因细节关注不够而难品其中美胜之味。有的文章言直意白，可以一览无余；而有的文章则属耐看型的，需多读数遍，反复咀嚼，才能品出其中奥妙。

读周闻道先生的散文，即是如此。

那种浮光掠影看热闹、浅尝辄止读一遍的，难以领略其纵横捭阖、追源溯古的厚重文意，难以体味其巧妙的视角切入和富有张力的意象运用，反会生出晦涩感。最早读他的《庄园里的距离》，我觉得自己就像邻家孩子，趴在院墙上窥探隔壁主人，想知道他在做什么，想什么，却发现他整天迎来送往的客人，不是苏格拉底、克罗齐、詹姆斯，就是培根、伏尔泰、尼采、海德格尔、柏拉图、叔本华、亚里士多德……他们每天聊着自然的、社会的、哲学的、文学的东西，我却难以进入他们的语境。如果当时掉头离开，我可能之后再遇他们，会选择绕道而行。那么，在我的阅读里程中的艺术审美欣赏，必会少了今天的风景。事实上，像《轻轻拾起成吉思汗的神鞭》《岷东有帆影》《泸州有数》等文，我读过不下数十次。

润雨，原名朱润鱼，山西省作家协会会员，山西省女作家协会会员，三清媚女子文学研究会会员，中华散文网特约编审和创作员。

在场主义的台前体会之“关于”

◎罗斌冰

一、关于登场

2008年三八妇女节那天，有个叫在场主义的家伙粉墨登场，只一个青音的莺婉吊嗓，未及变脸吐火，便四方哗然。然后在场主义那家伙滴溜溜地一转身，2009年2010年，旗鼓当当二胡撩个ABCD调就冲向F调，数十年三十万的在场主义文学大奖海豚音地飘了来。

人说：山有多高，始终人立为峰！在场主义那家伙就山高人为峰的昂昂首挺挺胸，有点江山如此多娇的意气风发。

窃想，远宋的苏家三父子怕是要笑醒过来，眉山有仙气了，文字要显灵了。

在场主义那家伙的推波助澜人眉山周闻道一手执杖狼毫，一手温抚草浆宣纸，把黄山上的“大块文章”拓印到岷江水面，岷江的水石也写字了。言：散文存在，所以出发。

二、关于散文

现代科学家考古，在河南安阳的小屯发现了大量的龟甲和兽骨片，有许多圈圈搅搅的古代文字，祭祀或记事，言其而为古代散文的起源。

于散文又一说源于古神话，是古人口头创造的神异故事以解释万物之起源及各种自然现象等。这些神话主要保存在《山海经》，其余保存在《庄子》《楚辞》《淮南子》《列子》等。

据郑振铎《中国文学史话》言，散文成型在西周，与诗肩并肩地在水一方，至春秋战国时华盛，与韵文皆携审美，诸如屈原的《离骚》《九章》，宋玉的《九辨》以及《招魂》《大招》等等。而后散文牵了汉赋的手，抚了唐诗的浪漫，怜惜了宋词的哀婉也哽咽了元曲的媚儿江风，至明清就白话了江湖豪杰，至民国至当代更是四方云动八方风啸。

传说不待细究，总之言：散文随时存在。

散文存在，文字随时出发？

三、关于主义

三年前，我曾言：在场主义关我屁事。

那时，主义两字像是过去的贞节牌坊，理想浪漫得很也丢人魂魄得很。文字在一个时间段内被别有用心和无所事事的人玩弄于股掌间，褪去衣衫就招摇成作家或者诗人。记得我们开会或有应酬，一旦言及某某是作家是诗人，便嘟嘴恨恨：你才是作家是诗人，你们全家都是作家是诗人！骂人也骂得无可奈何。

所以类似鲁迅类的执着让我怯步，尽管我太过崇尚鲁迅行文的心字合一以及步步紧逼时代的弊病。喜欢也讨厌鲁迅，他把散文逼进了杂文的咄咄，让后世太多嬉笑怒骂者学其形而忘记其神。

所以，文字成败的江山像是被我们日益破坏的地球，不知道明天有没有地震，有没有火山喷发，有没有雪灾，有没有干旱，或者海啸。这也有点像网络和纸质媒体上的常用名词，信任危机。

在场主义，是否也有信任危机？

不知道。真的不知道。因为在场的存在的，有真有假，有善有恶，有美有丑。

但我依然认为在场主义关我屁事，那时我为了挣钱刚好在编辑一个时尚诗人的诗歌，那个诗人在用长了脚气的脚写诗。尽管最后因为我实在编不下去而放弃，但我真的从此对文字的主义感到无奈。

四、关于周闻道

周闻道有新书送我，是在场主义散文丛书之《七城书》。刚才我拉肚，坐厕翻看，竟是一口气看完其《银杏》《玉米》《紫薇》《桑树》等数十篇文章，大迷惑而大感慨，临时决定写字，真的觉得能这样写字的人不多了。

周闻道，文学硕士、经济学硕士，四川省作协委员，眉山市发改委主任，发表文字四百万余，单本书刊十余册，在场主义的提倡者、践行者和推广者。我们是旧友是忘年交，我曾经在攻击周闻道的文字后面留言：有本事你写，有本事你和我闹。那个时候，我不算喜欢周闻道的字，但他的字干净，是真正的好字。我还知道，周闻道把好好写字，写干净的字，当作理想。

了解周闻道的人说，这家伙把写字心思的1%~2%放在官场，也不至于才混个发改委主任。这话我同意。我知道周闻道是个好官，同样我知道周闻道当真不是官场中人。他的在场主义，若于官场，只适合于理想状态。

其实我要说的是，在场主义若不是周闻道提倡，真的关我屁事。现在能为理想而奋斗不稀罕，但为主义而奋斗就实在稀罕。只有主义真，我记得那是很遥远的事了，是听妈妈讲那过去的事。

昨天和朋友谈论一部叫《人间正道是沧桑》的电视剧，说那个有着共产主义理想的读书人活得真是畅快，即使毙命于无知和强权，倒下的时候也把对理想主义的坚定微笑成一树盛开的花。这时我想起一句话：一个人倒下了，无数的人站起来了。

周闻道有点像站起来的人，他的身边因为他站起来也聚了很多站起来的人。于是有人说，眉山的散文扯了风帆，于当下正式在场出发。这话我同意，散文不始于周闻道，更不发扬于周闻道，他只是继承者，扛了先贤的旗帜当了个冲锋陷阵的人，就是死去也坦荡也无憾，也轰轰烈烈。

这是男人的活法，真正读书人的活法。我等不才也知仰望之，爱慕之。即使我不能与之比肩，做个在场的共存者吧。为周闻道，为主义这两个很圣洁的字。

五、关于力挺

有人说我力挺周闻道有点过，暧昧得很。以前我是叉了腰一副赖皮样：怎么了，我愿意，你吃我？现在想来，我挺的是周闻道这个人也不是周闻道这个人，周闻道是一群把真实和理想擦抹得干干净净的人。

摘段我以前写余光中的文字：那一代的中国读书人，心存着昊昊的青天灿灿的白日，心存着长江的节奏、黄河的旋律，心存着手触杨柳的柔软、梧桐的坚硬，心存着胯下马发间的风沙、海棠红叶迢迢的注目。他们心存着一片热土和这片热土上滋生的爱恨情仇，心存着五千年的风雨和阳光，心存着昨天的沧桑明日的期望，心存着诚意正心修身齐家平天下的理想。他们心存着，他们真的心存着。

那一代的中国读书人！多么铿锵又多么无奈的一句话。

得幸我们现在还有读书人，还有叫周闻道的这群人。

嗨！我当然力挺！

六、关于标题

写下《在在场主义的台前体会“关于”》的标题时，我的初衷是想调侃在场主义和周闻道并哗众取宠一番。看着在场主义一路走来，我一直是不以为然的。如果不是我了解周闻道，我想我要么置之不理，要么就大放厥词。所以一开始我没有带着恭敬心去写字。

哦，原本我想写在场主义的粉墨登场有点撩人，听当当叮叮莺莺袅袅，间或吞云吐雾间或壮丽山川，然后再写写关于某某的八卦之类嘻嘻哈哈一番。不料东写西写竟是写出了感动，然后就捧了恭敬心。

2010 年 6 月 4 日星期五

在场主义：理论与文本的拥抱

◎孔明玉

周闻道先生的文论集《发现的秘密》，由广东人民出版社正式出版了。这部文集，主要辑录了作者近二十年来对在场主义散文理论的探索与发现、思想主张与美学建构，以及对某些在场主义散文作家作品的评论。在这部文集的封面，出版社编辑用“我读与读我”的字样予以明确的标识，说明前者的主要思想指向是“我读”，后者的重点则重于“读我”。无论前者还是后者，皆与作者本人有密切关联，从而引发了笔者的阅读兴趣。

这部文集主要由《在场我说》《“瀚”海拾贝》《心灵物语》《文道无边》《微文微观》这五部分组构而成。《在场我说》以理论性的笔触论述了作为首倡人作者对于在场主义散文理论的探寻和创建，《“瀚”海拾贝》和《微文微观》以评论性的话语展开对一些在场主义散文作家创作的理论分析和评价，《心灵物语》主要辑录了《文艺报》《文学报》等各大媒体对作者个人的采访，《文道无边》则展现出作者在经济学理论引领下的散文创作。这五部分的内容又存在着一个共同的精神指向，即作者对于在场主义散文理论的探索及其美学构建。

作为这部文集的首篇之作《在场的旗帜是介入——“在场散文书系”总序》，既可以看成是为一部在场主义散文集作的序言，也可以视为是在场主义散文理论的宣言。因为在这篇文章里，作者从当代散文的美学理论出发，直接阐明了在场主义散文作家应当富有强烈的介入意识，并对介入的主体是谁、重点何在、意义为何、使用工具进行了深入诠释。文章首先对“介入”

这个词汇作了解释，认为它既有插入其间、进行干预之意，又有着深入内里的意义蕴含，是一个三者融合的语词。作家的这番解释，可以说是严格遵循词典释义的要求来进行的，体现出符合规范的意味。但我们都深知这样的道理，对任何一个词语的解释，无不是一种限定性内涵的存在。由此而论，“介入”一词还有着对耿性、直率之意的喻指。作者在对“介入”这个词汇解释的基础上，提出了第一个问题：介入的主体是谁？在作者看来，介入的主体理所当然的是作家。认为作为一个在场的作家，他或她具有什么样的存在意识、社会意识、政治意识、悲悯意识，决定了这个作家具有什么样的思想态度和审美立场，一个作家只有通过不同形式的介入，才能对人的命运、社会现实具有深刻而透彻的理解，才能抓住社会的本质、时代的核心和人的灵魂，其作品也才能获得永恒的生命。紧接着作者提出了他的第二个问题：介入的重点是什么？对于这个问题，作者进行了详尽而深入的阐释，指出作家介入的重点是社会现实。它不仅是一种具体、真实、深切的社会现实，而且是一个没有任何遮蔽的社会现实，同时又是一个表现出人的苦难与疼痛的社会现实，而非虚无缥缈的彼岸世界，更不是躲避复杂世事的桃花源。作者提出的第三个问题：介入的意义与价值何在？就作者的理解与认知而言，介入的意义是指世界存在的终极价值，是对存在于社会背景下的一种综合价值的判断，是对本真、真相、真理的无限接近。至于说介入的工具是什么？作者便予以了非常明确的回答：当然是语言。这是因为语言富有敞开、澄明和本真的本质特点。

从上面的论述里我们不难看出，作者是把在场主义散文理论作为手中的一面大旗，让它高高飘扬在当代散文创作的领空，以令广大散文作家能够充分领略作者的这种文学主张。如此一来，另一个问题也就随之产生：作者的在场主义散文理论的思想来源是什么？或者说基于怎样的哲学意识或理念？显而易见，作者的这种散文理论，源自于法国著名存在主义哲学家兼文学家保罗·萨特的《存在与虚无》。萨特的这部哲学专著出版于二战即将结束之时，他在书中提出了一个相当著名的创作概念——介入文学。在萨特看来，文学应当与单纯的审美想象和纯粹的艺术形态分道扬镳，因为较之于音乐、绘画、雕塑等诸多艺术形态，散文更能够显示出它的介入性；并且认为散文应该穿越事物表象，越过客体性的事实存在，抵达创作主体的价值，最终拥抱人的最高存在——自由。当然，萨特在这里所说的散文，是指一切叙事性文体，包括小说、戏剧文学等。六十余年过去了，作者再次提出文学介入这一概念，显然与萨特所说的“介入文学”有别，这种明显的区别就在于：在场主义散文更为强调对现实的介入、对当下的关注、对苦难的体察，以及对真实、真相、真理的发现。从这个意义上讲，作者提出的文学介入观，比之于萨特的“文学介入”观，更显示出了它的进步意义。

在《在场主义与中国现代散文转型》这篇文章里，作者首先对中国现代散文、当代散文发展与流变的脉络进行了梳理，然后对在场主义散文的真实身份、存在底线、艺术高线予以了阐发。就中国现代散文创作而论，在作者看来，五四新文化运动的确给中国现代散文注入了一系列革命性的元素：白话文的诞生，小品文和美文概念的引入，抒情与叙事手法的广泛运用，使呆板僵化的古体散文，逐步朝着以抒情叙事、自由表达为主的散文形式转变，并由此引发了散文流变史上的一次重大变革。这其中，周作人、郁达夫所起的表率作用，可以说是功不可没。从中国当代散文发展的角度予以审视，作者深深地认为，无论是二十世纪九十年代初勃然兴起的新散文运动，还是后来此起彼伏的抒情散文、文化散文、女性散文、写实散文，抑或是散文思想由审美到审丑再到审智的快速转换，尽管显得一时的热闹沸腾，但都无法掩饰自身存在的问题或局限。由此，作者对中国现代、当代散文创作进行总结，认为它们所存在的缺陷或不足是显而易见的，一是散文作家的身份缺失，二是责任与使命担当丢失，三是滥情滥文现象严重。虽然作者的这些观点，有待进一步商榷的必要，但其出发点是好的，好处在于看到了散文存在的问题。接着作者对散文身份、存在底线、艺术高线进行了深入的阐发，指出在场主义对于散文性的发现，不但为散文文体进行了一次正本清源的梳理，同时也解决了散文的身份识别问题。关于在场主义散文的存在底线，作者是这样认为的，在场主义的在场就是去蔽、敞亮、本真，就是一种无遮蔽的散文、敞亮的散文、本真的散文，从而也是在场精神的充分体现。这无疑是在场主义散文存在的底线。就在场主义散文的艺术高线而论，作者则认为，达成散文性与在场精神的完美融合，是散文作家追求的艺术高线。从中可见，作者对在场主义散文创作的理论阐发，可以说是既鞭辟入里，又富于审美精神的启示意义。

除上述外，《文道无边》这辑中的《经济学视野下的散文》一文，也值得笔者论及，因为它展现出了散文创作的另一种可能。在这篇文章里，作者一提笔便这样写道："机会成本是经济学中的一个常用概念，指任何决策，必须作出一定的选择，被舍弃掉的选项中的最高价值者，即是这次决策的机会成本。"作者以为，散文创作其实也存在一个机会成本问题，一个富有远大理想、头脑精明的散文作家，他或她首先应当是一个最佳机会成本的追求者，并且还谆谆告诫作家，对这个问题千万不能小觑。随后作者从三个维度，对这一问题展开较为深入的探讨。在作者看来，在散文创作中要想获得最佳机会成本，就必须在题材选择、形式表达、灵感捕捉这三个方面下足功夫，唯有如此，其散文创作才会更上一层楼，展现出不同凡响的思想意义和美学价值。与此同时，作者又主动引入"枪打出头鸟"这一俗语，思路清晰、深入浅出地分析了此俗语对散文创作的影响及其价值，认为一个散文作家必须富于占领制高点的思想意识，要瞄准题材的制高点、表达的制高点、思想的制高点，不断发起冲锋，并且要想方设法地超越它。这是一个永无止境的过程，又是一个具有无限吸引力的所在。

在这部文集的封底，著名文艺理论家陈思和先生这样指出：在场主义散文是散文创作进入21世纪以来的新理念，它是中国白话散文经历了百年发展、探索及转型的产物。在场写作需要理论与写作的印证。周闻道的《发现的秘密》……在这方面为我们提供了积极的经验。毋庸置疑，陈思和先生在这里所说的经验，既是指周闻道散文创作的丰富经验，又是指其对散文理论、散文美学与散文文本契合创建的经验。携着这样的经验，周闻道在在场主义散文散文流派建设上，可以说风生水起、如火如荼。但愿他在散文艺术的领地有更大更好的发展，实现理论与创作的更好呼应，从而一步步夯实在场主义作为一个散文流派的根基。

实像与幻象的无缝对接

——周闻道散文用诗意提升辨识度

◎章　勇

作为在场主义散文的缔造者和代表作家，周闻道的散文之所以能彰显出独具魅力的个性，具有很高的辨识度，这与他擅长将实像与幻象结合在一起，将自己对社会深层的理解，对生命透彻的顿悟，展开纵横捭阖地书写，赋予其诗意的张力是分不开的。

比如，在《扶桑之上》这篇散文中，他写道："站在一棵被称之为'青铜神树'的扶桑之前，仰望枝头一只只意欲飞翔的神鸟，竟有一种莫名的飞翔冲动。"当然，这里心飞翔并不是单纯的展翅蓝天，而是对人类未来理想美梦成真的向往。

青铜神树和神鸟，烘托氛围的灯光、厚厚的铜绿等是实像，是呈现在我们眼前的文物古迹。"灯光成了时光的幕布，正在开启一个神秘之境，等待世人的检阅；甚至树身上那一层厚厚的铜绿，也不是腐朽的氧化之物，而是生命的底色，岁月的胡须。"后面这些意象却是看不到的幻象，是周闻道用文字创造出来的画面。只有胸中装着万物，有悲悯情怀和人间大爱，才能抽绎出这样温馨的情愫，给读者营造身临其境的真实感受。

幻象是文学能量最有力的体现者，他能较好地提升散文的诗意美，让历史的厚度和宽度穿越时空，演变成目力所及的可能。

接下来，作家张开想象的翅膀，将思想和精神赋予神秘而可以触摸的景象，将实像与幻象进行无缝对接。"青铜大立人像……顶天立地。立地的时候，一双隐隐的脚是下跪的，代表对大地的尊重，对神冥的敬畏。顶天的时候，右手在上，高高擎起，直指太阳。手里似乎握着个大碗或酒杯，里面盛满酒或其他珍贵祭品……也许手里什么也没有，只有尚未获得的祈求。左右手对应，天地贯通，连接祈福与希望。”

不难看出，作者是睿智的，他的目光没有停留在青铜大立人像的表面涂层，而是善于透过表象的浓雾探寻物象内在的气质，将思想的犁铧深耕于历史的深处，揭开岁月封存已久的秘密，让枯燥的物件呈现出生命的活力与弹性。

法国作家罗兰·巴特说过，语言是文学的生命，是文学生存的世界。好的实像需要好的语言，好的幻象更离不开好的语言。这里所讲的好的语言，就是有明显辨识度，拥有作家个性风格的文字表达。

在《日出初光与一尊海上碑》这篇散文中，周闻道是这样写的：“我欣赏苏轼的心安之处是吾乡。当年的苏轼，任职密州，打马日照九仙山，是把此地当他的家的。那就像苏轼或者笛卡尔那样，面向自我，从自我寻找心的归宿，精神的中心，进而证明自己的存在。心的地址，就是生命的元点或‘初光’。”周闻道的散文不仅一气呵成，如行云流水般自然流畅，而且旁征博引，层层叠进，将人文历史与当下的思想和情绪亲密关照，使其呈现出一目了然的画面。

优秀的作家总是擅长运用自身的能量将公共语言化解为个人的鲜明特色，成为个人的语言。周闻道的散文中没有俗套的成语、没有司空见惯的词汇，多是作者经过提炼的诗意表述。比如“心的归宿”“精神的中心”“心的地址”“生命的原点和初光”，语言清新、优雅，意味深长，思想的触须细腻而绵柔，貌似信手拈来，实则有着严谨周密的考量。它既是作家精神家园的美丽馈赠，又是知识和阅历丰盈到一定境界的自然释放，无不闪烁着周氏语言特有的睿智和锋芒。

东坡先生晚年总结自己散文创作时有一句名言，行于所当行，止于不可不止。用现代语言来说，就是任何地方可以开头，任何地方可以结尾。作为东坡先生的同乡。周闻道深得其中的奥妙，因此，在他的散文创作中获得了极大的自由空间，也就拓展了他散文创造的广阔视野，并有着诗化的韵律美。比如，《扶桑之上》起笔泰戈尔的诗，“夏天的飞鸟，飞到我窗前唱歌，又飞去了……”落笔“神树与神鸟，就这样融入华夏血脉，在三星堆落户，然后守候，等待飞翔……”《日出初光与一尊海上碑》开篇讲述：“这尊海上碑，是中国唯一一块古人在海边礁石上题写的石刻碑。”结尾于“‘不依比例尺寸表示的符号’只能表明，日照太重，碑有些轻”。《海中央》发轫于“在飞机上看海南岛，就是海中央的一块陆地”，收尾于“越是现代文明，越需要海洋文明与大陆文明的拥抱”。周闻道的散文有个特点，下笔看起来很随意，但却是紧扣中心思想，留下玄机，收笔更是前后呼应，用画龙点睛之笔升华主题。

东坡先生的诗词歌赋和散文不仅思想深邃，意境开阔，而且十分注重细节和韵律。从某种意义上来说，韵律美与语言美是诗意美的A面和B面，它们共同建构散文的辨识度。

在《海中央》一文里，周闻道用他的周氏思维，将海口及海南吟诵道：“宋时的‘海口’不仅是一个命名，更是创世，是对海中央的寻根。而把家乡的苏轼贬谪到海南，也许就是一种天意的成全，要将这块曾经的荒蛮之地，教化为一块文化的海中央。”这些文字带着节奏，有一种旋律内在的跳动，说是散文，实际上可以当作没有分行排列的诗歌来阅读：“不信，去认真读一读著名汉学家薛爱华的《珠崖》。作者以边缘地带为研究对象，从历史、自然、原住民、交通等方面，探寻了海南岛从远古直到北宋末年的历史文化流变。其中包括苏轼带到海南的酿酒、种稻、烹饪，写诗，填词……播下的是海南从蛮荒到文明的种子……‘此地能开眼界，何人可配眉山’，既赞美了苏轼，也赞美了为海南文化发展作出了卓越贡献的人；而与眉山苏轼并列，则是一种高度。”这些叙述与描写地缘文化、历史文脉的文字，色彩斑斓、掷地有声，宛如霞光辐射时空的隧道，将历史的幽深与厚重切割成一个个透明的单元，成为触手可及的景观。这种超越时空的文化张力，说到底，就是将实像与幻象融合在同一个感情画框里的文学功力，他打通了散文与其他文体的边界，升华为诗意的语境，给周氏散文留下了不可复制的烙印。

2023年7月7日深夜改成于青神江湾神木园

^
读书
v

日常生活的在场

——读周闻道《遁迹水云间》

◎杨献平

自周闻道先生倡导在场主义散文以来，散文圈子里议论纷纷，或赞或弹，说法不一。然而无论如何，在场主义的提法可以说是在平静如死水的散文创作的环境里投下了一块大石头，激起的浪花足以让这个圈子里的人为之侧目，为之沉思。

既有理论，周闻道先生亦身体力行，写下了在场的散文。《遁迹水云间》收录了作者近年来创作的68篇散文，庶几从中可以一窥在场主义散文的某种特色。书前有自序一篇，阐述了作者自己的写作观念。内容由五部分组成，分别为“斯水若愚”“天路与对岸”“借我一个夜晚”“天籁的回声”“来路如烟”。

翻阅其中的文章，大多在天涯社区散文天下里读过。重读之下，还是有一番新鲜感。给散文下定义是个危险的事，譬如所谓的新散文写作，实实在在看不出新在哪里。故而对在场主义散文一直抱有一种期待，很想看到一种真的散文流派或新风格的建立。

神说，要有光，就有了光。自从这个世界有了人类，散文便如影随形，融化在我们的日常生活之中。真正的散文，其实就是在日常生活里发现美，发现惊喜，发现被遗忘的人与事。《遁迹水云间》里的文字大都如此，以切身的体验，写下带有个人体温的印记。

“我的神经被什么刺了一下，眼前豁然一亮。不安分的心，像一条跃入西湖的游鱼，钻进了一片温婉迷蒙的水云间，悠然地翔水驾云而去。”随着作者在水云间的思绪，我们抵达了身体、灵魂和语言一起在场的水乳交融之中，感受到艺术独有的魅力。

水云间的发现，让我触摸到生活的温暖。那些以往的理想主义的巨型写作，徒张声势，无一存在之真相。反而是这样草根的世情，打碎了功利主义文学的信条，恢复了“风花雪月”的尊严。《一水间生命如花》《对一个黑夜的穿越》《川南的菜花有多美》等篇什逃离了宏大散文的叙事，偏安于一隅的喜乐悲欢，这才是真正的在场。

散文是一种发现，发现雨后、风后、云后、雪后、屋后、花后、山后、雾后的千姿百态，在千姿百态的心灵物语里展现作者的日常性情。《田野里的火焰》，透过篇名，我仿佛看到童年就储存在记忆深处的乡村景色。那些过往的人与事，被这个词语重新激活，清晰如昨。

俗话常说：老婆是人家的好，文章是自己的佳。前一句姑且不去讲它，后一句倒是值得说说。文章这东西，其实与旁观者有很大关系。所谓接受美学，既是针对受众的阅读研究。故而法国批评家圣伯夫即说：“最伟大的诗人并不是创作得最多的诗人，而是启发得最多的诗人。”

自由的书写乃是散文最大的本质，散文从来不是固定的某种模式。散文的写作题材广泛，几乎可以写尽一切，但万变不离其宗，自由的心态支撑着散文的风骨。闻道兄执于在场散文，包容各种风格，把散文的路子蹚开了，让散文接上地气，保持水土的养分。

人到中年，偏爱那种淡雅自然的笔墨，对于抒情渐于隔膜，遂钟情于周氏兄弟、止庵诸人的随笔，这大概是心境已老，浓艳已非所求，且在清淡自然的文风里流连忘返。风雨如晦，自然不必谈什么奢望，仅是退缩到偏僻的角落，坐听秋雨潇潇耳。手执一卷《遁迹水云间》，“恍若优游乎清荫流泉之间”。

在场：对非非而“是”的深入勘探

——读周闻道《暂住中国》

◎李伯勇

一

2014年在读了周闻道《国企变法录》（广东人民出版社，2014）之后，觉得这位在场主义散文扛旗人，践行着他所倡导的“在场、介入”精神，且以富有个人化（作者、某国企及厂长）在场写作，作细密画般“在场推衍”，使得“在场”在他笔下呈现了周记特点，我写了《国企“变法”的在场性推衍》一文。这部在场作品贯穿着宏观着眼、细部入手的笔力，达到了社会（宏观）叙事与具体个人（微观）的统一。这宏观既指特定的企业和行业，也泛指国企和我们国家的经济变革；这微观既指具体企业情境中的当事者，更指基于“个人”所洇漫的心灵和情感的反应，因而周闻道的在场书写就具有生存生活的层次性——在场的丰富性与覆盖性，所引燃的思辨具有及物的穿透力，具有在场散文不可或缺的情感冲击力。应该说，这不是随便一个在场主义写作者所能做到的。

毋宁说，周闻道开启了以社会和生活整体性视域下叙写底层个人心灵命运的在场散文——在场非虚构写作之先河，这应该是在场散文的主流。这就是说，不管写哪个社会行业、写什么样的社会成员，从某一个特定题材出发，作者不一定非得先把宏观社会概貌描述一番，但作者对社会发展与进程一定要胸有成竹——对整体社会变革有真切感知，对置身其中的个人的激荡和疼痛感同身受，这样他所写的社会世相和个人心灵（命运感）才真实，个人和社会的病相及病穴才准确，对读者才具有真正的感染力和冲击力，并提升对社会的认识，认识“有什么样的社会存在就有什么样的个人存在”，显示“在场、介入”的力量，推动社会的文明进步，像高尔泰的《寻找家园》、齐邦媛的《巨流河》、金雁的《倒转“红轮”》、张新颖的《沈从文的后半生》等优秀的在场主义作品都具有这样的成色。不过，周闻道的《国企变法录》同中有异，它关注当下的“痛”，凸现现实品格，开启了在场写作的新路子。

近日我又细读了周闻道的《暂住中国》（广东人民出版社，2014 初版，2016 再版），又一次感受了他在场写作的鲜明特性。这本书他的笔触对准了自 20 世纪 80 年代至今，二三亿农民经历了 30 年、三代人的中国暂住制度，从身边的亲人和乡友，到陌生的农民兄弟姐妹，都为实行了 50 年的暂住制度纠结得家庭离散、美梦破碎、心神俱疲，“都面临共同的命运和尴尬，都有共同的迷茫和苦恼”。（P194，本文所示页码以初版为准）这是重大的社会主题，宏大的叙事，又真切扣紧其中家庭与个人的命运及精神畸变，从而定格了一代、数代进城农民不容忘却的“灰色记忆”。

在我看来，《暂住中国》还定格了万千农民因“暂住”而烙下的精神创伤（形下），也是现代转型中我们民族的精神创伤（形上），让人们明白，僵化过时的制度禁锢，它的延续只能伤害弱势民众，进而伤害人民群众为了美好生活的创造力，它的终于被终止（2016 年 1 月 1 日开始施行《居住证暂行条例》），既表明我们国家改革开放突破“瓶颈”制度变革的努力，也表明被过时制度所囿的农民走出新天地付出了沉重的代价。百年之间，鲁迅“在中国搬动一张椅子得流血”的慨叹依然迁延不息。

而且，《暂住中国》不是先布道（让某种理念和呼吁先声夺人）后举证的昂扬铿锵式叙写，而是在饱含深情和细心耐心铺陈暂住者的生活家庭所遭遇的新变与挫折后，作者随手记下充满恳切的思考，甚至诉诸尖锐的质问，如“破灭的力量不是来自竞争对手，也不是自己的工作失误或者努力不够，而是来自他们坚信不疑的法律”。（P113）“2004—2009 年中央连续出台 6 个关于‘三农’的一号文件，政策密度、力度、突破之大，前所未有。可现实却是反向而行。”（P269）“我们的许多政府，更趋重于功利，对上级负责，远远胜于对民众负责。”（P294）如此等等，既表明作者的思考和思辩接人气地气，也彰显了“在场精神”的强劲与持恒。

《暂住中国》深入到被暂住制度所耽搁拖累的各色人等，真实地展现了以此为半径的社会世相，封面上的“一部无法直视的血泪之书/亲历者沉痛演绎黑色幽默”，绝不是危言耸听的宣传广告用语，而是诉说着在场的焦灼感、疼痛感，比如我读《无根之痛》《二代》等篇章，我实在不忍看这些底层人弱势者因为“身份不明”和“不具身份”而陷入或导致的生命悲剧，可他们灿亮生命是这样走过或这样消失，他们青春年华让城市灿亮，自身却因“暂住”身份而黯然无光，“几代人的接力/也无法挣脱/阳光下的长夜”（P224），却是横亘我们时代数十年的事实和现实，这样的灰色记忆构成了中国现代化真实进程的一个侧面。

在阅读中我明知这些大大小小的“暂住者”的悲剧命运，可我不忍看他们不同情境中求告无门、青春黯淡、生命凋零或挣扎或无奈忍受的诸般情状——这正是周闻道满怀热忱又不动声色的艺术表达的艺术方法所在，当然也形成了此书的独特魅力。

周闻道像鲁迅那样“心事浩茫连广宇”，不过他又没有像鲁迅“敢有诗吟动地哀”——用笔发出凌厉的“响箭”，而是设身处地为叙写对象着想，不温不火，娓娓道来，这样的笔触恰恰触及叙写对象和生活层次的各个“角落”，不时辅以犹如个人经验的社会分析（如P19作者与堂侄的一段对话），他一些尖锐的体制批判、社会批判都有着翔实的现实和深沉的情感基础，演绎了由外及内丰盈的在场性。这“对象”既是指经历悲惨命运的人，也是指那些组成环境的各种公务员，前者一心要挣脱“暂住”却总是事与愿违，后者出于公正之心或怜悯之心帮扶却不见成效，让人感知一道因过时制度造成的心墙或叫无物之阵高耸于暂住世界。这“无物之阵”窒息着我们民族的呼吸和心灵，不应当被拆解和破除吗？

由农民进城所普遍遭遇的暂住纠结而派生的精神状况，小说、诗歌、报告文学和某些散文涉及了这种社会现实，但把“暂住”当作当下社会的痛——持久的痛，无可再续之痛，对准“暂住”的前世今生，对准因“暂住”而命运淹滞的几代暂住人情感心灵的恶性逆行，把它看作现实中一种精神现象，展开全景式又极富个人和家庭情感深度的描摹，《暂住中国》是一部不可多得的精神文本，当然也应视为在场散文的又一扛鼎之作。

二

在城乡二元结构时代，占人口绝大多数的农民被束缚在乡土，住城市进企业是特权，在温饱线上踯躅的农民的“个人价值”和“尊严”仍在沉睡，农民对加在自己头上的光环并没有跟自身的现实处境相联系，也无法发出自己真正的心声。改革开放打工潮兴起后，农民奔赴城市，经济和生活状况有所改变，“个人价值”和“尊严”意识觉醒，但在“个人价值”和“尊严”的追求中却发现自己非农非城的暂住身份，受到了过时法规的深重束缚，他们进城生活的许多精力，不是应对所担负的工作职责，不是适应与乡土完全不一样的城市时空，而是与“城市暂住”相周旋而筋疲力尽、遍体鳞伤。

《暂住中国》平实地写出了这种种“似是而非”，也就是各地执行户口制度却不利于和阻碍了社会的发展。

当然强烈地传导“是”（弱势群体的生存与尊严）的在场，“留不下的城市回不去的家”的“是”的在场。

还应该指出，这种狭窄化单一化的管理办法把活生生的社会现实和人进行简单化的划分处理，不是让体制适应新的现实，而是要现实——现实中的人不容分说嵌入过时体制中。

滋生了不利于进城农民的无穷社会问题，善良的乡人莫衷一是，有的受到粗暴呵斥而退缩（暂住恐查症只是其中一种体现），有的“逼上梁山”铤而走险，为了目的不择手段——人心变坏，这是“非”正常的。一些部门一些人受经济利益驱使，打着加快城市发展城市管理的旗号，玩弄暂住制度，把它视为生财之道，向进城的暂住者做第二次、第N次盘剥，这是“非”正义的。

在由一种制度而生的两种“非”之间，《暂住中国》却以“是”为指向，既针对具体的“暂住”个人，也指向社会的各个层面，于写作目的而言，是对公平正义的呼唤；于写作技法而言，是一种冲破常规的实践。

三

正如唐小林说“在场是困难的”（《在场》杂志 2016·春）——

在场不是一种姿态，而是对“是”的追寻。在场，是“是”的临在；去蔽，是卸除“是”的伪装；敞亮，是从深渊中将“是”唤回；本真，是对“是”的抵达。在场主义散文之“士”，终其所为是“是”。戴着“是”的镣铐跳舞，或者与“是”共舞，在朝向“是”的途中，自由、美丽、深邃而注定寂寞的舞蹈，这是在场主义散文的执念。

“是”谈何容易？符号在，意义就不在。

《暂住中国》迎难而上，从立意到叙述饱满地体现了这一执念。它宽容而理解地叙写政府工作人员、企业老板和暂住者自己对暂住的漠视和轻蔑，就是对暂住之“是”的勘探，呼唤暂住之“是”，由此全书所写就是对暂住之“是”的抵达。所谓对暂住者“加强管理”（如旅店不得接受暂住者和对暂住者羁押收容）等耳提面命犹如符号，当“符号”亮出，本真的意义（道义和尊严）就不复存在，作者对“本真的意义”的追寻即在其中。（第一章“暂住”就记录了暂住者的种种“暂住恐查症”。）

我还看到，像旷日持久的暂住制度所引发的社会现象和精神现象，如同一个深层的社会病灶，影响了数代农民工，也影响了在乡村的数代农民，已使万千农村家庭及其成员产生这样那样的身体和精神病变，成为我们社会的巨大梦魇，我们民族现代化进程中的灰色记忆，而且周闻道基于长期观察、社会宏观观察和近距离叙写，发出了无可回避的时代之问和社会之问：“我们建立起来的现代化，会不会是一个空心壳？”（再版自序）以现实主义精神叙写它是文学的题中之义，如何客观、准确地切入生活与心灵，《暂住中国》显现了较成功的在场之道，《暂住中国》非周闻道莫属。

周闻道近距离目睹并感受了堂侄和一些他熟悉的人的暂住之困和暂住之苦，他的家属就是熟悉户籍管理历史和现状的公安干部，他关注农民兄弟的命运和心灵，直面这样的现实，抓住了这一题材，并且明白“在在场再现中可呈现文字的意义”（再版自序），并找到属于自己的表达方式和句子。

他充分掂量了这种写作的重量和可能招致的危险，选择以“人的生存和尊严”——人文情怀为在场写作的红线（不管暂住者有无清醒意识，他们的彷徨和抗争在客观上都贯穿这一庄重追求），这也是当今真正作家的写作常识。真正让我惊讶并感佩的却是，在他持续性地深入到“暂住”之域，步入敏感的制度及其改革之地，并非一味地为弱势者“讨还公道”，而是深入这一制度的相关层面，既揭示了弱势者自身也有着不可忽视的“短板”（不懂法或不知法在何方等欠缺精神资源的体现）；也剖析了相关制度层面（包括官员和工作人员），对暂住制度之灰之冷之硬之过时的批判洋溢其中。他这样的书写各方均能接受，也更加觉得暂住制度不能再延宕下去了，就是说达到了很好的艺术效果和社会效果，显示了在场写作的力量。《暂住中国》显现了难能可贵的不叫写作方法的写作方法——与作者思想方法相一致的、与社会同呼吸的写作方法。

他亮出了思想，让“无法直视”的艺术魅力从容散发却直逼当事者心灵，当然也叩击着读者的心灵。

一言以蔽之，《暂住中国》贯穿着对非非而“是”的深入勘探。

四

与其说《暂住中国》充满了对暂住之场域的公家人和农民工言行似是而“非”的贴身叙写——他们均认为自己的行动和行为是正当的，可到头来暂住者仍落入没有身份没有尊严遭到羞辱的窘境；不如说全书贯穿着对非非而“是”——城市暂住者主体农民工的生存和尊严的尊重与声索——的深入勘探，由诸多当事人和相关场景的叙写，发出了“必须终结暂住制度”的时代呼喊。《暂住中国》的在场精神体现在从容细密地叙写暂住者的生活经历与情感变化以及对整个时代社会的辐射之中。

比如写堂侄暂住遭遇的“编外公民”（第二章），从堂侄为结束暂住而决定在城里买房切入，引出“暂住证换成身份证，不仅是一个人证件的改变，而且是人的身份、尊严、地位、待遇和命运的改变”（P17）。这种现代意识对大学毕业跳出农门的堂侄再自然不过，同时也显示，我们是在城市化全球化，人的尊严受到重视的现实情境中进入这个话题。由于“我”根据理论条文概括一般经济常识的参谋，倒使堂侄错失了一次买房机会，表明现实与我们的“理论认识”南辕而北辙。而且，令人大跌眼镜的还有，堂侄被二套房了，成了官方相关文档里的有房户，原来又是房产老板“将员工身份证搜集起来，以虚拟销售形式，获取银行按揭贷款”（P20）。暂住者的被利用，与尊重暂住者无关，而与利用者老板的利益相关。老板开导暂住者小周说：“签订合同，务必记住一个原则：始终要把对方当坏人……尽量规避风险，把主动权留给自己，而不是对方。”（P24）

作者无意针对复杂的现实，而是对准懂法律的大学生堂侄的暂住经历：“来到另一家建筑工地；摆脱了一处的暂住纠结，又钻进另一处的更陌生，更没有着落，更没底的暂住。”（P26）堂侄心中升起一丝暗暗的恐惧。堂侄成了三无（无身份证、无暂住证、无用工证）人员，住旅馆也不得安全，因为店主怕违反《治安责任保证书》而深夜赶走他，“堂侄这时才强烈地感到，自己是一个多余的人，在这个工地，这个城市，这个国家。”（P28）

堂侄被带到派出所，慷慨激昂跟警察理论，警察愠怒地说：“你有本事，去追究各地政府的违法责任得了。”（P34）说明从政府到坊间，都知道迁延数十年的暂住制度束缚了人，妨碍了社会的进步，实在是许多地方政府的习惯思维和工作方式所致，政府应该担责。可是政府所采取的举措，“本质上则是头痛医头，脚痛医脚，结果是头没治好，脚也没有治好”（P27）。堂侄实在忍无可忍：“既生我，何生暂住！”（P39）展开的逻辑也即“是”是，农民进城与暂住制度已水火不相容，农民进城不可阻挡，要改的必定是暂住制度。

“无根之痛”（第三章）讲了被几次拐卖、没有公民身份的乡女黄兵的经历。她更是源头意义上的暂住者，她因相关知识匮乏而屡遭人贩子摆布，从四川到河北，从少年青年到中年，在熟悉的土地上成了没有身份的暂住者。黄兵的回到老家无地生根。毕竟是可以“流动”的时代，她“坚持向死而逃”……“跑了抓回，抓回又跑，又是13年过去了”……“2007年秋，她终于逃跑成功”（P55）。她去城市打工，领工资时因没有身份证，也没暂住证，而领不到工资，她蒙头痛哭，一片茫然。但解决身份证还得靠政府。当她去找政府，政府一句话“如何证明你打工主体资格的合法性”把她给问噎了。（P59）户籍民警也皱起了眉头。“去医院看病，来到挂号处，医生开口就问，你有医保卡吗？”

（P63）没有身份证或暂住证，怎会有医保卡呢？最终，她连暂住也无门。“黄兵的梦想，只是一位普通公民的合法身份、正常的公民资格和有尊严的生活，可是，这对黄兵来说，无论获得还是解脱，至今仍是一座可望而不可即的神殿。一种无根的生活，让她感到莫大的无奈和恐惧。”（P51）“虽有地方公安为她努力，也未果。天空仍然是灰蒙蒙的，阴霾和雾气遮蔽了阳光……不阴不阳，她习惯了。不屈服的是命运，她不甘心。”（P69）

“欲说暂住”（第十一章）交代了黄兵的落局。“暂住”系列见诸刊物，因文章影响，引起了政府有关部门的关注，黄兵的户籍终于得以解决。她给作者写信说：“当我从派出所接到紫红色的‘户口簿’，泪水一下涌了出来。整整 37 年啊……可以像正常人那样生活了。但我没有激动，也激动不起来，只想找个地方，好好痛哭一场……”（P281）这也表明只要通过各种媒体持续曝光，社会的不公总会得到正视。

黄兵（暂住者）的“不屈服”不正是人觉醒之“是”的体现吗？她命运的终于改变，周闻道的平实书写，不正是双层意义上自由、美丽、深邃而注定寂寞的舞蹈吗？

五

暂住者在城市成了被盘剥的对象，有时竟也因有利用价值而被利用，“等分选民”（第五章）就以堂侄经历披露了在暂住地一次官方成功（选举“符号”在）而对另一候选人却是失败的选举（真正选举的意义不在）。

因竞选一个位置靠前的副镇长职位，王副镇长为拉选票而与暂住者称兄道弟，套近乎。“全镇三万多人，外来暂住人口占了三分之一呢。王副镇长说到做到，不仅为堂侄他们几个解决了孩子上学、有线电视入户、生活区垃圾堆放、自来水压力不足等过去长期得不到解决的问题，还隔三岔五的，请堂侄他们几个暂住代表聚聚，了解情况，联络感情。”（P105）作者并没有丑化王副镇长觊觎该镇更显赫权力的作为，而是把王副镇长看作是一位产生于这块土地的聪明人（拿另一种话说就是犬儒），但也透出暂住者作为正当选举人在当地政治生活中的重要性。其实这是王副镇长的一厢情愿，他应该知道这一选举“密码”或叫潜规则，可他基于自己一定的工作业绩和人缘关系，天真地寄希望于全民参加的选举，自己凭借真正的民意脱颖而出。当然他的希望泡汤了，他的侥幸之念悲摧了。另一位副镇长自然走“精英路线”，“抓住的是机关学校医院城镇居民等”，因为他们有身份，“找堂侄们做工作，只是他们竞选的扩展和延伸”（P109）。王副镇长走草根路线必定失败。何况城市居民跟暂住者诉求不一样，前者“追求生活的品质和锦上添花”，后者“追求生存条件的改善和摆脱贫困的雪中送炭”。而暂住者的利益诉求中“既有农民基因，也有城市因素，更有城乡过渡中衍生的、种种不为人知的特殊尴尬与困苦”（P110）。现实是，选票上人民代表的候选人，“几乎没有他们预想的本地农民和外来暂住户代表”（P111）。结果当然是王副镇长落败。

这一章非常充分地显现了《暂住中国》对非非而“是”的深入勘探的“在场”特色。作者把如此纷纭复杂的世相和人心作了简洁而有条不紊的揭示。

不是说王副镇长和堂侄们的种种“活动”是非法的，而是说，他们关注这样一次选举，释放生活中激发的热情和希望，是正当的，但他们信心满满地每走一步却是向着失败一步步逼近。包括这次失败，堂侄在一连串的失败中，深化了对中国现实的认知，如“难道我们一个农民，还抵不上四分之一个城里人！”，作者“不能助长堂侄的对立情绪”，强调“要讲究代表性和素质”，立即遭到堂侄的反驳：“那农民代表代表的人数应该比城市代表代表的人数少才是啊……我们的代表分配怎么恰恰弄反。”（P115）作者慨叹：是啊，恰恰相反，不可思议的恰恰相反。这里作者揭示了我们选举的似是而非；他在劝导堂侄中也肯定了堂侄思考之是。

这一章还从三个暂住者“对选不选举已了无兴趣”，一个通过关系转为常住人口，一个随老乡到别处打工即暂住，还有一个仍在这个城市暂住，一听又是选举的事，根本没有信心。火热的心，一下冷了大半。（P119）作者叹息，“堂侄哪里知道，这里的所谓选举结果，还只是整个游戏的刚刚起步，真正的玄机还没有开始……”（P123）大学生堂侄对社会虽有一定认识，显然达不到作者的认识高度，作者做了必要的解说即提醒：“他对社会的了解，许多还停留于书本和法律条文。他哪里知道，在我们国家政治体制内，一切与权力有关的候选人的产生，都必须坚持党管干部的原则……比如说，中共党员代表，须由党委组织部安排，其他民主党派和党外人士，则由党委统战部安排。”“代表他们（暂住者）的不是别人，正是他们永远跨不过去的那道鸿沟对面的那些人，这个镇、这个城市的精英层。其实，王副镇长是知道这个规矩的，只是他不甘心，于是忽悠了几个年轻人。”（P123）于是，这一章乃至全书，由于作者的恰当“介入”，主动“在场”，感情和思想始终在场，《暂住中国》的“在场”抵达到了时代的高度。

全书对生活场景和人的情态、心理的叙写不但披露暂住人的悲凉寂寞的生存之舞，也是周闻道挥笔之舞蹈，有如在街头看残疾乞讨者显心显情的歌舞表演，油然生发感慨，其厚重不在同题材小说之下，也彰显了在场散文写作可能承载的丰厚内涵，可能抵达的文学高度，有着跟小说地位争雄的可能前景，非虚构之一翼——在场散文写作有着广阔的天地。

“挥泪削冗”的在场书写与人性召唤

◎乔民英

三国纷争，巴蜀大地一位杰出人物曾经导演了一出“挥泪斩马谡”的大剧。诸葛亮的内心是痛彻而纠结的：一个是爱将马谡的脑袋，一个是军纪、人心和宏伟大业，该要哪个？答案似乎并不复杂，而抉择却注定要“挥泪”。结局还不错，虽然老马的鲜血用来祭奠军纪、安抚人心了，却成就了蜀国大业；他的妻儿老小也得到诸葛亮的格外关照，还收其子为义子，可谓两全。这让我们看到冰冷的军纪后面那片温暖的人性光亮。

时隔两千年，还是在巴蜀大地，被称作国之重器的中国二重（中国第二重型机械集团公司），由于长期严重亏损而被国机集团实施兼并重组。随之，一场“挥泪削冗”大剧开场了，总导演是中央候补委员、时任国机集团董事长任洪斌。

“挥泪削冗”是周闻道先生长篇报告文学《重装突围》一书的重要篇章。由于这位在场主义散文创始人的在场与介入，这场大剧被赋予更深沉的文学解读和人性拷问价值。

召唤之一：善与爱的真谛

“5·12”这个令神州震颤、国人垂泪的日子，是多少人挥之不去的噩梦！对二重职工来说，“5·11”那天发生的事情不亚于汶川大地震对他们的影响。2015年5月11日，千余名二重职工聚集在一起讨要说法，海内外媒体沸沸扬扬，高层业内为之震惊。“5·12”这天，有人以祭奠汶川遇难同胞的名义，在聚集现场放起哀乐。纪念是噱头，泄怨是真。二重职工对企业现状不满、成因存疑的矛盾积压已久，重组中的减员增效、下岗分流成为导火线。他们的诉求无非就是六个字：生存——增加在岗工资和下岗补偿；问责——追究投资失误和管理不善决策者责任；反腐——揪出蛀虫，依法惩处。当然，也穿插了一些个人恩怨、官场权斗、利益争夺，等等。

突袭、混乱、愤怒、无果、迷惘，夹杂着些许的期望……

如此场景，如此表情，在三十多年的国企改革史上并不鲜见。“5·11”突发性群体事件与其他国企兼并重组中遇到的冲突和解决方式有什么不同？其一，事情居然发生在素有“国之脊梁”“共和国长子”之称的央企；二重作为国家重大技术装备国产化基地和我国最大、最重要的新能源装备制造基地，则是央企中的央企。其二，虽然事件背后有一双双看不见的手在导演，但二重职工表达诉求的方式较为理性、较为注重秩序。事实证明，工人阶级是最具有组织性、纪律性和团结性的，现代信息通讯技术为这支强大力量的聚集增添了力量、翅膀和隐秘。其三，即使任洪斌身在国外、不能亲赴现场，国机高层也能正确果断决策，由熟悉情况、富有经验又善于调查研究的副总刘敬桢带队，快速反应，协调各方，冷静处置，很快化解了矛盾；而不是像“马谡”那样夸夸其谈，自以为是，贻误时机。从中我们或许可以窥见国机所长期推崇的“和文化”的力量与回馈。

何谓“和文化”？依本人在央企从事十年企业文化工作的视角，体现在新时期的国企改革和联合重组上，它应当是自强不息、刚健有为、勇于担当、愈挫愈勇的进取精神，应当是以和为贵、和而不同、优势互补、共生共进、和谐发展的合作精神，应当是以人为本、以人为善、解人之困、成人之美的人本精神。“以人为中心，以情感为纽带，以效益为目标”，正是国机的管理理念。它缘于和，缘于爱。爱人之人人自爱之，是中国传统文化的重要思想，也是美好人性遵循的道德逻辑。

由此，我们便不难理解任洪斌的挥泪削冗，也不难理解任洪斌那次与一名美国人的含泪谈冗。他执掌国机后实施的一次次改革、一次次重组，都要让职工感受到企业改革给未来带来的希望，而不是下岗。在一个庄重的场合，他与一位萍水相逢的国外同行聊起，居然会情不自禁地落泪，让老外惊讶，觉得不可思议：对裁员和失业工人，为什么投入那么深的感情？当然，老外也许永远不会理解社会主义制度，永远不会理解国企还肩负着社会责任，更不会理解生于国企、长于国企、干了几十年国企的任洪斌，与资本主义的老板、老总的区别。

如果要再往深处追溯，还要追溯到资本主义标榜的“自由、平等、博爱”在市场法则下的脆弱、虚伪与不堪一击。而另一方面，同样的企业、企业家，同样的市场，甚至在同一个国际市场上竞争，在中国、特别是中国国企，要面对多少不一样的矛盾和问题。不仅如此，任洪斌还把这种担当与大爱延伸，延伸到通常的体制与责任之外。他带头捐资设立国机职工爱心基金，承诺“不能让一个职工子女因为家庭贫穷上不了大学，不能让一个职工因为贫穷看不起病。”

这里没有标榜“博爱”，却最真实生动诠释了博爱的真谛。追溯其源，既有制度的深层次秉赋，也有人性的爱与大善的基因；任洪斌是工人的儿子，对普通劳动者的感情始于骨子里的文化天性；国机是“共和国长子”，让所属企业职工过上有尊严的生活，不仅是一种责任和担当，更是一种情怀和使命。

而眼下，这个奉命被国机兼并重组的二重，因为宏观经济下行、一连串的决策失误和巨额亏损而陷于发展“死穴”。重振国之重器的雄威，只能从裁减冗员做起，且要减去全员大半。这不仅是艰难纠结，更是人性挣扎。

一边是善良的职工，一边是残酷的市场竞争；既要对职工负责，也要对企业负责、对国家负责。任洪斌显然别无选择，只能像诸葛亮“挥泪斩马谡”那样“挥泪削冗”了。更深层次的原因，诚如周闻道书里所言，如果说裁员是一种发展失误赔付的代价，这种代价却不得不由没有过错的职工来承担。

这让我想到本人所从事的烟草行业。同样是央企，二十世纪末却几乎遭逢灭顶之灾：内部管理混乱不堪，好端端的烟草市场沦陷在不法分子手上，烟草职工居然到了“抱着金饭碗没饭吃”的地步，半数职工实际上濒临下岗边缘。一位叫姜成康的关键人物，乘借国家整顿市场经济秩序的东风，通过市场秩序和财经秩序“两个治理”和一系列改革创新举措，使这个行业稳趋年创税利一万亿元的“长子”之列。职工群众的智慧固然重要，一个企业或行业 CEO 的作用同样无可替代，且其文化取向非常关键。国之大势和宏观环境下的顺势而为和历史担当不可或缺。姜成康抓住了整顿市场经济秩序这个大机遇，任洪斌则乘上了供给侧结构性改革、产业转型升级的顺风船。

“守初心，就是要牢记全心全意为人民服务的根本宗旨，以坚定的理想信念坚守初心，牢记人民对美好生活的向往就是我们的奋斗目标，时刻不忘我们党来自人民、根植人民，永远不能脱离群众、轻视群众、漠视群众疾苦。”（习近平）削冗也罢，谈冗也罢，本是经济转型和企业重组中企业家不得不面对的问题，贵在“挥泪”本身所蕴含的社会意义和精神价值。表象上看，“挥泪”与否只是关乎不忍或狠心、尊重或冷漠、雷厉风行或儿女情长，实质上却关乎初心与使命，内里是理念、体制甚至社会制度的交锋，关乎人性深处的善与爱成色。

轰动一时的“5·11”事件平息了。其中，不免有“挥泪削冗”的阵痛，有人性搏击挣扎的伤痕，也不难洞悉国机集团“和文化”之下的人文关怀和人性光辉：以“自愿”为基调，不仅放缓减员节奏，压缩减员数量，舒缓了矛盾，而且在去留问题上，变企业决定为职工选择，人性自由的本真得以彰显；而为“投机取巧”的职工在企业效益好转后返岗留下空间，则是“和”的升华、人性爱与善的升华。任洪斌特别叮嘱，要善待留下来的技术骨干和年轻员工，则为人性最高境界——自我价值实现开辟了空间。百分之九十以上的技术骨干选择了坚守。这是企业文化感召力所驱，又何尝不是重装突围的动力所在！

至此，任洪斌把中国国企的制度优势、人性的爱与善基因，与市场竞争的严酷挑战完美结合，创造了国企改革的新奇迹。不少人曾经怀疑、观望的国机二重联合重组成功了，奄奄一息的二重三年解困、峰回路转；重组后的国机集团营业收入和利润大幅度增长，成为新一轮国企改革重组的伟大标本。

周闻道以一位在场书写者的初心与使命，走进国机，走进二重，走进中国央企改革的前沿阵地，三年磨一剑，继《国企变法录》后，倾情交出一幅生动形象的国企重组画卷。这也是国企改革的在场写作成功试验和中国改革文学的重要收获。

召唤之二：人性的介入

在“挥泪削冗”这场大剧中，周闻道不仅是一名隐匿的事件介入者，也是一名冷静的真相洞察者，更是一名温暖的人性召唤者。因而他的笔下既有宏观叙事，也有底层关照，既有历史回放，也有当下映象；既有理性研判，也有人性力量。

在场强调经验的直接性、无遮蔽性和敞开性，唯一的路径是介入。“5·11”期间，周闻道曾到二重现场隐匿采访三天三夜，经历了从聚集、对立、偏激，到缓和、理性、对话的全过程。在聚集现场，他“不问不答，不参与，不评论；只听，只看，然后思考，从表象中寻找真实”。这是身体的在场，有丰富的生命经验性。凭借自己的从政经验和对类似事件的调停经历，他迅速研判：网上热传的“二重职工闹事了”，虽然有点“标题党”，但也表明“冰冻三尺非一日之寒”。这是精神的在场，有睿智的审智逻辑。两者的同在，是直指本真的在场。

周闻道的在场感受，与二重党委书记刘祖晴的现场表态相互印证：暂停实施已出台的减员政策，并不是中止减员，而是在倾听职工诉求的基础上，让政策更加完善合理，更接近人性，也更具可行性；从而得出“不减掉大量冗员，二重根本无法脱困”的理性结论。周闻道是“5·11”事件的隐匿介入者，也是“重装突围”事件的公开在场者。承担《重装突围》这一时代课题之后，他通过一对一采访、集体座谈、专题调研等形式，对话三百余人次，整理出的采访资料达三十万字之多。访谈对象不仅有国机和二重的高层、中层、劳动模范、技术骨干、老领导、老工人和一线工人等当事人，也涉及原机械工业部几位老部长、集团子公司负责人和二重所在地的相关人员。

周闻道是经济学家，既熟读马克思主义哲学，又热爱凯恩斯主义、康德拉季耶夫周期理论和哈罗德—多马经济增长模型；既研究政治经济学，是《资本论》研究会成员，又对《国富论》《货币通论》充满兴趣，还热衷于西方现代主义思想家。作为实践者，他又长期在政府发改委、经贸委、外经贸委等宏观经济管理部门任职，甚至在回归前的香港担任政府窗口公司经理、担任香港《信报》《经济日报》《商报》等报纸财经专栏作家多年，从理论到实践，都对中国宏观微观经济有较深刻认知，自觉地没有就事论事，而是把国机二重重组，放到世界性产业转型升级和资本主义体系瓦解、中国供给侧结构性改革上去观照，让自己的介入具有了可信的理论支撑和宏阔的世界眼光；他亲历国机两次年会、二重重装主动退市股东会、任洪斌董事长到二重的三次现场会，集中和分别采访国机二重三百余人，搜集阅读了二重大量的历史现实资料。这让他有了在场叙事的十足底气、宽宏视野，也给了“挥泪削冗”大剧宽阔的时代背景。

事件可以有多种解读，真相永远只有一个。在场写作贵在对真相和人性的洞察、趋近、揭示和展现。这要求在场者见微知著、以一斑窥全豹的视力，去伪存真、拨云见日的辨识力，还有窥他人不能窥、言他人不敢言的胆力。唯周闻道有这个独特条件。他以一个作家的存在价值为动力，以主动介入的姿态，把发现之笔指向“5·11”现场，指向舆情纷杂的网络，指向事件表象背后的冰层深处。他从职工聚集及网上舆情中敏锐地捕捉到，在“5·11”事件背后有两股涌动的“暗流”：一是打着“反腐问责”之旗，谋求政治利益的人；二是打着“争利维权”之旗，谋求经济利益的人，“暗流”源头都有严密的组织操控者。

事后证明，在二重职工聚集群体事件中粉墨登场、推波助澜的人群中，有美联社、英国BBC、非法工运组织、广东的民运人士等外部人员，也有本地一些改制企业中带头闹事的活跃分子和社会闲杂人员，事件的背后有复杂深厚的历史、现实、社会和人际原因。周闻道从海量网络帖子中捕捉方方面面的心声和诉求，撷取关于二重及“5·11”的只鳞片爪。然后作为在场证据，大篇幅引用在“挥泪削冗”章节里，不加雕饰，不怕过激，甚至不去纠正错别字，为了人性的本真回归与时代求证，似乎全然不顾文字问世后会不会触动社会上哪根“神经”。

——十年啊，物价在飞涨，可我们职工的血汗钱为什么就不涨？

——“锻锤一响，黄金万两”。现在锻锤都锈死了，身为二重的第三代，我觉得耻辱啊！

——上百亿的贷款无力偿还，职工人均亏损上百万元。是谁造成了二重巨额的亏损？是谁造成天量国有资产的流失？

——二重这些年最大的问题，就是分配不公；很多职工最痛恨的，就是同工不同酬。

——二重应改名叫重儿，视职工和技术人员为弃儿，视重大决策为儿戏。

根性语言就是在场语言。它源自现实，以介入与审智直指根处——还有什么比根性语言更趋近真相、更震耳发聩？

有人为“企”，无人即“止”。因此，企业管理关键是人性的经营管理。人也罢，企也罢，有了文化的滋养和价值观的催发，也就有了人性的温度及由之生发的良知和责任。我想，正是有人性、良知和责任的驱使，像二重这样的疑似“僵尸企业”，才能在重组中被唤醒、复苏。作为一位在场书写者，周闻道满含热情地去挖掘、捕捉、褒扬人性中的善良、怜惜、公道等正向元素，呼唤制度层面的完善和顶层设计的关注，使“挥泪削冗”成为《重装突围》一书下笔最重、倾情最多的章节。他抓住“泪流满面的新疆老人”“擦电梯的小女孩”“冻得跺脚的门卫”“感动的保洁员”“期望有活干的二重工人”这些令人感慨的小故事、小细节，表达这些底层劳动者的期盼、忧虑、困苦、感恩，展现作为柔软本我和企业家的两个任洪斌在削冗问题上的感情纠结和思想博弈。他借“一网情怒”中的那些来自最底层最真实的声音和根性语言，将由来已久的劳资矛盾和普通职工对二重的爱恨交织，客观真实、生动形象、艺术巧妙地呈现出来，既道出“火山爆发”的内里缘由、复杂关系，又规避了体制与现实的许多叙事障碍，可以说是“在场批判”三原则——真实、善意、构建的生动体现，值得在场写作者借鉴。

本人参与过全国烟草行业办事公开、民主管理改革试验，并负责民主文化构建，深感如果一个行业、特别是央企最高决策层，能以应有的政治觉悟、坚定的改革勇气和高超的技巧，用好“公开”“民主”两个管理法器，尊重和顺应民意，把权欲放进制度“笼子”，“火山”或许就不会“爆发”。知情权、参与权、表达权、监督权，这早已成为治企法条的职工“四权”，由人性的本质决定的企业管理津梁，却被个别冠以“企业家”名的人忽略漠视着，被叶公好龙式的人表面“尊崇”，实则惧怕敷衍着，不少被视作企业主人的人被迫放弃了权力。不仅仅是二重，这方面案例已经够多、教训已经够深、代价已经够大了。周闻道亲身经历过国企减员分流之痛，懂得有的教训是可以规避的，有的代价是可以减少的，故而他的在场叙事注入了更多理性、警醒与反思。他把赞许的目光投向那些艰难中选择坚守的劳模人物和技术中坚，借他们之口阐释良知、责任与希望。在二重一线工作三十年、带头复工的全国劳模肖业刚师傅如是说：咱工人没更多想法，只想有活干，把活干好，有工资拿，能养家糊口。清华大学毕业加盟二重的青年才俊方鹏飞，则有站在更高层面的回答：国机二重重组成功后，已进入打造国内第一、世界一流高端重型装备旗舰平台新阶段，证明了国家当时的联合重组战略是成功的，我选择坚守也是正确的。

大作为需要大胸襟、大视野、大发现、大悲悯、大善大爱；大整合需要大文化，大发展需要大格局。重装突围，是战术上的，也是战略上的；是二重的、国机的，也是所有国企、央企的；是体制、机制上的，也是人性、文化上的。

召唤之三：改革文学需要人性回归

回顾中国文学走过的路，我们可以发现，文学与改革的距离似乎越来越远了，离人性本真越来越远了；或者说已经陷于一种书写困局。文学对时代的缺席，本质上是对人性的缺席。

表现之一：当下宏大主题的缺席。就工业题材来说，像蒋子龙先生《乔厂长上任记》那样直面国企改革初始时期的矛盾、阻力、人性纠缠、冲突，大刀阔斧冲出窘境并引领改革风气的佳作一去不返。这有时代的原因，也有文学的原因。近些年来，我们所能看到的改革文学，大都疏离于这个变幻莫测的时代，甚至被某种个人化、虚浮化、矫情化的氛围所笼罩。

表现之二：作家写作身份的尴尬。自由写作者大都不具备介入并驾驭重大改革题材的视野或笔力，也鲜有如此担当；体制内的作家大都生活在远离改革现场的特殊生活圈，对于真实的社会生活多有隔膜，所谓的体验生活不过是走马观花、按图索骥，很难写作改革过程的复杂性、多变性和立体性。

表现之三：书写文本的选择困惑。多媒体时代，没有人再专注于一种文学样式，特别是宏大的、复杂的、高处不胜寒的，人们更习惯于“快餐文化”；无处不在的网络，赋予大大小小的改革事件多种多样的阅读期待和解读方式。报告文学，这个似乎越来越小众化的文体更是遭遇作家和读者的双重质疑。

表现之四：善良与爱的缺失。跌宕起伏的变革年代，思想的个性化、多元化，媒体的立体化、便捷化，写作的商业化、媚俗化交织在一起，这让人性中固有的自私、丑恶、贪婪得以释放，人性的正能被遮蔽，以致以假、丑、恶、狠、俗、媚为美，而人性中最为宝贵的善与爱受到冷落，甚至被嘲笑。

文学是人学，是人性的语言艺术。在场主义介入的重点是当下——当下的人性。在场主义认为只有作家经历的、身边的、当下的事物，才是作家独一无二的资源，才具有更深刻的历史人文价值；只有触及人性本质，才能触及时代本质。周闻道的可贵之处就在于，以在场主义者的深度介入，不仅在“挥泪削冗”中完成了一次挥泪叙事，还在“重装突围”中，完成了一次文学的缺席突围及改革文学人性的“重装突围”与回归。

我与周闻道先生就报告文学的文学功能和在场书写的真相呈现等问题做过探讨。他认为：文学功能是在审美中教化和唤醒，通过文化对人的改变而改变社会；而文学的担当是作家良知在作品中的呈现。文学意义上的真相是精神层面的，指对象世界的终极价值，而不是通常说的某个事件的真相；审美、审丑或审智范畴的真相，应该是去除了遮蔽、更接近事物本质的，否则就不是真正的真相，只是作者浅表的、甚至是扭曲性的判断。《重装突围》中的“挥泪削冗”之所以能够撼动人性，在于作者的在场视角、文学担当和艺术功底，在于作者集政府官员、经济学家、在场作家、企业高管于一身的复合的丰富人生经历。这让他具备了公仆的民众情怀、学者的知识结构、作家的写作良知和高管的实操经验。“挥泪削冗”之所以能够打动人心，在于它是巴蜀大地“挥泪斩马谡”故事的当下悲情演绎，在于它抒发了作为“脊梁”“长子”的二重人“流水落花春去也，天上人间”的漫天惆怅；而这种源于善和爱的“悲情”与“惆怅”显然不止属于二重、属于巴蜀，它属于一个庞大的群体，属于一个变革的时代，属于一段不能忘却的历史记忆。

“挥泪削冗”也罢，“重装突围”也罢，其文本意义当然不仅在于对人性和文化的唤醒，也不仅在于中国传统的“文以载道”精神的时代回归，而在于针对当前报告文学在社会转型期出现的浅薄、媚俗、拜金、失重、缺席等乱象，先人一步地关注时代精神、思想品相、社会责任和道义担当，从而赢得一位在场作家、一部时代大书应有的创作尊严、审美价值和审智高地的占据。如果说周闻道的《国企变法录》，让他迈出了从关注文运到关注国运的重要一步，那么他的《重装突围》则是他以在场报国的又一次纵身一跃。两书珠联璧合，为我们呈现了一部穿越四十年的国企改革史诗，其意义已远远超过文本本身。这对一位年逾花甲的文学突围者来说难能可贵，堪称壮烈。

在突围的道路上，自然会遇到荆棘、险滩和种种难以预料的不测，也难免会有怨、有恨、有怒、有汗、有泪、甚至还有血。但更有“无边落木萧萧下，不尽长江滚滚来”的慷慨绝唱，有“沉舟侧畔千帆过，病树前头万木春”的壮丽景观。

但看泪花翻卷处，重装突围又扬帆。

敞亮的世界：思维之后

——赏析周闻道《遁迹水云间》

◎缘分二月

收到周闻道先生的《遁迹水云间》，是在一个上午，天仿佛知道我激动得有点战栗的心情，故意用微微的小雨来安静我。接到书我没有回家，踩着大动干戈后又泥泞不堪的路，我走入即将恢复古城的古城心脏，进了图书展览馆。一路上，我抚摸着青白相间、如梦似幻的水云间的封面，宛若早已经熟识了一般。是的，有谁不知道水云一色的清淡的瑰丽；有谁不知道水云间的舒适的闲雅；有谁不知道周先生密集的语言、清新的意境和散淡从容的哲理性的行走呢？

爱得越深表达越轻

我第一眼看上这句话的时候，就深深地爱上了它。如同爱老子的“道生一，一生二，二生三，三生万物”一样。

“爱得越深，表达越轻”，这话宛如从诗经里走出的美女，轻轻地在《轻轻……》闲走着，让看的人不由得带了“君子好逑”的心理，去无限憧憬，去缓缓追寻。“轻轻……”是舒缓的，优雅的，更是大自然般纯真的，我紧紧地随着周先生的笔触，也如忽然变轻了的飞机，飘逸在广袤无边的白天和黑夜的间隙里，披着金色的彩霞，拂过柔情似水的天际，行云流水般地在天地之间飞翔。

他说："有些轻，或轻轻，并不是重量的消解。"我对着书轻轻问："那是什么呢？是内心飞翔后的轻松，还是自我放逐后的洒脱？是给'给艾丽斯'的轻柔，还是'大江东去'后的豪迈？"他没有回答，只是轻轻地行走，生怕自己会"绊伤一点脚下的黑夜"，会"打破这一汪神圣的轻轻"。在轻轻里，他飘到了母亲的怀抱，然后告诉我们："有时，世界上的轻，其实是一种重。"

周先生的散文是自然纯净的，文字在他的手里，就如他自己的血管、肌肉、皮肤那么亲切，仿佛不用思考，这些自身的东西就会随着大脑的每一次波动，自然流淌而来，不用费心穿名贵的衣服，也不用费力地理个什么招人眼目的发型，就那么在天地前一站，黄山的险桂林的秀，黄河的奔腾青衣江的幽雅，闲云的风流不羁常青藤的坚韧绵长，就自然而然地放到了我们的眼前。

我欣赏着，深深地陷入。在他的"一水间生命如花"中，有回忆，更有对生命的坚信和热爱。周先生相信，一种灾害是地球偶尔的狂放，但"不是对生命的否认和毁灭，而是对生命的检验和健身"，这是怎么样的一种胸怀，怎么样的一种对生命的肯定和宽容！他从任何绝难的环境里寻求美丽，寻求希望，人生的态度是如此欣喜而从容：从容地面对每一个发掘，每一个黑暗里光明的地方，比如灯光，荧光，星光……

他对生命的执着，在"稻田，生命的涅槃或者分娩"里有，在"田野里的火焰"里有，在"风干了的树叶想要发芽"里也有。他告诉我们，收割完的稻田里散落的，已经发芽的几颗稻谷，就与泥浆里的巴地草一样，有着不屈的生命，也是地球生命历程中生生不息的象征和来源。他看着银杏枯叶片下的生命，告诉我们生命里"有时最伟大的颠覆，也许就在一些很不起眼的微小里"。他看着那些风干了的树叶，告诉我们，这不是衰竭，"不是新陈代谢的转折，而是生命演进的更高境界"！他琢磨着生命的细微和不同，恍然大悟，原来几乎"每一个过去的夜晚，都是一个生命的前世；而每一个早晨，都是一个刚刚降临的今生"。于是我们知道，原来，任何人都"不能两次踏入同一个早晨"的呀！

他寻找着生命的真谛，就在这孕育生命的土地上，从容而坚定，因为他知道"并不是一切从前，都等于遥远"，他也没有任何后悔和焦躁，因为他还知道"也并不是一切遥远，都是我们可以着陆的从前"。《斯水若愚》里，他用沉静含蓄深邃的笔墨，讲述着淡淡的幽雅安详的江水，这里面包含着一种突破生活空间局限的智慧，在这智慧里，他在毫不掩饰的大自然里驰骋。我忽然领悟到，能够阻挡自己思维和步伐的，能够扼制自己快乐和幸福的，除了自己，还能有谁呢？

我随着他一起找寻着，于是在“清晨的村庄是一个仙境”里，偶一回头，就如他一样有了沧海一粟的神思。这是一种由熟悉到忽然陌生，或者是由素未谋面到恍若亲近的感觉呀，这种感觉一经周先生说出，我便恍然大悟，一瞬间便明白曹雪芹所写的贾宝玉初见林黛玉时，那种“熟悉”是有多么深厚的生活常识，也便明白了秦二世在“指鹿为马”后，怀疑自己真的有病的疑惑，是绝对的真实。

在这迷人的村庄里，周先生的思维如同神来一般，有着质朴里的自然，天真里的欣喜。比如我喜欢的这些句子：“杨村河和王关河像两条飘带，从一片遥远的虚幻中飘来，想在村庄的领口处打一个蝴蝶结，装饰村庄的婀娜多姿，却被晨风吹得飘来摆去，始终找不着打结的位置。”看呀，河成了要打结的飘带，多奇妙、多贴切的说法！如果不是灵感的偶得，便是精心雕琢的精华了。还有“初升的太阳向村庄投去一些柔柔的光线，试图驱赶那些流连的薄雾，归还村庄被掩映的清丽，却是适得其反，不仅没有揭开村庄迷幻的面纱，在阳光与薄雾的左冲右突中，更增添了村庄的迷离。”这些最自然的现象，相信我们每个人都见过，也都被震撼过，可是，有几个人能如此自然如此不经意似的说出来呢，反正我不行。

记得小时候，我最爱看的就是朱自清的《荷塘月色》，其实不应该说看，是最爱听，不，更确切地说是最爱享受。因为好的文字给人的感觉不仅仅是视觉上的，连带我们的听觉、嗅觉甚至触觉都沾染了那种身临其境的意境之美。

周先生的《碎影》就有这样的功能。真的，看第一遍的时候，我无法说出来一丁点感想，只是觉得心里柔柔的，碎碎的，有种舒服闲散的，人在一地碎影里的那种静谧迷幻的，恍若天上人间的感觉。朱自清的“回到朴素，回到自然”在这里和周先生有着惊人的相似，而“用真语写真景”，用“真情抒真理”是周先生在这篇文章里最大的体现。

“碎影”里有幽雅朦胧的美，这些淡淡的文字很轻松地就把我们带进入夜后的那一片碎影里，徐徐行走，慢慢体味。你看这些碎影，是叶子的，在视觉上它们“扑朔迷离，幻象纷呈，有的方，有的圆，有的条状，有的菱形，有的奇形怪状……它们变幻无常，从不安分守己，每一个存在的姿势，几乎都是昙花一现”；在触觉上它们就是如此：“当你发现，一片树叶在地上晃悠，弯腰，欲把它拣起，它却一下子窜到了你的手背上，或者肩头。”自然人性中流动的、天真的、自然的、淳朴的、恢复人性最本真的这些感觉，在初夜的碎影里，在周先生的眼睛里，一点点地帮我们显露出来。

周先生所描述的一切是那么的自然贴切：“不知是月色，还是城市霓虹的倒影，铺在地上，很薄，很柔软，若蝉翼，怀疑只要一缕清风，就会把它卷了去。”一个“铺”字，一个“卷”字，就让这些月色和碎影活了起来，也幽雅起来，仿佛是偷偷从闺阁里跑出来的大家闺秀，惊讶于另一个天地，于是她的雅和自然的静联合起来，一起创造了这个幽幽的世界，而她的行走就是清风，就是碎影的轻卷。

这些碎影是不固定的，只顷刻间，它便成了“碎影游弋的广场，或一面汪洋恣意的湖”，而碎影和光亮，便“构成了一幅夜的写意：一条小巧玲珑的舢板，荡悠在一汪静谧的湖泊里”，我慢慢闭上眼睛，仿佛自己和他一起“也有了荡悠的感觉”。于是情绪就“被轻轻的晃悠牵着，从身到心，还有自己的影子，舢板旁那个似是而非的影像，都融入了那荡悠的碎影”，也顷刻间明白了“碎影是世界和你的另一种存在，肉体凡身已不重要，人变得超然而纯粹”，这是怎么样的一个天地，怎么样的一种感觉！

极美的画面就这么缓缓铺陈着。周先生用他最本真的语言，在这满地的碎影里行走、思考。有的人思考是利己的，也就是只在自己的一方天地里权衡利弊，于是他所表现出来的东西必定也是自私的，那么带给其他人的感觉，也就失去了说服力和共鸣感；有的人思考是利他的，从人类亘古的美德到现有的弊端，剔其糟粕扬其精华，用宽容博大和既往不咎的胸怀告诉我们，天地的美好和生存的快乐，从这一类人的思想和文字中，我们所享受到的、领略到的，何止在看的那一时一刻呢！这，正如我们所欣赏的周先生的文字。

在《碎影》虚幻与现实的变化中，遗忘过去是旋律；宠辱不惊，闲看花开花落是主调。这里面的超然也可以说顿悟，就是周先生送给我们最大的礼物：“时间久些，当岁月把那个撕裂的过程忽略，把那些是是非非荣荣辱辱风化，以一种审美之心关照那些曾经的往事，你就会发现，那些碎影般保存下来的记忆，其实是一笔宝贵的财富。”是呀，忘却是一种人生观点，忘却仇恨和痛苦的过去是一种美德和境界，真正能做到这些的，必定是胸怀宽广的大丈夫，也必定是快乐幸福之人。

做一个自然的人，保留一点本真的心；写一些自然的文字，说一点本真的道理；结交一些自然的朋友，从容一个本真的人生，这是我读周先生文字后所产生的感觉，想来周先生也有这样的表达和这样的希望于我们吧。

思维之后

记得许钦文在他的《创作三部法》里说过，一篇文章，他的作法对于作品而言，正如接生婆和婴孩的情形。对于周先生来说，他使用的是叫做“自然，本真，返璞”的接生手法，他的婴孩是大自然清新而永不重复的呼吸，是风起后“云涌”的必然流动和积攒，是水汹涌后“渠成”的陡峭容纳，及至发泄的规则出口。

一篇《……后》，让我流连了一个上午。在这里，他用接纳万物的眼睛，用摒弃万物的思考，慢慢行走在思想的世界里，缓缓地告诉我们一种来自心灵的轻语。“雨后”，温润的天气里，周先生用我们最常见的，却一般不容易总结归纳的百草返青的事情，来告诉我们“生命的坚韧可以颠倒时序”；“风后”，我们跟随着他，和他一起用仿佛刘翔跨栏式的速度思考着，跳跃古今和时空，向前方探索，风后的竹子在他的眼里便有了无数生命勃然的迹象，这里，风是生命的影子，是生命不息的呼吸，每一点衰败对于他来讲，都是另一种生命的开始，每一阵微风的倾诉，都是神秘而无法解读的谜；“云后”里呀，有着淡淡的可爱的柔软。这云遮阳是老子“柔软胜刚强”的注解，那低矮嚣张的云，是现实的无奈吧，却如此地接近我们，被迫地、没有商量地，让我们只能透过它而仰视天堂上的祥云——越高越是没有杂念的世外桃源般的祥云。周先生思索着：“即便天梯就在眼前，到达天堂也难。”我忽然思绪飞扬，古人的“大隐隐于市，小隐隐于山”在这“云后”也变得似乎没有多少道理，要知道，隐于山是干脆利索的，真正放弃俗我、放弃红尘和诱惑的隐，而隐于市则是不甘寂寞后的喧哗、不忍放弃显露自我的张扬、不想被世人忘却的留恋。也许混迹于俗世容易，就如低矮的云，于清野难，正若天堂的祥云吧。

“雪后”是清纯飘逸的，他用对事物贯入自主意识和类似童话的纯真，对童年进行了记忆，这种记忆让他有了逍遥于世俗之外的心灵，逍遥于本真和回归的神思，然后带领着我们接近自然，接近淳朴。

“屋后”是用屋前的敞亮来对比的，童年和人类对自然探求的欲望，让屋后平添了神秘和各种幻想，而那屋后的井寓意着人们对贫穷最深的恐惧和厌恶，这个得社会来解决，也终会被社会所解决。屋后的竹林让他涂染上了自然人的味道，这是他，以及我们想回归自然，想人本自然的迫切也是最神秘的希望，于是，那些竹笋就带了向上的希望，纵使有一些东西，用“损害一些生命，来延续另一些生命”，也阻挡不住人类对梦境的渴望。

“花后”必有果实,“希望”后必有结果,世界似乎应该这样,但是他不赞成,他告诉我们：“对花赋予太多的期望，太多的承载，最终压弯的是我们自己。”这是他“花后”最朴实的心愿，于是我知道，只求种植过程的精彩灿烂以及无悔，不必强求其结果，就是人生的收获。正如大鹏展翅时，昂扬就是快乐，不必因担心无处藏匿巨大的身躯而畏缩；正如潜龙腾渊时，鳞爪飞扬就是开胸阔气的痛快，不必瞻前顾后而张皇。

“山后”有着童年的幸福,那时候,未知和快乐同时并存,山是幸福的象征。到大一些，山就有了恐惧的神秘，诱惑成了理所当然的理由。再后来，山的隔绝让爱情带了灰色的影子,于是爱便有了疑惑。不过这些并不是他想要写的,他想告诉我们的是人生前进的姿态，每一个“后”，就是“人生的又一个新的开始”。是的，后是前的起点，前是后的延续，这个过程，容纳了千般风景，万般情绪，沉淀成一个又一个美丽的人生童话，自然而恬静。

成都是个多雾的城市，可谁又能想到雾是有根有枝有叶的呢。周先生说，秋是雾的根，多奇妙的联想，于是冬春就是雾的枝叶了。他解释着、思考着风与雾的区别和联系，给我们留下一个有待解决的疑惑：风与雾无关吗？他们似乎是一个源的两种形态，一个母亲的两个性格有异的女儿，风是生命之线，脆弱而又坚韧绵延，那么，雾是生命之水吗？风后，是或惨烈幽静，或杂乱清爽，或平整碎影的倔强女子，雾后是单纯，清新，温润，柔婉的小家碧玉，这是区别吗？我不知道，我只知道在这雾后徘徊徜徉，渐渐心静如水，又思绪万千。

展览馆的地下室有一方桌子，我静静地坐在一排永久翠绿的盆景竹子前边，望着里面的图书室，那里的人很多，却安静得很空旷很原始。就在这里，我默默地感受着这“后”的魅力，不忍也不想多翻一页，生怕唐突了这“后”的浮想联翩和自然淳朴。

“……后”很长，也很短。文字是有尽头的，可思想没有，看文字后的感觉也没有——没有尽头。

想来，周先生的“雾后”是中不偏庸不易的子思吧，缓缓行走，无所为而无所不为；“雨后”是人生目的，为自由踏青自由歌舞潇洒喝酒的孔子，同时带着的是不拘一格的多思和时时刻刻的“三人行必有我师”的谦虚；“风后”有着庄子逍遥游的洒脱，让思想“乘云气，御飞龙”翱翔于“无所待”的生命之中，对于不可琢磨的竹和竹笋的生命，用“去蔽”的眼睛和理所当然的接纳来描述着，从容不迫；“云后”仿佛李白耽世的羁绊时对世外的思考，又宛如他出世的浪漫时对俗世的不舍，清淡的描写和自由的随风而行的情绪，在文中一点一点地流淌；“雪后”里种植了阮籍的率性纯真，山简的可爱自在；“屋后”里埋藏着郑渊洁的童心和对生命的热爱和劝解；“山后”是山前的起点，有着人类最自然的回忆；“花后”是轻松上路的鸟儿，有着“面朝大海春暖花开”的快乐；“雾后”是雾前的思维延续，有着郑板桥式“难得糊涂”的豁达……或许这所有的一切，都是老子“不出户，知天下；不窥牖，见天道”的具体显现吧。

已经是中午，我仍然坐在静谧的地下室里，一遍又一遍地看着，思绪跟着每一个文字飞扬。这种飞扬是安静的、升华的，是不受任何世俗羁绊、自由自在的。是呀，在书里，每篇“后”都是“前”的延续。我不知道周先生有着怎么样的童心、怎么样的从容，才能自然繁衍出如此丰富的联想，能延续产生如此多的“对存在的领悟和自语，一经说出便是照亮”的人生哲理。越是不明白，越想去回味，于是回味也就带了更无尽的思考的翅膀，一起快乐地在悠远的蓝天上翱翔。

怀着期盼和美丽行走

《遁迹水云间》的第二部分是“天路与对岸”，看到这个题目时，我掩书思考，不知道周先生告诉我们的“天路”是路名还是去某种幸福之地的痕迹，这个对岸是真实的河、湖、海的另一边，还是某种意义上的水的那边的一个城市或乡村？书里只有清新的野花、奔跑的獾子、树叶婆娑的堤柳，还是有高山流水、清风明月或人迹罕至的风景？

应该不是，也确实不是。想来思绪能够跨越时空，心境能够遍飞南北的周先生，文中一定有着比真实事物更精彩的刹那。果真，这个部分都是在一种真实的行走和意识的交叉里行进的，用周先生的话说，就是“怀着期盼和美丽行走”。

如果领略了上一部分的行云流水，风景如画，那就继续跟着欣赏这一部分的人生哲理，喜怒哀乐吧。其实欣赏也是一种行走，而且是最美丽最诗意的行走。

周先生的文字是常走常思得来的，因此，文章往往是流动、质感、飞跃、天马行空的。正如春天湛蓝空气里的风筝，带着欣喜和希望在自由飞翔，但这个飞又是有一根线贯彻始终的，所以飞翔就有了根底，不再像蒲公英一样，彷徨无助，落在山崖便长，落在水泊便死。他的散文就如一幅生机勃勃的画、一行力透纸背的字、一首温婉的江南小曲、一阙且歌且吟的词，如同我们从家门出发，踏青或赏月的瞬间，自然而鲜活。

文的行走是从最“底层”开始的，为了梦和理想人生，人们一路辗转，向着高楼大厦的城市前进。当然，这个走入是有条件的，也是有代价的，是好是坏，似乎没有什么上天注定一说，走便走了，后悔已迟。在一般人看来，底层的人似乎是不幸的，但周先生的文里却举例一个因为善良而“一夫两妻”的例子，让我们感到幸福其实就是不计较，就是忍让和容纳。

然后是进入城市的方法。《对一座城市的进入》和《在一条并不通幽的曲径行走》两篇文章里，就有着对行走最美丽的期盼。是的，不管是曲径还是直路，前面都是你所要进入的城市，走的过程你可以忽略，但你不能忽略一路的美好。这里，有一句我最欣赏的话，已经作为我的人生格言，或者说是人生警语，深深地烙在脑海：“并不是一切红灯，都需要停留；也不是一切绿灯，都通向自己的向往之地；黄灯的警示似乎充满了人文关怀的暖意，但它从来就不曾告诉你，真正的危险或安全，究竟该在何时。”人生没有定数，方向没有规则，路该怎么走，似乎并不能完全借鉴前人的方法，红灯该停，可有时候贸然穿越就是突破自己的开始；绿灯的畅行，有时候也助长了某些歪门邪道的流行，或许最终绿灯的指向，正是自我消亡的死路，如一些贪官和无法控制自己的赌徒；黄灯是警醒，但是最终怎么去做，依然是该自己去想自己去琢磨的事……我写出来周先生的这句话，一定还有和我一样喜欢并深深爱上它的人，留作自己行走社会时，偶尔停顿下来思考的一种方法和前进的指示灯吧。

周先生是喜欢大自然的，城市的热闹对他来说，有时候是一种沉闷，一种迷茫。他似乎对表面繁华的城市有一种隐隐的排斥，而向往陶渊明的山水生活，就算是“一箪食，一瓢饮，居陋巷”，只要有宁静，有本真，有“自然醒”，有“仿佛”文里的朦胧妙处，对他来说，就胜于这个看起来什么都不缺的五彩缤纷的天堂。

“天路”是歌，“对岸”是梦；“天路”是道，是处变不惊、心静如水的“道可道”，“对岸”是诱惑，欲望无边，对岸的诱惑就没有尽头。在周先生的笔下，我似乎觉得他离“道”越来越近，越来越亲。虽然明白“道”和实行“道”有一定距离，但这个距离就是在不断思，不断领悟中，踏着天路，一步步理解接纳，并且化归于现实的。在现实里保持纯真和希望，然后轻轻漫步，世界便无时无刻不是美丽的了。

一种延续性思维和片段性场面，我们常常会在不经意间对其发出感慨。这个感慨当然是小而短的，如何让它无限扩展，并生成枝繁叶茂的文章，应该是一件比较吃力的事，当然，写作的“大家”除外。周先生更是除外，因为他是最擅长把这些琐碎的灵感自然连缀，摆弄，让每一颗亮丽或丑陋的珠子最后成为光芒四射的项链，甚至比马蒂尔德的那串还要让人经久不忘。正如他写的“前面”“身边”“对视”等等文章。

神奇的联想和奇妙的比喻在周先生的文字里最为显眼，也最为让人惊讶和折服。记得我在他的《家的前世今生》里，这些还不是那么突出。现在你看，他写高兴的文字时候，阳光就是柔和的，像“一听饱满的苹果汁”（《仿佛》）；他忧愁的时候，太阳就像“是刚从水里捞起，浑身湿淋淋的，脸上还挂着水滴”

(《云是天堂跌落的犹豫》)；文里表达的情调如果是阴沉的，月亮就是“死尸般惨白的脸”；是平静的，月亮便“温婉而柔和”(《对一个黑夜的穿越》)；平日里他写雨是优雅的，而在《对视》里，雨成了“一些唾沫星子，从某个不知来路的高处飞出，被惯性指使或风吹着，神不知鬼不觉，跌落在人的脸上，让人感受身居低处的卑微与无奈”；对于傍晚的雷雨，他可以这样描述：“那雷……是不是一种追杀，对坠入地平线后的太阳的追杀，是谁要对太阳如此穷凶极恶，穷追猛打呢？那一定是有某种积怨和恩仇”(《太阳是否照常升起》)；对于住在楼房里的自己，他竟然这样觉得是被悬空了“上不沾天，下不着地”，他不知道究竟是“我悬空了这个城市，还是这个城市悬空了我”(《一个城市的空间简史》)；他迷茫着，有时候仿佛不知道《今夜月归何处》，也不知道明天《太阳是否照常升起》……这些都令他的文字有了亲切的涵义，仿佛自然就是人，人就是自然一般。

毕淑敏说过，人生是没有意义的，但我们要树立一个意义；周先生说过，真正的天堂，其实在自己的心里。天路很长啊，对岸遥远，让我们怀着美丽和期盼，树立一个人生意义，慢慢行走，直到永远。

远走高飞

看过《遁迹水云间》第三部分“借我一个夜晚”后，冒入我脑海的就是这四个字“远走高飞”，是的，是远走高飞！远走当然不仅仅是单纯的行走意思上的“远”，更指思想的“远”、心态上的“远”、友谊上的“远”，有了这些远，高飞便成一种雄鹰在广袤天际里飞翔的姿势，震撼心灵。

每个人都想行走，也都在行走。边走边想是一种人生，只走不想也是一种生活，究竟哪个更好一点，全在于你是什么样的人，喜欢什么样的生活。周先生是个喜欢用脑子生活的人，所以他的每一步行走，甚至每一个呼吸，都带着来自大自然、来自童真的思想，更幸运的是，他有一支生花妙笔，于是我们每个人都可以看到这种思维行走，这种迸发灵感妙语的各地风光。

这里，整部分散文流动着，如千年不绝的清泉一般，从挪威的森林里天幕阳光和海岸森林、人文悠久和文明高贵，到黑竹沟吱嘎阿鲁的子孙们“胜者饮”的豪气、汩汩滔滔泉水的轻柔；再到黄龙溪古道上“今月曾经照古人”的梦幻神思，每一处行走都带着我思我想我所爱的，对大自然和历史最朴素的欣赏和赞叹。

行走是快乐的，友情是快乐的，思想也是快乐的。文里从桃园撩人的夜晚，美景与友人的长话，到赤峰草原上情深意长的游玩、相聚，再到府河边的大醉一场，处处风景处处真情；从岷江河边的江月亭，清晰的苏东坡和混沌宇宙世界，到带风景的房间里想入非非，一种神与思的飞翔；从贵阳的珍贵的艳阳天到第七牧场的北方的新草，历史的过程和现实的结果……所有的这些最后流淌在水云间，一个水非水，云非云的爱情圣地里，沉淀，升华，然后像神仙一般遁迹。

有的时候，行走是无目的的：放松自己，正如他一样，任意带上一本书，在一个有水有亭的地方，可以躺在婴儿般柔软的草地上，望着静如处子的蓝天，动若娇女的流云。也可以看看书，可从古思到今，或者从今去问古人，率性而为而止，全不用凭借定律；有的时候，行走也是有目的的：到草原上，看看相知的好友，用旅游观光式的老方法，和友人和草原，和无边无际的大自然来个精神上的契交；或者到府河边，和相交知己，真诚地醉一场，然后用“一半儿清醒一半儿醉”，把所见所闻，定格成人间最美丽的风景！这就是周先生文里的自然，人生的随意，带着我们如身临其境地享受着，让我羡慕不已，也留恋不舍。

风景应该是无限的。我们每日里看到的自然的、非自然的，远古的、现代的，鲜活的植物、僵硬的建筑等等，都随着太阳的升起或落下，随着我们心境的变化而显示出不同的色彩。我们欢欣跳跃或无动于衷，我们为之忧愁感伤或兴奋感动，却不能像周先生这样去追溯历史，去访问从前，去知道她的来龙去脉，去真正地了解和明白她，然后让感悟和思索穿着理智的衣服，戴着感性的帽子，自由自在地在其中飞翔。我知道，做到这些是需要知识的，还需要了解知识的毅力和进入某种知识体系的切入点，正如我们了解一件事不难，但该去了解哪件事却很觉得无从下手，从而踯躅不前。

在周先生的眼里，看到的风景并不只代表眼前，它们都有着前世今生。风景也不是死的，它们是活生生的一种有呼吸的生物，也经历着从孩童到成年人的过程，也有着悲怒喜乐。于是他一篇篇极富有知识性、联想性、诱惑性的文字，从遥远的几千年，一步一摇曳地走到我们的面前；于是贵阳的“王阳明”带着“立德、立功、立言”坐在太阳的面前，引导着一代又一代的人前行；于是黑竹沟的吱嘎阿鲁的子孙们，就站在我们面前大碗喝酒，猜拳行令，然后“败者靠边胜者饮”；于是白音敖包沙地的云杉，穿着几百年的衣服，带领着二百万年的小草和弱苗，行走在赤峰广阔的草原上；于是阿斯哈图石林伸着千奇百怪的手，张扬着沟槽纵横的身子，展现他万般魔幻般的身影和一个个神奇的故事；于是西湖之滨的若隐若现中，梅若鸿和杜芊芊执手相望，爱到了地老天荒；于是黄龙溪里的黄龙，在古镇古榕古河的上空盘旋留恋，九日方去；于是挪威森林边的大盗们，和着最早的海藻，一起开垦出这片富饶美丽和平的土地……人与人是不同的，游记与游记也是不同的。周先生的游记是你看不出来的“游”却能感觉得到的“记”，因为他是以情为主。以情看景，以情写景，想象借助历史飞跃，情节凭借友情升华，而淡淡从容舒缓是主调，自然本真清新是旋律，就这样，一首首精美的文章，轻轻地流淌着，直到永远。

别样的阳光

在很多时候，我们感动源于一段文字，或者一句话，甚至一个词，感慨着、留恋着，深深地陷入共鸣里，迟迟不肯朝后走去。这一刻，全文的精彩与之相比，仿佛倒没那么重要了。

周闻道《遁迹水云间》的第四部分“天籁的回声”里，有这样一些关于阳光的描写，让我们一起回味吧：

阳光与清晨：“清晨的阳光很嫩，像没有煮熟的鸡蛋黄，淡红淡红的，盛在东方的地平线上。”

阳光与雾：“它（阳光）虽然从深邃的云雾中冲破了一道口，那口子似乎还伤痕累累，鲜血汩汩，就像一位刚刚完成分娩的母亲。”

阳光与影子：“阳光在前面，阴影恰好在身后，那阴影便很容易被我们疏忽与遗忘。结果，被疏忽和遗忘的不仅仅是阴影，还有阳光。”

阳光与雨：“这纠缠了很长的阴冷，正要铸造一种阴冷的惯性，却又在突然之间，被一缕艳丽的阳光打碎。”

阳光与阴冷：“那阳光像一面浩如烟海的庞大瀑布，以摧枯拉朽之势，倾斜而下，势不可挡，砸碎了天地间密闭已久的阴冷和忧郁，同时也摔碎了自己。”

阳光与玻璃：“玻璃的失误是，没有想到，自己精心营造的坚固，却挡不住阳光的自由来往。”

阳光与我：“（阳光光线）那是一个眼神，深邃、宽广、从容、神秘，它从遥远的遥远中投来，既不见头，也不见尾，我只是它行走途中的一个过客。”

阳光与生命：“世间拥有的阴晴圆缺，悲欢离合，并不只是月亮啊，也包括太阳。怪不得生命拥有那么多沧桑。”

阳光与佛光：“其实佛光算得了什么，它不过是阳光的折射和走神。只有阳光，才是真正的生命佛光啊，它何时不在目送着我们！”

阳光与原野：“那宽广柔软的淡黄色光线，带着一卷一卷的七彩光圈，推波涌浪地照射过来，穿过草原的每一个角落。”

阳光与树枝：“我搞不清楚，究竟是阳光分割了树枝，还是树枝分割了阳光，就像搞不清一对恩爱的小情人，究竟是谁先追求谁，谁离不开谁。”

阳光与泥土：“只见阳光像一个无孔不入的土行孙，渗入了泥土的每一丝缝隙，一直渗透进去，令人难揣深浅。”

阳光与秋云：“新娘般妖媚的浮云，在秋阳的搀扶下，披着一身通透靓丽的婚纱，来到了我的跟前。”

阳光与水：“是阳光的反射让他显形。给人的感觉是，谁在一个开阔的平面上镀了一层膜，或抛洒了一些碎银，星星点点，全是失落的寂寞。”

阳光与人：“刚从乡下回城，把一路的阳光踩碎，人仿佛钻进了阳光的肚子里……”

阳光与柳丝：“偶有一些不安分的阳光，从柳丝缝隙间挤过，跌落于地，也摔成了阴翳上一些细碎的光点。”

阳光与波纹：“那一条条闪亮涌动的波纹，就是阳光的褶皱，是风用心把它写在湖面。”

阳光与风：“一阵轻轻的风，没有吹动阳光，却吹动了树叶和我们的头发……”

其实除了阳光，还有风、雨，还有看着这些来自天籁的神来之笔，那么，我或者我们，还有什么话可说、敢说、能说的呢？

边走边悟

已经是夏天了，这几天的高温听说创下了历史罕见的记录，一切进入了懒惰的“白热化”：树、房子、车子，甚至人行道都呈现出一种懒洋洋的姿态，任凭铺路机的踢打轰鸣，旁边商店单调的吼叫，它都无动于衷，这是无可无不可的状态，似乎在某种意义上，可以和庄子的逍遥游媲美。外面是不能去了，家里，最好的休闲就是看书。

“翻阅就是最重要的目的意思”，《遁迹水云间》里周先生这么说，从这个意思上讲，我们每个人的悠闲其实就是最大的无闲——精神上的。看书是有目的的，如你是为了打发时间，则看一些不用动脑子的家庭小杂志；如果你是为了悟点什么，则看有思想有感悟的散文杂文；如果你是为了开阔视野，那什么人体百科、动物世界、历史科学、科幻未来统统可以翻阅，陌生就是吸引，新奇可以不知不觉地挪走你，偶尔觉得无聊的时间。

这个翻阅是快乐的，一杯茶，一支笔，一本书，然后听一曲悠扬的《天边》，在柔缓的音乐里，人就似乎置身于宽阔的山顶，山顶上有一棵拥有浓密树影的大树，我们背靠着它，遥望天边清清亮亮的星星，然后随着书里指导的痕迹，神思骑着马儿，在无边的大草原上，边走边悟。

总觉得周先生是为散文而生的。他对事物精细入微的观察和深刻的领悟，再加上他博学广记，常常让我们惊叹他的随手而作的文字，处处有景处处皆情，仿佛自然的一切就在他手心里一般。我不知道他是怎么做到的，倒是《小王子》给了我一点启示。那只寻爱的狐狸说了，世界上的玫瑰花都一样，你的那朵不过也是芸芸世界里很平常的一支，只因你投入了感情，所以才显得不一样，才成为你自己的特殊的玫瑰。我想，散文就是周先生的那朵玫瑰花吧。

看了周先生的许多文字，一直觉得他应该属于浪漫主义作家：清风，明月，暖阳，碧水，鸟鸣，虫啾，人之间至真至纯的感情。其实他也是现实的，他有一颗悲悯之心，比如在《暗影》里，豪华背后的落后的痛楚，他关切；《通过父亲的泪光回望如烟来路》里父亲的点点滴滴的恩情，他记得；《天涯，天涯，好一朵真情的花》里对素未谋面的朋友的病情，他关心；《面对灾难，生命该怎么命名》里那场不忍不想再回忆的地震，他忧虑心疼……在这些文字里，有对缘分的欣喜珍惜，有对不期而遇的真情真诚，有对人间种种深深的思考和领悟。

外面骄阳似火，我静静地坐在电脑前，享受着清凉的安慰，有些执拗地抛却理性思维，再把逻辑感去掉，仅仅用感性的前额思考，这不是缘由天气的，它的暴怒还吸不走我所有灵动的感觉，也不是缘由懒惰或逃避，这只是女性水做的本能，一切柔软和温情才是最向往的地方，那潋滟的水波，徐徐起伏的浪纹，自由飞翔的鸟儿，清风徐来的花香，至于大海深处有什么油田矿产，不是现在的我想去探究的地方。于是《在春风里等我》缓缓地走入我的脑海，轻轻流淌着，和着音乐一起，抚慰着因为天气而烦躁的心灵。

我的窗外也有一盆花，不知道是我侍候不得法，还是它的坚守，那些绿艳丽得很，可是花却常常只能开到蓓蕾，就凋谢了，正如周先生所说，她们"坚守点点生硬，似要做永远的蓓蕾，陪伴一个应该锁定的季节。"这样坚守的情操不知道是应该褒还是应该贬，春日的温煦是能锁定的吗？还是人生某个季节能够永久保留？某些坚守会成大道，某些坚守却注定要以失败告终，或许认清自己才能做出最好的独立状态吧。朝前走，不要犹豫自己现在的所得，也不要为了锁定而踯躅不前，"有时，过分的犹豫，会错过一个季节。"这是周先生告诉我们的。我也这样告诉我的花儿。

人的一生，总以为自己太过于有情，才导致某些失败和失去，才导致有了许多得得失失、荣荣辱辱的感慨和揪心。岂知，正如周先生所说："无情也有累"，记得很久前看过一段话，三分无情是有情……八分无情是痴情。

可见，很多时候，无情正是最大的有情。既然如此，我们何必矫情何必遮掩呢，肆意地去爱去表达，抵达在场主义所倡扬的世界真或本真。

缘份二月，本名赵改花，散文作家。

在场写作的介入意义

——以周闻道《边际的红》为例

◎黄彩梅

作为一位热爱散文的人，早就知道在场主义，也欣赏在场写作对散文纯粹性的追求和对中国传统文学中担当意识的弘扬和发展。但一直没有机会系统深入地了解在场主义。

没想到机会来得太突然。狗年初冬，到四川广汉向阳采风，幸得在场主义创始人周闻道先生《边际的红》，四川文艺出版社2010年6月版。细细品读，爱不释手。不仅因为智性与诗意完美融合的文字，更因为抱住一颗强烈的求解之心——作为在场主义鼻祖和代表作家，其作品一定蕴涵着最直接最新鲜的在场写作理念。我希望从中更加深入直接地了解在场主义。

首先，吸引我的是书的封面。说实话，我很喜欢这个封面，粉黄色的、富有秋天意象的底色，点缀着一些若隐若现、星星点点的碎片，似落红，又像秋叶，给人一种华贵的崇高之感。两个最突出、最醒目的元素，似乎彰显了书名凸显的意义：一个是放大的、褚红色的“红”字。它与“边际的”三个黑色笃实的字巧妙组合，形成鲜明对比。一红一黑，暗喻着红尘的深沉与复杂多变。它之所以令我联想到红尘，在于周闻道近年出的另一部同样以距离命名的书《红尘距离》。我想，这绝不是偶然的巧合。在场主义强调介入的现实，关注的当下，体察的苦难，哪一个不是人间悲欢、红尘之事？分别以“边际”和“红尘”修饰“距离”，给人以若即若离、似有还无的感觉，恰如其分地表达了人与红尘的复杂关系。这不能不说作者命名的独具匠心。

一个是片秋叶，不，准确地说是叶背。从画面看，这片秋叶可以作多重解读，甚至两种截然相反的解读：可以理解为阳光意象，成熟、自信、富有生命的质感；也可以理解为一种死亡意象，飘落、凋零、衰败。究竟是什么，每个读者都可以在红尘中寻找不同的答案，一万个人，可以有一万个哈姆雷特。

许多次，在翻阅《红尘距离》时，我都要捧着书，盯住书面思考半天。封面是一部书的门窗，我希望透过这扇门窗，进入它的世界，更好地了解书中乾坤和作者对世界的发现。在经过若干次的静思静悟后，一个鲜明的词跳入我的眼帘：

介入。

是的，我从《边际的红》中看到了作者介入的姿态。我有点洋洋得意，甚至有点激动，为自己的发现和对在场的走近。

我的发现不是空穴来风，也不是无缘无故。记得几年前，在场主义在全国如火如荼的时候，我在《文学报》看到过周闻道先生的一篇文章，好像至今仍挂在中国作家网上，标题叫《在场的旗帜是介入》。当时强烈的印象是，介入对在场主义而言，一定是一个非同寻常的关键词。认真读来，我也赞同文章中的许多观点，比如："在场写作的介入，强调作家的使命和责任，强调散文的身份、地位和境界；提倡散文要扎入最深处的痛，要贴近灵魂，体贴底层，揭示真相，承担苦难。""对现实的逃避，对场的缺席，必然与本真的方向背道而驰，结果是走进精神的牢笼。""介入的主体是作家""介入的重点是当下""介入的途径是语言"，等等。因此，解读在场主义实验文本，以介入的姿态和眼光，无疑是一个捷径。

事实证明，我选择对了。我从介入的角度进入《边际的红》，读文、读人与读红尘、读时代相结合，受益匪浅。

日常的介入让我们看到了日常的多彩。《红尘距离》写日常生活的文字，主要有行走类、看见类的；所写内容大都是见惯不惊的日常生活，有些甚至不失琐碎。比如《城市即景：街头巷尾醉了麻雀》《山籁在窗外》《赵州晓雨》等。有的似乎纯属于个人内心体验性的，也许还有些虚妄的成分。比如《怀着期盼和美丽行走》《边际》《一切存在之处都在生长》《爱一个名字叫红》《红尘里给我一段距离》《我的怀疑是一个美丽的符号》等。如仅仅看标题，可能很难与在场、担当、介入等大词联系在一起。然而，当认真品读，就会发现，通过作者的妙笔点化，不仅让我们习以为常的生活突然变得活色生香，更让我们欣赏到文学介入日常生活的魔力。

事实上，日常写作不仅是一种最直接在场的写作方式，甚至可以说是一个写作规律，初学与名家皆宜。老舍曾对初学者说，“文学创作需要生活经验的积累，如尚未写出优秀的文章，也不必懊恼，可从生活的点滴处入手。”莫言更直言，“无论多么有才华的作家，都不可能脱离自己的生活来写作。”

其实，再丰富的生活，都离不开日常，或者由日常构成。因此，相对于那些所谓“高大上”的“宏大叙事”，日常更接近于生活的本真。可是，日常又往往被我们的作家所忽视，不屑一顾。被誉为封建社会百科全书的《红楼梦》，基本上都是写的日常，可却从中呈现出了一个时代和社会的背影。现代作家中，汪曾祺也以写日常见长。他在对日常生活进行细致深入描写中，每每超越日常，将蕴含于日常中的世间百态、社会众相、人性善恶、人情冷暖等抽取出来，窥探人类共同的生存价值，让人对日常产生超常的理解和感悟。应该说，这是一种更高的写作境界，也是一种更难、更具挑战的介入历险。

《红尘距离》中的日常写作，有异曲同工之妙。在《城市即景：街头巷尾醉了麻雀》中的街头，作者“循着人的足迹，去寻找城市；再循着城市的足迹，去寻找人”。一幅人类文明与城市文明的关联图，寥寥数笔，就清晰地勾勒了出来。紧接着，作者展开想象的翅膀，从脚下的城市走向周庄，上里，汉阳，走向乌斯宾斯基笔下的T城。然后，作者将街头电视荧屏、喇叭的喧嚣、豪车的尾气、歌手的表演、来去匆匆的行人一一摄入镜像，最后发现，“同一地平线，却生长着不同的喧嚣，冷清，压抑，淹没，差异与不平等……”。即便写忧伤，如《忧伤是浓雾打湿的记忆》，也不忘介入当下之痛。作品写的是城市改造中政府与百姓的矛盾。作者站在高高的政府高楼，俯视形形色色群楼，“不知道那楼属于谁，里面住了些什么人，正在进行什么样的交易”。让人忧的是因旧城改造政府门前堵满了人，“心情被再次打湿”，仍“唯求企望是干爽的”。

接着，作者从街头走到巷尾、车站，以犀利的目光扫视城市万象，尽显其形。最后，以一只麻雀绝望哀叫，对现代城市人的生存状态做出总结：“天啊，既生我，何生城市。”

生命的介入让我们看见生命的意义。《边际的红》中，生命的介入体现在一系列以自然风物为书写对象的作品中，也是本书分量最重的一部分。如《春天是这样来的》《燕语呢喃时》《冬日意象：风霜雨雪》《晨早的太阳是一张笑脸》《初三早上的生命哲学》《把生命托付给内心的沉静》等。这些作品给人强烈的感觉是，对生命的热爱、敬畏和尊重。在作者面前，生命是可贵的、阳光的、充满生机与朝气，永远奔跑在春天的原野。即便在生命的冬天，面对风霜雨雪，我们看见的仍是生命的顽强与希望，而不是畏惧与萎缩。从这些文章中，我们不仅看到了作者对生命介入的积极姿态，也看到了作家本人对生命的态度。这与复杂红尘形成鲜明对比。

这样的例子在书中可信手拈来。在《春天是这样来的》里，作者用心灵在场的敏锐眼光，洞察到春天“走过一段弯弯的山路”而来、“穿过一条绵长的雨巷”而来、“蹚过一条滞涩的小河”而来、“相约起床的阳光”而来。最后，作者相信，“不在乎节令，相约起床的阳光，并与之同行，便会触摸到一种生命的开垦”。在作者笔下的春天，简直就是一曲生命的交响曲。《冬日意象：风霜雨雪》，写了冬天的几个典型意象，这些意象在常人笔下都是冷凝的、萧瑟的、充满生命的敌意。但是，作者笔下这些冬的元素，却始终充满生命活力：“风从枝头吹过，冬在田野蔓延。树下的草坪上，堆满了金黄片片。从空中吹过的风，吹不走地上的草叶。于是，黄绿相间，生命的两种状态，终极的，都在这里映照。我有了一些理由，不做过客，不愿像风一样流浪。何不做一棵梧桐，一方绿茵，坚守一隅，笑看风来风去；即便是飘落，也要映照生长。”在《霜》中，作者从二十四节气中的“霜降”起笔，紧接着写霜降过后寒冬的步步紧逼。而结尾则以一幅题名为《风霜》的摄影收笔，说明“真正的成熟在霜后。面对这样的老人，对于风霜，我心生敬畏。”《雪》《雨》具有同样的生命质感。

从作者写自然生命的作品中，我们看到生命的意义不在一切外物，不在自然变化、社会的复杂、时序的无常，而在生命本身。生命的存在不仅是合理的，而且是幸运、幸福的。

人性的介入让我们看到了人性的光芒。人性，是人与其他动物的本质属性差异，也是体现人本质属性的属性。因此，从人性中观照人和事，具有不可超越的深度和价值。正是从这个意义上说，文学是人学，人性是文学永恒的主题。一切成功的文学作品，无不是从独特角度，揭示了人性的真善美或假丑恶，从而唤醒人性的觉醒和社会良知的在场。

在过去“左”的思潮下，以阶级观点看待一切，包括人性。作家被简单扣上阶级的帽子，被划分为无产阶级作家和资产阶级作家；作品中的人性更是庸俗的、扭曲的、脸谱化的。文学批评中作品的人性标准，应当是马克思所说的“人的一般本性”；而所谓“人的一般本性”，应当是从人的自然性出发到人的全面发展。包括两层含义：一是自然的；一是社会的。两者缺一不可，而主要为后者。马克思说：“人并不是抽象地栖息在世界以外的东西。人就是人的世界，就是国家、社会。”

《边际的红》中写人性的作品，主要有两类：一类是写汶川地震的，包括《大难临头，重写一个人》《震后书：脆弱》；一类是写人性追问的，比如《没看清路上那个人》《读不懂自我那张笑脸》《仰望天空，我无法找到标题》《为黑夜的出现点一盏灯》《黄昏，在一种没有意义的状态中悠走》等。两类的共同特点，就是从自然与社会的有机融合中，全面深刻地观照人，介入人性。《大难临头，重写一个人》，分别以“守望的人”“寻夫的人”“乞讨的人”“逃离的人”“行礼的人”“护子的人”为题，把人放在一场突如其来的灾难面前，展示人性的温暖、崇高、伟大与光芒，生动鲜活，催人泪下。《震后书：脆弱》，则写在强大的自然力面前，人的渺小与脆弱，以及两相对应所呈现的人性的真实。在《读不懂自我那张笑脸》等几篇中，作者读人也读自己，把人置身于一次行走，一种相遇，一张笑脸，并从中发现社会的多变、人性的复杂，及自我坚守内心纯净的定力。

精神的介入让我们看到了精神的伟大。文学本质上是精神的，作品的表面是故事，深层都是对社会人生的思考，通过文学形象表现出来。并不是一切所想都具有思想的品质。著名哲学家赵汀阳在《第一哲学的支点》中说，只有反思所想之事才是思想。人人都想事，但未必都是思想。文学与精神很难分开。文学的精神往往通过作品中的意象呈现出来；作品中的意象，是通过作家创造的，必然融入作家的主体人格和精神元素。《庄子》被誉为“文学中的哲学，哲学中的文学”。其中的“逍遥”思想，看似漫无边际、宏大辽阔，自由自在，实则处处落地，事事通理，蕴含的政治、哲学精神，都与现实社会有着紧密关联。18 世纪法国启蒙主义思想家伏尔泰与狄德罗等人，往往将对社会的批判和启蒙融入深刻的哲理作品中。有时也许思想深刻的作品并不一定伟大，但杰出的作品必然包含着深刻思想。真正伟大的作品，应该是艺术和思想的完美结合。例如，法国近代最伟大的作家和思想家马塞尔·普鲁斯特（1871—1922）的意识流小说《追忆逝水年华》，全篇几乎没有完整的故事情节线索，表面看显得非常零乱琐碎，但其所蕴涵的人生的苍茫感和深邃的哲理韵味，通过对“过去的时光”的眷恋和不断追寻表现出来，并以此“重建失去的时光”。精神由此复苏。

精神的介入，在文学的介入中具有最高层次。没有哲学的内涵，文学就游离于生活的表面，其生命周期就会短很多。而在哲学范畴内，生命的秘密、人的内心世界、精神的指向与归宿，都是被不停探索的命题。就如加缪在西西弗神话里说过的那样，判断人值不值得活，等于回答哲学的最根本问题。

在场主义所指的在场，是精神在场，而非身体。《边际的红》中有一组文章，是专门写西方哲学家的。它们是《随海德格尔从头开始》《逻辑里演绎的幸福与不幸》《轻轻拨动叔本华的钟摆》《走进柏格森的时空隧道》《在音乐的美妙里释义生命》和《躺在床上，让思想如此缠绵》等。这些作品，都是精神介入的；介入姿态，都是随从的、自然的、自由的，循迹而行、率性走进。我们难免要问，相隔近一个世纪，周闻道这样做，究竟是为了什么？

在一次文学论坛上，周闻道的对谈也许可以作答。

周闻道以一位经济学家和作家的两栖身份，将逻辑思维与形象思维相结合，把这些思想家、作家们所处的时代，与我国目前所处的发展阶段作了对比，发现两者同处于工业化、城镇化向现代化的转型时期；这个时期的社会主流思潮就是危机意识、异化观念和价值消解，“重构一切价值”，成为时代新锐声音。这些哲学家，如海德格尔、柏格森、叔本华，还有萨特、尼采等，他们的哲学思想，成为西方现代主义重要的思想来源。显然，周闻道对他们情有独钟，希望从他们的哲学中，找到这个时代的精神求解。他以文字为桥，走进哲学大师们的哲学世界，通过精神介入，与他们对话，阅读他们的生命和用生命浇出的智慧成果。同时，又融入自己对生命的思考，并试图用自己的生活方式，还原先哲们的思考和存在。有了当下意识，介入姿态，我们触摸到的是这个时代的脉搏。

这正是周闻道的在场介入，所要告诉我们的时代真相。

2019 年 4 月 28 日

转型期中国的坚实叙事

——读周闻道的两部散文

◎唐小林

周闻道的两部散文《国企变法录》和《暂住中国》，笔锋锐利，直刺两个在现代化运动中“异峰突起”的问题——国企变革、暂住现象，并以在场叙事证明：现代性运动在中国远未结束，中国还处在巨大的转型阵痛期。这个结论并非故作矫情，更非空穴来风，是作者或重返历史现场，或介入当下现实，或亲历事件本身，实施“在场”勘探，深入思辨的结果。

国企是社会主义经济的命脉，是公有制经济的基础。国企改革，可以说牵动整个社会主义中国的制度体系。暂住，是当下中国的一个普遍现象。大量失地农民、下岗工人、失业大学生，梦想改变贫穷命运的乡村青壮年，或“暂住”城市，或“暂住”他乡而不可得，为讨生计，四处漂泊，构成当代中国的“流动大军”。就这样，“国企”和“暂住”，在周闻道所倡导的以“在场主义”命名的散文那里，成为观察中国的两个坐标。在历史与现实的交汇中，在工人和农民这一历史主体的命运咏叹里，这两部书展现了当代中国社会转型的宏阔景况：从计划经济向市场经济转型的中国，迈向现代化途中的艰难“现场”。

但是，“全景”和“现场”，必须依靠实在世界的饱满细节支撑。过去许多写此类宏大叙事的作品，大都是居高临下，把细节作为佐证。周闻道却反其道行之，以在场和细节，呈现叙述的力量。《国企变法录》浓墨重彩、大写特写的那些国营企业的“变法”，诸如大型军工企业电子厂的破产重组，芒硝厂、肉联厂、棉纺厂、机械厂的改制等，都发生在作家所在的辖区和担任经贸委主任的八年任期内，都是作家亲历亲为，都曾触动过作家的每一根易感的神经。《暂住中国》的事件，虽然大都发生在北京、上海、广州、深圳等流动人口集中的地方，越出了作家居住的眉山市，但其个案不是发生在作家身边的亲人身上，比如“被二套房”的暂住户堂侄、深陷自主创业罗网的何琪，就是作家对于当事人采访的“笔录”，或者来自权威报刊的可靠资料。

为了构筑“全景”和“现场”，营造“在场”感，周闻道试图再现“国企变法”的全过程以及暂住现象涉及的全方位。周闻道注意到，由于农民流动大军的出走，带来的不仅是荒芜、贫瘠、空心化，甚至夹杂最后的被掠夺的中国乡村，更是这个流动群体的精神荒原：相约美丽死亡成为其精神突围的方式；QQ是唯一的精神家园；慢慢地折磨直至逗死一只蚂蚁，以无聊的方式打发无聊居然成为乐趣；情爱生活低级到难以启齿。这不是农民的错，而是工业化和城镇化的畸形发展，对农村和农民的剥夺。

事实上，《国企变法录》和《暂住中国》不只是描述现象、提出问题。如果说还原“实在世界”，再述“一切发生的事情”，使这两部大散文肌质细密，文字结实；如果说再现“国企变法”的全过程以及暂住现象涉及的全方位，使这两部大散文具有逼真的历史现场感以及大开大阖、上下求索的思想质素；那么，叙述者在叙述中，不断站出来，或者站在正方，或者站在反方，或者站在国家，或者站在地方，或者站在理论，或者站在实践，轮番变换角色，不断换位思考，反复诘问辩难，将实在世界发生的事情与宏阔的时代背景、历史现场相沟通，又使这两部大散文具有强烈的思辨色彩。

《国企变法录》和《暂住中国》继承了文学的批判精神，从政治、经济、文化、道德、伦理的维度，呈现了知识分子的良知。值得指出的是，这种被周闻道称为“在场批判”的批判，并不是过去传统的现实主义或批判现实主义的重复，而是具有自己鲜明的特征，那就是真实、善意和建构。这或许就是周闻道散文的价值与意义。

唐小林，四川大学文学与新闻学院教授。

倾听心灵的低语

——周闻道《点击心灵》闲话

◎聂作平

坦率地说，从老夏手中接过这部书之前，我对周闻道一无所知，尽管他已经出版了不少专著和文集，但在这样一个资讯过剩的时代，我们很容易忽略一些也许不应该忽略的东西。老夏把周先生的新著《点击心灵》推荐给我，并介绍说作者是一位一定级别的官员。这年头，许多官员都有业余写几笔的爱好，这是我们所知道的事情。夜深牙痛，无事可做，于是信手翻起这部还散发着油墨清香的新书。谁知一翻就有些放不下，与通常所见的官员作品迥然不同，我在周闻道这部散文集里读到了三个字：真、性、情。

对于中国散文，我一向是腹诽的，姑不论已成为老皇历的什么南秦北杨，单是当下充斥在“散文”之类杂志上的文字垃圾，基本都是一些精致而虚假的废话，我们很难从中看到最想看到的东西：真性情。在这个牙痛的乍暖还寒的春夜，我却从一个对我来说相当陌生的作家的作品中看到了它，一种惊喜的感觉油然而生。昔日曹操读陈琳的檄文忘记了头风，我读周闻道散文则驱走了牙痛。善哉善哉！

《点击心灵》是一个大气而庄重的命题，在这个大命题之下，涵盖的是周闻道若干或长或短的散文篇什。这恰好是一种隐喻——为了完成大命题的大气与庄重，他在做一些细致而生动的工作。必须承认，散文是诸种文体中最平民、最平易的一种，同时也是最易写难工的一种。我想我要特别指出的乃是，周闻道的散文有种一以贯之的精神，他从平凡生活的守望出发，为我们打开了一个当代作家的心灵之窗。

从《点击心灵》一书的结构，我们不难窥视到周闻道心路历程的点点滴滴。《走过都市》一辑，乃是对当下都市生活的状写：春日市声，秋日花语，窗前眺望，湖滨漫步，平常熟视无睹的生活小事之间，作者像一个辛勤的挖掘者，他奋力地挖掘着可能挖掘到的一切：那既是源于生活的真实，更是源于生活的感动。人生就是感动的旅程，这是通读周闻道的作品给我留下的深刻印象。

与《走过都市》相呼应的是《走过四季》，前者乃是作者当下都市生活的缩影，而后者则是已然逝去的往昔岁月的刻痕。当作者充满温情的双手引领我们轻轻地抚过那些已经化为我们头顶星辰的昨天，一曲乡土的恋歌便不由自主地回响。乡间的农事，乡间的乡亲，乡间的充满活力与生机的大地，这些都是作者曾置身于其中的，它们构成了作者那份恒久的感动。写乡土往往是容易的，但真正要让读者感受到作者的怦然心动则需要有一份力量和气度，而在周闻道的作品里，我们恰好欣喜地发现了这种力量和气度。

当小小的地球成为一个村落，中国人也有了更多的机会把脚步迈出国门时，这一情况之下所诞生的，便是多如过江之鲫的各种域外游记。《走过天涯》一辑便是周闻道行走的记录，有国内，也有国外。让我惊讶的是，就是这种在许多作家那里最容易流产为抄资料加流水账的域外游记，反而最能看出他的才华和思想。一篇《走过凯旋门》长达万余字，作者的思绪从凯旋门开始，像一条灵动的闪电，纵横三万里，上下五千年，从拿破仑到西楚霸王，从毛泽东到洪秀全，从古罗马斗兽场到阿房宫，从尼采到华盛顿，与其说这是游记，不如说是披着游记羊皮的思想随笔。这篇冠盖全书的长散文，最能感受到作者思想的律动，我甚至可以肯定地说，仅此一篇，就可以奠定周闻道在散文界的应有地位。

“光阴者，百代之过客，天地者，万物之逆旅”，1300年前，年轻的诗人李白在一次酒香飘溢的聚会上写出了人生的偶然。在今天，当人类的科技已经能够完整地复制自己，但我们仍然不能说出，为什么人类需要文学艺术。我想，对于芸芸众生而言，也许文学艺术的存在就是为了见证那些感动过我们的事物与记忆；对于每一个写作者而言，写作就是为了回答人生的根本孤独。因此，当我行走在周闻道用汉字构筑的属于他的散文世界里，当那些畅达而诗化的语言不断地打动我，让我颇有眼前一亮之感时，他的写作就不仅是他的个人行为，他的文字安慰的也不是他一个人的心灵，而是这个世界上所有有幸走近过这些灵性汉字的读者。

在文字中体味喜悦和尊严

◎张生全

说周闻道先生的文章，不能不说他是一个政府官员。政府官员写书出书，已经不是什么新鲜事，甚至可以说，不出书倒成新鲜事了。不过，我在这里下这道定语，却是反其道的意思。周先生是市里一个重要部门的领导，有很大的权力，这么多年来，他还写了大量的散文作品，要都汇成书，可以是煌煌几大部巨著了。但是到目前为止，他奉献在我们面前的散文集，除了几年前出的一本《夏天的感觉》，就是这本薄薄的《点击心灵》。

政府官员我见得多了，在他们面前，我总是很局促。他们要不理我倒没什么，他们做出“礼贤下士”的姿态，对我和蔼可亲，我反而会面红耳赤，惶恐不安，祈望着这样的“礼遇”快点结束。可是在周先生面前，这样的感觉却是全然没有的。他的年纪比我大，甚至可以说是我父辈，但是我们可以不把这当一回事，我们甚至还能靠在他的肩膀上，亲切地称他为“大哥”。我们是生活在底层的作者，周先生不因为我们生活在底层而小视我们。作为一个同样喜好散文的人，他在鼓励我们的时候从来不吝啬夸赞的词语。他不是搞文学组织工作的，可是他总要千方百计把我们往前面推，为我们的一点成绩而沾沾自喜。他在眉山的作家中，成绩算是相当突出的一位，但是他从来不托大。我们说，周先生，你文章这里该改一改。他问，怎么改？然后他就真改了。他真诚的目光倒使得我们的评头论足吹毛求疵很不好意思。我们说，周先生，你该上网，网络上有许多好手，上网对你的写作有好处。他说好，果然就学会上网了。周先生组织一个文学活动，讨论眉山散文。会后，我模仿卡夫卡的语气记载了这一次活动的全过程——眉山散文大事记：上午，喝茶，谈文，吃柚子，嚼生花生；下午，集体上网。

写这些，不是闲话，这正体现着周先生为文的一种态度：随缘自适，在文字中体味喜悦和尊严。我以为，为文的态度对一个作家来说是至关重要的，一个计较的人，他不可能产生灵动的文字，一个功利的人，他不可能通过文字获得尊严和喜悦。一个人如果把文字当了工具，奴役它，玩弄它，而不是爱怜它疼惜它，文字也不可能爱悦他、健全他、饱满他、充盈他，在他的面前摇曳出一片动人心魄的风姿。周先生工作的地方是眉山，眉山的先贤苏东坡曾说过一句著名的话：文章大略如行云流水，初无定质，但常行于所当行，常止于不可不止，文理自然，姿态横生。周先生的行文我想是深受苏东坡影响的。我们从他的散文里读到的不是一种高蹈，一种刻意，一种对于技巧的炫耀。在他入选《散文海外版》的系列散文《走过四季》中，关于平原上的秋天的描写，他是这样开头的："我说的平原，是指像成都平原那样广袤无垠烟尘袅袅充满人间色彩人性哲理的平原；我说的秋天，是指紧跟刚过去的那个夏天而来离我最近令我看得最清至今仍让我沐浴其中的这个秋天……"他把他要表达的内容灌注到一些很具象的事物上，使得他的叙述自然、温馨，充满人间关怀。周先生不刻意，不造作，他对生活的观察反而是独有意味的："许是生活在四季如春的蜀南，周年满目的绿，淡化了节令的反差，对'一岁一枯荣'的大自然少了许多四季轮回的感受。即便是充满幻想美丽充满诗情画意充满生机魅力的春天来临，也差点被淹没进了庸常的日子里。"在庸常的日子能够感受到春天的诗情画意，没有一份诗意的心境是万万做不到的。

周先生是一个有心者，他观察到的事物也不总都是诗情画意，其实我们读他的散文，会发现他最愿意的还是挖掘文字与事物的哲理思悟，而且有意无意的，他的笔触总要涉及到哲理和思悟上去。无论是他专以思辨见长的《解构凯旋文化》，还是抒写小性灵小情趣的《破土的叶芽》《对岸》，他都能努力在其中打磨出理趣的辉光。我想这也与周先生积极的人生态度和宽善的人性情怀有关吧。周先生所主持的那个部门的工作是做得非常好的，更为重要的是他能够让单位中的每一个人都充分张扬自己的个性。他的部门文艺生活也搞得有声有色，有着各种各样的沙龙。他们要组织一个活动，不需要请别人，他们自己就能搞出一台高规格的别开生面的晚会。

有评论家把周先生的散文归入“思想散文”一类，我倒觉得对于周先生文字的这种归类法是有一些过。因为如果这样归类，似乎就体现出周先生的刻意，而不刻意在我看来却是他散文的一个重要特征。我们读他的散文，感到他和余秋雨、王充闾等人的所谓大散文是不一样的，他更多的是继承了传统的“诗言志”的一些手段，他是在“志”中找到了一种趣味，他不是要阐明什么，他是喜欢上了这种趣味迷人的气息。这种气息使得他在文字中体味到了喜悦和尊严，以及平静、宽厚和阔大的人生境界。

周先生的为文态度是我所欣赏的，这是缘于他对文字的痴爱，对理趣的痴爱。不过，或许一个人对一件事情着迷对他来说有着正反两个相面的意义吧，太过痴迷一些表达的理趣，常常也会减弱散文原本的审美性。这样做对散文的建构是不是有意义，我表示怀疑。或许周先生也已经明白了这一点，我们从他最近写的“家”系列里就发现他已经有了营造和建设意象的可喜的变化。

读周闻道的书有感

◎佚　名

如果说，读书是一种幸福，一种乐趣，会读书则是一种享受，一种超然。

遇到一本好书，我会有种终于寻觅到心灵的栖息地的感觉，我的心情平静而安详。读书比任何一种娱乐方式更需要心智的宁静，也更能带给你安详。正所谓：“雪夜书千卷，花时酒一瓢。”

而我认为一个写作者，最重要的是要忠于自己的内心，发自内心的创作才是有生命力的，才可以蕴藏丰富的情感，也容易引起共鸣，而单纯为了写而写，或者为赋新文强说愁，即使极尽文字渲染之能事，终究也只能做绣花式的枕头，中看不中用。

通过读周闻道的作品，你可以发现他是在用心来创作的，他对身边的景物、事物都有自己独到的视角和感觉，由于心灵的空旷有容，他可以从任意的视点出发，引发无尽的遐思，这个视点可以是一种感觉，可以是一种思想，可以是一件物体，可以是一个动作，可以是一个人，可以是一汪水，可以是一场雨，总之可以是任何一个触动了他心灵的东西，这一点，从他近期作品的题目就一目了然了。

比如，《该怎么去慰藉这秋天的忧郁》写的是忧郁的感想，《一个周末的意识流》写的是意识的流转，《江河逻辑》的对象是江河……每一篇都有亮点，每一篇都是独立的结构严谨的佳作，能做到这样，没有内心的丰富感受和自身的文化底蕴，是不可能达到的。

周闻道老师的作品，思想性和艺术性都达到了一个相当的高度，他在秋天的阴雨里，忧郁着各处的天灾人难，忧郁着到处发生的冤案，用一颗善良的心，去慰藉这秋天的忧郁；他写江河逻辑，质问："没有了鱼，不能生长鱼，即便这江里仍有水，仍在流动，这江还算是一条有生命的江吗？"把水与生命的关系提到艺术化的高度；他在梦里的空城里，鄙视另类的所谓艺术表演；他告诫我们，"有一段路，家门口的那段路，是我们出门的起点和铺垫，经过它，不仅可以远行，而且可以选择去向……首先走好家门口的那段路，要懂得珍惜"；在他的眼里，城市的街道变成了一条条绵延的河流；倒叙的秋天，其实就是对生命过程的追问，这令他感动万分；他在侧影式的眼光下，同情着上访的人们，用明星演唱会的票价和工人最低保障的收入做对比；他从尼采的死亡里，解读道德和生命。他的文字字里行间流露出对社会的关注，同时保留着美丽抒情的描写，把思想和艺术相对完美地结合在行文中，给人以精神上的享受和思想上的冲击。

周闻道老师的心灵，是善良、柔和、亲切和博大的，他一直怀着一颗怜悯的心，去从事他笔下的创作，他近期的作品，集中地体现着三个方面的内容，一是以水和秋天为代表的自然，二是对家乡和亲人的深切关注，三是对社会、道德、人生的思考。重要的是这三个方面并不是孤立的，而是相辅相成，自然和谐地构架在一起，处处蕴含着丰富的感情，这使他的文章给读者带来更多的阅读快感，他写秋天的忧郁，却不单说秋天的天气，而是指出"现实生活中我们搞倒了许多关系，本末倒置，主次不分，我们常常搜肠刮肚，寻找一些枯燥的词语，去对生活进行浅薄苍白的解释。恰恰忽视了每天亲历的许多人和事，忽视了词语是灰色的，生活才是常青藤……"，把自然和对社会、人生的思考很直观地联系起来；他面对江河，却想到家乡一年大旱的情景；他执着地对生活进行思考和剖析，把自己迷失在《空城》里；他写上里的水、雅安的雨，心里却怀着一种神圣和祈愿；他由寒露的来临，不期然回到乡下的家乡，责备自己"犯了一个同样的错误，轻浮的忽视，不知不觉中，忽视了一些不该忽视的事情"；他热爱着自己的故乡，却把大量的笔墨用在故乡的思蒙河上……如此种种，成就了他优美、绵密、引人共鸣的文字风格，让读者在阅读的同时，引发深刻的思考。

文章是循序渐进式的，你总能从他不经意的绵绵密密的文字里，感受到层层剥茧式的逻辑关系。这与一个作家的思维方式密不可分。而这样的文章是绝对有生命力和耐读性的，近期读周老师的文章，经常发现自己不知不觉地进入他文章所营造的氛围里，在一点一点潜移默化的阅读过程中，逐渐走入他内心的深处，去感知他文中的人和事物的微妙关联，这些都是让人获得一种快慰和满足的精神食粮。他用优美的行云流水式的语言，把读者带入到生动恬淡的生活中。

远近高低各不同

——谈周闻道在场写作

◎谢　红

认识闻道先生二十年了。

印象中，他敢作敢为，是有魄力有担当的政府官员；他待人真诚，是直率而又不乏细心的兄长；他才华横溢，是开宗立派的知名散文作家。“在场主义”是汉语写作史上第一个自觉的散文流派，作为“在场主义”写作的创始人和代表作家，闻道先生早已是中国当代文学史绕不开的话题和人物。然而，也正是因为“在场主义”名声太大，许多时候，我几乎无视甚至忽略了这样一个事实：他其实还是一个优秀的报告文学作家。

第一次接触闻道先生的作品，恰好就是他的报告文学。那是二十世纪九十年代中期，我在乐山财贸学校教书，课余和学生组织了一个文学社团，时常在大佛寺、海棠湾、老霄顶等地方开展读书活动。一次，一个学生声情并茂地朗诵了一段文字，具体内容忘了，只记得我当时深深地被文字的叙述所吸引，被文字所描述的大悲剧所震撼，更为作者痛惜而无奈的情怀所感动，于是，从学生手里要来那本《悲剧，本可以避免》，几乎一口气读完。那是西南交大出版社的本版书，一部由多个悲剧故事组成的报告文学集。那时候，作者的署名还不是周闻道，而是他的本名周仲明。当然，相比现在的周闻道，文字少了一些张力，却也朴实厚重，干净有力度。而最重要的，是他的文字下面，有着一以贯之至今未变的反思意识和悲悯情怀。

几年前，又读到闻道先生的《国企变法录》。如果说《悲剧，本可以避免》

的写作手法相对传统，素材的获得主要来源于采访和收集，视角也近乎全知全能，那么，《国企变法录》则更多地注入了作者参与其中的亲身经历和感受。换言之，国企改革这样的宏观事件，在别人笔下，或许会高屋建瓴、纵横捭阖，却往往会或多或少地缺少一些血肉，缺位一些细节，得于大而失于小。但是，闻道先生的这本书里，情况迥然有别。国企变法面前，他不是旁观者，也不是采访者，更不是无关紧要的观光客。作为政府官员，他在县级和市级政府部门工作几十年，历任市经贸委、市外经委、市发改委等重要决策部门的主要领导，直接参与了国企变法的全过程。可以说，从方案的制定到具体实施，他不仅参与其中，更多的时候还是掌控全局的指挥者。从某种意义上说，闻道先生就是所在城市国企改革的操盘手，这就必然为他的写作奠定了独特的视角，提供了不可替代的便利，避免了非虚构文本往往容易落入的“合理虚构”的陷阱，他因此区别于他人，而以个人化的书写彰显出微观案例强大的冲击力。对宏观事件大变局的描绘，闻道先生没有囿于政策的图解与宣传，而是在大开大合、大起大落之中，也能够过筋过脉、有血有肉，呈现出国企变法这一世纪大现象背后那些鲜为人知的故事和细节，展现出国企变法中各色人等悲欣交集的心路历程。当然，不难看出，其间也渗透了闻道先生对自己这一段人生经历的回望与咀嚼、沉淀与审视，表现了他自己在这样一个大变局中所体验到的人生价值。由此，我自然联想到，在树立“在场主义”散文流派这面大旗时，核心的文学主张，比如去蔽、敞亮、本真的“六字真言”，比如精神性、当下性、介入性、发现性、自由性等五个维度的在场精神的高扬，会不会也和他的这些人生经历相关呢？

今天，他的新作《重装突围》，同样带给我深深的震撼。和《悲剧，本可以避免》《国企变法录》不同的是，这不是相对独立的系列报告文学短章的合集，而是一部长达32万字的长篇报告文学。毫无疑问，作品中的主人公任洪斌，其改革天地之广阔，改革过程之艰难，改革成就之宏大，是闻道先生自身经历所难以比拟的。但是，他们都是国企改革的见证者和参与者，都曾经为了国企改革而殚精竭虑，都能够置世间的谤言于脑后，置个人的得失与荣辱于身外，都曾经为大义而热血沸腾，为改革而勇往直前。我相信，正是这种感同身受，才使得闻道先生的文字于冷静陈述与再现之外，会不时地渗入强烈的主观情感，体现在文字上，就是观察和思考国机与二重这个重组个案时，思维的发散无所拘囿，既有改革现场的浓墨重彩，也有全球背景的映照烘托。文字后面，我们看到了这个国家这些企业，不惧风雨之后的沉寂，渴望落寞之后的辉煌；我们也清晰地看到了改革中的那些人那些事，或平实或传奇，历历如在目前；当然，多角度的审视和多维度的思考，带来的深刻议论和哲思睿语也常常给我们惊喜，呈现出立体的远近高低，尤其是人物形象的塑造，更是远近高低各不相同。

文学是人学，报告文学也不例外。事实上，《重装突围》写了近百个人，上到中央总书记、国家主席、国务院总理，部级以上领导就有十多位，下至相关省、市政府及国机和二重各级领导成百上千。有在位的，也有不在位的。无可否认，在这里，闻道先生遇到一个难题：书写的不仅是党政及国企要员，而且岗位、职位、级别相差巨大。作为报告文学，不能随便虚构；作为特殊题材的报告文学，作者能想象、修辞及润色的空间也非常有限。如何处理错综复杂的人际关系？如何着力？如何用墨？众所周知的语境之下，这不能不说是一个问题，而且是一个高难度的问题。

可是，通读作品后我们发现，他对人物的处理相当高明。首先，他紧紧抓住重组的关键人物任洪斌。任洪斌既是重组主导方国机集团的时任董事长，又是整个重组案的设计者和主要操盘手。离开他，这个重组案就无法进行，这部书也无法叙写。可是，他又是中央候补委员，部长级高级干部，稍微处理不慎就可能带来难以预测的麻烦。其实，我们都知道，这既是书写难题，又不完全是书写难题。不得不说，闻道先生确实很高明。对任洪斌的书写，既充分把握住了人物性格，又充分注意到了他的特殊身份，巧妙地借叙事来写人，以叙事为中心，避免了为某某人“树碑立传”之嫌。在自然的叙事流中，把人物放置于整个事件中去呈现：事情是怎么干的？谁在干？结果如何？一切都从容道来，实话实说。同时，故事细节里，特别现场感地展现了任洪斌的卓智善勇、豁达精进和现代高端企业家的大风范、大智慧、大气魄、大担当和大格局。当然，夹杂其中的娓娓叙说，也悄然地呈现出一个有血有肉的人的喜怒哀乐，对擦电梯小女孩的真诚关怀，给保洁员留下的新年红包和温暖留言，向路边陌生躲雨者自然抛过去的雨伞，在新疆困难企业座谈时，躲到厕所里的偷偷抹泪……这些宏大主题下的关乎普通人的细节，极具画面感，更能击中我们内心最柔软的地方。由此，一个丰满厚重真实鲜活的现代企业家形象，便栩栩如生地呈现在了读者面前：他，不高大上，却巍然耸立；他，气震山河，却可亲可敬，真实感人。

可贵的是，闻道先生对人物的书写没有停留于任洪斌一个人。从国机到二重，从企业到银行，再到各级政府的各色人物，他都用温暖的目光关注到了：国务院、原机械工业部老领导的支持、信任、纠结和忧虑，二重党委书记石柯、董事长孙德润顾全大局又矛盾复杂的心理，还有二重基层干部和裁减职工的愤怒、怨艾以及失落与期盼等。作品里，在重组过程中利益关系纷繁复杂的人们，均以不同个性不同面貌展现出来。这一幅幅鲜活的人物谱，不仅让我们看到了重组对企业对职工利益的牵动，更看到了现代高端国企人的群相与风貌。

于是，立体的远近高低，使得一池活水有了助燃器，坚实的改革之旅有了可以翱翔天空的翅膀，彰显出改革和改革者丰盈的生命活力和流转不息的生动气韵。正如闻道先生所说："橘生央企，淮却在自己手里。"我想，贾平凹之所以从《重装突围》中"感受到时代的体温，触摸到改革的潮涌"，蒋子龙之所以认为"《重装突围》所呈现的企业改革，无论事态的深刻性、矛盾的尖锐性，还是问题的复杂性，都具有崭新鲜活的时代意义"，阿来之所以盛赞《重装突围》"没有停留于改革表象与个性经验的书写，而是把个案的改革放置于时代大背景、贯通于历史的流变，在宏大叙事及理论与实践的融通中，展示了一种宝贵的国家经验，让文学回归担当，作品富有了时代审美审智的价值"，原因大抵在此吧？

是的，如此宏大的场景，如此众多的人物，如此千丝万缕的利益纠葛，如此纷繁复杂的矛盾冲突，如此跌宕起伏的改革过程，这样的题材，不是每个作家都能有幸遇到的，也不是每位作家都能够娴熟驾驭的。我坚信，从这个意义上说，《重装突围》既是国机和二重的突围，也是闻道先生自身的一次突围，更是中国改革文学在经历了长期沉寂之后的又一次突围，并因此而让有梦想有情怀的闻道先生站在更高处，拥有更为开阔的胸襟和更为宏大的气象。

企业病的个性散文考证

——读周闻道《国企变法录》

◎龚盖雄

在大时代的动荡和变革中，我们丧失的不仅仅是田野的原生态和山河的原图像，也不仅仅是我们习惯生活中的许多记忆。更致命的是，我们正在丧失着，历史细节个性化的鲜活胎记。而这些鲜活的历史个性胎记，恰好是个性史记的基因。周闻道发表在《美文》2009年第六期上的中篇散文《企业病·阵痛史》（出版名为《国企变法录》），就是这种带有个性史记色彩的杰出作品。

用整体的大概念和流行的大言说，可以简单地把三十年以来国企改革的阵痛省略，而变成促使市场经济发展的几条标语口号。而真正还原历史个性细节的，恰恰是艺术的凝视和散文历史化个性的原创可能。用散文的在场写作来反思和回顾企业改制——特别是国营企业破产改制的阵痛史，显然有很高的难度。

这首先是因为，往事难以回首。在黄昏月色人言人殊的耗散中。在情感消磨花开花落几春风的挽歌中。记忆往往是不忠实的。在一个社会急剧转型，摧枯拉朽而又泥沙俱下的混沌中，每一天的往事对于我们来说，有时瞬间已是千古。正如我在一首诗中说：当回望往事的前额擦过旷古洪荒的大风 / 高速的现代已把我们抛入又一个 / 失忆未来的远古 / 那曾经沧海难为水的歌唱 / 已被白云悠悠带走。然而那铁和血 / 仍然在奔流。在欢呼。在鼓舞……

作为考古学的个性散文，就是要把回忆的散沙结晶成艺术的眼睛，从中透视出沧桑由来的底蕴和人生实际、社会实体的细微变迁，其中蕴含着语言镜像透视世界的深度。而语言境域中的存在，就是散文蛰居于被述说之物中的交叉反光。用福柯的话说，就是“语言的闪电犁过素描”“话语在事物形式上的切换”。

青年郭沫若在五四时期所写的自传性散文《我的童年》《创造十年》等，把他个人经历的一切社会世相和人生体验几乎都带入了白话语言诞生期和青春期解放性的狂欢，显然和他自觉到其中可留着历史和个性精神的脚印有关。1947 年 3 月，中年的郭沫若在所写的自传的《序》中说：

“……写的动机也依然一贯，便是通过自己看出一个时代。”

“通过自己看出一个时代，”这事实上就是郭沫若作为一个诗人和散文家的宣言，也是一个汉语言传统从春秋战国诸子百家文化轴心时代原创的血液中涌流至今的知识人的道义担当。觉悟到这一切都是“万物皆备于我”（孟子）。认识到这一切都是“认识你自己”（苏格拉底）。古今中外，概莫能外。一个自己和无数自己，怎样才能真正贴切嵌入时代的究竟？所有写作的难度、深度和强度，显然和郭沫若回顾童年所写序中的动机追索的出发点交叉契合，而又在不同的思维探索、语词探索向度中开始了新的突变分流。

五四时代的郭沫若显然属于强力介入生活现实和社会现实的现代性诗人，而不是那种只强调什么个人性而逃避现实、逸入闲适写作的旧式文人。郭沫若把自己和整个时代相关的脉络打通，这使他成为法国哲人加缪所说“不是要生活得好，而是要生活得多”的人，也使他亲身阅历和见证了五四以来贯穿整个中国和世界沧海桑田巨大变迁的史实，而留下了不朽的汉语言血痛于灾难与浩劫的记忆，新生于凤凰与沉默涅槃的裂渊。

至今，郭沫若的成就与失误都如学术研究天幕上升起的灿烂的双子星座的启示。通过一个自己看出一个时代——永远是写作者介入现实最深的心迹，永远是先锋思想者以血性凿开万象四壁的绝世歌吟。

作为当代散文家的周闻道，像当年郭沫若们自发组织文艺团体——太阳社、创造社一样，举起了在场主义散文的大旗。并以大在场的恢弘视野，接连推出了《七城书》《官场词语》和《国企变法录》等力作。其中，都含有自传性体验的经历。事实上，我们每个人的生活，都无形中聚集着整个时代发生的变革与矛盾的焦点，也聚集着语言镜像反光中破碎和重建的精神的自我。

一直从政，作为公务员的周闻道，和后来弃文从政的郭沫若，以及一直从政的苏东坡，都形成有趣的社会职业人生的参照。直接把从政的事写进散文，并作为第一人称的见证者，显然需要突破很多禁忌和个性与集体冲突中的悖论。散文是个性的，然而在官场中从政的整体模式，却是体制的。这其中有非常大的冲突。如果说郭沫若的自传，还有当时个性解放的大背景支撑，那么，周闻道的《官场词语》《国企变法录》等，就已经只能在汹涌澎湃的市场经济大潮中，靠完全的孤身而出的精神个性支撑。这就需要更多的深入骨头和制度的勇气了。

因为企业是国有企业，是完全在行政领导下进行的结构性调整和体制性改革。国企改革是一种行政行为，是强大的行政力量介入其中发生的情势。由于其中直接牵涉到广大工人的很现实的生存问题，也牵涉到广大工人心理的巨大裂变，其中，各种政策和各种实际发生的问题，又常常有灵活错位的叠层，也有很多突发性的危机和险境。《国企变法录》正是大规模的、正面的描写了这一辽阔空间中的沧桑巨变。

作者首先是以非常诚实、非常个人化的笔触，写自己带着市人事局的调令，到市计经委报到。二十三年前的他，跨越农门进入计划经济时代的权威部门。他写到自己的喜悦，也写到老师讲机关时，用“小风车”形象地说出了“机关”的光滑、吻合、协调的含义。作者写道：计经委“不仅是机关，而且是一个举足轻重的大机关。它管理的范围几乎无所不揽，从粮棉油收购调配供给，到‘三材’（钢材、水泥、木材）调拨，从农转非指标下达，到大中专生分配，各类建设项目立项审批，这里的批文，都是不可或缺的通行证”。作者到计经委报到第二天，就有高中同学打电话来，要他帮助弄些“三材”计划指标。在婉言谢绝中，心里咚咚乱跳。不料同学上门，另一副主任居然能直接处理，给老同学解决了问题。然后是随两位主任微服私访，去一个煤矿检查安全生产的所见所感。矿门口的青年男女留长发，穿喇叭裤，边走边哼唱崔健《红旗下的蛋》，现在看来是一种国企痼疾，国企老板痼疾，国企机制痼疾的隐喻——

虽然身体还软

虽然只会叫喊
看那八九点钟的太阳
像红旗下的蛋

周闻道的散文叙述，显然比我以上的转述，更为贴近还原历史本身的在场的透视艺术，在回忆的视觉中，开辟出语词的空间，能非常准确地把握住当时作者感官的体验性，也能返还于现代写作时的精神可视性，也就是当初的行动与激情，与现在写作进行时的反思与回忆的复合连接。这是进入时空光线中多元感官和思想的复合连接。正如马格利特在一封写给福柯的信中所说："只有思想才能观看及清晰描述。"

周闻道的《国企变法录》，一开始可以说是写"红旗下的蛋"的阵痛，即从根本上瓦解旧体制、旧模式的无情的震荡。他直接涉及到围绕国企生存中的命根以及观念的痼疾。作者的第一人称在场的优先性，使他的言说更具有贴切的通感。而他抓住《红旗下的蛋》的歌曲，作为开篇，也是意味深长的。

在结构上，周闻道的这一篇近五万字的散文，用"金木水火土"的传统阴阳五行的关键字领起标题如下："【金】红旗下的蛋""【木】教授在黑板上画了几个圆""【水】你却总笑我一无所有""【火】真不好意思让你们请客""【土】我与法官商定：不讲法律讲生存权"【金】篇，写作者初入计经委，【木】篇，写1987年国企改革中，企业书记在推行厂长负责制中的角色转换。所谓企业中的中心与核心的关系。厂长是中心，书记是核心。正如作者在其中所分析的："这次（改革）是从上头开刀，革领导的命；而且，矛头直指企业'一把手'。往日在企业至高无上的权力和地位，突然面临前所未有的颠覆。"作者还写道："无论是党委工作机构的大大精简，还是党委书记的角色转换，都得首先从自己开刀，从身上挖肉。"

作者很深刻地分析这次改革，触动了企业的生产、经营、劳动、人事、工资、奖惩等重大事项，通通由党委决定的三十多年的惯性。这惯性在国企演变成了一种制度、习惯和规矩，一种根深蒂固的思维定势。国企的规则和潜规则，都围绕这个来构筑。所有人在这种利益格局中，寻求到一种内心的平衡和心安理得。

作者叹息道："在我们这个从漫长封建制度中走过来的国家，官本位已经沉淀为一种弗洛伊德式的集体无意识。权力的魔力在于，它犹如吸食海洛因，不吸则罢，等于不知道那东西。不知道它的味道……无所谓为它左右，只能从外围的种种传言和事例中，猜测它的神秘、诱惑与危险……一旦条件具备，就会削尖脑袋，去弄个一官半职。君不见，许多身家千万的人，仍觉得心里不踏实，千方百计往狭窄而拥挤的权道上挤。实职不行，弄个'政协委员'或'人大代表'之类也可以；然后，在自己并不宽阔的名片上，醒目地印上这些头衔，似乎只有这样，才显示出自己的富贵两全。""殊不知，欲壑是一个不断膨胀的陷阱，一旦进入，就会上瘾，对权力和利益，产生一种类似药性的依赖，深深地沉迷其中，不可摆脱。"作者写一个企业的党委书记退休后，老伴买菜要以请示的方式列成清单，待他批示后照办。书记绝大多数时候是直批同意，有时小作修改，将"芹菜"改为"蒜苗"之类。这种权力瘾，真令人啼笑皆非。

当然，也有人担心国企改革动摇公有制，动摇社会主义的经济基础，削弱党对经济主体的领导；是否会辛辛苦苦几十年，一朝回到解放前。最后是省委党校的教授在黑板上画了几个圆，证明厂长中心是平面的圆心，书记核心是立体的圆心，才似乎解决了这个疑惑。这种看似滑稽可笑的事，却是我们体制的一大特征，周闻道以一个传神的细节表达出来，具有很强的典型意义和批判精神。而领导对"左耳书记"讲明，厂长负责制后，厂长也是"共军"，并没有削弱党的领导，才解开了心中的块垒。

以上之所以较详细地转引周闻道散文的内容，是因为，1987 年的改革离我们已经太遥远了。这种中国特色的过程，到底能启示我们什么呢？我们知道国企改革留下了很多后遗症，直到现在，很多问题还有待解决。但是周闻道剥茧抽丝般细腻的对历史的回忆和描述，又一次把我们带到了活生生的现场。那对许多人来说，不啻是命运转折的重大关头。

【水】篇，集中描写了一家大型国营企业实施破产的过程。这距离 1987 年初步推行国企改革，已经转眼过去十多年了。作者从当年的工作组员变成了工作组长，率领市级十五个部门的成员，进驻工厂。如果说，【金】篇与【木】篇还是国企改革的观念冲击和利益格局调整牵涉的多层面震撼，还停于山雨欲来风满楼的阶段，那么，【水】篇就已经到了生死攸关的地步。

作者开篇写崔健的歌：

脚下的地在走
身边的水在流
可你却总是笑我
一无所有

作者写道："但这次的歌，不是时尚青年声嘶力竭地唱，也不是音响里播放，没有悠扬浑厚的杜比环绕。而是说，一位结实的热血青年，一双愤怒的眼，直直地逼视着我。不，是逼视着我们市政府改制工作组的成员。至今，只要稍一钩沉，我仍清晰地记得，那位青年职工眼神里幽森逼人的凶光。"

这种眼神中的凶光，表现了工人潜在的愤怒。当铁饭碗打破，何去何从的恐慌，是会弥漫的。福柯曾经指出，权力是一种力量关系——更确切地说，每一种力量，其之间的关系都是某种"权力关系"。……力量从不曾是单数的……所有的力量关系都是权力关系。……权力关系同时是局部、不稳定与散射的，它们并不来自一个最高权力的中心点或独一无二的集中点，而是每一瞬间都在力场中"自一点前往另一点"，显示着转折、反转、回返、盘旋、方向变更、抗拒。这是何以它们在任何瞬间都不是"可定位的"之原因。它们组成一种作为非叠层运作的策略，而且因为逃离了可视与可述的稳定形式，这些"匿名策略"几乎都是无声与盲目的。联想到最近不久发生的东北的大型国企工人愤怒打死一个总经理的"通钢"事件，更说明国企改革中如果对事件处理不当或使矛盾激化，会发生多么严重的后果。

诸多力量的纠结和冲突，是周闻道的散文在回忆和反思中，首先自觉到的现实处境。在利益格局的变革后面，是力量冲突和力量重组的诸多可能。周闻道所写的这种情势，在任何时候，都具有极大的超前警示力。

在【水】篇中，周闻道淋漓尽致地畅写了这个即将破产的国家"三线"军工企业当年的无限风光和辉煌显赫。建成时，从中央到省，来了不少重要领导。当时作为县工作队的小青年的周闻道，曾"坐在远远的一个山头，像被拒绝于卡夫卡城堡之外的土地测量师，怀揣无比的好奇、神秘、景仰，可望而不可即，看着那一队长长的高级轿车……久久地发愣”。

……远望一道蜿蜒曲折的围墙，从一个点出发，在浅丘和平畴间爬来绕去，又回到这个点，就划分出了两个不同的世界。围墙内，是高贵的厂房，是大城市人的一种优越感。企业因效益更好，收入更高，社会身份和地位，往往高于党政机关。进入企业就有“铁饭碗”的人生保险，就生是国家的人，死是国家的鬼。国家统包一切。

然而，转眼间，这一切，身份、地位、辉煌都将随风而去，永远地，彻底地成为过眼云烟。明日黄花，原来是如此残忍！

这个国企在技术革命中被淘汰，载波通讯不再有市场，在体制中由中央下到省再下到市，工程师跳槽到乡镇企业，人人都在想退路。

周闻道写道，“仿佛是又一场红楼剧变，哗啦啦似大厦倾。仅几年工夫，这个往日的‘国家队’主力，就奄奄一息，资不抵债了。当我们破产工作组进厂时，人们似乎才一下子如梦初醒。……破产，解散，往日国家的主人，也许将成为真正的无产者，像崔健唱的歌那样，一无所有。”

接着，周闻道叙述了十多年前，到这里搞用工制度改革流产的事情。他指出：“在当时，这种早期不成熟、不彻底、不完善的改革试行的弊端，就已露出了端倪……对劳动制度改革涉及的职工身份变革，企业与职工的劳动关系、利益关系调整等关键问题，根本就还没有来得及思考与清理，更没有配套解决的政策……”

在【水】篇，周闻道散文叙述的空间是非常旷大的。作者散文叙述的方式，在实质上，出现了几个复合叙述主体的交叉。这在散文的复线写作和多层面主体写作中有某种开创性的意义。散文最忌讳单线条、单角度、单思维、单主题的僵化、平板的模式。在【水】篇里，作者既是一个国字号企业生死历史的见证主体，又是企业死亡的终结者的执行主体，更是从全方位反思整个中国国企改革重大问题的具有十多年乃至三十年历史纵深的反思主体。当然，在所有这些复合主体中，还有一个描述这一切散文语词篇章组合的描述主体。这四个主体，忽隐忽现地交叉重叠，使散文的叙述空间波澜起伏，既带有叙述者在场的亲历性的痛感，又带有反思者在场的精神性探索的贴切、坚实和悠远。正如作者指出：

“多少人带着迷惘，带着彷徨，带着忧虑行走，边走，边思边问，边摸索，一走就是十多年。没有想到，世界上的许多事，总是那样不如人意；更没有想到，一个问题，国企职工劳动关系和身份问题，会在改革攻坚中纠缠十多年……”

出乎意料的是，在对十多年的改革成本的掂量中，在对久治不愈的大企业送终的沉痛中，在退耕还林，太阳从头上温暖地经过，往事如烟中，切肤之痛竟是，“不要理会经济学家们的高谈阔论！他们天天在讲改革开放、宏观经济、机会成本，却对眼前一个个丧失的改革机会，一天天增大的改革成本视而不见。也不要听信那些走出洋楼，走进高楼的海归派们，不要听他们指点迷津！天空哪一片美丽的云朵，是在海外生成？”

这是非常切中现实经脉的，手术刀似的尖锐。作者眼睁睁地看到国企，在持久的，复杂的，无谓的体制僵化的纠缠中，仗势财大气粗的公有制，把小病拖成大病，把大病拖死。

作者正确地指出，要改革，不从产权和劳动制度上着手，不过是舍本逐末。改革涉及每一个职工的切身利益，又没有统一规范的法律和政策依据，要推进，在政治上、经济上都要冒很大的风险。

正是在风险中，作者思考了破产重组的关键问题。

而所有的思考和叙述，是在在场的散文笔触的超强密度中进行的。作者没有丝毫的废话或片刻的滥情，更没有任何夸张。这样非常现实的事，照理说很难成为散文艺术的主旋律，但是，在阅读中，我却同样感受到语言的、艺术的、思维的、现实的、回忆的各种强大的张力。甚至在紧张中，作者寥寥数笔的情景描述，也非常艺术。比如：

“那夜星光灿烂，我却无心于苍穹。是在深夜，关灯的一瞬，星光从窗帘缝中挤进，也不多，没有洒满房间。只是一抹幽亮，淡静的，柔软的，把黑夜理开一条缝。该睡的时候了，我却无法入睡。脑子里不停地闪现着一些散乱的镜像……”

“进厂时，那位怒目以视的青年职工，此刻，正签名领取安置费。我们的手紧紧握在一起……看着他面带微笑转身离去，我又想起了崔健的那首歌：《一无所有》。我想，那不是表明某种物质和精神的丢失，而是寻找。天无绝人之路，只要自信在，总有一些失去可以找到；而失去自信，才是真正的一无所有。”

这些描写入情入味，确实是很贴切的。

福柯在《词与物》中，谈到交感的作用。“交感激发了世上物的运动，并且甚至能使最遥远的物相互接近。”

事实上，在场散文的交感写作，就是思维和感觉的交感，渗透现实本身的世相。中国传统的金木水火土的阴阳五行的交感，就充满了运动的起伏，和相生相克的奇诡无比的变数。

水能沉舟，也能载舟，火能烧人，也能暖人。《国企变法录》最为宝贵的是，使我看到一个永远生动的，深入事物本身思考的，行动的，创造的，活泼的个性。

在场散文提倡的散文精神，事实上就是散文所呈现的个性精神创造的品质。而作者亲历的国企改革过程中，他倾心投入的紧张的思考，揪心的疼痛，富有创意的研究成果和不懈的实践方向，以及永远身心在场，精神在场，反思在场的力度与责任感，表现了一个人之为人应有的现代社会职业道德和五四以来个性精神应有的提升。正是这种个性精神主体的确立，才能透过纷繁复杂的事物的表象，抓住旧体制顽症的症结，为国企改革的攻坚战，打开一条可以通达的道路。这也呈现了散文作者人格和文格一致的水准。可以说，这篇散文不仅是介入国企改革反思的画卷，同时也是作者个性精神与历史对创生成的自画像。

这也提醒我们，在任何时候，即使是置身于体制内的工作者，也有极大可能的个性精神的探索和创意的突破。这种创意的空间扩大的可能，既是个性精神扩大的光芒，又是推动社会体制改革整体前进的复合的力量。在任何时候，哪怕就是在漫长的几千年封建时期，中华民族也从来不缺乏改革者、探索者和个性创造者。这是一种真正的传统的精华所在，和存在的核心所指。它使汉语言浸透了光芒万丈的“天行健，君子以自强不息”的大地的精神及不断开启新历史的原动力。我想，当代在场主义散文，之所以敢于在新的历史关头推出新的，在场的，《从天空打开缺口》的宣告，也显然得力于这种原动力的支撑。

个性精神的含金量，正是一篇散文个性得以形成的基础。无论是屈原的《渔父》，还是陶渊明的《归去来兮辞》，或是司马迁的《报任安书》，柳宗元的《小石潭记》，张岱的《陶庵梦忆》，徐渭的文笔，以及郭沫若早年的自传、鲁迅的《野草》等，都充满了个性精神的激情和激烈介入现实抗争的品质和探索的光芒。他们都构成了承担忧患和苦难，开拓想象与未来的汉语的个性精神含金量最高的活化石。

如果说【水】篇使我想到大禹治水的传说，和人类在洪荒时代，寻找诺亚方舟的远古的神话，那么【火】篇，就使我想到整个人类处境在火焰中燃烧的种种波澜壮阔的情状。不必说佛陀曾经说过——火！人类的欲望之火！燃烧在艾略特诗歌《荒原》中的现代性危情，也不必说耶稣所说，“我到大地上点燃烽火”的犹太人开启的历史和经历二战的苦难，单单只聚焦于十年浩劫之后，国民经济面临崩溃的情状中，中国人高举改革火炬行走的这三十年，就已经足以使我们深切体会到邓小平所说——“不改革只有死路一条”的含义了。

【火】真不好意思让你们请客——散文的这一章有三个小标题——

“与这迷人的夜色相惜相挽”，突然在紧张中松弛了回忆的笔墨，这写的是上海的国际融资租赁公司盛情邀请作者所代表的市经贸委，签订谅解备忘录，为租赁公司 1.46 亿元的债权处置，画上最后的句号。

“废品的报复：不加油，只加水”，写的是，租赁公司为之提供全额租赁、引进项目的那个厂，在濒临崩溃中得到了这次机遇。而厂长之前却在所谓改革中，新成立夫人挂帅的销售公司，用提成的方法捞了一大笔钱之后，突然辞职，失踪了。厂长逃跑之前，工人为报复他，制造废品，使企业返修退货负债累累。

租赁的机遇使工厂起死回生。但，负债太多必须要资产重组，轻装上阵。由于唯一有效的资产就是引进的压缩机生产线，当对它的租赁费没缴清之前，企业没有处置权。时任经贸委领导的作者，居然突然得了天启似的想到一条出路，完美解决了这个问题。

这就是第三个小标题“新环巷：律师们咄咄逼人”之下的内容。

可以说，【火】篇是最有中国特色的一章。作者写当年自己怎样在企业极端危难，走投无路的情势下，突然从租赁公司起诉企业得到省高院判决的判词中，找到了漏洞。

他写道："此刻，在耳听厂长们介绍的时候，我的目光突然被绊住。重重的，醒目的，我感到有一种文字的力量与曙光在我的指尖涌动，浸润至心，改变着我的情绪。绊住我目光的，是省高院判决书上的判词。……被绊住的目光在此处停留，定格，抽出缕缕光线。……我指着判决书说，我注意到这里的两个关键细节：一是判决书没有说明，要在执行了本判决，即支付了判决书认定的租赁费等款项后，租赁设备产权才发生转移；二是在判决书认定的偿付款项中，包含了原合同约定的象征产权关系转移的1美元。这样，我们是否可以认为，随着这一纸判决的生效，租赁方和被租赁方原有的租赁关系就宣告终止，而新的债权债务关系就宣告产生？"

经过地区专员、中级法院院长、经济庭庭长等合议，判断正确。于是，开始了救厂十六字方针"资产重组，主体分离，两线运行，分头突围"。而且在实施改制过程中，实施三不原则，即"不汇报，不宣传，不张扬"。一切只干不说，待到改制完成，木已成舟，就主动了。在政府主导下，一切迅速进行。租赁公司从上海派来大批律师兴师问罪的时候，当时，作为市经贸委主任的作者，早已成竹在胸，以礼相待，舌战群儒，请君入瓮。结果，租赁公司被迫消掉了1.46亿元的债权。在零清偿的情况下，通过庭外协商，得到了240万元的政府补偿资金，也算是皆大欢喜了。

由于改制非常成功，这个厂改制个案，被编入国家经贸委优化资本结构经典案例选编里。改组后重建的新公司，直到现在，都发展得非常优秀。像这种利用法理的间隙，在不合理的正确的前提下，明修栈道，暗度陈仓，取得成就的智慧，确乎只有在中国特定的历史环境中才能呈现。

在非常具有中国特色的行政、法律和个性作为多方博弈，而存在着许多体制不健全的空档之中，有的事合理不合法，有的事合法不合情，有的事合法合理不合时，种种层叠、边缘和缝隙，规则和潜规则的交叉，政策和法律的悖论等是非常复杂的。在社会转型中的古老现代中华，确乎是非常难以运筹帷幄的。在极大的弹性和极铁的规则之中，个性的良知和个性的创造，以及个性的眼光、胸怀，以及个性所相遇的各种可能对撞生成的平台，都是至关重要的。在这些综合因素中，缺了一个因素，都是很难做成事情的。古人说，侯门深似海。古人又说，大道无言。如今，周闻道以散文家的目光，透视着商海浮沉和宦海浮沉中，国企生死存亡中的沧桑巨变。行文之中，确乎有百感交集的底蕴，也有做成一两件事的些许欣慰吧。然而，更多的时代的焦灼，是水火不留情的。它显然令人猝不及防，洞穿了语词的词根。

这就是【土】篇——我与法官商定：不讲法律讲生存权。

第一个小标题是：厂长在江边偷偷哭泣——

这儿又重新谈到电子厂的破产重组。作者曾经带领十七人的工作组静悄悄开进工厂。事前召集公安、法院、劳动、社保、财政和当地政府负责人研究了周密细致的破产实施方案。但同样，困难比预想大。首先就遇到厂长失踪。原来到了岷江江边哭泣。厂长作为当年清华大学高材生，二十多年在企业。企业红火的时候，各级都当成宝贝；企业困难的时候，各方神圣都像躲避瘟疫。一个军工企业几年间一落千丈，效益如坐上滑铁卢。国企破产后，厂长与职工一样，都是领了安置费走人。茫茫去路，漆黑一片。

第二个小标题是：指挥部指示我们钻狗洞逃离——

因为一百多名工人，开来卡车，组成人墙，不让工作组离开。而经过请示，决策层模棱两可，似是而非，甚至匪夷所思，最后叫装病坐救护车走，或钻狗洞逃亡。而因为工作组空前团结，最后终于成功处置了工人围堵事件。

第三个标题是：我与法官商定：生存权大于债权——

讲的是，在债权清偿会议上，作者与小债权人的代表律师辩论，不讲法律，讲生存权，为职工的利益说话，解决了问题的整个过程。其中对计划经济时代的企业破产后遗症中，遗忘了职工的安置，特别是安置费的来源没有法律保证，做了深刻的反思。试点政策对原有破产法做了根本突破，就是清偿程序的改变，明确将破产企业的土地使用权转让收入，单独拿出来，用于支付职工的安置费；同时，要求企业的社会性资产由政府接管。也就是政府和银行的话语权主导着这场资产重组的游戏。

从法治和操作上看，矛盾也由此而深，难以调和。

散文深入地写出了其中的复杂性。

正如福柯所说："语言包含自己内在的增生要素。阐述阐释比阐释事物有更多的事要做。……评论完全是针对被评论语言的谜一般的、藏有秘密的部分的。……文学要有自主的存在，并且把自己与其他所有语言分离开来。"

解读《国企变法录》，从作者展开的描述中，也可以触及到国企改革中巨大的混沌、冲突、矛盾、悖论、挣扎与痛心的部分。因为其中是许许多多国企的工人。这些构成国家工业脊梁的当年的主人公，竟然落到被资产重组或企业破产解散的地步。改革成本中，人的生存权和命运竟然如此受到狂风暴雨的冲击。而十多年来，直到现在，还没有真正形成一套完全有效的，均衡各方利益，优先考虑底层工人权益的一整套完整的法律形式。为工人利益说话的独立的群体发言方式，以及底层工人真正取得话语权，取得与各方畅通交流和博弈的渠道，也还没有很好地建立。这也和我们应当怎样尽快地建立一个真正的公民社会和法治社会有密切关系。还有企业改制中出现的国有资产流失的许多严重问题也是不容忽视的。其中牵涉到的许多意识形态的、观念的、行政的、法律的、个人的、群体的、历史遗留的、现实突发的、透明及晦暗的、规则及潜规则的、中央及地方的、条块分割的、利益集团与权力寻租等等问题，都剪不断，理还乱，构成很复杂的源流与纠葛，漩涡与症结。各种原因有时直接造成企业病的溃疡甚至癌症。一些流弊一直拖到现在，似乎还要继续拖下去。

周闻道的这篇散文，从思想意义上说，正是直面这个巨大的、尖锐的、坚硬的社会问题和社会现实，使我们得到不少启发和警示。从艺术上看，《国企变法录》也在国企改革的题材上，开创了一种个性散文考古学的书写范例。其行文跳跃、跌宕，思维空间旷大。许多人与事，叙与思，情与境的呈现，都有空间蒙太奇镜头闪回的艺术功效，而又有内在的严谨，丝丝入扣。在对许多社会表象的描述中，从语言的内部赋予语言以生命。创造了交感式写作和多主体叠层写作的艺术新方式。可以说是在场主义散文探索的又一重大收获。

另外，如前所述，其“金木火水土”五个部分的结构空间，非常巧妙而又蕴涵中国传统博大精深的万物相生相克，相互转换，也就是我所说对创生成的美学哲学原理。在【金】篇和【木】篇中，都回荡着崔健的摇滚音乐的旋律空间，其中暗示着一个计划经济时代的结束和一个改革阵痛时代的开始，也使我联想到里尔克著名的《杜伊诺哀歌》的氛围和梵高旋转的星空的颜色。另一个音乐空间来自周闻道语词密度和叙事节奏本身营造的心律、脉络和情绪的多重奏。这种音乐空间很好地构成了这篇在场散文所有思维空间和叙述空间的背景，并渗透在读者可能的复合感受之中。其行文的特征，还有一个最重要的品质，那就是真实。这种真实，不仅仅是作者亲历性见证历史的真实，而且是作者始终贯穿思维力图洞透事物表象的去蔽努力，使本真的存在得以呈现的过程。其中，显然还有作者知识多元化、多样化的底气和学养的暗中支撑。还有人性化叙事的尺度和人性度提升的可能。

如果说到散文的不足，我想指出，作者全面反思的力度和深度，还有进一步开掘的可能。比如说，文中提到计划经济时代，主要是为公，那时候的人提到赚钱，都还不好意思。这种说法也许就显得太表象了。人性中全部的光明与黑暗，社会中全部存在的善善恶恶的冲突与纠缠，从来都一直涌流着。对计划经济时代权力缺失民主化监督和法治严重不健全的反思，是十分必要的。当然，《国企变法录》写的是当年一个初入政府的小青年对自己当年的认识，在那样的语境中，有较肤浅表象的认识，那也是可以理解的。另外，叙事角度中，能否增加完全底层的工人视角，就像芥川龙之介的《竹林中》，同一件事出现不同的目击者的不同的叙述？这只是我的一种假设，作者的构思自有他本然的语词、观念、方法的艺术创造由来。

总起来说，作者能给我们提供这样在场的，面对尖锐现实的文本，能引发我们的诸多思考和观照，并有相当艺术的、开创性的探索和蕴涵，已经是非常难得的了。

龚盖雄，当代先锋诗人，文学评论家。

在场主义：理论与文本的契合

——周闻道《发现的秘密》《介入的力量》分享会实录

[**编者按**]四川作家周闻道的在场散文理论、评论集《发现的秘密》《介入的力量》（下称“两书”），近日由广东人民出版社隆重推出。两书从“我读”与“读我”两个维度，呈现了作为在场主义散文流派创始人和代表作家周闻道的文学两面，从在场理论、作品解读与创作实验及文本契合中，对在场主义流派建设进行了新探索，是深入了解在场写作的难得文本。拿著名文艺理论家、“在场主义散文奖评委”孙绍振的话说，两书“在一定程度上为我们提供了一种在场溯源的参考”。为让在场追随者和散文作家、研究者更好了解两书，本报选发最近在眉山举办的两书分享会上部分专家、学者和作家的发言以飨读者。

名家荐语

在场主义的出现，无疑是 21 世纪开端散文发展中的一个重要事件，可以说是 20 世纪初新文化运动以来，白话散文在经历了近一个世纪的探索、沉寂、对撞生成和嬗变的结果。《发现的秘密》和《介入的力量》，从对在场主义创始人周闻道对在场散文的解读，及评论家们对周闻道在场写作的解读中，在一定程度上为我们提供了一种在场溯源的参考。

——著名文艺理论家　**孙绍振**

在场主义就是作家在创作时，必须坚守灵魂在场，价值观念在场，以及思想批判性在场。在场主义的旗帜上写着的是人性与良知发现！周闻道《介入的力量》和《发现的秘密》的意义在于，从“介入”与“发现”及在场作品的“读我”与“我读”相结合的两个复式维度，为阐释在场主义提供了一个重要观照。

——著名文艺理论家　**丁帆**

在场主义散文是散文创作进入21世纪以来的散文新理念，它是中国白话散文经历了百年发展、探索及转型的产物。在场写作需要理论与作品的印证，周闻道的《发现的秘密》和《介入的力量》在这方面为我们提供了积极的经验。

——著名文艺理论家　**陈思和**

在“在场主义”理念中，介入既是作家的写作姿态，又是在场的唯一路径；发现则是文学作为创作性写作的根本要求。周闻道的《介入的力量》和《发现的秘密》，通过不同的在场作品解读，在这两个方面给我们提供了理论与作品的印证，为在场写作追随者和研究者提供了有益借鉴。

——著名文艺理论家　**陈剑晖**

在漫长的文学发展过程中，以西方的文学理论对小说、诗歌和戏剧的传统理论进行现代化改造的丰富都比较成功，但是，对散文就不那么顺利了，其曲折复杂远远超越人们的想象。正是从这个意义上说，在场主义散文的出现具有重要的文学史意义；而《介入的力量》和《发现的秘密》，又是了解在场主义的一个重要窗口。

——著名文艺理论家、《中国散文史》作者　**范培松**

专家分享

著名文学评论家、绵阳师范学院教授、《四川当代散文史论》作者冯源： 无论是中国古典文论还是现代文论、当代文论，皆富有某些理论原创的意义和价值。诸如刘勰的《文心雕龙》里对文学批评与文学欣赏理论的崭新创建，王国维运用中西方美学理论相结合的方式对宋词进行的论述，茅盾对别林斯基作家论的成功引入来展开对现代作家文学创作的批评。自进入中国当代文学批评史以来，更是涌现出了像冯牧、陈荒煤、张光年、张炯、钱中文、童庆炳、雷达、何西来、谢冕、洪子诚、陈思和、孟繁华等众多文学批评家，这些批评家在文学批评活动过程中皆有着或多或少的理论建树。从这个角度出发，深入审视周闻道在《发现的秘密》一书中对在场主义散文的理论建构，便充分展现出了他的理论独创及其新的意蕴。首先，作者提出了“介入”这一理论概念，认为作家的文学创作就是对现实存在、社会生活及其人的命运、人的精神的主动介入和干预。身为一个在场的作家，他或她具有怎样的社会意识、政治意识、存在意识、悲悯意识，往往决定了其存在的价值和文学成就的大小。其次，是作者对“文学发现”进行了富有新意的阐发，认为一个作家的发现在于其不走老套的文路、不炒陈旧的饭菜、不发过时的感叹，在于其对自然、社会、人生、灵魂富于独特的新颖发现中展现艺术价值。仅仅从上述两个方面看，便是作者对当代散文艺术理论的拓展和创新。如此而言，作者的在场主义散文理论，必将汇入中国当代文学批评的大江大河之中，成为当代中国散文创作领域里一种新的艺术观念，或者说是一个崭新的理论视野。

南充著名作家、诗人，南充市文联主席何永康： 周闻道先生一气推出的两本散文理论评论集，既是他个人新的收获，也是四川散文界、文学评论界的可喜成果。散文理论探索和文学评论，本是周闻道在主攻在场散文之外的“余事”，但他把“余事”也做得风生水起，得手应心。这不仅是因为他有扎实的文艺理论功底、执着的在场写作追求，更有自己写作散文的丰富经验，便有了审视散文优劣的“火眼金睛”。在“作”基础上的来“述”，自有得天独厚的优势。因而不论是他写评论还是写序言，都言之有物，顺理成章，还令人信服。

与专门的文艺理论家有所不同，周闻道是站在创作者的立场与视角，去读去思去落笔。他评说的笔调是随笔式的，这也是得益于散文写作的历练。随笔性体现出接近性、开放性、在场性的个人风格，好读易懂，生动自然，更能被评论者、读者心悦诚服地消化接受。当然，他的评说也不是完全受感性支配，依然有深厚的理论在支撑，有理性的成分在主宰。从《发现的秘密》一书中，还可看出他对散文事业的拳拳之心，这和他的为人一样令人感佩。

成都著名诗人、作家、文学评论家，四川电影电视学院教授章勇：周闻道作为在场散文创始人和锲而不舍的践行者，他有一双十分敏锐的眼睛，总是能在平凡的现实生活中发现真情、发现美，从而抽绎出思想的光芒和美学精髓辐射生活的各个层面，用自己爱憎分明的情怀去透析描写对象。按照他的解释，“在场精神主要有五个维度，即精神性、介入性、当下性、发现性、自由性”。其中，介入是核心、发现是关键；今天我们看见的两书，正是以发现与介入两个维度，对在场写作做了积极探索，读来受益。从周闻道的文与论及第三方解读中可以看出，周闻道虽不是诗人，他却有着诗人般的视角和诗性语言；他不是思想家，却有着思想家的敏锐与深刻洞见；他不是哲学家，却有着哲学家的素养和思辨能力；他不是历史学家，历史典故却常常呼之欲出、信手拈来。也许，他在散文创作及理论探索、作品解构等方面取得的这些可喜成就，得力于他是置身当代中国经济前沿的经济学家。经济学家心里揣着一张价值图，造就了他对意义发现的执着和思想价值、艺术价值的正确取向，使他在文学创作的百花园里，能源源不断地种植出绚丽的、历久弥“鲜”的花朵。这就是他！一个对散文抱有崇高使命感，在我国文学界有着很高辨识度的散文大家：周闻道！

自贡市实力派作家、评论家蒋诵：检阅中国文学史可以得出一个结论：主干文学和传世名篇几乎都出自“寒士”之手，可谓之“士人文学”。数点古往今来的中国“士人文学”名家大家，每每具有两个共性：一是饱经宦海沉浮，二是具有“宇宙意识”。相对应，不属“宦游人”的文人书写或文人文学，重才而轻识，对世事世相观察不透彻，正像一个人长肉不长骨，缺乏书写的张力和认知的深度，造句见长，造境见短，说表见长，说里见短，打动人心的力道明显欠缺。所谓“宇宙意识”，就是能突破单一门派或宗义、世俗的樊篱与局限，把时间的久长与空间的博大完美地合二为一，思维翱翔于天地之间，想象力、创造力和概括力出神入化，不同凡响。显然，“士人文学”与“文人文学”相比，观念上有代际差，从品质上讲，存在层级差。

通观周闻道的书写，显然可归类为“士人文字”范畴。这不仅因为他也曾经宦海，更在其文质与气韵明显优于一般“文人文学”之俗笔。他从散文到非虚构、从报告文学到理论评论，纵横驰骋，打通了各种文学体裁和话语体系的隔墙，打通了过去未来的隔墙，打通了理论与实践的隔墙，打通了思考与创作的隔墙，打通了务虚与务实的隔墙。这无疑需要扎实的学识、丰富的阅历、过人的眼力来支撑。否则，难以有深厚的内蕴、优雅的颜值、简练的表达，以及超群的发见、超凡的解读和诠释能力。周闻道似乎天生能将入世济世道义在肩，既能独创文学门派，又可得心应手地在众多书写领域纵横驰骋。已故著名作家、中国报纸副刊的标杆人物伍松乔曾以赞许口气感慨：“周闻道是四川作家中综合素质最高的作家之一！”

成都作家杨庆珍：认识、阅读闻道先生其人、其书十几年了，从他的做人、著作中获得许多启发和滋养，受益无穷。去年春分，梨花盛开，受邀来到眉山参加闻道先生的四川文学奖获奖作品《重装突围》分享会，记忆深刻，仿佛还在昨天；今年初夏再次来到诗书眉山，闻道先生的两本新书——评论文集《发现的秘密》《介入的力量》就摆在面前，其多维、立体和深度、厚度、广度自不必说。他的很多著作我大致读过，感觉他的文字作品在不断生长，且越来越深邃丰富，越来越优雅纯净，可谓字字珠玑，光芒闪耀。概括起来是：开阔、智慧、诗性和慈悲。闻道先生的文章里总有思辨的色彩，有各种追问，譬如《“日出初光”与一尊海上碑》“浩瀚宇宙，何处是中心？面向自我，从自我寻找心的归宿，精神的中心，进而证明自己的存在。心的地址，就是生命的元点或初光。”文章中的哲思光芒闪耀，耐人寻味，但读起来不枯燥，更不烧脑，是文学的在场表达，是散文性与在场精神、介入性与发现性、文学性和思想性的深度融合，让人在阅读中感受生命的多维意义。

峨眉作家彭建群：现在，耳边常常听到一个概念：15年，并以中国举办的奥运会和5.12汶川地震为例，称之为“唤醒的15年”。在场主义也是创立15年了，对不少散文作者来说，也有唤醒的意义：唤醒散文性，唤醒在场精神，唤醒在场、介入、发现、担当和汉语回归，等等。闻道老师的这两本书，就属于唤醒类图书。认真拜读了两书的全部内容，如饮甘露，收获满满。“我读”与“读我”，参与读的既有名家大咖，也有初为文者。这些作品从理论思考、创作实践、争鸣碰撞、问答交流等多侧面，为我们探索在场主义的秘密，提供了颇具价值的个性经验。它是在场主义散文理论建设的重要成果，可为散文写作者、研究者和热爱散文的朋友们，提供一个新的、富有在场特色的、与众不同的参考。不少人说我的写作水平有了较大提高，我心里很清楚，很大程度受益于周闻道老师的扶持和培养，这辈子能够遇见周闻道老师真的很幸运。每次到眉山参加文学盛会，总会被眉山的浓浓文风感染。今天的新书分享会又是一次在场主义散文的聚会，文化的聚会，思想的聚会，情感的聚会。

眉山作家李云：摆在面前的两本书，是周闻道多年来忠实践行“在场主义”散文创作理念的又一重要收获，将在场主义两个关键词——“介入”与“发现”的魅力提升到一个理论的新高度。个人认为，当代散文创作存在两种不好倾向：一是纯理论写作，一是纯经验写作。周闻道这两本书正好起到一个纠偏的作用，其意义远远溢出本身的价值，对散文创作的启迪不言而喻。英国学者培根曾说过一句很经典的话：人的理智就好像一面不平的镜子，由于不规则地接受光线，因而把事物和自己的性质搅浑在一起，使事物的性质受到歪曲，改变了颜色。周闻道散文的价值在于，通过理性的介入与发现，用他追求真理和意义的慧眼，不断抵达事物的本真，还原世界真实的颜色，感受生活与生命的美好，存在的意义。

眉山评论家申红梅：周闻道两书立足“在场”，一体两面。书名，是他的观点——他评是介入的力量，我评是发现的秘密。书的内容，是他在场理论与实践一以贯之的明证。他立足发现意义，笃定介入是在场的唯一路径，在介入与发现中，表达了个体审美的动态系统。他以意象、陌生化、介入、当下、发现、精神原乡等为关键词，构建自己在场式评论的话语体系；他重视评论的诗化、叙事的细节，探索散文文体、理念的流变，表达他对现实的关怀。他以评论且行且思考，知行合一带来了创作的丰收——散文、非虚构、报告文学、理论、评论，对文体的跨界融会贯通。无论哪种文体都因长期的理论互证，被他持之以恒地系列化。他以在场为辐射轴，集结在场、读心、读人、读世、读文、读企六个板块。这是他介入的方式和态度。他以阅读牵引，从内心到人事到世道，再到跨界，和不同的评论家相遇、碰撞，然后纠错、调整，强化他理论的力量。写评论和编辑评论集，互动又互证，很妙。别人评价他，他评价别人，视角的转化，给了我们全面、立体的理解周先生的图鉴。

眉山作家、评论家龚莹莹：作为散文写作流派，“在场主义”从 2008 年由周闻道为首的十八位文学勇士首发至今，风雨兼程已经 15 年了。两本文论集应运而生，就像两道目光呼应打量——通过这样的目光，不难了解闻道先生拥有大量的散文作品和理论成果，足以佐证散文“在场”的精神实质。《发现的秘密》以宗教哲学与文学主张交叠论证、理论探索和文本解读相互印证，不断明晰散文“在场”的理论体系；《介入的力量》则集合了三十多位作家、评论家对周闻道其人其作品的关注与诠释。这些都与在场主义的精神实质不谋而合，于是绩麻成席，产生了“介入的力量”。周闻道为文孜孜矻矻，散文性和在场精神的融合，是他文学追求的崇高目标；与之伴随的行为逻辑，是提倡作家关注身边、介入社会、贴近大地、直面苦难，以此抓住时代，获得抵达人心的力量，让作品拥有永恒的生命。

眉山著名诗人、作家许岚：文学，一直在场。周闻道两书从“发现”到“介入”、从评论同道到被同道评论，青春和热血一直在文字中流淌，在场的精神一直在生命中行走。闻道先生是年轻的，把生活献给了艺术；也是敏锐的，俯下身子捕捉人性的真实一面，并给予哲思，从中发现存在的意义。他在散文的道路上、文学的道路上，一直在负重突围，寻求自己的道。介入中发现，发现中介入，细致中宏观，宏观中细节，或亲身经历，或聆听述说，都是思想火花的闪烁。从企业家到作家，从作家到评论家，闻道先生的人生一直在场。

眉山作家若若：周闻道老师的作品，就是在“在场主义”写作流派丛林中漫步的行者足迹。他的报告文学，有着非虚构的小说味道；他的散文，带着“奇异性、转角式”的陌生化味道；他的评论，是解读与重构、审美与诗性……这些味道，是介入和发现——以经济学家的身份介入现实、事件，关注当下；以哲学的思维发现真实、真相、真理；以文学家目光触摸温度、解构意象，以作家的方式叙述，构建生活和文学的在场。

读周闻道老师的作品，总是会令人耳目一新——他总是在介入，把眼光盯着当下、盯着身边、盯着疼痛，充满悲悯情怀；他总是在发现，发现生活，发现思想，发现价值，发现意义。而这些发现，又总是带着鲜明的、辨识度极高的“独特性、深刻性、广泛性和持久性”的“闻道风格”。他在阅读中发现——项丽散文指尖叙事、李兴义的精神还乡、伍汉的隐秘诗意……作为在场主义的发起人和旗手，周闻道老师一直走在追求散文创作“在场、介入、当下”的路上，一直致力寻求“本真、敞亮、去蔽”，而他的写作，总是带给人曲径通幽的新奇体验，行到水穷处的出神之妙。这是他独具的发现之眼，也是他重构的介入力量。

眉山著名作家沈荣均：周闻道是一位善于制造文学话题的作家。十多年前，曾经领衔发起了一场关于当下在场主义散文流派纷争，并持续地影响了四川乃至全国的散文写作和理论探讨。他既是一个在场主义散文写作的文本实践者，也是一个散文理论创新的尝试者。这也构成了其文学的两个基本面。散文写作是需要创新的，包括文本的创新和理论的创新，两者的一体融合，需要足够的审美储备。周闻道跨越了这个类似于攀岩的难度。此次两书的出版问世，就是个有说服力的明证。“介入”是关于周闻道本人散文创作的理论解构，是由外而内的；“发现”是周闻道关于其他作家散文创作的评论赏析，是由内而外的。内和外，实际上又是一种观察角度的互换和双向的互动。于是，我们也可以说，“介入”和“发现”是周闻道文学的又一种“两面”，它刷新并深化着周闻道的文学人生。

眉山著名作家张生全：周闻道在文学上是一个拓荒者，他的写作之旅进行过多次开拓。作为一名政府官员，却创建了一个名叫“在场主义”的散文写作流派，这是一次文学拓荒。他用散文的笔法写报告文学，并且产生了较好的效果和较大的影响，这又是一次文学拓荒。散文作家写经济领域的问题，让经济问题具有散文的艺术之美，再让散文作品具有思想之力，这还是一次文学的拓荒。周闻道的文学拓荒精神，也正是他在文学的百花园里“发现的秘密”，也使得他的文学创作充满“介入的力量”。周闻道的这两本评论集，也正好从向内和向外的两个角度，印证了他的文学主张、文学策略和文学实践；同时也是他文学写作的再一次拓荒，让他的文学版图又拓宽了不少；让他的文学厚土中，又长出了两棵茁壮的大树。

成都女作家刘馨忆：翻这两本书，看到闻道给别人写了那么多评论，包括给我写的，也有那么多人给他写的评论。至少说明三点：他的作品多，所以评论多；他的作品好，大家有话说；他的为人好，大家愿意说。他因为爱文学，也爱文友。朋友出了新书他总是认真看，还认真写评论。他给我的小书写的评论，事先我完全不知道，直到我的新书分享会他发言念出来，让我意外而感动。所以，朋友们都说，闻道的为文为人为官都值得我们学习。

闻道长期在经济主战场工作，熟悉经济领域，一如鱼之熟悉于水，实现了写作的跨界。他写了许多人所不能写，也见许多人所不能见的。比如《重装突围》，面对如此庞大复杂的中央级高端国企重组这一重大题材，在宏大与杂芜里、艰难与曲折里、政治与经济里，洞悉和把握事物运行的脉动与规律，举重若轻地用文学的“鱼骨理论”，去匹配企业管理的“鱼骨理论”与实践，实现了国企重组改革深水破冰的探索和经验，有力地给予了文学的呈现。因为热爱文学，闻道认识了众多同样热爱文学的人；也因为他对文学的执着追求，他们以经济工作的顶层设计的思维，跨界到文学创作，为“在场主义”文学的提出和推动做了许多有益的工作，“在场”概念的提出，为散文创作提供了新的理论视野，也注入了新的活力。

企业家、浪漫主义诗人黄明：我本是一名地质工作者，写点东西，纯粹是业余爱好。闻道兄在眉山文学界名气很大，在川内外都有一定影响力。最让我印象深刻和感动的一件事，是他主动为我的诗集《我的瘦哥哥梵高》写了一篇评论。文章发来，我惊呆了——长达近八千字。这篇书评，题目高远深邃——《在意象重构中呈现诗性审美哲学》，空间辽阔，万千思绪，切入点非常好，一下把画与诗的内在精神打通了，让人从两种意象的交融中，既更好理解原画，也更好理解我的诗。他用“审美纠缠”“诗性的审美哲学”“宏阔的审美格局”“疼痛的审美介入”，逐层深入剖析“麦田”“土豆”“向日葵”等意象的重构，读来清新无比。他用意象重构的审美哲学观点新境界来评论诗集，无处不表现出“在场主义流派”写作，在这个领域维度的一次独到的大胆性的创新性探索。这篇书评，后来在《文学报》上整版刊登。文章用意象重构的审美观、哲学观介入我的诗，发现许多我本人也没有注意到的闪光点、意义点，进一步打通了诗与画之间的隔墙，呈现了崭新的审美气象，无处不表现出在场写作的精神品质，在这个领域维度的一次独到的大胆性的创新性探索。

我清晰记得，闻道兄在我《诗读梵高写作手记》一文之下，留了一行字：“黄明，现居四川省眉山市。现实主义企业家，浪漫主义诗人”。我理解：做企业家必须实实在在去努力，探矿时，要以多少多少亿吨弄清藏量；搞工程时，要以多少多少万元创造产值；做公司，要看今年有多少多少亿元进账；讲贡献，要看今年给国家缴纳了多少多少千万税金等，确实是够“现实主义”的了。而做诗时，就可以精神自由，放飞自我，海阔天空，想什么就是什么。在呼吸都困难的青藏高原，也要写出“巍巍昆仑我居上，源源三江向东；青天一路为谁开，山河万里备霓裳”这样的诗句来。在飞沙走石的西北大漠也能写出“汝把神泉当美酒，醉邀嫦娥漫西游；吾亦月下举杯盏，不到酩酊不罢休”这样的诗句来。

眉山作家陈立：喜欢读闻道老师的文章，不急不缓，迂回百转，像读优美的散文诗，有诗意有发现，有思想高度和深度。似乎总能瞧见一个人，边走边沉思，从清澈的小河边走进山林，鸟鸣，山泉，清风，整个世界都环绕着他。作为眉山老乡，我是幸运的。2019 年的一天，我抱着试一试的心情，斗胆给闻道老师打了电话，请他为我的散文集写个序。没想到他一口答应了；不到一周，文章就发过来了，洋洋洒洒几千字。文章从解构我的笔名“小蚂蚁”入手，发现我散文中潜存的柔弱、大爱与责任相统一的“蚂蚁精神”似的“内心地图”。其中很多细节点评，有肯定、有鼓励、有鞭策，让我倍受感动。我听取了他的建议，把书名改成了《静待繁花》。闻道老师为人谦和，平时参加本地文学活动，他平易近人，从无“架子”，言谈举止温润如玉，还时常给我们讲解散文写作的方法和技巧，听者无不受益。

眉山作家李海燕：提到闻道先生，我心里便涌现出三个词：钦佩、骄傲、感激。十五年来，闻道先生坚持在场写作，介入现实，关注当下，体察民生，将宏观叙事与日常琐事、家国天下与民生关切、文学关怀与个人情怀相结合，书写出一部部时代精品。他的文字鲜活有力，张弛有度，既大开大合，又从小处着笔，有细节，有温度，有人情味儿。在场主义诞生在东坡故里，成为《中国白话散文百年史》上浓墨重彩的一页，眉山因此而获得“中国散文之乡”的美誉，也让更多人了解眉山，提升眉山的文化影响力，闻道先生功不可没。此次由他著和编的两部在场理论评论集，就像推开“在场主义”的两道门，走进其中，跟随书中的文字，我们可以感受发现的意义，触摸时代的脉搏，探索生命的本真。闻道先生人品贵重，为人为文，真诚、真情、真实，是文学后辈学习的榜样。感谢在场，感谢闻道先生。

眉山作家李晓群：文学本是一条窄道，于一些人而言，走着走着就走成了死路、绝路、断头路；可对另一些人而言，天长日久他竟把这条路走成了通天大道。闻道老师属于后者，面前的这两部新书就是证明！这次闻道老师捧出的是“并蒂莲花”，“我读”与“读我”：一部是别人评他的作品的，一部是他评别人作品的，理论与创作，二十年光阴，在同一个人身上互动又互证，这不能不说是个奇迹。因为才拿到书，还没来得及认真拜读。但是这两天正在整理的“在场”杂志新刊稿件里，刚好看见闻道老师新书里的一篇，他为文友的散文集《西藏之蓝》写的书评《蓝是生命的更深刻形式》，洋洋洒洒四五千字，一个“蓝”字，给生命赋色，把文友新书的核心意向，生命底色，以及文学与生命的最佳原色，精妙地提炼、渗透、融合，使风景中的人事物和看风景的人交相辉映，在深度、广度、哲理、禅意上，亦有见天地、见众生、见自己的唤醒。窥斑见豹，期待阅读闻道老师更多新书。

眉山仁寿作家邱建明：很欣赏周闻道关于散文的关键词：在场，思想，发现，诗意。周闻道的这两本书，是他在场写作的追求，也是他散文观的呈现。

我们从这些文字中，可以探寻到通往散文之路的一条秘道。眉山诗书城跳动着在场的足音，以介入的姿态，可以发现生活中更多道的诗意。人生有限，而道无边，文以载道，文以在场，闻道一直在路上。

眉山仁寿作家彭燕：作为一名在场作者，我一直在学习书写那些本真的、纯然的和自在的文字。读了周闻道老师的两部力作我欣喜万分，理论与文本一下打通，字字句句都敲打着我的心，让我受益匪浅。周老师对在场散文的“我读”以及名家对周老师的“读我”，使我对散文有了新的认知，让我对散文写作的“在场”和“散文性”有了系统的新的认识，更是让我找到了在场散文写作的路径，可以在一种明确的向度下去创作。我相信阅读了这两部书的读者将会更加自信，朝着在场主义散文的探索和努力的方向迈出坚实的步伐。

眉山仁寿作家喻斐：我曾经在“在场微散文”发表过作品，有幸进入在场作者群，对在场散文的关注与热爱一直在路上。品读这两本书，从理论与文本的印证上更加深入了解“在场”。作品有深度、广度、温度，读后有见天地、见众生、见自己之共鸣。书名即观点，在场散文主张发现、介入。发现性是第一性，是对真实、真相、真理的发现。在场的旗帜和使命是介入，强调介入现实、关注当下、体察苦难。书中作家对当下现实都有强烈的精神层面的介入意识，用富有张力、活力和穿透力的语言，去蔽、敞亮、抵达本真，深入地干预、主动地出击，从而实现在场散文寻找到自己的真实身份、存在底线和艺术高线。

眉山仁寿作家余娟：这是一场别开生面、让创作激情倍增的分享会。在场主义，其实就是一场散文观念的革命。品读周闻道先生《发现的秘密》，无论“在场我说”“翰海拾贝”，无论“心灵物语”“微文微观”，都无不彰显出在场散文文体之高贵，灵魂之超越，情节之真实，文字之诗性。更是折射出闻道先生动人的慈悲情怀与高尚纯粹的思想境界。而《介入的力量》，又分别以“在场”“读心”“读人”“读世”“读文”“读企”为主题，对先生20余年来的作品进行了深入解读，令我豁然开朗，感悟其中：“在场”就是介入现实、关注当下、体察苦难，就是去蔽、敞亮、本真。坚信只有自己身边的、与自己相遇的人和事，才是唯一属于自己的最宝贵的创作资源；在场没有止境，散文创作路上，只有坚守在场，提炼本真，满怀如闻道先生这般对文学的执着和热情，方能写出不负时代、不负人民的好作品。

眉山丹棱作家王燕群：闻道老师出书像是种土豆一样，年年丰收。今天分享会上，专业教授、评论家、作家们发自内心的评论，让我思绪飞扬。十五年前，他与几个老师一起开创了在场主义散文文学流派。如今，在场散文高举着介入的旗帜，在散文界推出了一系列活动和出版了一系列丛书。手捧两本新书，如捧着闻道老师十五年来的个性追求，捧着他对在场散文的执着与坚守。我除了发自内心的祝福，还有敬重，敬重闻道老师为官，为人，为文的大爱。高山仰止，闻道老师永远是我学习的榜样。

眉山丹棱作家骆志勤：有勇气在文坛开宗立派，足见其东坡故里文化人的自信和自强。在周闻道首倡的在场主义的旗帜下，又在他的奖掖和扶持下，在场主义创作成果不俗，在散文界刮起了一股旋风，成为21世纪初中国不可忽视的文学现象。“介入”深度取决于力度与强度，更考验其功力；写作中的每一次“发现”，都是向新的高度的挑战，也揭开了闻道散文创作屡屡出新的秘笈。发现就是闻道在一次次在场探索、对话和碰撞中沉淀。从“读两本新书，我”和“我读”的两个维度，理论与实践互动，在缺失“批评”的当下，是文学评论领域不可多得的好书，有相当高度和纵深度。让我系统地走近了“在场”，加上对他创作的关注，从理论到实践都有了新鲜和不一般的感受，获取了散文写作的动力。

眉山丹棱作家顾海涛：有幸来到周闻道老师新书分享会现场，翻开《介入的力量》《发现的秘密》，在场、介入、去遮蔽、自由等词汇一起打到了我，使我瞬间凛然，像海绵一样快速吸取着书页能量，从分享会一开始我就进入了密集和迫切的边听边学，一上午在本子上记录老师们的发言精髓，心跳加快头脑风暴的实感让内心充盈无比。

眉山洪雅作家张霞：我觉得，《介入的力量》《发现的秘密》完全可以作在场主义文学流派理论与实践及在场写作的教科书。闻道老师既是在场主义的创始人和旗手，又是躬行君子。践行在场主义散文主张的“介入”，介入现实、关注当下、体察苦难；发现真实、真相、真理。他的精神与作品“在场”，闪烁着“发现”的光芒。他的近20多部文学专著，480多万字，写满热爱文学、追求在场写作的赤子之心。闻道老师的文章是“俊得悲悯助”。他有一颗悲悯之心，他俯下身子，贴近大地，贴近生命；他直指人心，见性成佛；他用《暂住中国》《重装突围》扫视中国当代社会的巨大变迁。他在为他人写评作序，对作品的不足之处总是委婉建议，极尽师者长者的宽厚，对作者文学才华总是热情细心无私呵护鼓励。

眉山洪雅作家宋学蓉：周闻道言：“以存在的意义显现为指向的在场，其最鲜明的特征就是介入。“介入，强调作家的使命和责任扎入最深的痛，要贴近灵魂，体贴底层，揭示真相，承担苦难……”我的理解，介入不等同于亲历，而是精神的到位。当作者“介入”后却又是实实在在的亲历，那便是真实。闻道老师的散文创作从最初的写故乡童年，再到“官场词语”“国企变法”“七城书”“思想智慧”“暂住人口”，这就是他“介入”的“亲历”与“真实”。“介入”为闻道老师散文创作提供了宽阔的写作边际。至于文章是否写得“精彩”“好看”，那是功力问题。比如同使“降龙十八掌”，有人一出掌便摧枯拉朽，飞沙走石，有的就只是花拳绣腿，徒有其式。功力可以通过勤学苦练而渐入高段，但找到一门或很多门武功却是不易。周闻道老师用《发现的秘密》《介入的力量》为大家寻找武库指明了方向。

眉山彭山作家河清：今天参加闻道老师的两部力作分享会，“读周”与“周读”的文字。前者是关于在场主义的理论探索和作品评论，后者为省内外文艺理论家、评论家对周闻道在场文本的解读，这两本书的精神主线便是在场——既有在场的理论探索和构建，也有作品观照、写作指引和意义发现。从两书中，我们不仅了解了在场主义创立的来龙去脉、理论实践，名震文坛的“在场主义散文奖”评选的价值尺度、审美本位、评选原则，更从源头上了解了在场主义产生的历史人文背景、时代呼唤，及在场写作核心要义、价值追求、艺术取向等。周闻道老师德才兼备，其爱才扶才的高尚品德，更令我高山仰止，景行行止。

眉山青神作家袁超群：当闻道老师的又一套新书摆在我面前的时候，内心感慨万分。除了佩服之外，更多的是崇敬。分享会上大家争相分享赞美，唯恐言难尽意。本是分享对他作品的阅读体会，但大家更多的是想表达一种他为文、为人方面给人带来的敬重。作为周老师的家乡人，更多地感受过他的为文为人的魅力。先说他的为文，在《介入的力量》里，收入了国内 30 多名知名作家、评论家的 40 多篇文章，无不对他的文风、文品、文德从文学高度、深度、广度作了精辟的评论和赞誉，绝非偶然之事，我不敢在此妄言。作为一个文学爱好者和闻道老师的同乡，我是在他的文字影响下，走上文学道路，成为文学坚守者的。从为人方面，周老师德高望重，胸怀博大，待人亲切友善，作为国内赫赫有名的散文家，对待文学新人也是大哥般的随和亲切。在《发现的秘密》一书里，无论是名家名篇，还是小作者的小散文，他都以一样严谨的态度和包容的胸怀，评说中带有鼓励，论理中带有点拨。

眉山青神作家王云霞：周闻道老师新作分享会让我眼前一亮，有好多大咖及文学爱好者！分享会上，各地代表们各抒己见，意犹未尽。高山仰止，闻道老师不仅是作家和经济学家，还是文学活动家，今天我们又看到他的理论评论也非常棒，可以说文学上硕果累累，乃我心中的一座丰碑。他不仅是“在场主义”的创始人，聚集起庞大的“在场主义”散文阵营，还无私倾力提携文学新手，发现新人，让家乡的文学事业后继有人。周老师是我们青神人，他的家乡情结非常重，原来规划的成绵乐峨高铁线路并没有走青神，而走成昆线至夹江到乐山，时任眉山市发改委主任并参与该铁路规划的周老师发现这样的“重复建设”式规划并不合理，在周老师的多方奔波和努力下，设计专家终于调整了线路走向，我们青神终于有了高铁站。周老师在敬酒的时候还鼓励我们新手，“大胆写嘛，写来我们帮你们改。”让我们感到十分温暖。我忽然有了动力，为文为人，有了周老师为榜样，我更有信心了。

眉山青神作家郭燕萍：2020 年参加《重装突围》分享会的情景仿佛还在眼前，没想到周闻道先生又出了两部重重的书！作为一名文学爱好者，深深为周闻道先生高涨的创作激情和笔耕不辍的敬业精神所感染，所折服。作为周闻道先生的家乡人，我倍感骄傲和自豪，敬仰之情油然而生。周闻道先生倡导在场主义散文，自成流派，并将一系列的精彩文篇、理论探索集结成《发现的秘密》，又将各地名家对他散文的评论文章汇编为《介入的力量》。两书如同姊妹，相互映衬，相得益彰，将在场主义散文的风貌逐渐铺呈在读者眼前，周闻道“文学活动家”的形象也愈加丰满而立体，感人至深。兴许，无数文学爱好者都会像我这样，如获至宝般地细细捧读、揣摩、钻研这两本书，并不自觉地加入“在场”的行列中吧。

眉山青神作家滕礼建：认识周闻道先生是从多年前读他的《点击心灵》开始的，我们是老乡。我至今还记得书里写到他少年放牛时登上老家旁边的白虎崖眺望岷江里白帆的情景，那是他梦想启航的地方。今春，在青神程家嘴、瑞草桥、汉阳忆村，一路陪同他时我总是如履薄冰，小心回答他的各种疑问。傍晚回到宾馆才感觉他是平易近人的兄长，于是说话畅快了许多。文品，人品！“百善孝为先。”闻道有97岁的老母，还有87岁的丈母娘，平时安排妥妥，照顾细心，是位大孝子，我等的榜样！闻道满怀的家乡情结，以前只听说青神竹艺城湿地公园连接西龙长池村的桥是他努力争取来的，后来才晓得青神县医院、中医院、职业中学、污水处理厂、成绵乐高铁过境青神、青神航电等，处处都有他的贡献。那天，和闻道先生在青神竹艺城的海棠公园去看看退林复耕情况，路边一位70多岁的老大娘，见到闻道先生突然惊喜地翘起大拇指激动地连连说：“你……你……你不是周仲明呀？你为我们家乡做了好多好事啊。”一位路遇的家乡陌生的老大娘，也许忘记了许多陈年旧事，但却记得已离开家乡50多年的周闻道，且激动地竖起大拇指夸赞。当时，我也被深深感动了。

读心

亲历心灵的圣境
——周闻道散文创作初评

◎陈亚平

解读大地上一切在场的万物之语境，亲历时代的深切变幻，追溯心灵的命运历程，构成了周闻道永恒精神家园中诉求的“心性写作”基础：对生命诸有宿归的感念，对时间迷宫的深沉自问；对大地栖居的诗意塑造，对人性本然的深度关怀，演变着周闻道整个中年写作阶段质的推进历程，和血液中带着崇高感与倾献意识传统的书写格局。

20 世纪 90 年代中期，当代散文创作的总体状貌呈现出与传统散文文学所区分的多元化，致使中国当代散文的走向在新的时代语境中，发生了纵向上的质的变革，这种散文向“崇高”与“审美理想”深度开掘的群体化演变，无疑使中国传统散文走向了综合的时代。20 世纪 90 年代中期延至 21 世纪初期的散文创作趋态，对整个当代散文的三个阶段的构建产生了决定性的影响，概括为：一、“随笔式的学者散文”，这主要表现为朱大可所代表的“新才子写作”；二、“现代知识游记散文”，这主要表现为余秋雨所代表的“海派散文”；三、“思想随笔”，这主要表现为张闳所代表的“文化散文”，概观当代中国散文创作的三大趋态，可以解读当代中国文学创作在新历史性境与现时代文化境遇以及现实处境下，作家在思想层面和视点上所作的调整，它对应了整个中国当代文学思考的新走向的客观背景。当然，21世纪开端，中国当代散文，在延续了这种走向的基础上，又承接了更为广阔的发展空间，作家们普遍将视野置于圣化写作中那内心世界的再度开拓上。于是，当代散文的创作层面，开始有了更个人化的心灵分析式的细分，散文作家周闻道近几年的创作路向，基本上表征了这种称为“心灵解读散文”的审美特色和思想向度。

一、心灵的崇高审美

周闻道散文写作的核心是让心灵的崇高审美通过无数现实与自然、自然与生命、生命与心灵、心灵与经验的感性物，在一种内心历数的精神时空中得到升华，通过俗化到圣化的转迁，而达到最高体验的冥思之境。周闻道的崇高是审美现象中最独特的一种，他的审美心理结构的形式有其特殊性：在愉快中隐含痛苦（《眉山的黎明静悄悄》《喧哗的孤独》），在痛感中含有快感（《何处看春》《晓晓为爱私奔的过程》《小区的误会》）……他把这种现代都市化人类的生存经验描述到哲学上来论证，使崇高作为审美现象引起了巨大注意，让美在想象力与知性的和谐中，凸显心灵的冲击力，使人无处不感到心灵在召唤我们生命本身的使命，周闻道在“走近都市”这一集文里，力图阐述崇高的本质在于一种人文与人本异化境遇——都市生存精神中关于自然属性的提升。

二、心灵的理想化追崇

周闻道在深度介入现实与生命的前提下，比任何人都更认为：美的理想，能唤起许多心灵思想而又没有确定的思想，即没有任何概念能限制它的那种想象力空间，即追求超越经验界限的某些事物去寻求接近理性的表象。在“走向自己”这一集文里，周闻道像一个大哲人代表整个人类在追问自己的彼在心灵，他在诗意化的表述方式中，以天启的角度，把不可见的存在的理性世界、孤独、理想、宁静、童年经验等，实现于各种感性。他也处理经验中的现实，例如生命、农事、情感、荣誉等，借助想象力中所传达出的他个人化的心灵评判，尽力去追赶理性的活动以达到一种理想过程中的“纯高度”，而超越经验的界限，把它们表现在具有形式意义的感性中。《享受孤独》向我们展示了心灵世界所独有的与现实世界区别的一种自为的存在价值，它是一种依托现实生命而又走向精神生命的升华过程，它表现了生命过程中各种阶段的联系与质的渐进。孤独，就是返回到生命本然固有的状态，而这种状态，被现代文明完全异化或消解了，现代人的“孤独”已不是孤独，而是一种物质欲之后的空，一种孤寂。周闻道站在心灵的前沿，率先揭示或是强调了这种孤独存在的本然之境，于生命、于心灵的重要，因为他阐明了：孤独是心灵生命的血液，也是心灵存在与升华的活着的见证。

又如《有些感觉仅仅属于自己》《心灵要飞翔》《企盼，是一种苦涩的美丽》《深处的陌生》……那种寻求生命本体的感召和人性的洞察，让我们在一种高度理想化了的心灵环境中，完成生命所必需的各种环节，包括感应那些纷呈在潜意识深处的精神元素。同时，周闻道散文写作的形式也遵循着心灵生命的节律：由感伤到深沉再到大悟，又由大悟到冥想再到释然，又由释然到感念的循环。他善于在切入自然与心灵双重结构的统一中，营造诗的张力。诗意成为自然与人的心灵之间通达的桥梁。同时，周闻道借助诗意的介入，表现出他心情和灵魂的深度，而这种深度的心界都不是一望而知的，是要靠周闻道沉浸到外在和内在世界里去深入探索，才能感知到。比如《一转身发现上帝》，我们看见了周闻道通过现实的人文关怀：“那么多人向往崇尚的权势，仍然没有带给人真正的幸福和快乐呢？”涉及到了人类普遍的永恒的价值追问：现实价值与心灵精神价值之间的失衡，是否是人生的终极问题？这些追问，使周闻道在外在的事物中刻下了他自己内心生活的烙印。

因为周闻道的内部世界本身就是一个心灵价值高于现实价值的结构，正如他的价值呈现方式：他不会因现实的官场表象，遮蔽他内心作为一个眉山传统遗照中的诗魂的存在价值，无论他的文本与人本都统一在一个本体中，那就是他对心灵与大地的眷顾、亲近和观照："展示智者的生命沉稳和慈母般的厚爱之心"，"让我们带着对生命的崇敬之心走进夏天，去感受自然主义般的生命之美吧"。周闻道文学创作中的心灵形象永远都在理想化的存在价值中实现自在与自为的自我塑造，而这正符合生命本身向心灵的完美融合，带着悲剧般的成熟，走向心灵的至境，而这倒很像苏东坡其人！

三、形而上的哲思观照

周闻道对时间的玄想与本质的探求，近似于博尔赫斯对时间迷宫的永恒关怀，这无疑是他最显著的创作风格，他在《心灵要飞翔》《点击心灵》《享受孤独》《往远处看》《追问蚕丛氏》等作品里，阐释了他的哲思根源：艺术表现的普遍需要同时也是理性的需要，是心灵境界向生命的最高形式升华。同时他创作的艺术理想的本质在于使外在的万物还原到具有心灵性的事物，因而使外在的现实表象符合他心灵的形态与表现方式。因为，他的心灵将全部事物的外在的感性因素化成了最内在的东西："冰雪掩没了所有的个性特征，只剩下抽象的共性""最大的悲剧是亲者的善举制造的""最残酷的孤独是喧哗的孤独""理念的最高境界就是善""每个人在他生命轮回的每时每刻，无处不闪烁企盼的光芒""再熟悉的东西，只要跨前一步，便是陌生"……这种心灵的形而上境界就是观念性的审美奇迹。显见，周闻道试图以自身的创作体验来沟通一种哲学层面上的理性之思，来构建一种被商化社会与时代消解了的精神家园，而对纯粹之思的思辨本体的抵达，使周闻道的散文风格不仅在大地气息中有了"思"的要素，而且这种"思"的力量承载了生命本身的意义，这种对万物形而上的直接观照，使周闻道显然区别于当代散文的基本路向。于是，我们看到了一种"思的散文"成为周闻道独立于时代思维之上的艺术维度，也成为他文学审美价值取向中最具有个人创新的维度。中国当代的"思想随笔记""知识散文"或"学者散文"大都沉湎于观照现实批判的思考，而周闻道则将审美视点置身于精神领域中心的玄思与思辨性的哲理气质之中，这无疑开启了中国当代散文创作一种新形式的重要方面。至此，散文再不局限于感性的在场之言说，而是一种心灵观照大地的产物。周闻道散文之美，首先在于它的思之力量的美，在于他从吐纳山川气息的自然境域中把握了超越经验的形上之思。于是，散文的重量增加了。他知解着现实与自然万物在眼中的流转、变幻，他懂得：越现实越近，越心灵就越远。因而，他是一位用灵知来超越生命并又实现精神生命价值的散文家，不，他是一位激情倾献的哲人。

熟悉中的陌生

——周闻道《点击心灵》读后

◎周　强

对于周闻道，我一直觉得是再熟悉不过了。我和他的交往已经有十来年，一起合作办过学、办过刊，还有五年时间一起共事，后来因工作的原因，虽各在一方，但交往仍然甚密。在生活中，他是一位和蔼可亲、坦诚仁厚的好朋友；在工作中，他是一位思想开阔、求真务实、勇于进取、意志坚定的实干家。我觉得我很了解他。但翻开他新近由天地出版社出版的散文集《点击心灵》，读过之后，我觉得，他还是一位热情洋溢、思想深邃的诗人，他的文章，展示了其丰饶富丽的心灵奥秘，展开了他不易被人知会的灵魂世界，对于诗人周闻道，对于那个隐现于灵魂深处的艺术性“自我”，还需要通过他的文字去重新发现。

读着这些文章，首先让人感动的还不是文章本身，而是周闻道的写作行为。周闻道对于散文有一种持续高昂的激情。如众所知，商品经济的大潮，把处于社会文化中心的文学，冲到了时代的边缘，文学失去了轰动效应之后，曾经引起过文坛怎样的惶惑不安，甚至悲鸣。我至今还记得当时一些有名的文人，发出过文学正在死亡的预言。这么多年过去了，文学死了吗？没有！文学作为人性的艺术，只要人类不死，人性不死，就永远不会消失。到今天，应该看得很清楚，当年，文学失去的是特殊的年代所赋予它的政治承担，失去的是那些本来就不属于文学的东西。这样一场冲击，我认为对我国文学的发展是有益的，它带给文学的变化，是文学史上又一次“文的觉醒”，使文学从政治的囚笼回归到人性的怀抱。文学正在温热的人性哺育下健康成长。企图以文学为手段而达到非文学目的的路子是越来越窄了，而真正与文学有缘，或者说就像文学产生之初是用来自由表现内心情感那样，缘情而成文，用心灵去拥抱文学的创作路子，永远会越走越宽广。今天的文坛，呈现的是多元化的写作路向，但“为文学而文学”“为艺术而艺术”的路向，显然已经成为不少对文学怀有神圣情感的作者的自觉追求。周闻道就是一位对文学情有独钟、心怀虔诚的作者。他的散文写作，起步于他寓居香港期间，他当时的文字，尽管还比较生涩，但发自肺腑，出自于一位情感丰富的游子由衷的吟唱，字里行间流淌着人性的温热。从此以后，这么多年了，他从来没有背弃过文学，他从不在乎文坛的风雨，而只专注于自己的创作，时时刻刻都在捕捉和表现着源于心灵的讯息。读着《点击心灵》中的篇章，分明能感觉到其文字所具有的灵魂的热度、情感的热度、人性的热度。他手中的彩笔，不是用来敲点他人的心灵，而是用于叩击自己的心灵，使自己的心灵在艺术的滋润下，永葆天然的诗性。哦，对了，他用心灵滋润了艺术，反过来，艺术也滋润了他的心灵。透过这些饱含真情的文学，我们可以穿过他为人做事的表层人生，而走近他内在的诗意的自我，在目光交接的交往之下，又有了心灵的沟通。

由于他的写作出自本性，这使其散文，特别是《点击心灵》中的作品，具有一个显著的特点，那就是注重心灵的外射。他不是很在意客观的描写，这在他那些以自然景物为题的作品中表现得最为明显，你很难从中找到对客体的精致描摹，却能感受到心灵的激荡。比如《心有玉屏》，他写玉屏山，并不是从满山葱茏的林木起笔，而是由树想到当年顶住砍伐风植树造林的人，发现了他们心灵深处那道吸纳美好、摒除杂芜的美丽屏障；再如《激扬情怀》，作者登临峨眉山，眼光却越过山光水色，随景物风华的召唤，热烈地抒写自己的豪迈情怀。散文写作，贵在写出作者的“自得”之见，“自在”之趣。所谓“自得”“自在”，是长时间孕育的感受也好，还是一刹那获得的顿悟也行；是由联想而生成的思想提升也好，还是由触发而形成的意念闪现也行，关键是作者的独到发现。他的作品中，作者敏锐地感应、迅速地捕捉思想的“闪光”“情志”的激荡，让我们不难看到阅尽人间万象并汇于一心的宁静的观察者、敏慧的反省者和激情的诗人的身影。

心灵页面的诗意浏览

——读周闻道《点击心灵》

◎半　夏

大千世界，芸芸扰扰，人们为了衣食住行熙攘往来，彼此相识。然而即便是最熟识的人，我们可以时常见到他的举止行状，了解他的性情禀赋，却难以察知他深藏于奥府的内心。如同宇宙万象尽管形形色色，人们所见不过是浮动的表象，至于表象之下潜隐而律动的内核，我们往往不得而知，而这不知的内在事实，往往才是真正代表宇宙精神的本质所在；人亦如是，每个人呈现于世人的外在形态，未必能指证他涌动于心灵深处的内在精神。假如有一台心灵的浏览器，与幽邃的精神之境沟通连接，无形的鼠标轻轻一点，神魂的游踪便被读取为一帧帧灵动的页面，将其人丰富复杂的情感旅程次第展现，则不啻为一幅独特的景观。周闻道的散文集《点击心灵》（天地出版社 2005 年出版）便是一台这样的浏览器，打开它，可以让我们窥知一个诗意求索的内心世界。

首页：孤独的灵魂

打开这本散文集，首篇的题目便是《喧哗的孤独》。这是一个既包涵社会情状又指向个人体验的词组，作者周闻道用这个题目向我们提示，他身处的环境与内心的感受是多么的不相融洽。

周闻道是四川眉山市一名政府职能部门的官员，他工作积极努力，富有开拓精神，为三苏故里的经济建设做出了贡献。当他看到有他参与的一大批建设者在短短几年之间用自己劳动的双手造就了一座现代化的新兴城市，看到“巍峨的高楼，宽阔的街道，现代化的工厂，繁华的超市，夜间闪烁的霓虹，莺歌燕舞的娱乐城，豪华的星级酒店”在千年古城的旧址上脱颖而出的壮观景象，成功者的喜悦油然而生，觉得浑身上下“带着充实带着欣慰带着一身豪气”。但周闻道不是一个简单的乐观主义者，更不是一个纯物质的享乐主义者，当人们沉醉于物质世界的感性狂欢，为都市人生营造出阵阵华丽的喧嚣之时，他却独上高楼，以思想者的冷峻目光打量着眼前这片浮华世事身后的背影。于是，他不无悲凉地发现，物质的富足掩盖不了精神的空乏，现代都市的兴盛发达其实是以人的扭曲和异化作为代价。城市的现代化进程中，固然“注入了许多新的内涵”，但是，“从城到城市，喧哗与骚动取代了萧条与冷清，孤独与浮躁取代了单纯与相融；城市成了一个令人捉摸不透的怪物，人的灵魂越来越游离于城市之外，变得越来越孤独”。

这是一种发自灵魂深处的孤独感。真正的孤独不是只身行于荒郊野外，也不是一叶孤舟独钓寒江，而是置身茫茫人海，见举世皆醉而我独醒，满怀忧思无人解悟。的确，在都市森然挺拔的楼群中，人们拥进拥出，怀揣着各式各样的梦想，占据着或大或小的空间，演绎着或悲或喜的故事，俨然主宰着都市与楼房的命运。而周闻道却看到，“楼房是城市人孤独的身影”，它链接着富贵、权力以及威严，等等。“一开始就跟随等级的影子；正是这种等级，拉开了人与物、人与城市的距离，使人变得孤独”。人不仅不能与楼房相融，由于楼房所象征的等级符号及其隔离效应，也使人与人之间相互疏远，而那些盘桓于楼群中的人们，在楼房冷漠的映衬下，最终不外是“一个孤独的行者和过客”。

有人说，思想者注定是孤独的，因为，他在侧身浮世却不肯随波逐流，于扰攘的人潮之外独自咀嚼生活的滋味，体会人生的苦涩。从这个意义上说，孤独是一种境界。周闻道对此是有明确认识的，借朋友的话，他道出了自己的孤独观：“孤独是自由的代价，在这令人压抑、浮躁、迷茫、孤独的社会，一个人如果没有自己内心的追求，将可能随时被浮尘中的喧哗所淹没。”也就是说，在压抑的社会现实中，如果不想让自己的灵魂窒息，就必须以孤独为代价，去换取思想的自由。基于这种清醒的认识，周闻道将孤独升华为一种美丽的享受。

既然孤独是现代社会一个挥之不去的幽灵，与其在孤独中彷徨迷失，何不将它化作一份营养，滋润空寂的内心？看看下面的文字：

享受孤独者，心灵一定如雪花般晶莹。在寒冷的冬季，大雁早已南去，留下一串孤独的身影，装点着穹宇的空旷和冷寂；原野早已萧条，掉光了叶的树枝在寒风中瑟瑟发抖，宣示着枝繁叶茂已成为过去；河水已经枯竭，翔游的鱼群离开搏击风浪的滩头，龟缩到深沱一隅，河床中留下孤寂的石子。此时，唯有雪花仍潇潇洒洒，遨游于广袤无垠的苍穹，领略着大千世界的精彩，让晶莹演绎生命的美丽。

这是对孤独境界的诗意领悟，正如周闻道自己的比方，“从孤独的水粒到晶莹的雪花，它为我们谱写了一曲享受孤独的美丽华章”。

刷新一：宁静致远

在《享受孤独》一文中，周闻道说道：“享受孤独者，是真正悟得禅机的人。”而“掌握禅机的人，不一定在于可以口若悬河地讲出一大套禅的理论，而在于能够时时专注一境，身心轻脱，进入观照明净的状态”。这或许就是人们常说的宁静致远吧。

正是在对于孤独的体味中，周闻道感受到了宁静。他对宁静是这样理解的：“宁静……是人的内心的悠悠感受，是一种天人合一心境交融物我两忘的境界，是心灵泊岸灵魂栖息的最佳境地。”从这里可以看到，周闻道对宁静的理解是相当深刻的，他注重的是心灵内在不为任何外物所羁而与天地契合的自由状态，要进入这样的境界，必须完全抛开世间的得失和杂念，忘情投身于一片超凡脱俗的世界之中，使心智与灵魂都在澄澈明朗之中得到净化和升华。在这种理解之上，周闻道剖析了苏东坡的宁静。他认为，这位先贤在宦海沉浮历经坎坷歌罢“大江东去”而寄情东坡之后所选择的宁静，并不是真正的宁静，而只是一种宁静的表象。因为，苏东坡并没有做到心如止水，也不可能心如止水，“他仍在想他的鸿鹄之志，想新党的加害，想离愁别恨和儿女情长”。因此，苏东坡的所谓宁静，“只是在仕途失意后的一种无奈选择”，他的宁静只在于身而不在于心，他只是在自然层面上靠近了宁静却并未真正登堂入室。应该说，这种分析是很有见地的，它同时也昭示了周闻道所崇尚的宁静是另一番景致。

如果我的理解没错的话，我认为，周闻道给宁静规定了一个要素，那就是绿色的沉思。周闻道相信，人的思想感情可以用色彩来标识，“红色代表热烈，黄色代表温馨，白色代表纯洁，绿色代表沉思”。正是这一抹绿色，为宁静定下了清雅而冲和的基调。翻开《点击心灵》，我们随处可以见到周闻道于不经意中营造的绿色氛围。带着清雅淡定的情愫，周闻道走进春天，于无痕的跫音中感受春天的来临。他以天人合一的心态“猜想杜鹃”，为杜鹃圆一个春天的梦；他以哲思的眼光审视“花开的结果”，从桃红李白的景象中悟出生活的美丽在于过程……他在夏季打量“五月农事”，为夏天注上“标点”；他在“深秋的季节”从容“行走”，怀揣一轮“珍藏的秋影”；当河流消瘦的时候来临，他在遥远的北国“感受冬季”，却还想着家里“阳台上那株腊梅是否含苞”。从这些绿色的思绪中，我们读到的是一颗摆脱了世俗功利、世事纷扰而超然物外的恬淡之心。

然而，周闻道并不是一味地恬淡，更多的时候，他心中有一个憧憬引导他的思绪，那就是对精神彼岸的无限向往。

早在童年时代，周闻道就不满足于身边局促的小天地，他站在家乡的思蒙河畔，眼望对岸广袤的原野而心驰神往。他从“思蒙”这条河流的名称中受到启迪，悟出了既然造物主将世界分成了此岸和彼岸两片天地，就是要具有思想的人去思考、思索和探究蒙蔽、隐藏在未知的彼岸世界中的奥秘这个颇富象征意味的道理。从此，便如同冥冥之中有一道使命在牵引着他，使他必欲跨越一切有形和无形的阻隔，向着永远的对岸迈出求索的精神之旅。

周闻道的对岸之旅可以区分为形而下与形而上两个层次。最初，他只是作为一个农家小孩，被对岸的平畴、林盘和炊烟所吸引。他站在屋旁的白虎岩上，面对远处一望无际的平畴放飞梦想，企望着有一天能够跨过面前这条河流，去看看远方那座陌生的城市，了解城市中那许多稀奇和神秘。这时的对岸，在孩童的周闻道心中还只是一个完全形而下的实在对象，而此时的向往，也带着孩童不可避免的肤浅和幼稚。但不要笑话这种肤浅幼稚，它是精神之旅的起点，犹如划破蒙昧夜空的第一道晨曦，没有这第一缕光亮，便不会有随后照耀旅途的万道金焰。就是这一份梦想，为童年周闻道树立了一个奋斗的目标，引导着他一步一步地迈向期盼中的对岸。

随着心智的日益成熟，周闻道的对岸之旅也逐渐由形而下的好奇驱使转化为形而上的自觉追求。这个过程，用他自己的话说，那就是“书一年年往上读，路一步步往前走，对岸的陌生一个个变为熟悉，对岸的神秘一个个破解，但心却始终未能真正找到到达对岸的感觉和释然，只是留下了一串串向往对岸渴望到达对岸的美丽珍藏”；于是他发现，“人只要没有停歇仍在往前走，不管你涉过了多少河流，到达了多少对岸，破解了多少对岸之谜，都有新的河流新的对岸新的陌生和神秘等待着你”。到此，周闻道的认识已产生了质的飞跃，此时的对岸已经成了哲学意义上的精神彼岸，而这，将会让他以毕生的精力去孜孜探寻。

当周闻道以更加广阔的视野来关注他心中的彼岸时，他的目光已不局限于一个区域或一种文化，而是以开放的胸襟吸纳全人类的精神成果，以景仰的心情赞颂世界文明的优秀典范。他在《到达精神的彼岸》中以1620年乘坐“五月花号”前往北美新大陆的102名拓荒者为例，说明只有具备高尚的信念，才能真正到达理想的彼岸；相对于物质上的彼岸，精神上的彼岸才至关重要。尤其值得一提的是《走过凯旋门》，在这篇极具分量的文章中，周闻道通过对中西方凯旋文化不同的英雄意识的对照分析，深入探讨了两种截然相反的英雄观所折射出来品格殊异的精神价值含量。文章以“弗农山庄的航标”作结，满怀崇敬地赞扬华盛顿的献身精神和他为了捍卫信念而为国表率的高风亮节：

华盛顿没有为自己修建过任何凯旋门，却在人们的心目中铸就了一座永远屹立的凯旋门。走过“凯旋门”的华盛顿，将自己还原成了一个普普通通的农民，但他却是人类文明史上的一个真正的英雄。

在周闻道的心目中，华盛顿便是树立在理想彼岸的一座丰碑，而那盏“弗农山庄的航标”，将永远照耀着他向往对岸的途程。

刷新二：感悟生命

强烈的生命意识是周闻道散文的又一道亮色。在《点击心灵》这本集子中，有关生命的感受随处可见，而特别可贵的是，周闻道为生命赋予了诗意化的色彩。周闻道对生命的体认是博大而广泛的，他远远超越了狭隘的人类生命观，将生命的理念投注于天地万物，授万物予生命的灵气，亦从中感悟生命的奥秘。

当春天到来，万象复苏之际，周闻道以生命的眼光注视脚下的大地，他会惊喜地发现，从冬季沉睡中醒来的那片土地由于“得到春露的滋润春阳的爱抚春风的梳理而变得春心荡漾”。这时，他能够听到大地母亲发出的“咝咝”呼吸声，感觉树木根须蠕动的节律，看到小草破土而出伸肢展臂的欢愉。

当他走进春天的田野，他看到的是，小麦拔节抽穗扬花是在“向一生中最充实灿烂的境界冲刺”，而“一垄垄绿油油的油茶，也抛弃了冬天的羞涩娇嫩，泼辣大方地挥洒自己的全部激情，招惹得一群群多情的蜜蜂神魂颠倒”。于是他体会到为什么人一生中最宝贵的时段叫做青春年华，而少女爱的初萌便是怀春。

当他注目满园春花，思索春花与秋实的因果关系时，他悟出了生命旅程各个阶段的意义。即使是没有秋实的花朵，只要曾经灿烂地开放，也是生命过程中的一段辉煌，“花开的价值不仅在秋后的果实，更在花开的过程本身”。反观人生，“拥有春花就拥有了美丽，我们何必过分地祈求什么所谓的秋实呢”？

周闻道说，他对生命的理解是从河流开始的，他把清清的河水视为生命的不息涌动。由此出发，他认为生命之美首先就是经水路而来的，因为，“水是生命的乳汁，没有水就没有生命”。这个见解不仅是独到的，而且是诗意的。他以诗意的眼光审视一切水的形态，无论空蒙的雾、无形的霜，还是飘飘扬扬的雪、潇潇洒洒的雨，他都能从中诠释生命的含义。最让他感到生命伟力之震撼的，则是那破空而来又浩荡而去的“夏天的水”。在《夏天，生命之美的自然主义经典》里，他是这样描绘的：

夏天的水是由闪电和雷鸣壮行而来的天降神兵，一开始就带有“此物只应天上有”的神秘。走过冬的羸弱春的温柔，夏天的太阳变得傲慢而粗暴，肆无忌惮地灼烤着大地，仿佛要把一切生灵涂炭；此时，一阵惊雷滚过天际，道道闪电撕开紧闭的天幕，水像一位路见不平一声吼的勇士，带着呵护生命的使命，从撕裂的天缝中喷涌而出，让奄奄一息的生灵焕发生机。紧接着，水以遗传的勇猛刚强之性，按照使命的约定，向溪流和江河汇合，让干枯的溪流变得生动，消瘦的江河变得丰盈，大地的动脉欢快搏动，一切生命的载体都注满了活力的元素，世界变得生机蓬勃。

如果说周闻道从水中获得的是生命力量的启迪，那么通过“阅读植物”，他进一步领略了生命的本源意义。他观察老家的一棵桃树，从寒风中光秃秃的枝干，到春来花朵绽放叶苞生成，领悟到生命艰难分娩的美丽和伟大。他阅读法国学者撰著的《植物之美》，虔心探究生命源流的发展历程，由是发现：“人类的祖先是植物。”由植物导出的生命溯源串起一根35亿年的漫长红线，穿越沧海桑田，把人与植物的距离消弭于无形。他不禁感叹道：“阅读植物，实际上是从本源意义上阅读我们人类自己呀！”

将植物视如同类，甚至是远远超越于人类之上的生命泉源，使周闻道时时都能从植物身上汲取美的内涵。一朵从野火焚烧后的岩石裂缝中长出的小花，在周闻道眼中，就是坚韧顽强的生命象征；一棵戈壁沙丘傲然挺立的枯老胡杨，也可以让他参悟到生命的短暂和永恒。就像他自己所说的：“植物之美，不仅仅在于外在形象呀，还在于它所昭示的生命意义。”因此，他总是不断地询问自己：“我们真正从生命的本质意义上读懂了植物吗？”

也许，有关生命的奥义实在太渊深，任何人都是不可能完全读懂的，但人类的可贵之处就在于面对生命困惑所做出的不断探索。在这一点上，周闻道对生命的感悟是有着深刻认识的。

随着页面的一次次刷新，我们清晰地看到了周闻道的心路历程。当鼠标点击到最后一章的时候，醒目的标题是：《沿着离家的路回老家》。

回家，这是无数游子潜藏在心灵深处的一个共同呼声。自古以来，回家就是文学的一大主题。不管是仕途游宦、行商羁旅，还是沙场征战，也不管是气吞山河的将相、优游江湖的侠客，还是碌碌营生的草民，出离千山万水，心中总有家的系念，回家，就是最后的归依。远引与来归，犹如一枚硬币的两面，人生就是这一枚扔不掉的硬币。周闻道把《点击心灵》这本集子分为四个小辑，分别是“走近都市”“走过四季”“走遍天涯”和“走向自己”，从这里也可以看出，他心灵的步伐尽管走过了漫漫时空，但最终免不了回归。“走向自己”，也就是心灵的回家。

“少小离家，老大未还，流浪的人带着一颗流浪的心在外飘泊。思念像一根琴弦，常常被人拨弄，老家是一曲百弹不厌的经典。”终于，在经历了世事的劳顿，体验了人生的沧桑，带着思念，也带着喜悦，沿着“那条弯弯曲曲的小路”，周闻道回家了。

但这里的回家并不是一个简单的回归。对于周闻道来说，“回家”并不单是意味着看看父母或者亲亲乡土，他的“家”也不仅仅是指家乡故土上的那几间老屋。实际上，我们可以把周闻道的“家”看作一个广义的概念，它是周闻道灵魂休憩的家园，是他情感依偎的港湾，它是远离都市尘嚣的那一片宽广的原野，是净化受工业文明污染的身心的自然甘泉。从这个意义上，周闻道的“回家”实则是一种诗意的回归，它诉诸情感，抑或心智。

读一读《到田野散散步》，我们就会看到周闻道是怎样靠向自己的心灵家园的：

当你朝九晚五为工作中一个接一个没完没了的难题和矛盾而心烦意乱的时候，当你整天穿梭于钢筋混凝土造就的都市峡谷，饱尝了扬尘的热吻机动车废气的拥抱噪音的环绕之后，当你不小心为与上司顶撞、恋人拌嘴、同事闹误会而意乱情迷苦恼不堪的时候，你是否想到有一片真正善解人意的心灵港湾，正张开温馨柔美的怀抱期待着你的靠泊。不信，请你到田野散散步。

把田野作为家园，在周闻道这里是有理论根据的：

田野是人类文明的真正发祥地。科学研究表明，田野的魅力诱惑，是人类完成从猿到人质变的重要动力……无论考古发掘的北京人、河姆渡文化，还是一鸣惊人的四川三星堆遗址，无不反映出人类文明进步的足迹与田野的血脉相连。怪不得浩如烟海的古典章籍，总免不了把小桥流水、炊烟袅袅、日出而作、日落而息、阡陌桑田、男耕女织作为永恒的田园风景图，把田野作为人类永远的精神家园。

这种对于田野与文明的理解，既是科学理论的，也是充满诗意的，正是这种理解奠定了周闻道向田野与自然回归的诗意基调。到田野散步，使周闻道得以摆脱一切人世间的纷争，将所有的烦恼忧愁都交与风儿轻轻带走，“留下一个原本的我”，融化在与夕阳、小草物我两忘的倾情交会之中……

半夏：本名夏述贵，《当代文坛》杂志社副主编、编审、评论家。

读周闻道散文笔记六则

◎李淑珍

蚕丛留给我们共同的精神信物——读《桑树》

周老师在《小草坝的植物·桑树》一文中，借用李白的诗句，“蚕丛及鱼凫，开国何茫然”。“不与秦塞通人烟”只是艰辛的冰山一角，“巴山蜀水凄凉地”，这样写道，“人们总不能一直以树叶遮羞，蓑衣保暖。这是天意。天意造就了天人天物。天人是蚕丛，天物是桑树。”

“我童年的记忆，比李白的诗还要年轻，年轻得羞于开口。”很自然地过渡到了下面的文字，亲眼目睹父亲种桑树的过程。“父亲牵着牛，扛着犁，来到屋后的竹林边，将‘自留地’边一块搁荒的地犁翻打碎，开好排水沟。然后，按两尺左右行宽划上线，在行间施入腐质肥，用锄头将肥与泥拌匀，拂平，在泥土上洒淋一些水。接着，沿着行间撒播种子，油菜籽般的颗粒，每隔四、五寸撒播几粒；最后，在种子上轻轻盖上一层细泥……整个过程有条不紊，精细入微，甚至有点出神入化的感觉。我在一旁静静地看着，甚至连出气也屏得紧紧的，生怕就惊扰到父亲的专注。”莫说周老师屏气凝神专注于父亲种桑树的全过程，就连读者也被吸引过去，原来种一棵桑树需要这么多的工序啊！周老师的文字无疑是有魅力的，像磁铁一样吸引着读者。“这还是人家蚕丛氏教会的种桑技术哩。你知道蚕丛氏吗？就是很久很久以前的四川蜀王开明帝，就出生在我们青神县。”青神县名，也源自“青神蚕丛，教人农桑，人皆神之”的传说。父亲的话让“我”惊讶，只知道父亲读过私塾，写得一手好的毛笔字，高兴时还时不时哼两句孔子曰，没想到父亲还懂得这么多历史人文。“父亲讲得言之凿凿，我听得入理入神。仍是一头雾水，但心里却牢牢记住了这些词：蜀王，蚕丛，桑树，记住了父亲翻土种桑的认真。”“蚕丛居住的岷山石室（今四川茂县北叠溪），离我居住的眉山不过百多公里；他死后人们将其葬于若水之源、现在眉山的瓦屋山，就在我的身边，是我精神世界的圣山；后人为纪念蚕丛修建‘蜀王’‘川主’‘圣德’‘薄山’‘遣福’‘万安’等庙堂，是我从小就参与过的‘青羌之祀’；以他毕生开拓的农桑区域内，以若水命名的青衣江，更是我的母亲河”，“雾水的澄清不是在岁月中，而是在文化的交融里。原来，蚕桑之于人类，之于文明，是如此的重要而亲近。”“我随着父亲的讲述走进历史，去猜想世界上的第一株桑，第一只蚕，第一个茧。”这样的好奇心带着读者走进下面的文字，“嫘祖养蚕、育种、采桑、治丝、造机、织帛、制衣、染色，或周代农家的采桑养蚕生活、春秋战国时期成片桑林，都是从文字碎片中的拼接。”“与其拼接历史的碎片，不如触摸生活。”这样的句子，闪耀着真知灼见的光芒——

“面对小草坝的桑树，我想象的翅膀再次展开。我相信，这株桑树的前世，或前世的前世，一定与蚕丛有关；也许，这就是一株曾经由蚕丛培育的桑树，蚕丛教人农桑的事就发生在这树下”……

这样的想象合情合理，一下子拉近了历史与现实的距离。“有一个伟岸身影，那是蚕丛。他以炯炯有神的目光，注视着治下的蜀地，一往情深。此时，你才明白，何谓龙马之交、遗精所化，明白蚕茧蕴涵的龙马精神。我顿感曾经的愚钝。还去区分什么小草坝与青神，我们都是蜀王的臣民。蚕桑，便是蚕丛留给我们共同的精神信物。”周老师由此得出了蚕桑是蚕丛留给我们共同的精神信物。面对它，怎能不心生敬意？“桑树如故人。对昭通和小草坝，有了一种莫名的亲切。”周老师用这样一句简洁明了的话，做结语，可谓言有尽意无穷。

通读全文，周老师在《小草坝的植物》一文中，有许多独到的见解。譬如，“任何文字记载，都经过了记载者的过滤，染上了一定的主观色彩。”又譬如“与其拼接历史的碎片，不如触摸生活。”不人云亦云，是周老师此文的最大特点。

尤其值得一提的是周老师在有关父亲种桑树的过程中细致入微的描摹，非常生动传神，充满了浓郁的生活气息，亲切感人，也是此文的一大亮点。更不用说引经据典，周老师的博学多才自然而然地落入笔端，让文章变得厚重而又深刻。

不语为大语——读《杜鹃不语》

《杜鹃不语》标题本身就带着画面感，开篇一句“我盯着一朵花发愣”让人浮想联翩。“我盯着发愣的花，是花海中的一朵小浪花，可是，就在我的眼神与花对视的一瞬，我惊讶了，我发现不是我看花，而是花在看我。”这样的描写一下子抓住了读者的心，也震撼了读者的心。“杜鹃到底想说什么？”带着这样的问题进一步探秘，一句“杜鹃不语，我把目光转向花的身后，身后是山，瓦屋山。瓦屋山与瓦屋山的杜鹃，一定有某种不为人知的生命关联”，这样的过渡再贴切不过。起先，我以为，“是爱的力量，是瓦屋山爱的创造，爱的奇迹。”后来，“我发现了树，云杉、冷杉、松柏等等，山有多高，树就有多高，最引人注目的是云杉，与大山一样，陪伴着杜鹃，呵护着杜鹃”，周老师的文字是有温度的，读到这里有一种暖心的感觉。随后，周老师用大段的文字写了苍劲、挺拔、孤傲、独立苍穹的云杉。然而，“奇迹，就在我贴近树的一瞬间被发现，独立枝头的云中杜鹃，让我洞悉杜鹃生命的秘密”。“这山，这树，这鸟，哪个不是瓦屋山的主人？”于是，周老师这样写道，“经杜鹃点睛，花开花落，整个山一下就活了”。“大山不语，是怕泄露了大山与杜鹃的约定，于是我问人。”从国外亨利·威尔逊的《英国植物百科全书》里了解到，以瓦屋山命名山的杜鹃多达 17 种，又从国内《山海经·海内西经》里的青丘国了解到那方形的瓦屋山可能就是黄帝居住之丘了。“万里之外的神奇土地，本来是想寻找陌生物种的，谁承想在这里见到似曾相识的杜鹃？”这一问问出了深意，杜鹃不语，但杜鹃能够出现在万里之外的神奇土地这一奇观，本身就是回答。

“阅尽世间名山大川，心都没有安顿下来，来到这里，终于找到了心定神归之地。”周老师从道家哲学的角度深度解读了瓦屋山的魂之所在。

“栖身在瓦屋山，是杜鹃的造化，飞鸟的造化”，这样的结尾是点睛之笔，也是神来之笔。

读一部天书——《梵净天书》

登梵净山，也就等于是去阅读一部天书。

天书怎么读？带着这样的疑问，我走进了周老师的文章《梵净天书》。“不是一块石一片崖，而是整整一座山；也不是一本书几叠书，而是一个庞大的书库。蓝天为窗，大地为户，充满了动感。”这样的天书，怎能不让人心生敬畏？途中遇雨，在周老师看来是天意，自然而然地想到了，“古人在拜阅一部尊贵的书时，须先焚香、沐浴、净心，然后再轻轻翻开，浅闻墨香，逐页品读。”是啊！“面对一部天书，大山般的天书，我等凡辈俗人，怎能不浴身净心？”这样的反问，加深了面对天书的崇敬之情的表达。要知道登梵净山，读的可是天书，没有慧眼慧根，没有敬畏之心，怎能读懂读透？打开天书，周老师这样写道，“我相信，谓之天书，当是自然之书，时间之书，风雨之书”，可谓妙语连珠，字字铿锵。在周老师看来，阅读天书，算得上是上天的恩赐，不仅惬意而且奢侈。“梵天净土降圣物，万卷天书世人读；一页一页翻不尽，一代一代永无穷”，天书丰富，天书难读，怎么读？为什么读？周老师从自己的笔名谈起，得出了怡情才能受到梵净天书的熏陶，拉近与梵天净土的距离。“翻开天书的扉页，读它的历史”，这一读，读到了14亿年前。岩石叠加成的天书，一定记载着我们不知的梵净山的秘密。带着探究秘密的好奇心，“顺着岩石的褶皱往前追溯，我看见了亘古前的惊心动魄”。地质构造运动之后的漂移、碰撞、海啸、地裂，让“梵净山”的高峰横空出世，“九龙出山”是山对水的依恋。“时间之于梵净山，是巨大的毁灭，也是巨大的创造”，这样的悟道，可谓深刻。毁灭与创造本来是一对矛盾体，却在梵净山这里产生了奇迹。“在梵净山天书的内页里，我看见郁郁葱葱的绿。那是生命的底色”。周老师运用大量的科学的例证，揭示了“梵净山”是最著名最宏大的“自然基因库”，造就了生命的高地。“天帝与岁月，不仅加赐了梵净山一个洪荒身份，还赐予了它生命的得天独厚元素”，这样的天书，怎能不让人一读再读？

“为何梵净山以梵命名？”周老师笔锋一转，带着读者去听梵音。“只是此刻没有梵音，只有天籁之音。”天籁之音，从天际传来，乘着春雨和风，伴着飘飘忽忽的山岚，顺着溪涧流水而来；天籁之音，从万卷书山里边传来，轻言细语，需要洗耳细听，这些声音，让人“神清气爽，轻松怡然，物我两忘，天人合一，世界归于自己”，于是顿悟：“所谓梵音，就在自己心里”。到此为止，一部难懂的天书，就在周老师的笔下，不疾不徐，娓娓道来。掩卷细思，梵净天书，可谓精妙绝伦，个中滋味，需要细细品慢慢悟。怡情、静心、断杂念，才能听到梵音。悟道需要灵性，天书需要懂得。存善念，才会听到梵音。

橘之魂与南丰场——读《橘生南丰》

周老师在《橘生南丰》一文中这样写道，“阳光艳而不烈，气温柔柔的，秋风正吹黄杏叶和一片片橘林。这样的天气需要留住，留住就留住了踏实。”这样的天气很多地方都有，以橘为魂的美好，却是天下难觅的。由此可见，南丰橘的不同。到底是怎样的不同呢？紧接着周老师这样写道，“盱江拖着一带清流从身边缓缓流过，流出一路的抒情。万顷橘园以一种苍茫之势，把天地连为一体，一笼笼浓绿的橘树上星星点点。正由青涩转黄红的蜜橘，很容易让人想起星星点灯的传说。”是啊！圆圆的带着黄红色的橘子，远远望去可不是一盏一盏点亮了的红灯笼吗？留住了这样的天，就留住了世间最丰盛的秋色，留住了由橘魂加赐的美。”橘魂加赐的美，应该是南丰秋天独有的一道风景。南丰有两宝：一个是蜜橘，一个是曾巩。蜜橘，则既熟悉又陌生。由蜜橘想起了童年趣事，想起了酸涩的“狗屎柑”。也许南丰蜜橘就像钩沉记忆中的“狗屎柑”，又酸又涩，带着质疑到南丰，“没想到，南丰两宝，竟在一天之内拜见。纪念曾巩诞辰1000周年祭拜盛典结束后，便是我们的采风启动仪式。前者选择在曾巩文化园举行，后者则在镇观碧山蜜橘园。”探秘两宝，一下子提起了读者的阅读兴趣。

“据说，橘树越老果子的味越好。比如南丰，最美味的果子，便产自橘王园那株一百五十年树龄的橘王。凭经验判断，园里的橘树树龄大约在五六年，正值挂果旺盛期。树高约莫三米左右，树冠心球状，蓬蓬松松，一看就是经过精心培育的。”难怪南丰的橘子这么甜？培育的过程中每一个环节都非常重要，比如砧木，要根旺结实，可以保证为橘树提供足够的养分；嫁接上去的芽苞，必须是优良橘树，它决定未来结出果子的品质；嫁接的时间最好是在春季或秋季，分别叫春接或秋接。嫁接成功后，便是定期修枝、剪叶、施肥、除害，保持橘树健康成长。”多年来只知道橘子好吃，却不知道培育一棵优良的橘树，会这么费事。“当然，最终要看所结出的果子。”“因为‘狗屎柑’的阴影，对于酷似它的南丰蜜橘，‘我’仍心存芥蒂，但盛情难却，已不便推脱了，只好硬着头皮，小心翼翼地接过。先放到鼻前闻了闻，一股浓浓的橘香扑鼻而来；再挨近嘴边，用舌轻轻接触，点点淡淡微酸，完全在我的接受范围；更多是甜，纯粹的清甜。才放心地整块入口，细细咀嚼，慢慢品味。感官和心性的触角全部调动了起来。我非常清楚，这不是一次一般地吃，而是求证，要改变一个人几十年来的印象是一件难事，何况那令人望梅而不止渴的青涩。”品尝橘子的这一段文字，周老师写得非常细致入微，直到，“就在我还在用心咀嚼、品味的时候，不知不觉中，那橘已经没有了。我至今回想起来仍不能确认，是因为我的太过专注，不小心把那橘吞了下去，还是那橘经不住我的咀嚼，在口中化了。我终于理解了一些典籍上关于南丰蜜橘风味特点的记载，诸如皮薄肉嫩、食不存渣、风味浓甜、芳香扑鼻等等”。求证的结果是折服，南丰蜜橘甜得入口即化。“在场是最真实的存在，记忆被彻底颠覆。”周老师的这句话，非常富有哲理，单凭经验，只会固步自封，不敢向前迈步。“验证了的传说，会长出翅膀，随思绪飞翔。这一飞，就飞到唐宋，甚至春秋战国。”“两千多年贡品、一千三百多年的种植史都只是橘生南丰的一种佐证，而不是本身。含有那么丰富的氨基酸、柠檬酸、蛋白质、硒等珍贵微量元素，才是内在底气。”周老师从橘的纵深处，剖析南丰蜜橘。“道可道，非常道。再高深的道，都难免‘凝滞于物’，离不开从认识具体事物中去悟。世间从来没有常而无变之道。于是，我把目光转向南丰蜜橘的品质之谜。除了抽象的定义或评价，我希望借助于现代科学手段，还原其内在真相。”周老师借助于一大段有关南丰蜜橘的数据，真实地显现出它的与众不同。“检测的数据令人吃惊。一颗小小的蜜橘，简直就是一个大大的乾坤，其包含的生命元素，丰富到你难以想象的程度。“我在心里追问，这蜜橘为什么那么神奇，生在南丰就有‘甲天下’的美，而生在蜀地就成‘狗屎柑’？”“道家说，一生二，二生三，三生万物。似有所悟，所谓一，当是事物的元初，或起始。”“我粗浅的悟道，在《晏子春秋》得到佐证：橘生淮南则为橘，生于淮北则为枳，叶徒相似，其实味不同。所以然者何，水土异也。”“我相信，晏子的论述具有普遍性，甲天下的蜜橘当有甲天下的环境。道家与晏子，开启了我的寻根之门。于是，我抬起头举目，仰望南丰的地理人文”。周老师借道家与晏子之说，从地理人文的角度审视南丰蜜橘，“谁能否认，在这方赣东南神秘的土地，不仅拥有中亚热带季风气候区的诸多天泽恩赐，包括温暖湿润的气候、丰沛的雨量、悠长的无霜期、充足的阳光、悠久的蜜橘种植历史、深厚的蜜橘文化基因……”“一组纯粹的南丰数字，会令多少地方垂涎三尺？”周老师从橘之魂，悟出了南丰场。“橘生南丰，是一种偶然，也是必然。关键是一代又一代的南丰人，善于抓住这种偶然不放。得之天意，施之德政，助之人和，把偶然转化为必然，持之千年，初心不变，让天时、地利、人和完美统一，蔚成大气，泽润这片神秘的土地。”

小小的橘子，蕴藏着大世界，不仅仅因为南丰蜜橘还有南丰先生，更在于橘之魂与南丰场。

这边风景独好——读《永丰村的四季植物》

这边风景独好，跟着周闻道先生去永丰村看那里的四季植物，来一趟乡村之旅。

植物是永丰村最美的风景。去永丰村，为的是看四季植物，它们分别是西葫芦、油菜、水稻、一串红。特别值得一提的是，周闻道要去的永丰村，是习近平总书记 2022 年 6 月 8 日调研的地方。那天，“艳艳的阳光，广袤的平畴，绿油油的秧苗，直直的沟渠村道”，看着都让人心驰神往。闻道先生虽说是眉山人，但也不可能走遍眉山的几百个乡村，包括永丰村，他此前并没有去过。这情景，是他从电视画面上看到的，并深深地刻在了脑海里。

8 月，闻道先生第一次到永丰村采风，所见到的是稻浪千顷，金黄无边的丰收景象。“行走在当初习总书记行走的村道上，田野里，才发现节令已经走了好长一段路。”

西葫芦：钱袋子，富裕之本

西葫芦，是最先进入闻道先生眼帘的植物，也是跟着他到永丰村看到的第一种植物。

“金贵的土地，金贵的季节能够与这里夏季万亩现代化粮食种植基地中的稻谷一样，受到村民如此青睐，踏着节令脚步浩浩荡荡登堂入室，占据这么大的种植面积，怎么可能是植物中的等闲之辈呢。”在对西葫芦从名字到叶、茎、花等展开一系列的观察和探究下，采用拟人化的手法，写出了西葫芦对土地的眷恋及为它栽种培土、浇水施肥的农人的热爱。

西葫芦为永丰村而生，永丰村因西葫芦而富。为什么这样说呢？西葫芦生长中的那些“宜”与“不”，决定了它对生长地的苛刻。地处四川眉山市东坡区太和镇的永丰村，从土壤的深厚到温度、光照都适合西葫芦的生长。“从落地生根，到拔节壮苗，再到开花结果，都一路茁壮，精准地踩准季节的脚步，虽只生长两三个月，却给了这个季节和农人丰厚的回报。”

永丰村的西葫芦是永丰村人的钱袋子，一亩西葫芦，就可创收两万多元。可见，种植西葫芦是富裕之本。有了西葫芦，我们对永丰村的社会主义新农村建设添了多少信心？

油菜：油料，美食之本

“西葫芦收了种什么呢？油菜啊！我问村干部，村干部几乎是不假思索地回答。”跟着闻道先生到永丰村看的第二种植物，不是别的，是油菜。准确说，是第二茬。永丰村土壤乌黑，雨量丰沛，光照充足，本来就是植物的天堂，植物的四季轮回，最好分的就是茬。

“寒露胡豆霜降麦，栽完油菜冬十八”，“秋前十天无谷香，秋后十天满坝黄”。农人的节令，总是连着植物的，地不闲，人不闲，植物更不闲；节令声中，农人忙着播种收割。出苗的油菜一步步走来，永丰村人正谋划着如何一步一步全面实现小康以后的乡村振兴。

“农业现代化不仅要先进的种、养殖业技术，更需要做好粮棉油钱的统筹，实现和谐协调发展。稍微回望，回望农耕文明史，不得不对油菜肃然起敬”。闻道先生笔锋一转，直接把话题引向油菜——他的叙事主体。油菜不仅是永丰村的又一道风景，还与人类有着深刻的生命渊源，甘肃秦安大地湾一期的遗址，发掘出的 8200 多年前的碳化粮食作物黍和油菜籽、古印度在公元前 2000 年—前 1500 年的“沙逊”、唐代医王孙思邈以油菜叶自救性命的故事。

想不到，小小的油菜，与我们人类的关系竟如此紧密，还有这么多不为人知的渊源和故事。如果不是阅读闻道先生的这篇文章，关于油菜的渊源和故事，我确实是知之甚少。

说到油菜，自然而然地想到油菜花；说到油菜花自然而然地会说到蜜蜂，说到蜜蜂自然而然地会说到蜂蜜花与蜜蜂，蜜蜂与蜂蜜，都是分不开的。写到这里，闻道先生特意插入了一小段思蒙河畔赏油菜花的小插曲，这段看似无心的小插曲，却为这篇《永丰村的四季植物》平添了意趣。甜蜜的生活，甜蜜的事业，离不开花的装点，蜜蜂的辛劳。差点跑题了，还是继续回到永丰村，继续到田地看油菜吧。

油菜，是我国最重要的油料作物。菜籽油，是真正的绿色食品。它不仅含有丰富的对人体有益的脂肪酸，还含有维生素 E、维生素 K 等对人体代谢的必须物，它们有的还是组成生物膜的必要物质。

油料，是美食之本。永丰村战略性粮油基地，当然离不开油菜。

跟着闻道先生去永丰村看的第三种植物是水稻。

水稻：粮食，生存之本

世界最早的古栽水培水稻的播种、插秧、拔节、灌浆、结实、收割是什么样子呢？我们无从知道，只能靠想象。而水稻却在我国广为栽种，后逐渐传播到印度，并引入欧洲南部。

《永丰村的四季植物》一文，闻道先生从记忆中的粗粮、细粮说起，引出水稻的话题。以细腻的笔触，大段的文字，用亲身经历，讲述了“我”年幼时与水稻的故事。故事里的水稻，既与闻道先生记忆中苦难的日子连在一起，也与永丰村现实中幸福的日子联系在一起。

莫说水稻的种植历史，也不说“谁知盘中餐，粒粒皆辛苦”引起的一连串联想，水稻于永丰村农人，就是一种生活方式，或生存之本。就水稻种植来说，不仅种植辛苦，收割更辛苦，尤其是在还没有实现全机械收割的苦日子里。现如今，收割水稻，不再一束一束，用镰刀割下稻秆，再扎起，用打谷机使稻穗分离。而是采用全机械化进行收割、脱粒、除杂。永丰村全村今年水稻亩产比去年增加100公斤左右，大获丰收，称得上是天府粮仓。

新农村新气象，永丰村的水稻，与永丰村人的幸福生活紧密联系在一起的。

一串红：好花，精神之色

跟着闻道先生去永丰村看的第四种植物，是一串红。

种植在永丰村村委会、道路边、农舍旁的一串红，“不是一般的红，而是红艳艳，一串串，灿若燃云，美若彩蝶，花朵繁密，色彩艳丽，充满了喜庆的红。”这里的一串红，已不能仅仅用一种植物、一种花来解释，它是在农民解决了粮、油、钱之后的精神追求。

文章中，作者先从一串红的名字、花语的寓意，以及种植在家里的和栽植在城市公园、华堂前，用来装点美丽、装点喜庆的一串红的不同之处入手，并加以对比，写出从城里来到乡下、从华堂来到田边，种植在永丰村院坝的一串红的美艳和独特之处。用饱含深情的文字，抒写了一串红，永丰村的一串红，从花叶到花序，从花序到花苞、从花苞到花蕾，从花蕾到花开的全过程。周老师饱蘸笔墨，浓墨重彩地描摹了永丰村一串红开花的全过程，把“一串红”这个本来就富有浓厚象征意义的花，上升为一个文学意象，进而升华为一个精神符号。

“有了粮油，有了钱花，还要有美丽的环境。这样的红，一朵朵，一串串，串起四季景色和平常日子。”一串红的红，不是一般的红，是红透了的红；也不是点状单一的红，而是全面的、长期的“一串”式的“红”。这样的红，是永丰村人日子红红火火的红。延绵一尺多长的一串红，不仅串起了生活和岁月，而且串起了永丰村百姓红红火火的日子。

“路有一串红，心有一路香。”是结语，也是心声。

周闻道散文阅读笔记

◎小月爱爱

如果说，读书是一种幸福，一种乐趣，会读书则是一种享受，一种超然。

读书能让人心灵宁静。当我们眼盯着车子、房子，在尔虞我诈中，连停下来看一眼绿树蓝天、红花碧水的空闲都没有的时候，心灵肯定是浮躁的。读读唐诗宋词吧，也许一番书海扬波之后，你能以一种从容的目光重新打量以前那份热切的渴望，或许能换一种思路和方式，思考过去的那份幼稚的童心。纵不能，你也可以，让心灵在那种诗意的浪漫、振作的豪迈中荡漾一番，或在那稚嫩的婉约、清丽的自然里小憩一会儿。

合上书至少你唇齿留香，有一种心灵的归宿和宁静！

读书能让人历览不同人生。“秀才不出门，便知天下事”，“书向我们打开了一扇了解世界的窗口”，“书是人类进步的阶梯，知识就是力量，”这必定都是那些智者博览群书的感悟，此感悟之语也极易引起爱书者的共鸣。

读书可以修正人生态度与行为方式。培根曾言：“读史使人明智，读诗使人灵秀，数学使人周密，科学使人深刻……凡有所学，皆成性格。”苏州园林也有一楹联道：“读书取正，读易取变，读骚取幽，读庄取达，读汉之取坚，最有味卷中岁月。”

徜徉在卷中岁月，终于寻觅到心灵的栖息地，我的心情平静而安详。读书比任何一种娱乐方式更需要心智的宁静，也更能带给你安详。正所谓：“雪夜书千卷，花时酒一瓢。”

我一直以为，一个写作者，最重要的是要忠于自己的内心，发自内心的创作才是有生命力的，才可以蕴藏丰富的情感，也容易引起共鸣，而单纯为了写而写，或者为赋新文强说愁，即使极尽文字渲染之能事，终究也只是绣花枕头，中看不中用。通过读周闻道的作品，你可以发现他是在用心来创作的，他对身边的景物、事物都有自己独到的视角和感觉，由于心灵的空旷有容，他可以从任意的视点出发，引发无尽的遐思，这个视点可以是一种感觉，可以是一种思想，可以是一件物体，可以是一个动作，可以是一个人，可以是一汪水，可以是一场雨，总之可以是任何一个触动了他心灵的东西，这一点，从他近期作品的题目就一目了然了。比如：《该怎么去慰藉这秋天的忧郁》写的是忧郁的感想，《一个周末的意识流》写的是意识的流转，《江河逻辑》的对象是江河……每一篇都有亮点，每一篇都是独立的结构严谨的佳作，能做到这样，没有内心的丰富感受和自身的文化底蕴，是不可能达到的。

与此相对应，周闻道老师的作品，思想性和艺术性都达到了一个相当的高度，他在秋天的阴雨里，忧郁着各处的天灾人难，忧郁着到处发生的冤案，用一颗善良的心，去慰藉这秋天的忧郁；他写江河逻辑，质问“没有了鱼，不能生长鱼，即便这江里仍有水，仍在流动，这江还算是一条有生命的江吗”？把水与生命的关系提到艺术化的高度；他在梦里的空城里，鄙视另类的所谓艺术表演；他告诫我们，“有一段路，家门口的那段路，是我们出门的起点和铺垫，经过它，不仅可以远行，而且可以选择去向……首先走好家门口的那段路，要懂得珍惜”；在他的眼里，城市的街道变成了一条条绵延的河流；倒叙的秋天，其实就是对生命过程的追问，这令他感动万分；他在侧影式的眼光下，同情着弱势群体，用明星演唱会的票价和工人最低保障的收入做对比；他从尼采的死亡里，解读道德和生命。他的文字字里行间流露出对社会的关注，同时保留着美丽抒情的描写，把思想和艺术相对完美地结合在行文中，给人以精神上的享受和思想上的冲击。

他的心灵，是善良、柔和、亲切和博大的，他一直怀着一颗怜悯的心，去从事他笔下的创作，他近期的作品，集中地体现着三个方面的内容：一是以水和秋天为代表的自然，二是对家乡和亲人的深切关注，三是对社会、道德、人生的思考。重要的是这三个方面并不是孤立的，而是相辅相成，自然和谐地构架在一起，处处蕴含着丰富的感情，这给他的文章带来更多的阅读快感，他写秋天的忧郁，却不单说秋天的天气，而是指出“现实生活中我们搞倒了许多关系，本末倒置，主次不分，我们常常搜肠刮肚，寻找一些枯燥的词语，去对生活进行浅薄苍白的解释。恰恰忽视了每天亲历的许多人和事，忽视了词语是灰色的，生活才是常青藤……”把自然和对社会、人生的思考很直观地联系起来；他面对江河，却想到家乡一年大旱的情景；他执着地对生活进行思考和剖析，把自己迷失在《空城》里；他写上里的水、雅安的雨，心里却怀着一种神圣和祈愿；他由寒露的来临，不期然回到乡下的家乡，责备自己“犯了一个同样的错误，轻浮的忽视，不知不觉中，忽视了一些不该忽视的事情”；他热爱着自己的故乡，却把大量的笔墨用在故乡的思蒙河上……如此种种，成就了他优美、绵密、引人共鸣的文字风格，让读者在阅读的同时，引发深刻的思考。

他的文章是循序渐进式的，你总能从他不经意的绵绵密密的文字里，感受到层层剥茧式的逻辑关系。这与一个作家的思维方式密不可分。而这样的文章是绝对有生命力和耐读性的，近期读周老师的文章，经常发现自己不知不觉地进入他文章所营造的氛围里，在一点一点的潜移默化的阅读过程中，逐渐走入他内心的深处，去感知他文中的人和物事的微妙关联，这些都是让人获得一种快慰和满足的精神食粮。他用优美的行云流水式的语言，把读者带入到生动恬淡的生活中。

诗意的尖锐

——读周闻道《侧影》

◎女检察官

横看成岭侧成峰，远近高低各不同。不识庐山真面目，只缘身在此山中。——苏轼《题西林壁》

苏轼的《题西林壁》一直被今人所推崇，不仅在于脍炙人口的诗句本身，更在于它独特的艺术构思。苏轼在这首诗中，并没有把笔墨完全放在庐山美景的具体描写上，而是概括抒写了他对庐山的总体印象，从中揭示出一种生活哲理——面对雄伟壮丽的庐山，诗人不胜感叹地说：从正面看庐山，它是一道横长的山岭；从侧面看庐山，它是一座高耸的山峰。你再从不同距离、不同高度去看吧，呈现在你眼前的庐山，都是各种互不相同的形象。我们为什么不能确切完整地把握庐山的真实面貌呢？只因为人在此山里，眼界受到局限的缘故啊。

由此可见，这首绝句的长处不单在于形象或情感，更在于它富有理趣。

“不识庐山真面目，只缘身在此山中”，看山如此，看人如此，看都市如此，看社会亦是如此。站在不同的角度，不同的视点，就会得出不同的结论。

赏读眉山周闻道周老师的杂文《侧影》，发现周老师曾两度在文中提到苏轼的这首诗。

第一次是在一段现实与联想的跳跃式叙述之后——

“我独自一人，坐在摄影棚里……程式很快结束，摄影师脸上挂满了自信与微笑，热情复谦恭。我却生出了一丝迷惑。明明是护照相呀，不是为了进出国门时验明正身吗，当是正面才好。严肃，端庄，得体，是它的基本要求。为什么要照侧影呢？”“我坚信，摄影师一定有他的考虑，只是我不懂。照片出来后，才解开了我的心结。那侧影的效果怎样呢？就像有的作家评价好的文章那样，一句话，好看。它的重要意义在于，这种好看，不是从自然的美山秀水，或俊男俏女中去复制的，而是对一副庸常平淡的面孔的变换。这就像优秀的农民，从穷山恶水间种出了茂盛的庄稼。那化平庸于美丽的手法，就是侧影。”

写到此，作家完全可以生发出关于“侧影”的感悟，比如，无论社会还是人，都有多重的形象。有阳光的一面，也有阴暗的一面；有好看的一面，也有难看的一面。关键在于我们看问题的主观视角，云云。但是，不，作家并没有拘泥于个案，他认为“侧影”是整个世界美学的经典。

他开始链接他的联想：“在意大利佛罗伦萨艺术学院画廊看见的那些艺术珍品……无论是绘画，还是雕塑，几乎没有一幅是完全正面的，都是侧影。比如，米开朗基罗那幅非常著名的囚奴石像。它由四尊石雕组成，只雕塑了轮廓，线条简洁明快，粗犷，奔放，厚重。侧影之下，囚奴们那浑身的健肌，暴露的青筋，束缚的绳索，愤怒的表情，便栩栩如生地展现了出来，充满生命的动感和反抗的力量。我想，这不正是佛罗伦萨兴衰历史和民族精神的剪影吗？最典型的是那尊名为大卫的雕塑。它是佛罗伦萨共和国邀请米开朗基罗完成的杰作。作为国家自由的象征，它于1504年被放置在了佛市古宫的前面……大卫似乎很善解人意，无论你从什么角度观看，他都是一个优雅大方得体的侧影，以一副潇洒沉稳的姿态示人。他体强肌健，坦然沉静，一双炯炯有神的慧眼，傲视着左前方的敌人；身体微侧，看似退避与后倾，实际上是一种藐视与逼人的进攻姿势。他左手轻轻拟着肩头的一片汗巾，右臂自然下垂，手掌半握，似乎随时准备捏成拳头。他的每个部位，从胸、臂、腹，到颈，肌肉和筋络，都细腻逼真，伟岸超群，充满生命的活力与美感。我明白了，大卫为何成为佛市自由精神的象征。于是，我相信，有时侧影更能反映事物的本质真实。不然，达芬·奇，米开朗基罗和拉斐尔们的画，就没有如此魅力。”

这时，他首次提起苏轼的《题西林壁》：“我带着侧影式的审美眼光，行走于都市，穿梭于都市的高楼，超市，街道，霓虹，夜总会，星级酒店堆砌成的繁华间。我自然地想起了苏轼，和那首意味深长的《题西林壁》。‘横看成岭侧成峰，远近高低各不同。不识庐山真面目，只缘身在此山中。’我觉得，苏轼不仅仅是在说庐山，也在说社会和都市，比如眼前这高楼林立、群峰叠障的城市。从正面看，那些楼房是一个面孔，方形的，圆形的，菱形的，平顶的，坡顶的，现代的，仿古的，玻璃幕墙的，高档涂料的，千姿百态，令人眼花缭乱。可是，稍微换一个角度，从侧面看，又是另一副面孔，另一番景象了。”

笔锋一转，周老师又从审美的联想回到不容乐观的现实，写到政府门口请愿的下岗工人、失业农民，维持秩序的警察，报纸上明星的大型演唱会的门票，显而易见的贫富差距……此处，作者只是在写实，并没有加上任何议论，但带给读者的却是一种深刻的忧虑和尖锐的思考。

此时，作者第二次也就是在文章结尾处再次提到了苏轼的《题西林壁》："我又想起了苏轼的《题西林壁》，和那位摄影师给我照相的情景……"于是，我看到，苏轼的《题西林壁》在本文中形成了一道穿透力极强的射线，放射出一种罕见的诗意的尖锐。

我曾一直认为，杂文都应当是匕首和投枪，犀利，尖刻，言之凿凿，而诗歌天生多情，只适合表达浪漫的诗情画意，然而，看了周老师的杂文却给我一个意外：原来，杂文也可以很有美感，也可以很有韵律，甚至也可以带着诗意，但却是绵里藏针，自有一种不露声色的刺穿力。

周老师巧妙借用苏轼的七绝《题西林壁》来揭示并感悟人生：他从"横看成岭侧成峰，远近高低各不同"这一审美视角出发，再现了今人与古人、东方与西方审美情趣的珠联璧合；他从"不识庐山真面目，只缘身在此山中"这一哲学思考落脚，让我们懂得了在看待自己，看待社会，看待世界时，不可避免的片面性，真可谓匠心独具。同时也说明，真理是永恒的。古代诗人的深邃哲思可以穿越时光的风云而不朽。

我认为，杂文是一种更能体现作者的思想深度、更能直接体现"文以载道"精神的一种文体，倘若没有深刻的哲学思考和厚重的感悟力，是断断写不好杂文的，所以，对杂文写得好的文友，我会很自然的仰慕不已。

赏读周闻道老师的《侧影》可以得到双重的收获，即文字表述上的唯美和思想上的深刻。

闻天下之道

——读眉山周闻道

◎佚　名

2006 年的春末初夏之交，我来到天涯散文天下，遇见了第一个来读我文字的人，他就是散文天下版主——眉山周闻道先生。算是最初的知遇之恩，为了表示感谢，我以自己的方式用心去读了周先生自 2004 年 10 月发表在网上的第一篇文章《理想是一棵树》到最近所发表的《一水间生命如花》，近两年间共计约两百多篇的网络文章。我还去了闻道创作室浏览了周先生博客里的所有文章，亦读完了周先生的《悲剧本可以避免》《夏天的感觉》和《点击心灵》这三本书。对周先生的文字有了一定的了解，产生了一些真实的读后感，遂在这里以阅读笔记的方式和周先生做一次坦诚的交流，以回应他一直以来所给予我的无私帮助和关怀。

周先生的文学创作始于 1991 年被政府外派到香港工作期间，也许是因为思念家乡和客居他乡的缘由，他开始与书与文字为伴，并陆续在香港的《大公报》《新晚报》《香港文学》等报纸杂志上发表了一些以思念家乡和时事评论为主的文章，由此挣到了比工资更为丰厚的稿酬，尝到了缪斯女神带来的精神物质双丰收的甜蜜感觉。回到家乡后，周先生作为主管本区经济工作的政府官员激情澎湃地投身于眉山新区的建设和企业经济体制改革的热潮之中。这个阶段，他的文字体现了务实、体恤民情的一面。2004 年初秋，勤奋好学的周先生登上了网络这趟时尚高速列车，义无反顾地踏上了网络文字之旅，在生命的秋天里进入了文学创作的丰盛时期，其作品频繁发表在汉语文学、新散文、天涯散文天下等文学论坛，结下了累累的丰硕果实。这一阶段他的作品开始形成系列，向思考的纵深方面，向多种题材多种文风方面展开了有益的探索和尝试。2004 年 11 月，以周闻道为首的 50 人组成眉山散文舰队正式宣告出海航行。2005 年 4 月，周闻道散文研讨会在眉山召开，全国各地 40 余位业内人士欢聚一堂，对周先生的散文作品进行了充分的肯定，并提出了一些宝贵的意见。2005 年 9 月，周闻道正式担任天涯散文天下版主。从此，他一边肩负着继续前行的使命，一边积极鼓励、扶植文学新人顺利步入论坛。目前，眉山周闻道已成为天涯散文天下人气最旺、文章点击率颇高、并拥有庞大固定读者群的散文大家。

周先生最早的作品大都是随心而写，所以略显杂乱，后逐渐形成系列，比如家系列、官场词语系列、风景系列、哲学系列、情感系列、内心探索系列、人文关怀系列，等等。下面，我且以分类的方式对周先生的文章进行简单地归纳和总结，并提出我个人浅显的看法和意见。

周先生早期的家系列文章，角度较广，视线较远，创意颇新。他从自己的小家写到外面的家到国际的家，其中印象较深的是《家的物质构成》系列中关于阳台和书房的那两篇，还有《多娜泰拉的怡情豪宅》也写得不错。但整体感觉这个系列的作品较硬，存在有为写而写的意图，语言方面有明显堆砌的痕迹，思维并没有完全打开，同时，忽略了家的精神意义，而这才是家的灵魂，家的最重要的层面。

周先生的官场词语系列文章，在素材和主题方面进行了大胆创新的拓展，从自己非常熟悉的事物写起，写得就很顺手。其中写得较好的是《请示》和《一个冗长的下午》，非常真实地展现了官场沉闷而无奈的现状，给人以感同身受的切身体会。应该说这个系列的标题词语都极具典型意义并言简意赅，但读得多了之后，发现每篇文章风格和写法的变化不大，似乎陷入到公文写作的统一模式里去了。

周先生写得最棒的当属风景系列文章，这也是占其文章比例最大的部分。根据描述景物的不同，可分为太阳、月亮、田野和河流四大篇章。若说周先生是景物描写高手毫不为过。周先生的强项就在于能够很自然地寓情于景并触景生情。以《沉醉的村庄》为例，他可从一片油菜花里解读一个村庄的历史；从一朵杜鹃花里读出整个春天的味道，如《猜想杜鹃》；从一片阳光里悟出情感重于理性，如《撷一片阳光攥在手里》；从河水的流动中体会到变动之美，当他《面对一条抒情的河流》时，愿意轻轻地放进了自己的心。《今夜，邀月共饮后的心怎么收回》则描写了作者一个人面对一轮圆月一侧秋影时，寄托了怎样浓烈的相思愁绪在其中。一叶知秋，周先生描写景物的能力已达到常人所无法企及的高度，他的风景系列文字干净、清新、自然、细腻、温暖、明亮，他和他所描述的客体风景有一种深刻的感情默契，也许这得益于童年生活里美丽的乡村风景早已浸透在他的骨髓里，就仿佛内心里拥有一座取之不尽用之不竭的风景描写词汇宝库。从这个意义上来说，我更愿意把周先生视为有自己浓烈风格的乡土文学作家。

周先生的哲学系列文章，是对散文思想性的一个大胆而有益的尝试和拓展。周先生总能很快地摆脱现实环境的干扰而随时随地进入到哲学的纵深领域探索，他像一个孤独而清醒的勇士。我随着周先生的脚步走近过尼采、伏尔泰、柏拉图、叔本华、柏格森、海德格尔、萨特等先哲们的世界。其中，写得较为深刻的是《走进柏格森的时空隧道》，感觉到柏格森所引领的理性之光能够照亮我们的世界和生命，并使之变得更加丰富而亮丽。而当我随周先生《在萨特的存在与自由中拷问良心》的时候，感觉到巴黎满城悲伤的眼泪在飞，因为伟人萨特的逝去，浪漫之都变成了伤感之都。只是，在这篇关于萨特的文章里，竟然没有发现其终身精神伴侣——波伏娃的影子，有评论文章说：没有波伏娃就没有萨特后来的哲学成就。不知周先生是有意抑或无意地疏略，我都认为这是一个重大的缺憾。其他的哲学评论文章，有些厚重而枯燥的感觉，并且传略引用偏多，就语言风格来说，没有形成自己独特的味道，感觉有些描述的确令人分不清是作者语言还是他人言语。哲学若要入世，就必得深入浅出，从整体来讲，这部分系列作品并没有达到游刃有余的地步，对先哲们的思想仍有待于进一步深入细致地消化之后，再转化为自己的血肉带着自己的体温反馈出来，这样才会生产出附有自己气息和风格的好的评论文章。

周先生的情感系列文章很少，他像是有意回避或者并不习惯直接面对自己的感情内心世界。这个系列的文章虽少，却精。其中《月夜跨海，一次灵魂的旅行》是一篇非常美丽的文章，文字的华美情感的充沛，景物的宏大，都给人一种震撼的美感。我读这篇文章的时候就设想过：如果有幸亲临那样的现场，就一定会被那份壮美震撼得眼泪能掉下来。另一篇《在眉山等你》，曾在网络上引起过轩然大波，众网络读者们都极其关心大家所敬爱所崇拜的周哥哥到底在等着谁的到来呢？我猜测应该是有一个美丽的秋影，一个真实的女人被周兄无限珍贵地装在圣洁的心里。也许，等的是谁并不重要，等没等到也不重要，重要的是等待过程中的那份患得患失的乐趣和温柔细致的情怀。那样一份赤诚、浪漫、激情、细腻的男儿情怀，对众网络读者有着致命的杀伤力。专一的等待是苦，漫长的等待会痛，暗的等待则失去了意义。也许，周先生是想借用这样一篇对广大众读者泛泛等待的美文来勇敢地冲出由读者们所包围的狭小情感领域，走向更加开阔的远方世界。《要醉就醉倒在府河边》也是一篇美文，大气、豪情的美感充溢其中，文中虽极少使用温情的词语，却仍能让人充分感觉到通篇都弥漫出一种温暖的关爱和欢喜在里面。是啊，一场冥冥之中的约会，一场精神的华美盛宴，酒不醉人而人自醉。周先生另一篇涉及到感情的作品是由16个短篇构成的小说《一个网恋者的精神家园》，他尝试着以新的体裁方式来讲述一个平常的网恋故事，似乎有点自我的影子掺杂于其中。但故事庸常的开头，过于美丽的结尾，情节的平铺直叙都大大减少了读者阅读小说时所希望享受到的乐趣和愉悦感。

周先生的内心探索系列文章不多，仅有的几篇都是精品。比如当我读完《就这样与大地窃窃私语》之后，恨不得立刻踏上一块空旷的土地，躺下，快快躺下，把心放下，什么也不想，只静静地聆听大地的呼吸和言语。比如《带本书到江边》，就那样一个人带一本并不会打开的书，闭了眼，躺在草地上躺在大树下躺在江边，那份孤独的剪影已和谐地融入周围的环境里，成为那片风景的有机组成部分，仿佛你在桥上看风景，看风景的人在窗前看你之相类似的情形。在《一个周末的意识流》里，作者乘着思想的小船，在精神的领域里纵横驰骋，虽然足不出户，却能够以艺术文学之心爱着这个世界。《走过凯旋门》是作者较为深刻的思想篇章，其中描写华盛顿的《弗农山庄的航标》，文字尤其感人，感动于伟大的华盛顿，为他的自知，他的奉献，他对丑恶的敏感，并坚定地认同他才是历史上真正的英雄，是完成了英雄完美转变的光辉代表。《斯水若愚》在描写河流的文章里算比较有深度和新意的一篇文字，只看标题就充满了含蓄的美感，作者摆脱了一贯的写作手法，由景物开始向内心探索，是一篇不可多得的佳作。斯水若愚，斯人斯水，提倡的是一种内敛、含蓄、安静的美。

周先生的人文关怀系列文章具有非常典型的社会意义。在《一个城市的切片》和《底层》这两篇文章中我们看到作者对人生苦难对底层人民发自内心的关注和理解，周先生博爱的心是那样敏感而脆弱，温情而细腻。“别人在痛苦之中沉默不言，神给我启示，让我说出我的烦恼。”周先生仿佛已得到神的启示，在他的《煤海悲歌》和《岷江沉船》两部纪实文学报告里，文字语言干净、清新、凝练，让我们看到了一个有良知的政府官员对生命的基本尊重和怜悯之心，以及对企业的神圣责任感和使命感。《一水间生命如花》则歌颂了生命如花的坚韧和美丽，无情的洪灾可以带走一切，却带不走百姓对生活的热爱对生命的深切渴望。这篇文字平实、细腻、清新，于细微处呈现出重大的喜剧意义。随时随地的悲悯，不尽的人文关怀，是周先生人文关怀系列文章里所特有的温暖气息，由此而吸引了不同年龄不同层面不同职业的网络读者们的一致欣赏和认可。

基于上述对周先生作品的分析，建议他强化自己的优势，即把风景系列文章进一步升华、深入、壮大，再积极地向内探索，并注重以情动人，同时继续附上人文的关怀，使文章的美感和质感，形式和内容、意象和思想、宽度和深度共同增强。在语言的细节方面，要凝练、干净，注重保持文字的个性和感情。

周先生一路咏诵着散文走来，我却隐隐地感觉到他有些捆绑，身上还有没放下的东西。也许是因为他还在名利场上谋生活，给了他某些方面的制约和压抑。周先生背负着名利两个字小心翼翼地走在文学的路途上，也会感到有所羁绊和不够自由吧。也许，正因为如此，我在周先生的作品中很少看到他的本我在哪里，个性展示的文字少了一些，当然，作为男性作家也许更注重大我的体现。但若没有本我做基础的支撑，大我就必然会陷入到空荡而虚妄的境地。

其实，周先生在生活和工作中是个近于完美的好人，他言行谨慎，品质端正，胸怀开阔，包容大度，无私奉献。他人缘极好，乐于助人不求回报，他热情好客，广迎天下众网友不断相聚于眉山，饮酒饮茶读散文。他毫无名人的架子和高官的骄气。据说，他在工作中是一位雷厉风行、激情澎湃、体察下属的好领导。若不是在文学方面分了些时间和精力出来，当在仕途上有更大的发展空间和机遇。古人云：男人有三立，所谓立德、立功、立言，周先生都立了。

可以用一句调侃的话来高度概括我们的周先生：

周仲明周闻道周老师闻道司基周兄周老头儿是何许人也？

是大师是高手是大家是名人是领导是模范是领袖是哥们也！

上述种种，不一而论。我没有更多时间再去做更深的思考与研究，似乎我已说得太多却又太浅，匆忙写下这些字，只是基于一个美好的愿望：面对我一直敬重的周先生，呈上我作为一名读者发自心底的真实读后感，在今天这个属于周先生的特别日子里（8 月 15 日）作为一份特别生日礼物奉献给他。周先生是一本值得大家阅读的好书，厚重而质朴。我只翻了几页，看了几行，就禁不住在这里大放厥词，一吐为快，想必周先生能够体谅我的本意而不会怪罪于我的。若有不当之处，还望周兄一如既往地海涵笑纳。

道可或得而闻无止也。大道悠远，愿闻道兄与散文天下的朋友们共闻天下之道，并坚定而执着地走上一条不断探索不断向前不断超越的文学之旅……

2006 年 8 月 29 日

审美空间：从闻道到在场的宽广

◎吴昕孺

大约是2005年，我初登新散文论坛，关注到一组以词语形式写官场的文章，不仅言简意赅，妙趣横生，更重要的是，与其他官场文章不同，它们不是一味宣泄和揭露，不是堆积段子或拉开内幕，而是回溯源头，剖析细节，作者手握一把神经刀，官场肿瘤逢刀即解，无可遁形。我读罢即想，此君若不是官场中人，断难写得如此入木；若果在官场中，如此针砭时事，指斥流弊，真是一条好汉。

在混合着敬重与探究的复杂心理下，我通过邮件与周闻道先生联系，希望能得到他所写的这组文章的全部。因为当时，有朋友想请我主持一本正在筹备的DNA杂志，我想将这些文章每期发一篇，形成专栏。遗憾的是，那本杂志筹而不备，不了了之，闻道兄的大作亦压了箱底。但他的才华和勇气盈我胠箧，让我看到妙手文章与铁肩道义间一个生动活泼的典范。

我没有想到，那时周闻道正在他所在的四川眉山，召集全国二十多位新锐散文家、评论家，以建设性姿态，对二十世纪九十年代兴起的“新散文”热提出质疑与批判。

中国是诗歌大国，从格律诗到打油诗一应俱全；中国同样是散文大国，从叙述、抒情、议论到游记、日记、笔记，好比古代女子的绣花包，样样不缺。尤其时下散文作手，汹汹滔滔胜过江之鲫，但大多如昕孺，只埋头自己弄自己的，写写发发，陶醉于自得其乐的小我情境；很少看到站在文体角度、历史高度与民间立场，来为散文鼓与呼，为散文忧与思，为散文张目与举纲的有识之士。

三年后，2008 年 3 月 8 日，在一个属于妇女的节日里，以周闻道为代表的散文作家群，向全国散文界倡导“在场主义”。这个时间也许纯粹是巧合，是偶然，但它暗合“母体”与“诞生”之意，又颇具象征意味。

我与“在场主义”还有过一次小误会。云南作家余继聪先生写了一篇大作《网络散文流派》，将我列为“在场主义”开创人之一。文章影响不小，有很多文友以为我真成“领袖”了，纷纷致贺。我只好表示，这是一个美丽的错误。我没有在任何公开场合澄清此事，一来怕别人以为我故意炒作，二来我虽然只是“在场主义”的旁听生，但我非常认同、赞赏“在场主义”理论，愿意成为其中一员。至于开创者，我当然不能贪天之功，便借写此小文的机会，作一告白。

文学家可能不懂得理论，但文学是需要理论的。没有理论的文学，就像行走在没有航标的河道上，久而久之，只能随波逐浪，泯然于时代洪流之中。汉代素淡疲弱，而有三国“建安风骨”；魏晋绮靡虚华，而有唐宋古文运动；明清烂熟朽腐，而有民国“五四”新文化运动，无不是当世风浮荡、文体不振时，有大家卓然而立，挥臂疾呼，从而别开生面，焕然一新。

新文化运动之后，中国文学园地里，新诗、散文、小说三箭齐发，蔚为大观。散文在鲁迅、周作人、沈从文、林语堂、张爱玲等大师级作家的推动下，与新诗、小说相比，毫不落处下风。但二十世纪四十年代以后，意识形态的“杀虫剂”摧毁了中国文学的灵性与血脉，用杀虫剂洗澡会是什么后果？中国文学就面临着这样的后果。

二十世纪八十年代拨乱反正，新诗借思想启蒙风潮开辟了自己的“黄金年代”，小说通过对西方现代派的模仿、借鉴亦步入自我发展的坦途。唯独散文，由于“文革”流毒过深，口号体、公文体、大字报体、流水账体、杨朔体等各种魔手，一齐扼住它的咽喉。朦胧诗潮高歌猛进，现代小说扬帆启航，散文却仍处于休克中，排毒、解表、顺气、退烧……

进入二十一世纪，中国新诗早已自成格局，古典诗词与传统诗歌式微成一片落叶，徒有其形，却几如标本，没有了生命力；小说在“先锋”与“现代”熔炉的冶炼下，也迎头赶上，与西方作家站在了同一起跑线上。可是，日益强势的官僚政治使公文甚嚣尘上，无数大学时代的青年才俊、文学精英毕业后进入政府体系，操起了公文，公文写作的心态与式样扎入其脑海，渗透其骨髓，使得中国散文创作仍是“公文”示范，“假、大、空”横行。散文已到了拯溺积弱、匡扶正道的关键时刻。

让人略感意外的是，对官场进行文学反思的，是一个来自官场、至今仍在官场的散文家；对公文体散文进行深刻批判的，是一个几乎天天与公文打交道的职业官员、业余作家。其实，这没什么奇怪。马克思说过，革命的种子总是从内部产生。唯其如此，在我的视觉立场上，我从未将周闻道列入“官员作家”的行列；相反，他的文学理想、文学活动与文学创作表明，他一方面用犀利文笔、滚滚才情直捣中国传统官场僵化、盘根错节的关节，另一方面又凭借多年公务生涯所养成的大局观和大气度，引领着散文的突围与提升。

我们先来领略周闻道执笔如剑的文风。

“冗长并不等于长，也不等于晦涩难懂，从未有人说过《红楼梦》和《尤利西斯》冗长。冗长是一种假大空的不断复制，是利用自己的权力、条件和宣泄欲望，为别人制造的痛苦。”（《会议》）

“身在官场，长期不进步是件痛苦的事。进步得太慢，甚至九斤老太，一代不如一代，进一步，退两步，像苏轼，也是痛苦。进步得太快，犹如坐上直升飞机，直上云霄，也未必全是快乐。在进步的过程中，当然可以尽情领略沿途美丽风光，被旖旎的景致所陶醉；还有那种腾云驾雾、飘飘欲仙的快感。可是，在陶醉中往往容易忽视，忽视脚下的暗河险滩悬崖雷电，稍有不慎，也许会头破血流人仰马翻。”（《进步》）

“为官场矛盾推波助澜的还是体制。有位研究我们宝贝体制的美国专家说，我们体制的最大特点就是掣肘。掣肘，就像装满了一个麻袋的螃蟹，你钳着我，我钳着你，谁也不想要潇洒自如……我常常想，是谁发明的呢？把一种冷兵器时代的兵不血刃，带入社会，带到官场，让多少人为之憔悴。”（《矛盾》）

“什么问题不问题呀？关系不对劲，没问题也要弄出问题，小问题弄成大问题。关系好了，有问题可弄成没问题，大问题可弄成小问题。有时，领导出于利益需要，还可以人为地制造些问题，然后，让大家在问题中去折腾，领导再隔岸观火。待到时机成熟，再出来收拾残局。”（《问题》）

这不仅是一部官场现形记，更是一部官场生态录。周闻道剥开官场的虎皮外衣，直指其内里。旁观者很难将事物的内在嬗变看清、看透；即便置身事中，有所体味，大多亦微妙难言，仿佛一个病人，只感觉浑身不适，要问他哪里出了毛病，就说不上来。周闻道在他的“官场词语”中，有如解牛之庖丁，条分缕析，深中肯綮，令人大开眼界。这一组散文可谓在场主义“介入性”与“当下性”的代表作品。

周闻道认为，在场主义应关注身边最感疼痛的问题，而不是流行的、华丽的、自己并不熟悉的那些元素。他强调介入。介入是在场之门。介入的使命是承受，是担当，是切入并打破话语体制的封闭性。他反对将散文写成“诗余”“小说余”“杂文”“玩字”，这样只会让散文软化、轻化、固化、窄化、边缘化。于是，我们看到，周闻道从自身所遭遇的疼痛出发，用笔扎入最深处的痛，呈现出一份具有精准记录与奇异感受的在场档案。

毫无疑问，在场主义并不是要求把散文写成一篇干涩乏味的说明文字，而是追求发现、崇尚精神的一次审美旅行和叙事探险。“有没有发现，是散文及散文作家高下的分野，甚至是散文与散文作家存在与消亡的根本原则。”（在场主义散文丛书《总序》）发现既是起点，又是结果，对于写作来说，它是一切。在《七城书》“经秋植物”小辑中，我读到的是满纸发现，满篇旖旎。

四五十年前，作家们写植物，好用大词，动辄与理想、道德挂钩，形成空洞呆板、强行上纲的“杨朔体”。后来，很多作家反其道而行之，写植物便只写植物，不言其他，穷形尽相，描摹如画。前者，拿植物不当植物写，写的是意识形态，作家更像政治家；后者，拿植物只当植物写，写的是物候生态，作家更像植物学家。对于文学而言，前者没有“去蔽存真”，反而积“蔽”日深；后者虽然“去蔽”了，却毫无发现。周闻道的“经秋植物”，在他深厚智性的关怀下，既写得细致妥帖，又心动意随，凸显出植物的“人性”与“社会性”：

“我有一些隐隐的担心。我不知道紫薇的内心……对这紧随而至的秋，那些难以消解的秋风秋雨秋愁，是否有了足够的准备。还有秋欲。是否明白，这绵延不尽的秋，生长的其实都是无所不在的欲。我知道，在秋风里凋谢的紫薇，似乎并没有硕果累累。那么，面对满世界都在发酵的企盼，仅凭那几簇虚幻的姹紫嫣红，能否填平那千年积淀的欲壑。”（《紫薇》）

“我相信，桑树的生命之爱，更接近于弗洛伊德的理论。淡黄绿色的花，是它性爱的暗示。那花一般是单性的，但也不尽然，这很让花蝶迷乱；雌雄同株或异株，也是全靠你去猜测；分枝力强，耐剪伐，也许秉承的，就是传统里多子多福的理念。因此，栽桑养蚕，其实修炼的是一种生命功课。”（《桑树》）

“尽管，今年立秋下雨，滥了秋，入秋以来一直阴雨绵绵，拖延了秋天的脚步。但是，节令的定数，却改变不了。水稻的灌浆，壮子，成熟，翻黄，都在坚定的节拍中完成。”（《稻子》）

“在藤和叶攀援到一人多高后，藤蔓间就悄悄地长出了一些花，淡黄色的，细致，纤巧。直到此时，回过头来，看苦瓜走过的路，都是一路的春风得意，与苦沾不上边。”（《苦瓜》）

每个人都有与植物发生的故事，都有自己最喜爱的植物，查查辞典，也都能知道银杏是落叶乔木，玉米是一年生草本植物。然而，要探究紫薇面对欲望的困惑，要修炼栽桑养蚕的生命功课，要明白节令的定数是改变不了的，要看到苦瓜春风得意的生长之路，没有一双善于发现的眼睛和一颗善感的心灵，是不可能的。

周闻道深信伏尔泰说的一句话：“眼睛就是我们的圣经、上帝和祭坛。”当然，不仅仅是指肉眼。他不忘补上一句。

如何在一株植物上寄寓自己的精神，如何在乡村的小径炊烟间找到自己迷失的灵魂，如何在日渐零落疏离的三姑六舅中，拾起亲情消逝与家园瓦解的悲悯……我们连篇累牍、产量甚丰的乡村散文，仍需要更多、更智慧的发现。

智慧来自于生活，尤其来自于阅读。生活可能不是自由的，但阅读一定是自由的。阅读的自由可以铸就一位作家写作的自由。拿在场主义的标准来衡量，没有发现的表达不是表达，缺乏自由的写作也不算是写作，就像自说自话并不是文学一样。在“智慧的地址”这辑随笔中，我们看到写作的自由所能进入的维度和所能抵达的限度。

我与闻道兄并无直接的写作心得的交流，但通过读《七城书》，通过对他的在场主义的理解，我认为，我们最相投契的一点是，都追求文字写作中的思维含量，都更为喜欢在感性基础上富有智性的作品。“在场写作的精神，以作家‘个人的立场’，关注‘共同的命运’为存在方式，是对生存意义的追问，

对真实人性的剥露，对生命终极价值的关怀，对人类‘终极家园’的精神诉求，对生存与存在根本问题的哲学思考……”（《总序》）

周闻道一边在哲学家伏尔泰的极乐庄园散步，一边追寻解构大师德里达的流云。他在极乐庄园触摸到人性的复杂与真实，更重要的是，他发现“这个世界是一切可能世界中最完美的”。“如果你不曾被赶出宏伟的城堡，不曾面临宗教裁判所的审判，不曾丢失那些金子，现在你就不可能在这里吃蜜饯了”。但在德里达那里，“我的浮躁与一道寒光相遇”，那道寒光轻易就将传统价值的城池撕开了一道口子，“露出的部位，是一种在场的鲜活与生命的生生不息”。德里达让被传统捆绑的既定秩序重新流动起来，让几近一潭死水的世界重新充满灵性。文化背负的历史包袱太重，解构其实是一种发现，一种精神的成长和自由的飞扬。难怪，当周闻道遇见德里达时，他是那样惊喜：

“我在某一个不经意的瞬间，仰望天空，双目所见，是如此生动。那一朵流动的心，德里达之云，就这样飘进了我的灵魂，令我产生一种相见恨晚的惊喜。静些，再静些，不忙解构，不要粗糙，让精神贴近宁静致远的空灵。然后，轻轻靠近德里达的云，先锁定它此在的形，再去解读那流动的意蕴。”

眼前的世界流动如云，手中之笔便摇曳生姿。但惜墨如金的周闻道不纵容笔墨，不强作解人，而是循着一条生僻小道，继续朝寂寞处延伸。他还有很多问题要解决。他不觉走进了诗人桑塔亚那“那一抹怀疑中的柔情”。桑塔亚那认为，“所有理想都有自然基础，所有自然都有理想的发展。因此，自然这个词最富有诗意”。一语点醒梦中人，原来，自然本身就具有神性。“一个完全丧失神性的世界，无异于一个凄凉的家”。周闻道承认，他已陷入一种遮蔽，需要“在场”来救场。“我以上帝为参照系，视国家为神圣，桑塔亚那却深表怀疑”，但悟性极高的周闻道立即看到了桑塔亚那的灵魂之光，或者，这也是周闻道自身的灵魂之光：

“国家的任务，是让人民幸福，否则，如同一堆散沙；个人的任务，是超越世俗，又不以它为敌”。

好一个“超越世俗，又不以它为敌”！国家与个人、社会与自我、现实与理想、人性与神性、肉体与灵魂，终于在这一抹光影中融为一体。这其实，正是周闻道所崇尚与追求的在场主义精神。

最后，要重点谈谈《七城书》了。周闻道认为，世界是充满遮蔽的，这种遮蔽包括主体、对象世界和语言三个维度；在场写作就是要通过去除遮蔽，呈现敞亮，展示对象世界的本真。由于遮蔽的多重性，决定了去蔽的艰难性、复杂性和多维性，及写作的多种可能性。好的散文，应当是在具有鲜明散文性下，既充分呈现对象世界的复杂性、多样性、深刻性，又充分展示对象世界的本真的，即具有丰富审美空间的，令人百读不厌，每次阅读都会有新的感觉、新的发现，而不是一目见底。笔者认为，周闻道的《七城书》正是这样。迷城、空城、蛊城、玻璃城、危城、欲城、皇城，这是分布在作者心灵视域中的一个城市群落。俗话说：“乡里伢子进城，两边看不赢。”“我”就是这样一个乡里伢子，他奋发努力，来到城市，想实现自己的人生理想，不料却“突然发现了自己的荒诞”：

“我甚至不能确定自己此刻与这座城市的关系，我是它的一个电话号码，一个汽车牌号？还是互不相干的两种存在，我是我，它是它。我似乎更觉得，这城市于我更像是一部负载着神秘信息的大书，我既是它不倦的读者，又是它没有署名的作者，我们互相翻阅着对方，却彼此不相识。”（《迷城》）

我相信，会有太多的人对此感同身受。乡下孩子进城后，成为城市的建设者，成为城市发展的一分子，但不像在乡村，他始终无法成为城市的“主人”。身体可能安顿，心灵无法皈依，即便身居楼堂馆所，内心总是不可救药地涌动着一种漂泊感，目光所及，只有空洞与茫然。

城市本应是乡村之子，是“大地长出的枝叶”，然而，“那些过去被称作城外或郊区的地方，已经逃得支离破碎。虽说还保留着乡村的名称，却早已找不着田园之静与幽雅，甚至没有了真正的农舍与炊烟”。青出于蓝胜于蓝，但青不会消灭蓝。城市产生于乡村，却不断吞噬着乡村——乡村土地、乡村文化、乡村的民俗风情与自然美景，全在钢筋水泥森林的急剧扩展中，无地自容，破败不堪。

城市对乡村的压榨，一如西方文化中儿子弑父的“原罪”。周闻道揭示给我们触目惊心的事实是：我们这些乡村之子，我们这些城市建设者，都是这场“原罪”中的罪人。乡村的咽喉被割断，我们手上血淋淋的刀子仍然没有放下！

悲剧不会终结。城市吞噬乡村之后，也吞噬了自己的根。没有根的城市，看上去高楼大厦，威武辉煌，实则根基松浅，摇摇欲坠。表面繁荣无法掩饰其内里的虚浮。周闻道感到，那些被城市占领的广袤原野，竟不像是城市的进攻区域，而是城市的败退之地。

“到此刻才发现，我翻开的竟是一本编码混乱、掐头去尾的书。比如，书的目录上明明标明全书共有12章，72节；翻开内文，内容和目录上的章节页码却怎么也对不上；而且首尾颠倒，页码错位，印有文字的几个章节，也是前言不搭后语，不知所云。面对这个城市，我陷入了彻底的绝望。”（《空城》）

“更可怕的是，连人的思想活动、灵魂的形状、每日的争斗算计、记忆中的一切，甚至最隐秘的动机，都宛若光碟中存储的影像，可以任意点播，让人一览无余。”（《玻璃城》）

“而就在此刻，一阵狂风刮过，随着那棵凌空倒挂的大树枝叶披散地从崖顶飞落下来，高悬在城市上空的那块巨石又向下滑动了一点点……”（《危城》）

“就这样，蛰伏的欲望不知被谁激活，如山洪暴发，要把整个城市淹没。每个人都是一个欲望符号，而每个人心中同时酝酿着无数个欲望；所有的欲望相加，形成一个巨大的欲望场。”（《欲城》）

这样的文字，我们能看到先哲对周闻道写作的深刻影响。他认为，在集体无意识与公共话语体制的支配下，无论事物还是词语都已积“蔽”日深。这是困扰散文写作的最大问题。“在场主义”的使命就是去蔽、敞亮、本真。然而，河流万里，日月经年，事物早已看不到自己的本源，词语也早已忘记自己的本义，思想的河道一再偏离，意识的原野沧海桑田，去蔽有如沙漠寻水，敞亮形同黑夜捕蚊。

周闻道的武器依然是：在场。他从伏尔泰和斯宾诺莎的哲学里获得对所置身世界的认同，这是在场的基础。没有这种认同态度，所有批判都是以掌击空。然后，他接过尼采和德里达的枪，毫不留情地对“蔽”实施否决与解构。他同时用到了桑塔亚那的怀疑与梅洛·庞蒂的暧昧，怀疑促进思维的开掘，暧昧催发想象的绵延，周闻道成功地找到一个“中间地带”，在那里安置自己的宏大布局、精巧设计和诡异十足、玄幻无穷的变数，“七城”于是诞生。

这是一座庞大的迷宫。它打开了无数扇窗、无数张门，它让读者不断进入，却总是抵达不了事物的内部和核心。遮蔽的多重性给每一个时代的人都造成难以突围的困境。

这更是一个多维的审美空间。每个人都有自己的位置，却又无法固定一处，因为，每次阅读都可能带来全新的感受。《七城书》中，多重遮蔽在考验多维去蔽的同时，竟呈现出审美空间的无限丰富性，那是因阅读与思考而回报给读者的奇妙景观。

窃以为，周闻道抓住了一个最为平常却最为关键的词：城。在这个词身上，有着最为典型的“积蔽”。它的拓展铸造了令人叹为观止的奇迹，它的混乱孕育了让人牵肠挂肚的故事，它的膨胀预示着迷茫不可知的未来。在这个词身上，有着现代人最难以厘清的矛盾和难以拆解的纠结，它改变着人的命运，似乎又在把人类推向深渊……

因城生市，城市日益肥胖、臃肿、虚浮，人类政治、经济、文化的各条血脉都在城市的病灶中变得滞缓、乌浊、堵塞。“城市病”不仅摧残人类，同时更在威胁自然。可是，每天仍有无数人向城市进军。我们算得上成功的进军者，已成为城市一员。还有大量的农民工，让孩子成为留守儿童，让长者成为孤寡老人，让村庄成为一片荒原，他们像蚂蚁一样，聚集在城市边缘，死死攀住一根“吃饭谋生”的稻草。乡村空空如也，城市水泄不通。但城市人纷纷丢失了自己，找不着北，唤不回魂。半村老弱病穷，满城行尸走肉。村子空了；城市，竟也是一座满满的空城！

这是人性函数的必然结果，还是文明方程的最终答案？

面对如此困境与危局，文人啊，你还风花雪月什么，你还假惺惺地意淫什么，你还做什么功名利禄的美梦！

父母、村庄养育大的孩子，读过几年书、识得几个字的孩子，坐在城市阳台上眺望星空的孩子，尤其是，能拿起笔写出文章的孩子，请你们不要回避，不要逃离，不要说这与我无关。你们必须在场！我们必须在场！要介入，要发现，要将当下的体验注入精神的容器，要让自由的旗帜在写作中迎风飘扬。还是周闻道说得好：

“在这座城市里，记住自己的籍贯，记住自己的姓名，记住母系和父系的血缘；守住自己的回忆和过去；守住自己的精神、灵魂、情感和对未来的期待。时刻警惕着，不要让自己像广场中央那尊镂空的雕像一样，变成一个空心人。”

2010 年 6 月 4 日星期五

周闻道《对岸》《家的前世今生》作品研讨会发言实录

一、刘雁介绍《对岸》

这本书的书名《对岸》，是我们的责任编辑赵芳跟周闻道先生商量以后确定的。可能大家都已经注意到，书中并没有叫《对岸》的文章。我们取这个书名，我想它有这样的意义：“对岸”强调的是一种距离感；一种二元的，互容互补的存在；是此岸和彼岸；是理性和感性；是理想和现实；是形而上和形而下。大家从书中可以看出，闻道先生经常从一定的距离之外，一定的高度对现实，对事物作总体的观照和把握。这跟他“闻道”的笔名是不是有一定的关系？我没有问过闻道先生。他的笔名一看就会令人想到“朝闻道，夕死可矣。”我觉得对“道”的追求是贯穿到书的所有篇章中的，这也就确定了闻道散文的一种精神的高度。我们在这本书里可以看到闻道先生对哲学家思想的梳理，对身边事物引发的一些随感，贯彻其中的是对宇宙、生命的追问，我们从中随时可以感受到智性的光芒。给我留下比较深刻印象的文章中，《乡下的寒露》写到播种与收获。他认为对耕耘者来说，并不是只有播种与收获，它们只是四季的一个节点，生命流程的一个轮回，而不是生命的全部或本身。像这样的观念透出一种整体的宇宙观和生命观。在《与大地窃窃私语》这一篇中有一句话，大意是在用心贴近大地的时候，“任何站立的姿势，都是对大地的不敬”。这句话给我深深的感动和震撼。像这样的句子，这样的感情和思想，在全书中是贯穿始终的，他体现出闻道的一种不懈的追求，一种人文精神。这是我对这本书的第一个强烈的感受。

第二个强烈的感受就是他文字的酣畅淋漓的美感。这来自于他汪洋恣肆的文字风格，纵横开阖的思想跨度和丰富的想象力。闻道先生始终如一地以充沛的精力、饱满的热情进入写作。他的作品给人一种大气磅礴的感觉，颇有李白“飞流直下三千尺”的那种气势。他经常带给人的是一种惊喜。但也许因为写得太快，缺少一些斟酌，也留下了一些失望和遗憾。比如说一些意象没有得到尽情的舒展，一些思想没有得到尽情的发挥。像《一个城市的切片》这篇文章，我觉得把三轮车比喻为一把手术刀切入城市的肌理，非常形象生动，应该给我们带来一些意想不到的东西。但是，后面的挖掘和铺陈却显得不足。

我觉得闻道散文已达到了一定的高度，达到了一定的美学的价值。他在这样繁忙的工作之余，坚持不懈地写作，是非常不容易的。如果他能进一步细化，进一步磋磨，我们有理由期待闻道先生写出更好更精彩的文章。

二、侯安国介绍《家的前世今生》

首先，作为东道主之一，今天开这个会我非常高兴。第一个值得高兴的是有这么多老朋友相聚在老峨山上。这次会安排得非常好，昨天晚上的酒席和晚会，今天上午的登山，让我们昨天见面还是新朋友的，今天已经成了老朋友。第二个值得高兴的是，我们天地社能够和百花文艺出版社同场开会，给了我一个向大社老社学习的机会。我们天地社，既不是城市出版社，也不是专业出版社，只是一个小的综合出版社。能有机会学习，作为我本人来说是非常高兴的。再一个，因为有百花文艺出版社的参加，使这个研讨会的性质本来是全省范围的，变成了全国性质了，使会议的规格也升高了；更高兴的是，今天参加我们会议的还有德国波鸿鲁尔大学的冯铁教授，又把我们这次研讨会升格成为国际性的学术研讨会。这次会的规格非常的高。

其次，就我本人来说，我觉得很惭愧，这个惭愧是因为我对周闻道先生的佩服。周闻道作为一个政府官员，能够静下心来做文章，而且做得这么好，我觉得非常佩服。他是把做人、做事和做文都做得非常好的人。就一般而言，做人做事，有时候不得不俗，但做文章就非雅不可。他能够把雅和俗结合得那么好，我从心底很佩服。第二个要佩服周闻道先生的激情和思维。他的文章对百姓小事、国家大事都很关注，他确实是一个思路多极、思维多端、思想多元的人，这种人我向来就非常的佩服。

第三，我要感谢周闻道先生给我们提供了一个非常好的选题。这本书的出版，得到各方好评，有利于提高我社的品牌和知名度。同时，我要感谢为本书作封面和内容设计的雪夫先生，为本书作序的高虹副主编，更要感谢在座的所有朋友。就一本书的生产而言，出版社和作者都是一家人，在座今天为周闻道先生这本书捧场，也是为我们出版社捧场。所以说我要感谢。

最后，因为今天这本书，大家聚在一起，这本书叫《家的前世今生》，这个书名，我们和周闻道先生一起讨论，已有一年多了。关于书名的得来，高虹老师在序里面已经谈得比较多了。这本书的内容，精彩丰富，涉及到各种形态的家，有古埃及帝王的家，百姓的家，超级富豪的家，乞丐的家，超生户的家，离婚不离家者的家，还有现在最前卫的网上的家……家的形态和种类是很多的。但我想，所谓家，无非就是一个归宿。我们这本书，有一个宣传册，宣传册的最后说“家是放心的地方”。在此，我再补充一下：一是从物质上说“家是安身的地方”，二是从精神上说“家是放心的地方”；还有一点，我觉得家也应该是开心的地方。所以借这个机会，我也祝愿所有参加研讨会的朋友，因为这个“家”，过得开心和快活！

三、部分作家、评论家发言录

冯铁：能参加研讨会，我要特别感谢曾绍义老师。是他把我联系到这里来。我还要特别感谢周闻道的著作。我要说，前天之前我还不知道周闻道这个作家，昨天收到周闻道给我送的这两本书，我开始认真阅读。其中《尼采发现的死亡》这一篇文章，把尼采之发现的死亡写得很好，我非常喜欢。在西欧文学，特别是尼采去世之后，经常有小说、散文专门从医学角度谈，另一部分从思维、思想角度上来谈，而周闻道谈得很特别。这是第一个意见。第二个意见，在《家的前世今生》这本散文集中，比较明显的是全部的结构有典型性的特色，严密结构的文字下显示出了很轻松的笔调。这是我研究中文的感受。以后我希望能把闻道先生所有的文章都读完，并将其中一部分译成德文，向德语读者推介。

周伦佑：在今天来之前，我好像是有些甘于寂寞。我十多年没有参加过任何正式的和非正式的文学集会。这似乎已形成我的一种习惯。我没有想到今天开的这个会有这么正规，有点让我手足无措，非常的不自在，紧张。这可能是长期把自己关在家里读书的时间太长了，形成的习惯。可能文学界的朋友知道我。近二十年来正式邀请我的集会我都不参加，就在上个月广州的一个邀请，我也拒绝了。他们把往返的机票都给我订好了，我最后找了很多借口。最后我问他们，我不参加，是不是有什么不好的影响，他们说也没有什么多大影响，我说那就算了吧，下次再说吧。今天这个会议令我联想到上个月在青城山参加的一个会，我当时谈了几个问题，其中有个话题，跟今天可以挂上点钩。首先，闻道的《家的前世今生》这本书，我没有想到做得这么好。这要感谢侯安国先生。我作为朋友，对出版的装帧设计也非常感兴趣。书不但做得好，里面的配图也配得相当的好。《对岸》这本书，上次李银昭带给我了，也真是印得好，我作为闻道的朋友，对百花文艺出版社的朋友表示感谢。因为自己的书出版出来，装帧、设计和内容比较协调，首先心里就非常愉快，非常高兴。两本书都非常精致，非常高雅，整个设计都非常的好。其次，对曾绍义老师谈的观点，我有点不赞同。他阅读的范围可能比较广泛一些，他谈到闻道兄的散文有贵族化的倾向，我对这点，觉得不是很准确。我觉得闻道的文章，用贵族化的倾向来形容不是很准确。不过他的文章中似乎缺了些什么，这个我暂时没有想清楚。是不是说他展开得不够深入？这个恐怕和他做的工作和社会关系有关，不允许他到那种场合去体验。我在给闻道兄写的一篇代序中也谈到过这个问题。

再次，我想说闻道散文创作涉及的几个问题。第一个是关于写作道德的问题。闻道的身份，对他的写作可能是一种限制，给他造成了某些局限。但是回过头来，在写作道德上他是无可非议的，这一点应该得到肯定。从写作道德来看，闻道对现实、生活、底层的关注不够，对作家应该披露的一些丑恶现象披露得不够。但这不能强求，这可能跟他所在的领导岗位有关。可能哪一天他从领导岗位上走下来了，他真正的写作才会开始。他的才情、他的激情是足够的，而且他是对写作有“野心”的人。他现在的写作，只能说是初见端倪，没有展开。这个展开，写下传世的文字，很有可能在他从领导岗位走下来之后，那个时候才会有一个新的开始。第二是关于写作修养的问题。写作修养就是写作修为问题，这个跟大量的创作有关。我觉得闻道兄的阅读量小了。我对文学作品和写作有个要求，就是这个作品我读了之后，过几年我还想拿出来再读，而且我要把它推荐给我的孩子，让我的孩子也觉得值得一读。闻道兄的阅读少，是他的工作性质造成的。如果能多一些时间阅读，而不忙于公务，再多读一些国内外散文的名作，好的一些出版物，让我们感动的作品，他的文学修为会更好。第三是关于写作技巧问题。我觉得闻道的写作技巧单一了。一般文章单独读一遍非常好，把所有文章揉在一起看，从选材、起承转合，甚至谋篇布局等这些写作技巧来看，感觉稍微单一了点。而且现在写作进入现代主义之后，西文的现代主义文学的众多技巧传入中国，在中国小说界、散文界、评论界，写作技巧的借鉴非常多，五花八门，无奇不有。包括后现代主义文学，解构式的写作，包括现代主义结构式的写作，各种各样的写作方法技巧非常多。我想闻道兄能在这方面更多地借鉴一些，把它布置到每篇作品。在一篇作品写完之后，你让任何一个大家来评，任何一个字都不能取消，到这种状况我就满意了。我希望闻道兄写作能在这方面有更大的突破，这也是对一个朋友的要求。作为朋友，吹捧的话我不能说，我说了违心的话会心里不舒服。越是好朋友越是要说真心话。这也是我为什么不愿意参加很多文学聚会的原因。很多文学聚会就只会说好听的话，吹捧的话，我看不惯，我听了就难受。所以说我还不如不去，如果说得不对的，请闻道兄原谅。

唐小林：读了周闻道先生的散文以后，我的总体感觉是：一半是火焰，一半是海水。火焰是说周闻道这个作家他有一种超出一般人的思辨能力。有一种同众多先贤的对话能力。比如尼采、叔本华、苏格拉底，这样一些伟人，和他们对话，来进行评论，他在庸常的生活中享受着高贵，一种思者的生活，这是非常不容易的。再一个我发现周闻道先生入水很深。尤其是他的《家的前世今生》，有很多精彩的思辨。如果说在《家的前世今生》中他思考着身和心的问题，那么在《对岸》中他思考着魂的问题，身心魂都思考了，这是闻道先生散文的特点。他的文章当中是“以文载道”，而且这种道是一种非常周全的思考，有身有心有魂。因此，他的散文可以用三句话概括：周闻道，文以载道，而且很周全。我认为这样来评论是比较高的，我 16 岁开始写诗，后来放弃了，感觉到作家是不好当的，评论家要容易点。周闻道的散文如何能步入一个更高的境界？我觉得我的一些思考和周伦佑的思考有一致的地方，是一个文学境界的问题。在这个方面，我想谈几点看法：

第一是，触摸苦难。苦难是散文写作一个非常重要的东西，触摸苦难，追问苦难，承担苦难，应该是闻道今后文章的追求。

第二是，保持神秘。从闻道的散文里面，尤其是《对岸》里，感觉闻道先生延续了一个传统，那就是当代中国文学的传统，秦牧散文的传统。他的知识性，他的理性，他的思考与抒情的结合，他对天、地、人间、宇宙的思考，是与秦牧散文相连接的，这个是非常重要的。但是秦牧散文有一个问题，他觉得他掌握了真理，他觉得他对整个宇宙、对整个自然、整个人生，整个社会有透彻的看法。但是他缺乏一种对社会、对自然、对人生、对细节的神秘感。这是一个很大的问题。保持一种神秘感，就是和科学保持距离，和文明保持距离，和现代保持距离，和现代化保持距离。只有保持这种距离的时候，我们才会知道，一片叶子从秋天的树上飘落下来，它并不只是一种四季的循环，它可能有比科学更多的意味；只有保持神秘感，才能对当下人的行为方式，对当下人的价值追求，对当下人的情感诉求有一种反思。所以我觉得我们要保持神秘，如果自以为掌握了真理，获得了科学认知，对现代化进行歌颂，那我们可能就成为这个世界的奴仆。我们不可能达到一种很高的境界，所以我觉得要保持神秘。

第三是，珍惜文字。写作是很困难的，是不能随便写的；文字是作家的血肉。所以我们在用文字的时候要非常珍惜，不能随便写，随便下笔。

第四是，阅读大书。我这十多年来研究现代文学，觉得有很多大书需要我们去读，这些承载了远古文明的大书，我觉得我们要常常读，把它放在我们的枕边，随时都去翻它。通过阅读，去思考一些终极的问题。如果是这样的话，闻道的散文会走向一个更高的境界。我们看到散文前后的悖论，散文的矛盾，不一致或者说语无伦次，它不在于我们的写作技巧怎么样，而在我们的见识问题、胸怀问题，以及我们的远见问题。这些问题怎样来解决，我觉得就是要阅读大书。

触摸苦难、保持神秘、珍惜文字、阅读大书。这是我向闻道先生提出来，其实也是向我自己提出来的。我希望我们在今后的写作当中、评论当中都注意这些问题。当然闻道能写到这样已经很不容易了，因为他的身份，他有很多顾虑，他是游走在一个作家和官员之间的具有二元结构的人，他是很痛苦的。恰恰是这种痛苦，孕育了闻道先生的散文；也是这种痛苦，让他的散文达到了一种高度。如果连这种痛苦都没有，那他的散文肯定是很平庸的，一般的。而在这样的身份之间游移，使他有可能去触摸苦难。就像周伦佑先生说的，有一天他从他的岗位上走下来，他的散文会达到一种新的高度，我相信这点。因为如今的他必须要去扮演两重角色，他所说的话会有所顾忌，顾忌就造成他散文的限度。感谢诸君！感谢各位！

干天全：在我心目中，闻道既是一位勤政的官员，又是一个勤于写作的作家。近几年他连续出版了几部散文作品，让我感到非常钦佩。因为有了书面发言，在这里我只是简单说几句。

首先，我赞同前面几位发表的真知灼见。曾绍义谈到的贵族化问题，周伦佑先生给予了阐释，他认为不是平民化的问题，而是时代呼声反映不够的问题，也就是说，对民众的疾苦反映不够。还有唐小林先生说的触摸苦难不够的问题。这几个问题我都表示赞同。昨天晚上和唐小林先生讨论闻道先生的散文直到两三点钟。读了闻道的散文，特别是《对岸》，有这么一个总的感受，作为一名作家，他是一位有良心、有良知、有担当的作家。他对生活的感受，对生命存在的意义，以及对时代独到的见解，都是独特的。读他的散文，能够拓展我们的视野，启发我们感知人生的意义。

其次，是对存在的问题。我就书面发言的基础上补充一点。从现实的此岸到理想的彼岸的书写，我们都看得出闻道先生在努力追求一种高品位、高境界的创作。他的散文无论是写生活感受，还是写人生的思考，都具有比较浓的哲学思辨色彩。散文应该是美文，写和读都应该先从审美出发，而不是从概念出发。但从我阅读的感觉来看，闻道先生有一些作品似乎是从概念出发的。这让人感到思想大于形象。我们的先哲写文章主张大音希声，意在言外，语尽而意无穷。从闻道的一些议论散文来看，想把道理说尽，说深，说全。这一结果，不仅缺乏美感，甚至让人生厌。这个话也许尖锐了点。在《对岸》这本书里面，我谈到这样一个看法。闻道有常人的七情六欲需要，又有宦海沉浮的忧患，他有崇尚自由、追求自在的天性，与热爱文学勤于写作的雅好，但又很难违拗官场的潜规则，不得不在体制下“遵命”地生活。这个话跟刚才周伦佑的看法有些相似的地方。身份的限制，是闻道先生作品题材、立意乃至于写作层面上存在局限的一个问题直接而重要的原因。如果说要率性而写，那是以后的事。

第三，谈一点建设性的意见。首先是赞同周伦佑先生的意见：“就他的写作特点来看，还有某种程式，结果是文章的主题展开不够，挖掘不深，一些文章的结构重复，显得比较单一”。这是从写作层面来概括的。我觉得闻道的文章，理性色彩过重，观念大于形象，缺乏表现生活与生命的具体细节。从审美的角度来看，阅读应该是一件轻松愉快的事。尽管作者的很多文章，都追问了许多作家诗人反复追问的问题，从哪里来到哪里去，生与死，幸福与苦难，智慧与痛苦，等等，读者读起来没有兴趣，不轻松，也就不去理这些问题了。在《对岸》里，没有《对岸》这篇文章，以其为书名，想必是将现实当成此岸，理想视为彼岸，理想与现实有一种难以逾越的鸿沟。闻道先生既有向善向美、自由自在的天性，又是一位很有担当的作家，同时又是很有使命感的政府要员，在他的写作中，不可能不在心灵上产生一种困惑和矛盾，无法超越的局限。所以，在现阶段闻道不管做多大的努力，他的局限是很难用他的努力来避免的。就目前的创作看，他体现了一种高品位的追求，并不是通常的官场作家为附庸风雅而写作，而是为体现自己的意志、体现自己的人生价值或者说体现自己的情趣和所爱而勤于写作，这点非常难能可贵。闻道先生是以自己对文学真诚执着的追求，来对待他的写作和出版的。这点是值得充分肯定的。祝闻道先生百尺竿头，更进一步。

李银昭：我是周伦佑和周闻道认识的一个桥梁。闻道先生到成都也好，伦佑先生到眉山来也好，一般我都是他们中间一个联系人。我跟闻道先生认识是一个很偶然的机会。我是搞新闻的，新闻是一个可以用粗糙的文字来做的。在座的都是搞散文的，搞文学评论的，是需要精细的。因此，我的发言怕是不好说的。

第一点，我与闻道认识成为一个好朋友，是一种性情之交。有一次我到眉山采访，很快就发现闻道是一个性情中人。我没有从文学的角度，没有从写作的角度，而是从一个朋友的角度。我在采访的时候，遇到一个企业的厂长，他把这个厂搞得很好，后来这个人去世了。整个采访过程，发现周闻道有几次掉眼泪，当时我就对他掉眼泪特别感兴趣。因为我知道，男儿有泪不轻弹，一个男人在一个公开场合，多次地为另一个男人掉眼泪，我想这其中一定有更深刻的东西，这个人一定是性情中人，一定可以作为朋友的。所以我们的话也就越来越多。就在不断的交流当中，他给了我一本散文集，当时读了之后，就感觉他对文学的热爱和激情，比他言谈中透露出的还要浓，还要多。尽管那本书我在读的时候，觉得可能我读文学读的少，这样的文字要划入文学的范围，可能还有很大的距离。但是，他谈话的文学涵养很重。后来到成都，我就把对他的认识讲给了周伦佑先生，讲给了当时汉语文学网站的黎正光先生。就把他的事情讲给了我的朋友，讲了他很多好的地方。因为他的性情让我成为了他的朋友。

第二个就是他的创作状态令我感动。我觉得成都的很多作家比如说冉云飞，他的文字就要老到得多，但他的状态就不如闻道先生。闻道一个星期可以写一篇、两篇，甚至五篇稿子来，当时我很震惊，如果用这样的量来堆积，一定会堆积出一个变化非常大的周闻道。紧接着他就写了家乡的思蒙河、沉寂的戏台、远去的白帆等，写了很多。后来他将稿子传给我看，我对他后来文字的变化，非常惊喜。我说这样的状态，在十年以后一定是另外一个周闻道。而三年后，他的《对岸》《家的前世今生》两部作品超出了我的想象，我以为要用十年时间达到的水准，他只用了三年。本来昨天我要来，但昨天晚上我和副刊编辑刘小兵，为闻道刚刚写的一个自然之语系列编发了一个整版。我们的报纸用文学副刊为一个作者出整版，是没有过的，他已经是两次了。就是因为他那种状态吸引着我。

第三点，我感觉他在散文上是有追求的。说他工作很忙，朋友很多，工作上也好，事业上也罢，没更多的想法。但是，我感觉到他是有想法的，而且有野心，这个野心潜伏得很深。关于散文的野心。就像金庸笔下的那个令狐冲，他与各种人都接触，最后他成了一个高人。我就期待着闻道这种野心，再在三五年后，又有一个质的变化。也许周闻道有一天就像《笑傲江湖》开头的一句“咦……”好的文章就杀出来了，我就期待着这一天。

朴素：对于写作来讲，生活给了我们无限可能。但是生活中有很多文学家比较轻视生活，凭空写作，在云端上写作。闻道先生散文有几个特点。一是比较关注自己的生活。强调在场写作，写的是自己留下的痕迹，拒绝无视日常生活的文学写作。他身体力行地书写日常生活和人情物理，他的散文里包含了很多日常生活的所思所想，他的文章在现在流行的散文中走出了自己的风格。有的人一辈子以散文家知名，但其文章仅仅是粉饰现实的社论而已。闻道先生虽然一直在官场，但是他的作品能够脱离官场的局限，比如说他的《官场词语》，就把官场的一些背后的东西揭露出来，形成自己思考的内容。他的文章现在已经在社会上引起了很大的反响。二是他的文章的用字非常讲究，主要表现为修辞和文字特点。因为散文最终就是归结于文字的琢磨。闻道先生的文字讲究确实体现出了散文之美。很多作家曾经指出闻道先生文章的不足之处，叫他要多读些书之类，等等。很多作家认为散文应该有一个专门的方向，这是对散文的一个局限。有人也曾经给闻道先生指出过一些路子和方向，但是闻道先生一直坚持了自己的风格，坚持走自己的路，没有受到舆论的影响。如果大家都按照某个路子去写的话，可能也会写出一种模式。比如说触摸苦难，这是一个比较好的方向。但是，如果大家都去触摸苦难的话，就会形成一种触摸苦难的模式。就像余秋雨一样，刚开始写东西他也没去讲究，但是他慢慢写着，后面就有很多人跟风，都写成历史文化散文，慢慢地就形成了这种模式，大家就不喜欢了。散文还是要求自由的，就是作者自己的发挥。这跟作者自己的见识，学历，对人生的体悟和对世界的看法有关，而不仅仅是读书能够解决问题的。

四、周闻道答谢

各位老师，各位朋友，借这个机会，我最后讲三句话。

第一句话是，非常感谢。感谢百花文艺出版社，感谢天地出版社，感谢四川文学杂志社，感谢当代文坛和四川经济日报社五家单位为我举行的这个会议，感谢今天会议的各位专家、评论家、作家和朋友，你们的到来本身就是对我极大的信任和支持。说是“研讨”，不过是一个名称。其实我自己知道，我的文章还有很大差距，承载不起研讨这两个字。利用这个机会，请朋友们来聚一聚，交流交流，是真正的目的；帮我的文章找出些毛病和问题，则是我真正的用意。从两天的会来看，目的和用意都圆满实现，非常感谢各位。

第二句话是，我的散文观。关于散文创作，是一个古老而充满活力的话题。刚才各位作家、评论家谈了许多真知灼见，令我受益匪浅。受各位启发，我也想借此机会，谈谈自己的散文观，以就教于各位。那么，究竟散文应该怎么写呢？这也许是一个永恒探索的话题，没有统一定论。最近在散文天涯社区我们搞了一个征文，投石问路式地提出了我的散文观，包括八个字：在场，思想，诗意，发现。现在，我就对此谈一点自己的粗浅看法。

在场。这里的在场，是一种哲学范畴的存在方式，是散文创作的一种姿态，而不是理性思维的时空概念，不是作家对对象的物理走近。所谓在场，就是作家在创作散文时，要最大限度地用心灵贴近自然，贴近社会，贴近生命，贴近灵魂，他体现的是散文的时代美。我认为，散文创作必须有在场的姿态，而不是疏离。

思想。思想是散文的灵魂。综观古今中外的散文，没有哪一个流传下来的名篇，是消解思想的。古人称思想为“文以载道”，这本来是对的。但是，长期以来，对道的理解却形形色色，众口难调。特别是在极左思潮泛滥的时候，把这个狭隘为单一的政治承载，以致主题先行，文学成了政治的另一种图解。于是，出现了另一种极端，即消解思想，认为散文应当反映生活的无序、虚妄和无意义。这是不能接受的。我认为，任何文学作品，包括散文，没有思想就没有灵魂，无异于一具干尸。散文的思想，是一个广义的词，不是简单的政治承载，它反映的是作家对整个自然、社会、生命、灵魂等方面本质认识，体现的是散文的内涵美。

诗意。所谓诗意，是指散文的结构、语言、叙述方式等，要有诗一般的意韵，体现的是散文的艺术美。诗意更侧重的是指散文的表现形式，给人以美的享受。有了好的思想作为内涵，再有好的形式来表达，就做到了内容和形式的完美统一，就是好散文。

发现。散文写作是一种创作，创就不是走老路，炒陈饭，发旧叹。任何一种本质意义上的创作，都是一次发现，包括对自然、社会、人生、灵魂，对生命本质的独特的发现。如果说被别人发现过了你再去写，就没有什么意义了。当然，既然是发现，就是痛苦的。从这个意义上说，散文创作是一种痛苦的营生。我的这个观点的形成，主要是受周伦佑老师的教诲。周老师有一次在对棱子游记散文的交流时说，你在写一个事物时，要用心灵贴近它，细细地加以体验，然后把你在体验中最独特的发现和感受写出来。虽然这个话是说给棱子听的，我在侧面偷听到了，记住了，形成了我的一种创作自觉。这句话对我散文的创作影响很大。

第三句话是，消化吸收。今天各位老师畅所欲言，对我的散文创作提了许多宝贵的意见，下来后，我一定要认真地思考领悟，消化吸收。今天这个会我非常高兴，大家不只是一味地说好，而是真挚地指出了我的文章当中的一些薄弱的问题。特别是最后周伦佑老师、唐小林老师、朴素先生等为了我的文章激烈地争论，是那样的坦率、友善、真诚。各位都是我邀请来的朋友；在争论中有这样的氛围，说明我的朋友都把我的朋友都当成了朋友。这非常令我感动，令我感到非常欣慰和高兴。我认为，各位老师刚才指出的问题，都点中了我的软肋。下来后我会认真把每位老师的发言整理出来，慢慢地咀嚼、消化。我相信，这对我以后的写作是大有裨益的。

再次感谢各位！

中国改革文学的一次重装突围

——周闻道报告文学《重装突围》分享会实录

[编者按]眉山籍作家、经济学家周闻道长篇报告文学《重装突围》，在2020年1月的北京春季书展一经面世，即引起强烈反响，一直稳居当当网热销前列，点评逾万条，好评率99%以上。当年2月，被《英才》杂志专文向全国英才推荐，被《中国出版传媒商报》列入重点推荐书目；3月，被长安街读书会推荐为全国干部读物；4月，被中国建设新闻网“天眼查”推荐为“2020产业经济重大新闻事件（4月7—12日，第144期）”，并列入由新华网、《中国出版传媒商报》跨媒体联合主办、京东图书音像特别支持的2020年第一季“中国影响力图书”。首印1万册，短短3个月已卖出6000余册，至今势头不减，呈现了中国改革文学在经历了一段较长时间的沉寂、探索之后，再次重装突围、出发进击的新气象。

2020年5月16日，《四川经济日报》社与青神县文联、《四川文学》杂志社一道，在周闻道的家乡眉山市青神县举办了一次《重装突围》分享交流会，来自全省各方的作家、评论家、文艺理论家和经济专家，围绕作品的思想内涵、时代意义、艺术特点等进行了广泛深入的交流分享。

今天选发部分交流分享发言，以飨读者。

唐小林（四川大学教授，博士生导师）

改革之于沉疴、未来之于现实、建设之于否定、悲悯之于苦难、亮光之于幽暗，深切的爱之于无奈的恨……巧妙结合、水乳交融，统摄于恢宏的叙述语势和改革的宏大叙事，使《重装突围》既见审美，又见审智，还见审理，既不乏细节的丰富性，又具有高度的概括力，无怪乎被人称为改革的“史诗”。而我毋宁说，在一个更加辽阔的视域里，《重装突围》通过“国家经验”的“文学重构”与“雕刻”，塑造起一处独特的体制机制改革与自我革命的“国家博物馆”，留住了正在我们身边消失的“公共记忆”。同时也为我们这个时代提供了难得的市场经济启蒙的文学读本。因此，正如阿来先生所说，它不是靠传统的经验写作能够完成的，在这个叙事界域里没有现成经验。它靠的是在场的发现性写作。因此，它不仅书写了中国高端国企在改革中的重装突围，也是中国工业题材改革文学在蒋子龙《乔厂长上任记》发轫，经历了长达40余年的沉寂、困顿、探索之后，又一次的重装突围。

卓慧（文学硕士，《四川文学》副主编）

我们都知道，周闻道是一位著名的散文作家，他在我们《四川文学》也发了不少作品，是我们的老作者。前些年，他和周伦佑等人一起发起了“在场主义散文”运动，是中国当代文学史上一个重大的开端性事件，已成为近年来颇有风格标识的一个散文流派，在整个散文界产生了较大影响。周闻道是在场主义的创始人，又是践行者。他的很多散文，都富有在场感，同时又不乏洞见和诗思，耐人品味。这是他作品的一个维度。他作品的另一个维度，或者说“场”，是社会或曰经济。我想，这可能与他曾经长期担任眉山市经贸委、发改委主要领导，工作在经济主战场有关。有在场理念支撑，有对国企改革、产业转型升级的直接参与和深度认知等鲜活经验作滋养、作血肉，并形成一股喷薄而出的创作冲动，写出被称为“供给侧结构改革经验蓝本”的煌煌大作《重装突围》，就不难理解了。这样的创作，于作者，是春蚕吐丝，是不得不发；是身处这个时代的耳闻目睹者、参与者，在内心理念和使命感召唤下，要成为这个时代的记录者、书记员，为这个时代留下一份财富的在场担当；于读者，则是含英咀华，和周闻道一起亲临“现场”，触摸改革的脉动，享受改革的愉悦，获取或拓展阅读经验，并借此调动自己的思维，让认知升级，让见识扩展，十分有意义。

李银昭（《四川经济日报》社长、总编辑，作家）

因我多年在经济媒体工作，对闻道先生书中关于中国经济发展趋势、中国企业改革诸多敏感问题的观点，极表认同。尤其是早期他提出的以产权为中心，及国有企业职工身份价值认同的企业改革观等。此外，十年前亚洲金融危机时，针对著名经济学家国世平的中国房地产市场“崩盘”论，他大胆提出不仅不会“崩盘”，拐点也未到，中国房地产市场还将持续走高。今天回头来看，均是研判准确的高见、高论。如果我当时听了周先生的高见去买房，今天就笑了。

两句三年得，一吟双泪流。文学创作上的每一次收获，甘苦只有作家自知。要完成这部 32 万多字的时代大书，我认为至少要面临三个挑战；或者说至少要解决三大难题。

首先要熟悉经济。最有生命力最鲜活的经济学不在书本上，不在象牙塔里，而在现实中，在于能不能有效解决现实中的经济问题。作为世界第二大经济体，中国的市场化改革，不管理论还是实践，都是最宏大高深的经济学问题。这些问题，都不可能找到现成答案。

其次是懂得政治。本书涉及资产重组的两家企业都属央企，“二重”不仅有军工身份，还是重型装备制造、具有国家战略意义的企业。而“国机”的老总任洪斌，又是两届并现任中央候补委员。要驾驭这样的题材，并准确书写，以报告文学呈现，作为作家如果不熟悉中国体制、机制、行政运行规则，是很难进行分寸适当、恰到好处地掌控的。

最后是文学功力。除了经济、政治以外，要对这个题材进行书写的人，还应该是一个对文字具有高超的驾驭能力，并善于用文学进行表达的作家。

由此可以说，具备这三方面的知识结构，在当代中国作家中，除周闻道外，虽不敢说唯一，但至少也还不多见。

蒋涌（自贡市作家、评论家）

《重装突围》属于一般作家望而却步、俗手无从企及的高难度系数的纪实文学。

难在何处？笔者以为：第一，写作对象啃的是中国国企改革最难啃的一大块硬骨头，需要作者胸怀“千钧笔力”的文化自信；第二，作家是进行式的在场跟踪，甚至不乏与实施者同步的介入，需要作家有“快速反应”的过人识见；第三，这一次“重装突围”的国企改革的决策层和实施者，都是主持央企、坐镇一域的行业精英，他们本身站在中国企业的顶层，立足于国内同行竞争与全球企业列强交锋或交际的最前线，他们的每一次搏击都被友善和敌意的目光紧盯着；第四，要解读好中国国企改革的一场硬仗，需要写作者要高度集中精力，并使出浑身解数，实际上写作者真是全身心地投入了一场前所未有的血性拼搏，尽数施展了自己的全部看家本领；第五，这是一次足见高度、深度、广度、力度、精度和难度的跋涉于文学、政治学、经济学、管理学、社会学等交叉领域的非常规文体的具有多维度的精神触角和辐射线的立体书写，是一种文坛罕遇的破“体”鸿篇，其写作的复杂与改革的复杂如此绝妙的两相匹配；第六，这部书不仅是写作难、解读难，而且能挺得住岁月的冲淘、社会的考验也难，读者阅读也并非走马观花那么轻松。也许，要细列，还有许多一言难尽的难。但是，正是这些难中难，难上难，更是凸显出这一文本的珍贵价值。也许，这就是在场写作的魅力。

谢红（作家、国家一级编剧）

《重装突围》带给我深深的震撼。毫无疑问，作品中的主人公任洪斌，其改革天地之广阔，改革过程之艰难，改革成就之宏大，是闻道先生自身经历所难以比拟的。但是，他们都是国企改革的见证者和参与者，都曾为了国企改革而殚精竭虑，都能够置世间的谤言于脑后，置个人的得失与荣辱于脑后，都曾为大义而热血沸腾，为改革而勇往直前。我相信，正是这种感同身受，才使得闻道先生的文字于冷静陈述与再现之外，会不时地渗入强烈的主观情感，体现在文字上，就是观察和思考国机与二重这个重组个案时，思维的发散无所拘囿，既有改革现场的浓墨重彩，那些人那些事，或平实或传奇，历历如在目前；也有全球背景的映照烘托，这个国家这些企业，不惧风雨之后的沉寂，渴望落寞之后的辉煌；还有多角度审视和多维度思考带来的深刻议论和哲思睿语，也常常给我们惊喜，坚实的行进步履便有了可以翱翔天空的翅膀，一池活水便有了助燃器，彰显出改革和改革者丰盈的生命活力和流转不息的生动气韵。《重装突围》既是国机和二重的突围，也是闻道先生自身的一次突围，更是中国改革文学的又一次突围，并因此而让有梦想、有情怀的闻道先生站在更高处，拥有了更为开阔的胸襟和更为宏大的气象。

张生全（作家，历史研究者）

周闻道的报告文学，是一种饱含深情的书写。

这种饱含深情，缘于周闻道对经济工作的熟悉和热爱。经济生活中的那些人和事，在我们看来就如同大型国企中的庞大机器和复杂图标，既沉重压抑，又枯燥乏味。但是周闻道却能够在其中跳脱往复，纵横驰骋，就如同武功高强的大侠在百万乱军之中的谈笑风生。而周闻道笔下的文字，亦如大侠剑尖抖出的那些剑花，斑驳、美丽、迷人，让人眼花缭乱，却又不敢触碰，因为在美丽之中，深藏着杀气重重，风雷滚滚。不过，周闻道与古代的那些大侠又是有区别的，正如我们上面说到的，他饱含深情。因此他有一种仁者的情怀，这让他的书写，又具有另一个特质，温情敦厚，而又热气腾腾。

刘馨忆（军旅作家，成都市武侯区作协副主席，曾获首届长征文艺奖）

无疑，《重装突围》是一部书写现代中国央企深化改革的时代大书。

改革开放 40 年，我国经济取得了飞速的发展，也面临着愈加复杂的世界经济环境。在全球化、互联网 + 的经济大潮中，如何让“中国制造”活下来，占据制造产业链的高端，站上核心、尖端的制造之巅，成为真正令世界瞩目的制造品牌，是以任洪斌为代表的新一代制造人的时代道义和国家使命。国机与二重的重组实践，正是他们以世界经济的战略眼光，穿透市场迷雾，从对二重的增资保壳，到退市减债，他们以壮士断腕的决心坚韧，在重重围困中砥砺前行，惩治腐败，狠抓质量与责任，重塑了二重的精神脊梁，擦亮了二重的制造名片，让二重走出了扭亏脱困的沼泽地，真正实现了国机与二重的优势互补。

而书写呈现这一国企改革的深度实践，是对作家精神洞见、战略视野、删繁就简、跨界破“体”诸多方面与能力的一次集中考验，写作难度堪比改革难度。

周闻道先生长期浸淫于经济生活一线，熟悉经济领域，亦如鱼之熟悉于水。所以，面对如此庞大复杂的国企重组这一重大题材，他能见人之所见，又能见人之所不能见，在宏大与杂芜里，洞悉和把握事物运行的脉动与规律，举重若轻地用文学的“鱼骨理论”去匹配国企改革的鱼骨理论与实践，以文学的“在场”精神担当呈现中国国企改革深水破冰的探索和经验，深刻展现了周闻道先生的精神力量和文学笔力。

如果要给国企重组取个象的话，我觉得犹如泛舟于河，或舰行于海。中国文学从《诗经》开始，有许多都取象于泛舟于河。泛舟于河可以说涉及河流与划船的力学关系。与陆行乘车不一样，泛舟于河时，不但我在动（划船），“路”（河道）本身也在动。陆行乘车仅取决于我的驾驭，而泛舟于河则是我与河流的博弈互动。企业的发展更像泛舟于河，不能完全取决于管理者与员工的主观努力，更是无往不受市场之“势”的裹挟。在市场的流动变化的“势”里，企业的巨舰总是一边对抗，一边又裹挟在“势”里，与“势”共生共存。

对于写作而言，国企重组的过程是流动的，作者的思想认识也是变化递进的，经过12稿的修改，完成这一宏大的书写，在高层次的冲突与和解里，形成另一个层面的博弈互动和共生共存，是鲜活的呈现，是“在场”的更大自由。

林雪儿（中国作协会员，出版长篇小说《妇科医生》《亲爱的宝贝》《北京到马边有多远》等）

作者以饱满的激情和雄劲的笔力，动用丰富的经济知识贮备，以宏大叙事的方式，讲述了风华正茂的国机与濒临破产的二重，经过改革重组之后焕发生机。作者直面矛盾，由点及面，对中国特定时期的央企改革有深刻的现实意义。

陈庆烈（作家，北京外国语大学附属东坡外国语学校中学部校长，四川省青少年文联写作专委会主席）

《重装突围》是一部描述国企改革的时代大书，是作者丰富的人生经历、知识积淀与高超的写作技能相结合的产物。作者以强烈的在场意识，审视当下城市经济改革。用娴熟的笔法、细腻的笔触，将高端央企改革中错综复杂的人物关系、千丝万缕的利益纠葛、大大小小的矛盾冲突，展现得淋漓尽致，处理得恰到好处。其中，有关国企改革的一些理性思考与实践策略，具有很强的现实意义。它不仅为读者揭开了国企改革的神秘面纱，让读者深入体味了中国国企改革的风云变迁，更为写作者提供了如何驾驭这类工业题材的在场写作经验。因此，该书既有“宏大”的冲击力，也有“细微”的感染力。其内容涉及文学、政治学、经济学、管理学、社会学等多个领域，实属文坛难得的“跨界”鸿篇，也是改革文学的新收获。

彭建群（作家，峨眉山市文联副主席、作家协会副主席）

周闻道的《重装突围》我看了两遍。第一遍懵懵懂懂，第二遍逐渐悟到些门道。因为我不熟悉经济，书里面的许多经济学概念非常陌生。我边看边查百度，始有所悟。此时，我才真正理解了这几年报纸上、会议中、电视里天天讲的供给侧结构性改革、产业转型升级、中等收入陷阱等热词。身边许多企业都觉得这些年来生意不好做了，制造业压力大了，国际形势不好预料了。原因何在？《重装突围》通过国机与二重重组的个案经验，给我们做了精彩的回答。不是搞经济的，但要关心经济。这就是我的收获。

李云（作家，出版有历史小说《龙蛇飞动》，散文集《零度忧伤》等）

我对报告文学存在偏见，感觉不是真正的文学。换句话说，报告文学书写具有很高的难度，不容易写好。报告文学的写作需往精细处着力，在人所未见处见功夫。周闻道的《重装突围》纠正了我对报告文学的偏见。这是一本什么样的书呢？简单地说，就两字，回望。是对过去那段火热生活的凝视、抚摸与审视。在一般老百姓心中，国企改革似乎与自身关系不大，实则存在千丝万缕的联系，牵一发而动全身。《重装突围》揭示的正是这种关系，关注天下苍生，情系黎民百姓，豪情与悲悯尽在其中。周闻道以文学家的敏锐和经济学家的渊博，为我们带来了一段波澜壮阔、气势恢宏的国企变革史，给人以启迪和警示。在当下是独一无二的文本存在。

雪夫（作家，先后任《四川文学》《百坡》编辑）

近年来，在中国改革开放的大屏幕上，一个关键词闪闪发亮：央企重组。这是中国再造大国重器的重要举措。对于此一历史性大事件，其进程，其得失，亟须有人驱笔为文。

可喜的是，周闻道成了书写者。他的新著《重装突围》，以广阔的视角、精巧的构思、生动的叙事，将国机与二重的重组案例，置于时代的宏大背景下，深入观察、思考并呈现出浓墨重彩的史诗般的画卷。作为中国当代文学"在场主义"散文流派创始人，周闻道一以贯之地将"在场"精神注入其中；作为作家，他以高度的敏锐力和责任心，承担并完成了历史赋予的重大课题；而作为眉山人，他在出发地和目的地之间，实现了文学与时代同行、个人与家国同命、生活与理想同梦的价值。

华子（诗人，出版诗集《我歌唱的高潮就要到来》《小树林》等）

闻道的在场理念有力支撑了他在社会多领域能够自如穿梭和钩沉。他出版的多部专著领域宽广，跨度惊人，彰显了文学无处不在场的野心。他新出版的《重装突围》，继续高扬在场的大旗狂飙猛进。雄厚的专业底蕴和广博的胸襟视野，决定了他敢于拿捏这史诗级的重大题材。在常人眼里原本是金属材质的经济学术语、财经知识和令人眼花缭乱的专业数据，在他笔下，却是触手可及的体温和呼吸，是一点也不含糊的清晨和黄昏。高屋建瓴的专业性、故事性和文学性，已不是一般意义的雅俗共赏，而是精英和大众都可以得到心领神会的满足。

林歌尔（作家，已出版诗集 2 部，散文集 1 部）

力透纸背，太厚重了。我只能这样形容。

作为一个有现实担当的、激情澎湃的在场的周闻道，读他的《重装突围》也读得我激情飞溅和思绪万千。他把经济和文学结合在一起，既立足于现实，又超越于现实。叙事宏大，把抽象的经济理论落脚于任洪斌为代表的人物身上，围绕国企改革的转型升级，从发现问题到解决问题、重装出发，一系列的挑战与突破，以及破冰的思考，精神的升华，让读者内心也经历了一场浴火重生。

我一直以为，这个世界，什么都要有，善恶、真假、主次、长短、高低等，世界才得以跌宕起伏、百花齐放。这个世界也是什么都可以落入文学的写作，重要的是你要写得精彩，透过内容写至形神俱备，写出审美的趣味，以及对生命的追问、人性的探索、心灵的共鸣。

周闻道做到了。

周闻道为写好这本书，跟踪采访近 4 年，先后采访了国机集团、中国二重干部职工、原机械工业部老领导等 300 余人次，阅读相关历史和现实资料 100 多万字。值得我景仰和学习。

一比较，看到自己的文字是如此之轻。那我就做好周闻道厚重背后的背景吧。

若若（作家，出版个人散文集，作品多次获奖。现为《百坡》编辑）

读完《重装突围》，花了不少力气。不只是书的厚度，而是一路读来，那些沉重、艰难、希望、激荡、交织而引发的情感与情绪，需要长时间的平复和沉淀。更何况，还有众多陌生的概念、晦涩的术语、莫测的规律需要消化。

事实上，无论是写作者，还是众多非经济专业的读者，这都是一场突围。

二重的“重”达百万吨级，而改革的难，算得上千阻万险，那些险峻峭拔的交锋，山重水复的困难，柳暗花明的涅槃，不仅有着史诗般的厚重、广阔和磅礴，更是因了作者在历史与现实、经济学与文学之间自如的穿行，而让读者在驰骋突围的快意淋漓中，有了御风飞翔的轻盈。阅读一个章节，就是跨越一段征程。

是的，这是报告文学的在场与纪实，也是文以载道的另一种突围。打通的方式，是慢慢穿行，细细咀嚼。

陈立（东坡故里人，出版有诗集和散文集，杂志编辑）

“会当凌绝顶，一览众山小。”

周闻道先生站在国家层面的高度、世界经济发展的立场、一系列大腕级经济学家的经典理论的基础上，从大局着眼，用细腻、写实的笔触，呈现出一幅波澜壮阔的史诗般的央企深化改革的画卷！“爱并不会是一种罪过，恨也不会是一种解脱。”真正的好作家与时代同呼吸、共命运，为国企的辉煌历史喝彩，为国企的涅槃重生而骄傲，这是怎样的热血澎湃，爱与担当！国企改革是一个永恒的课题，国企的方向是市场，国企的生命是改革，改革永远在路上。《重装突围》是一部国企改革的好作品，更是一部文学家爱与良知突围的作品！

感谢周闻道先生站在历史的重要节点，为我们述说一篇壮美的中国国企改革故事。

彭晓兰（眉山市东坡区作家协会主席，作品散见于各级报纸杂志）

三百多页的《重装突围》拿在手上，沉甸甸的，看到封面上的推荐词“供给侧改革典型蓝本”“央企深化改革的巅峰之战”，更觉分量不一般。周闻道先生用了10分钟给我普及“国机”“二重”的这段历史，听得我惊诧不已：我居然不知道这件大事？认真把书读完，这场气势磅礴、遍布荆棘的改革给我留下了深刻的印象。周闻道先生文笔老道，字里行间有一股铮铮之气。当文字离开对小我的依恋，聚焦时代的车轮，书写当下，也就有更昂扬的姿态和宽厚的肩膀，这是我读周闻道先生的这本书最强烈的感受。

彭飒（一个读书人，发表文学作品若干）

毋庸置疑，纪实文学所保持的现实意义，将给予历史记忆更准确、更精微的描述和阐释。在阅读《重装突围》的过程中，我需要克服对我来讲显得抽象的经济学类叙述范式和尚嫌恍惚的心境，才能跟随作者一道在集中开拓深层次的改革解密里，深入央企改革发展所必然面临的省思与构建的艰难历程，才能读析作者信手拈来的诗词歌赋，为"国机"和"二重"的"机械组合"，充盈着场景化的修辞形象和感情釉彩。《重装突围》是一部客观而真实地反映了国企改革风貌的文学大书，是融合了国家使命、时代意识、证监逻辑、丹棱精神、人才群像等内容的典型经验文本。在某种意义上，它所表征的不仅是重装工业扭亏振兴的突围经验，更是全球经济语境下中国国企成功崛起的经验图谱。

郑晴霞（眉山市青少年作协副主席兼秘书长，东坡区青少年作协主席，《百坡少年》文学杂志主编）

我平日阅读的文学作品，多与儿童文学、乡土文化等息息相关。这是我日常而真实的生活。《重装突围》的题材离我的现实比较遥远，捧读之前还担心着有阅读栅栏，但没翻几页，就被周闻道先生文采斐然的笔触吸引。大气磅礴，纵横捭阖，既立意高远，又心思缜密，那些对我原本异常陌生的人事物鲜活地扑面而来，让我不由自主置身于这场大变革中，与书中的主人公一起呼吸和思考。周闻道先生将这样高大上的题材写得如此朴实亲民，而且从始至终激情满怀，让我深感敬佩。《重装突围》为我的阅读和生活开启了更为广阔和崭新的天地，并启发我，再次审视与我们生活密切相关的医疗、教育、交通……

李海燕（眉山市东坡区新闻中心编辑，眉山市散文学会副秘书长，中国散文学会会员）

这是我第一次读如此长篇的报告文学。在我看来，这是一部非常好的报告文学范本。国机和二重波澜壮阔的重组史，让我内心激越澎湃。二重的前世今生，国机的力挽狂澜，重组过程中的矛盾、争锋、纠结，太多磨合和疼痛，即便合上书，闭上眼，仍有身临其境之感。周闻道的文字，严谨、准确、克制，又真诚、细致、热忱，总能一下子击中内心，而情感便在一行行一页页的文字里恣意流淌。

读《重装突围》，我很容易被作者带入跌宕起伏的央企重组改革中，不由自主地关注中国经济体制改革的走向，以及风云莫测的世界经济格局，连锅里煲的鸡汤熬干也没有察觉。这也许得益于在场的叙事方式，对现实的介入，敞亮的文字，令人不自觉与书中人物同呼吸、共命运，不自觉在国企改革的浪潮中浮沉。周闻道非常善于将宏观叙事与家国天下、个人情怀相结合，文字鲜活，张弛有度，既大开大合，又从小处着笔，有细节，有温度，是我读到的报告文学中最提振精神的一部。

在时代大格局中界定文学的存在价值

——《重装突围》获第十届“四川文学奖”接受《眉山日报》专访

◎余　毅

“作家应该在场，与时代在场，与书写的对象在场，语言在场，是我写作的基本姿态。《重装突围》属于我的在场写作理念在报告文学写作上的一次尝试。在写作过程中，我秉承在场写作理念，贴近时代本质，发现对象的意义，揭示未来发展方向。”谈起自己获第十届“四川文学奖”的长篇报告文学《重装突围》，眉山籍作家周闻道表示，作家的任何书写，都不可回避时代怎么样、文学是什么、作家该怎样三个基本问题，要在时代大格局中界定文学的存在价值。

在周闻道看来，改革开放发展是我们时代的主旋律和核心命题。文学，从学理上讲，是语言艺术；从社会功能看，则是以意义形象呈现时代本质，进而干预生活影响社会的一种艺术文体。在场主义说的“在场”，是存在意义的呈现，即通过文学的发现与表达，呈现对象世界的意义。面对改革开放发展，文学如何在场，而不是缺席？这既是文学的使命，更是作家的责任和存在底线；而尽量发挥作家的才情，以更加完美的语言艺术，呈现自己对世界的发现、对改革开放发展的发现，则是作家追求的艺术高线。

周闻道的散文集《对岸》，曾荣获2009年第六届四川文学奖，本次的报告文学《重装突围》是其第二次获四川文学奖。周闻道也是目前为止眉山唯一一位两次获四川文学奖的作家。此外，周闻道还先后获中国报告文学奖、中国新散文奖、孙犁散文奖、刘勰散文奖及《四川日报》文学奖等全国及省级以上文学奖多项。

《重装突围》共 12 章 76 节（含引子和后记），32 万字，写 2015 年后高端国企攻坚改革，体现了周闻道一贯的“介入现实”的敏锐眼光、大格局的世界视野和宏阔的宏大叙事姿态，以及在场的社会担当意识。全书从“国家任务”起笔，从“国家拳头”落笔，全景式地再现了中国机械领域高端两大国企的改革历程，中间矛盾纷呈，一系列惊心动魄的改革历险，不仅昭示了国企改革的艰难曲折与气吞山河，更昭示了多难兴邦的中华民族伟大复兴使命。

著名作家蒋子龙、贾平凹和阿来等，对该书都给予了高度评价。

蒋子龙说，《重装突围》所呈现的企业改革，无论事态的深刻性、矛盾的尖锐性，还是问题的复杂性，都具有崭新鲜活的时代意义。

阿来说：“《重装突围》写的是央企重组，但没有停留于改革表象与个性经验的书写，而是把个案的改革放置于时代大背景、贯通于历史的流变，在宏大叙事及理论与实践的融通中，展示了一种宝贵的国家经验，让文学回归担当，作品富有了时代审美审智的价值。”

报告文学，尤其是写工业题材的，受真实性、复杂性、专业性局限，很容易写成材料报告，读来枯燥乏味。搞了多年在场主义散文的周闻道在《重装突围》中，把“在场”运用得炉火纯青，让在场与现实的介入性与报告文学的真实性完美结合。

“为了写好《重装突围》，我跟踪采访近 4 年。”周闻道说，工业题材属于非经验写作，不仅需要扎实的文学写作功底，更需要对高水平的中国特色社会主义市场经济体系构建，经济体制改革，特别是以国企改革为中心的城市经济体制改革、工业和国企、政府运作等的比较深入全面了解，写作难度很大。他先后采访了国机集团、中国二重干部职工，原机械工业部老领导等 300 余人次，阅读相关资料 100 多万字。初稿形成后，前后分别征求国机集团、中国二重 100 多位重组决策者、实施者、见证者意见，并进行了数十次修改、十二次大改，较客观、真实、全面、深刻地反映了整个重组面貌。

在书写方式上，周闻道秉承了在场写作的一贯理念，注意以个性经验介入国家战略，从世界性产业转型升级、中产阶级危机和中国要防止的中等收入陷阱及供给侧结构性改革彰显的未来方向等大场域、大格局、大视野中，解读标本的时代意义。以在场的语言叙述改革相对僵硬的话题，让语言构筑的叙事流不仅成为意象的外壳，更是国企改革本身的意义符号和存在方式。作品虽然写的是国机集团和中国二重的改革重组，观照的却是在构建“高水平社会主义市场经济体制，坚持和完善社会主义基本经济制”大格局下，中国经济体制改革、产业转型升级及未来发展的宏大路向。

超验的体察　超越的启示

——周闻道在场主义散文《玻璃城》之眉批

◎伍立杨

在场主义散文流派的灵魂人物周闻道先生，近年著作颇丰，其中的系列散文《七城书》，就散文的结撰方式而言，大有横空出世的味道。所谓去蔽、敞亮、本真，所谓在场精神，散文性、介入性、当下性……在此都得到确凿醒目的阐释。

《七城书》中的《危城》篇，蜿蜒曲进而至于惊心动魄，类似黑色幽默的呈现中，充溢吊诡和反讽，现实呈现离奇般荒诞的真实。《欲城》篇，则由社会的神经末梢的牵引，来探察神经中枢的律动，在那炸裂般的欲望之城，沸腾着茫然失措和荒凉。

当然，“七城”全系列中更为特立独行的，还属《玻璃城》。其所追溯达成的认识论，表现方法，都是对数千年形成道统的反驳，洵属在场散文家思考的全新打造。

首先，他在固有散文观念上另辟蹊径，作品的观察力与穿透力，呈包容性增长。闻道先生在此表现出他对事物萃取的能力，是超前的、超越的、深入的萃取。如要论其工序，这是最为关键的一道，也正是在场和非在场的泾渭之分别。

未来城的建筑，得以见识一种特殊的眼镜。该物特殊功用甚大。与其说是一种工具，不如说是一种认识渠道，这是窥察未来城（当下现实）隐秘所在的要件，借以进入其灵魂世界，反映摄影机直观照不到的地方。表现的方法，表现的渠道，表现的路数，造成与非在场的根本区别，性质迥异。未来镜来历诡异，乃是玻璃城的管理催生。精巧百出的依据仿生学原理制造，加以现代高科技，新材料融合，色彩分解，与权力挂钩，瞬时颠倒正常与反常。一个外来者，终于在迷茫中、在震惊中，开始怀疑了，怀疑自己的价值和生存环境。

此篇作为在场主义散文代表作，在艺术手法上，所描述、所进入的心理状态和意识流动，包含着诸多超验的因素。就驱遣技巧而言，它对传统散文作了示范性的反省。它的描述背景和心思所寄，跟传统审美大异其趣，淡化与强化之间，显见与传统的分野。描述的高度弹性所引起的震动，是因笔触密布无数，善于发现、善于捕捉的探头，造设气氛，从而烘染出背景。表现与再现的高度统一，神出鬼没的交织运用，不仅使其经验、感觉具象化，更固化了万恶精确超越的解剖和批判，而其锋芒，则是一种多元的综合。

其次，作品在时空转换中，对人性诡秘以及体制陷阱进行了深度批判。

在魔幻般的玻璃城里，人的遭遇定位，隐秘破碎化、解体化、具象化，然后予以整合，世界的真相赤裸裸地坦露在我们面前。就连隐秘的思想活动、甚至灵魂的状态，勾心斗角的念头，记忆的痕迹……都宛若光碟般可以点播，一览无余。人的隐秘、尊严、自由、价值被剥夺，进而脱落、破碎，进退维谷。人的痛苦已被麻醉，灵魂的创痛在某种话语构架之下无以超生。虽系未来城，但这个城市恰恰有水泊梁山一样的精神坐标，让我们处处找得着现实的影子，包括自己“当下”的处境，从而产生一种无处隐匿，难以逃避的危机与恐惧。

在场的要旨，是对存在意义的揭示与呈现；根本意义与价值，则在于观察、透视、发现与思考的深度。正是在这里，闻道运用启示录般的想象力，呈现出人的或人性的历史和现实境况。未来城的时间和空间的维度已起了变化，但在某种构架之下，人性的污浊变异，重度污染的状况变本加厉。不同程度的探视权与透明权，被那神异的未来镜所操纵，从而改变阁下的无意识、潜意识、下意识，缩小与放大之间，皆掌握着人的命运和思维，进而以色彩、情绪的牵制彻底使人异化。未来城，那是非现实的现世人间，用以反照现世。玻璃做的未来城，这个未来的世界，正是对现世的特殊打量、全新角度的回望，心智的弹性，发挥到极致。

再次，作品在“场”的交织中，营造出宽广的审美空间。

周闻道先生撰写此文，属于一个系列专题中特异的一篇，其结构方式上仍以其一贯擅长的大迂回、长程调遣的气魄，仿佛奇兵突入突出，从渗透到穿透，将未来城也即玻璃城的种种，置放在读者的思维前沿，城中种种异于常识、悖于常态、逆于常理的情势昭然若揭。每一描述的细节，打上的思维的当下性、自由性、发现性烙印，已经深入到文体内部，让文章组织本身具备深邃的精神品质，也即文章组织本身具有了照亮和唤醒的功能。

特别值得指出的是，作品对未来城的细如毫发的描述，跳开笔墨，在建筑光影上作文章。这是一种非凡的渗透，在全面渗透的同时，结裹出他的思考。描述的过程，驱遣的过程，笔触推进的过程，不断地调节接受者的认识官能。对未来有所期待，更有所警惕；对现世多所参照，更多是介入中的剥露与匡扶。表现为一种个体对生命的自觉，生命意识在他那里得到了空前的苏醒和高扬，蕴藏着火山爆发般的潜质。那些领跑似的意象，所蕴蓄的思考、表达揭示了绝对权力真理和沉默被动的接受群体之间的不平等关系。

在场文学的表现方法翻新出奇，绝不仅是停留在理论上、口头上和纸张上。在场主义领军作家的表现，出手不凡。这对作家来说有多方面的新意，对接受者而言，则是对其理解力的考验。对于《玻璃城》这样的作品，初见，你也许头痛；再读，可能入之愈深，所得愈加瑰丽；反复阅读，则可品出其味，且每一次都可从中获得新的发现与认知，不会产生审美疲劳与穷尽。这与其说是存在意义的多重性之美，散文写作的多种可能性，不如说是在场写作呈现的审美空间的宽广丰富性，展示了本真之美的气质。

透过《玻璃城》我们可以看见，在场写作通过对未来城从容推进的描述，穿越众多细节的表层，深入到哲学认识的更深层面，深入到不再依赖表象的列举，而是依赖于意旨指向广远的、微茫而又敏锐的真实性中去，穿越常识世界的传统逻辑，在心智的更深层面求索，深切到无以复加的艺术萃取能力，令散文艺术臻于极峰；而其高度的节制能力，又使得作品内涵的蕴蓄达到宽广、持续、经久辐射的效果。时代最本质的烙印，无处可安的生存环境，最触目惊心的事实真相，均赫然在目。

斯为散文性和在场精神之真义所在。

在场写作之忧郁多色

——读周闻道《红尘距离》

◎沈荣均

当下，现实主义题材文艺创作大约正遭遇瓶颈问题。一些所谓的大尺度屏幕作品，虽炒作厉害，但还是未突破摆拍模式，既不反映现实的倾向，也未表明生活的态度，终将被抛弃——那些企图模糊现实和表演的距离，误判观众和读者且不说，还低估生活——生活远比想象要鲜活、生动，耐人寻味。

于是，更加地怀念文学来。怀念它的特立独行，坚持既定的品质和风骨，不那么容易随波逐流——小说，宏大与细切；诗歌，昂扬与婉转；散文，尖锐与善良。

于是，颇赞赏在场主义的先见之明——关于介入现实的预言，正在被现实题材写作的进行式和将来式一一证实。

在场作家预言：一是自由写作的高度和介入现实的难度；二是任何题材或文本的翻新远不如生活更有生机。

就拿周伦佑、周闻道、张生全、雨余天等在场代表作家看，也并不乐观。周伦佑建构在场散文观念架构后，并未更直接地涉猎文本的实践，而是坚守其最敏感最活跃的领域——破解汉语结构、逻辑、修辞迷局，保持日常生活一贯的诗意和洁癖，代表作《生死三帖》《狂草奔马的诗》等，算是近年来汉诗写作的重要收获之一。张生全成功转型为历史小说作家，代表作《蒙哥大帝》《宋末大变局》《最后的士绅家族》，将戏剧冲突，大面积地用于长篇叙事的编织和营造，好看，有力量。雨余天涉猎传统文化领域的思想随笔写作，代表作《天青色等烟雨》《有一种诗意叫李白》等，有着明确的个人经验和文本取向。显然，这几位在场作家还是选择了与现实保持一定的距离，不过周伦佑更高蹈，张生全和雨余天更辗转罢了。

可见，面对冲突，在场写作正在面临分化，步入“后在场写作时代”。

相比周伦佑、张生全和雨余天，周闻道坚持现实题材散文写作的纯粹性，则有些“荷戟独彷徨”了。

应该说周闻道的写作，一直“在场”，这与他致力于日常生活的问题关注有关。非虚构文本《国企变法录》《暂住中国》，关注的是国有企业转型和城市暂住人口问题。两本著作的问世，不仅对当下现实题材散文写作是贡献，也引发了一些社会管理者和研究者的关注。

与这两本著作不同，由广东人民出版社推出的《红尘距离》，虽未深度解剖某一具体的现实问题，却因为其“碎片化”“镜像化”“符号化”，更能呈现日常写作的基本面貌——后在场写作的常态。

《红尘距离》封面设计很先锋，也很有意思。红色、黑色和银色三个圆圈的组合，本来属于视觉的审美冲突，却让我陷入一个人的忧郁——春雨淅淅沥沥；有灯明灭，舔破夜色；那无边的暗夜，如一摞册页装订在远处。

怎么是忧郁呢？红，暖调。红尘，不是挺热闹吗？

然周闻道的“红尘”，给予了我们不一样的发现——它是凝重的色块，又触及生活的细微，人性的根部，现实的距离。这种若即若离，更像是某种暗示——那忧郁的底色，宣示作家坚守良知的“存在感”，以在场写作的名义——问题导向、底线意识、非理思维和文本品质。我们可以把这几种状态，视为在场写作的存在底线和艺术视线。这或是《红尘距离》于华语散文写作多种可能性的启示。

之一：问题导向。从问题介入现实，不是文学的发明，却是在场的出发和立足点。“提出一个问题，往往比解决一个问题更重要。”（爱因斯坦）在场写作，不解决现实问题（即便文学也不能解决），初衷却是要——每一天都在遭遇问题。一味地回避，何谈丰富、力度和厚重？若连这一点都认识不到，散文可以不需要了，文学也可以不需要了。周闻道是清醒的。“平遥平遥，平实而遥远吗？”《平遥之遥》就从这个朴素的话题，启动了关于历史命题的追问连接：“大地是因，照面是果，尘烟是缘，一段古老的历史，与我有了连接。”又如，《揣摩》里的一场会议，因为本身的无聊——问题由此萌生，并引发一系列的揣摩——由会场衍生出去——更多的问题接踵而至——位子问题、股市问题、天气问题……思绪像放风筝，任随风荡涤，手里却总拽着那根叫“问题”的绳子，本轻松的放牧也因牵扯而不安。

之二：底线意识。在场写作是有底线的。小说反映生活，可以借助想象，生活本身又难以逾越，于是生活和想象成了小说写作的悖论。诗歌的底线是不能成为诗人的手段，若歌唱被歌唱者利用，诗歌也就只剩下空洞的形式了。散文的底线则是良知。在场提倡散文写作的良知，并非简单地考量“真实性”问题，而有着更为形而上的意义：作家的良知和社会的良知，在散文写作中始终存在，最后于文本中形成一致。这真诚贯彻在周闻道的日常写作中。他的笔下有许多“怀疑”“镜像”“梦幻”，它们构成虚拟的、不确定的“周闻道的生活”。我相信那就是他的日常所见、所闻、所思，就是“周闻道的情绪”：“总是常常困惑，困惑于对瞬间的定义；或者说，瞬间，成了我一个近来纠缠于心，感到阅不尽，读不透，捉不着的幻影。我不知道这是不是所谓的地震综合症……”（《震后书：瞬间》）类似的情绪，还有很多。比如，《黄昏，在一种没有意义的状态中悠走》。放弃目的和意义，选择黄昏和悠走，你是要跟自己较劲吗？又如，《仰望天空，我无法找到标题》。呈现的是深秋，仰望的是幻像和虚静，陈述的是阳光和云天，消解的是主题。如此信马由缰，是不是无底线？而我要说，在场的底线就是不能违背良知，刻意地提纯和过度解读。就像《仰望天空，我无法找到标题》一样，我看到作家笔下的纠结和无解，确是如此地接近生活的本来面目。

之三：非理思维。一直以为，优秀的散文与诗歌一样，也应“不可理喻”的——跳跃、闪烁、漫无边际、置逻辑于不顾。“形散而神不散”，不仅禁锢散文的文本，还扼杀感受生活的渠道和趣味。如：《读不懂自我那张笑脸》。本来讲述九个人的旅行，可笔下总摆脱不了阴冷、不安、晦涩、诡秘——那些个面孔，以及割裂成碎片的记忆深处。是梦幻还是传说？可为什么“我”总纠缠其中，欲罢不能？显然，此文的叙事，并非遵循一般的逻辑，而顺应了某种神秘的流动：“追寻蚂蚁的无迹可寻吧，/每一只，都臻于完善。/来时去时，他们都是如此，/流动如水纹，本质浑然/其神秘，则直追玫瑰。”（何塞·加西亚·维拉《无题》）

之四：文本品质。不管是“十七年”散文中的“模式化”，还是二十世纪九十年代以来散文的“庸俗化”，都是在场写作所拒绝的。“新散文”革新文本的极限意识，又踏进“技术性”误区。那么，在场文本究竟坚持什么样的品质？以《城市幻象》为例。这一辑作品，收录了《一只麻雀飞到电线杆上》《街头》《巷尾》《车站》《大门》等一系列城市符号题材作品，个人认为在《红尘距离》一书中，最具代表性。当然，作品欲表达的象征、暗示和追问，可能比文本更有价值。但这一系列的文本品质，却让我领略到在场叙事的魅力。比如，《一只麻雀飞到电线杆上》的柔软和忧伤；《街头》的冷峻、局促和压抑；《巷尾》的小心谨慎，步步为营，密不透风；《车站》的时空穿梭和自由开合；《大门》的推波助澜，此起彼伏……表面上随手拈来、散漫轻松，观其细部，你会发现那些散点，在清晰地聚焦，在缓慢地流淌，仿佛春天的植株，耕于大地深处，咯嘣咯嘣地走根，朝着四下里分蘖、拔节、突围……这便是在场叙事的“生长性”，它塑造了周闻道散文文本的品质，低调，内敛，摇曳多姿，以及不可捉摸的多种可能。

感谢周闻道《红尘距离》，奉献的不仅是在场写作的多种可能性，也是现实题材散文文本的多种可能性。虽然周闻道一个人在场写作的忧郁色彩，加剧了现实题材写作的悲剧意义，但他又不是“一个人”在坚守。周伦佑的生命体验和命运暗示的诗意栖居，张生全波澜壮阔的历史旁证，雨余天的时代人情风物审美体验，虽与现实有些时空上的“间离感”，但从写作者的初衷、过程和指向看，此“间离感”已被在场精神勾连和模糊。可以说在场作家团队关于现实题材的写作实践，是以更弯曲的姿态、更隐忍的笔势，并朝着多个角度拓展和突围。

我很期待接下来看到在场团队更为特别的一些面貌：周伦佑的《生死三帖》续诗，周闻道的非虚构重磅《重装突围》，张生全具有隐喻意义的现实主义长篇，雨余天的中国士大夫精神观照《桃夭的悲观主义》系列等。

所以，在本文末尾，我也客套一句，在场写作，永远在路上。加油吧，列位。

沈荣均，著名作家，在场主义发起人之一。

当下的迷失和周闻道在场写作

——解读周闻道散文《七城书》

◎竣 毅

凝视放在我书案上那本厚厚重重的《从天空打开缺口》，说其厚，不仅指它的体量，更在它的内涵质地。书中不少篇章，令我不厌其烦地多次阅读。尤其是周闻道先生的《七城书》，就像是七面镜子，映照着这个浮华的世界，大到一个国家、一个民族，小到一个地区、一个部门，甚至是你、我、他。

我们从农耕文明往工业社会过渡，是带着几千年封建基因的，其过程自然充满矛盾、荒诞与迷惘。好的文学作品往往就是这个时代的缩影，是现实生活的镜子，散文尤其如此。每一文体的存在都有自己的核，散文的核源点就是立足生活，其目标任务就是传达作者对于生活的思考和审美，陈述的是作者的思想和态度。也就是作者从思索的天空打开叙述思想的缺口，从灵魂的方向来蔓延叙述审美的态度。所以散文这一文体无论是叙事、写人、抒情，无论怎样变革和创新，都是作者极其个性化地以对人与自然的层层思索，来铺展、传递自己的思想和审美的，这个核是不可改变的。用层层剥离进行剖析生活场的叙述手法，来写城市的散文不多，周闻道的《七城书》作为在场主义核心作家的代表作，自然让我感到此次的鉴赏阅读比日常的随意阅读更有意义。

自2008年3月，由18位散文家、文艺理论家和评论家联名发表《散文，在场主义宣言》，在场主义诞生以来，受到了《文艺报》《文学报》《中国社会科学报》《羊城晚报》《花城》《美文》等国内外数十家报纸杂志和网络媒体，以及北京师大、四川大学、四川师大、华南师大、广西民族大学、重庆工商大学、延安大学、广东技术师范学院等10余所高校文学院的关注，并组织学术研讨。正方以北师大教授黄开发、四川大学教授曾绍义和李怡、四川师大教授唐晓林、广东技术师院教授郭小东、乐山师院教授龚盖雄等为代表，反方以华南师大教授陈剑晖、延安大学教授厚夫等为代表，他们就在场主义散文理论和作品展开了激烈争鸣。不得不承认"在场主义"成了当今中国散文界，乃至当今中国文坛的一个被广泛关注的现象。而《从天空打开缺口》作为"在场主义散文·开首卷"，文本里随处都可见"在场"这一主题，更浓厚了我的阅读兴趣，令我产生一种想走近、想认识、想解读、想理解其深层内核的兴趣。对于"在场主义"理论，我个人以为，它作为一种新提倡的文学实践活动，动机是积极的，精神是可贵的，行为是进取的；它作为一种新提倡的文学实践活动，需要有一个实践的过程，任何过早的盖棺定论或多或少会带有某些情绪，致使观点偏激，实不可取。"在场主义散文"这一文学实践能不能坚持下去，实践的结果如何，应用"在场主义"有没有其代表性的作家和具体创作的实绩来检验。在此，我也仅仅就《七城书》散文文本为例，坦言本人对于"在场主义散文"一些肤浅认识和理解。有不当之处，当求教于大家。

一、荒诞的城市和城市的荒诞

我们知道，优秀的散文对于世界总是充满质疑的，而人在世界上如何定位，向来是一个质疑堆积的严肃问题。在周闻道的《七城书》里，充满了"然而，当我真正面对这个城市时，我突然发现了自己的荒诞"这样的质问，他面对的是一个城市，发现的却是自己的荒诞。这里的"我"不仅仅或者不一定是作者自己，而是整个现代人。荒诞不是中国社会独有的景象，在西方资本主义社会比比皆是。也正因为有荒诞，才会出现卡夫卡的作品。人和自然比较，人是渺小的，这样的渺小并不能使人感到荒诞，相反会让人感到崇高。可是，当人在面对一个城市发现了自己的渺小时，便出现了"我不知道在这座城市里，我究竟是什么身份，是主人？居民？过客？或者旁观者"这样的灰色。其实，灰色不仅仅是一种颜色的概念，更含有哲学的概念。

从平常的生活场里发现人和自然事物之间的本质联系，是《七城书》的亮点。面对城市，许多作家感到茫然，甚至感到惶恐不安，尤其是散文如何发掘城市题材，一直以来几乎是个盲区。周闻道的《七城书》做出了有益的开掘。他先是淡淡几笔写出了一个具体的城市和城市的具体——“这座城的南端有道门，它不属于哪个单位，也不属于哪户人，而是属于这座城市的……当然，进城的门不止这一处，也不止西城门，东城门，北城门。”更有趣味的是，他写城市不是客观地描写，而是用“质问式”来铺写的，就像是一个唯美主义的摄影师，存心要给城市找毛病似的。表象上他是用方位感在寻找城市的位置，其实是在找人的位置，人的在场。人在城市有没有位置呢？是怎样的一个位置？从生活场的现象看，当然是有位置的，甚至被称为“万物之灵”呢。但从深层分析并非如此，因为城市也像是一台万变难控的异化机，具有足够的异化力把人给异化消解了。比如用“就是两块巨石，耸立在进城公路的两旁，冷冷地，你看着我，我盯住你，不理会风云际会，人来人往”来传达这座城市冷冰冰的概况，并较为成功地写出了——“我害怕越往前走，街道越宽，我会迷失在它无限度的宽敞中，整座城市的钢筋、水泥、废气、污水和它的亿万吨垃圾，会像大山一样向我压迫过来，厚厚地覆盖在我身上，把我归家的乡野小路，把我心中的青山绿水掩埋在它那冷漠的繁华之下，使我再也走不出这道巨石之门”这一人在城市场里的幻灭感。

周闻道散文的叙述显然是老练的，更是沉稳的。他叙述城市的荒凉感觉——“门里门外，区别是十分明显的。从城里往城外走，路越走越弯，越走越窄，直至消失在平野荒芜中；从城外往城里走，正好相反：路越走越直，越走越宽。进入城门，路便变成了街道”时，虽然很具体，却又恰恰隐藏着抽象元素。

散文的叙述与小说叙事，最大的区别就在于散文是用作者心里感觉的宽度与深浅来表达、来传递、来抵达的，不同的散文家之间的区别也在于——“我突然对宽产生了一种敏感，一种明显的由‘宽’造成的压抑感，仿佛米兰·昆德拉所说的‘存在中不能承受之轻’，而我感觉到的却是‘存在中不能承受之宽’。这种由宽造成的压抑，不是有形的，它看不见，摸不着，却大山般向我紧逼过来”这样的方面。可见，周闻道在解读城市的时候，显然没有从城市的物象到物象，而是调动了知识元素和民族背景元素，《七城书》中的“米兰·昆德拉”自然就不仅仅是一个东欧作家的名字了，而是反映了一种文化符号的存在（这种存在的代笔处理，在另一个散文家杨永康笔下也多有呈现）。

城市与乡村是互依的。说到城市，不能不说到乡村。周闻道对于中国当下——“人们就这样，一代又一代地从乡村往城里走，走着走着，乡村的人越走越少，城里的人越走越多”的“农村包围城市”的社会现状，视作一种生存所需的历程，其实这个历程并不轻松——“然而，走啊走啊，最后才发现走进了一个身体的迷宫。”是啊！城市并不是天堂，很多乡下人在城市的感觉——“乡村人纷至沓来，带着各自的梦，就像当初我被这城市吸引而进入这座城市。每一个进入者，很快便被一种复杂的感情纠缠不清，视野变得模糊，价值变得混乱。”他还写出了人在城市的无奈——“声与光的交响，钢铁与水泥的重量，很快便让我们感到了危险与压力。但是，我们已身不由己。”无奈往往就是苍白，就是“灰色”，而灰色的城市正是《七城书》对于城市本质性的把握。

世界的荒诞之一是没有历史，就如一个人没有父母，没有家族，因为没有历史，没有群体，人只能呈现为难觅自我的游离状态。《七城书》用一种极端否定的态度——在地图上找不到它的存在，作为心理浮现来表达某一个城市，表达回望自己走过的路，从乡村到城市，像是一只虫子。《七城书》对城市的定位，有——“报头是空的，没有编者和日期，也看不出报纸的名称和出版时间。我问老人这是一座什么城市？老人抬起头来，打量了我一眼，和善而歉然地说：‘呵……啊，对不起，我在这里生活几十年了，也不知道这城市叫什么。上一辈的人也没有告诉我’”这样的表述。这个老人也许是时间老人，也许是老子和孔子这样的智慧者，于是就出现了没有报头的报纸，出现了没有历史的城市。

善于创造文本的中心意象是《七城书》的亮点之一。

为了说明城市的荒诞和人从乡下走向城市的荒诞，周闻道用——“有一个意象，图画般在我某种美丽的梦想，沿着一根细长的肠子，一步一步往里钻”来叙述乡村人与城市的关系，他没有抒情旁白，而是沉静地写了“钻”的过程——“小肠连着大肠，大肠又连着胃脏；再长的肠，再大的胃脏，终逃不出一个小小的腹腔。”这样的叙述，从表面上看似有残缺，缺了些许传统散文的美感，而实效是一种进入本质的叙述。在当下矫情和混沌泛滥的叙述中，真正能抵达本质的叙述很少了。《七城书》的可贵之处还有——“面对两块虎视眈眈的巨石，我弄不清自己这是要出城还是要入城。一切都恍若隔世，世界被颠倒，结果成了原因，进入成为最彻底的背离”这样一直存在的两块大石头的意象。

二、风格——基于讲究客观、稳沉冷静、直抵本质

《七城书》的叙述基于讲究客观，稳沉冷静，直抵本质。周闻道在这方面显然有杰出的实践经验，即使出现意识流的东西，也是一种客观现象的再现。比如“去市医院看望一位朋友，邻床有位中年男人，憔悴，疲惫，茫然，脸色呈现病态的黄。”这个中年人是一个客观的符号，符号的下面又藏着对于城市本质的窥视。我在阅读“在场主义散文”的时候，觉得用“窥探”这个词汇来说明“在场”和“本质”之间的关系比较对头，也读到了周闻道在《七城书》里已做出了有益的尝试。比如对于乡村与城市之间的和谐，他有——“一座城市真正的根，原本该在田野里，而那些所谓的城，应该是大地长出的枝叶，而不是相反。然而，我看到的却是另一种情景”的表述，是具理想主义的表述。

为了有宽度有深度地写出人在城市的感觉，周闻道不惜笔墨地写了自己去政府大楼的过程，他虔诚地找来又找去，结果政府还是搬迁了——“激情已然消解，希望已经被挫折，强烈的沮丧感袭击着我。我有一种被愚弄的感觉，但又不知道那愚弄者到底是谁——政府，城市规划者，涌入这个城市的芸芸众生，还是我自己？抑或是我的梦想和欲望？有哲人说过，欲望是失望的催化剂；而梦幻，则让人陶醉于一种虚拟的美”这样既豪华，又贴切的叙述。对于中国从农业社会渐趋向工业社会的过渡，农村渐向现代城市化的过程，《七城书》有——“直到这时我才发现，那些过去被称作城外或郊区的地方，已经逃离得支离破碎。虽说还保留着乡村的名称，却早已找不着乡村的田园之静与幽雅，甚至没有了真正的农舍和炊烟”这样到位的表达。《七城书》作为在场主义标志性散文，对于中国的城市化的人文解读，是独特而深刻的。城市在无限地扩张，乡村在为城市让路，这个扩张的过程被有的专家称作为“城

市化”过程，是社会发展的缩影。许许多多资本主义国家就是经历了这样的发展，有其经验，也有其教训，应是后发展者避免走弯路的借鉴。

城市有没有文化，应该是一个城市的标志，没有文化，城市就是一个空壳。这样的空壳城市在中国大量存在着。图书馆是这个城市文化基准的一种象征是无疑的，他在《七城书》里描绘没有文化的城市——“在装满了书架的、穹宇般空旷博大的馆藏中，一间一间地找，一本一本地翻。我发现，全馆满架的书，古籍的，现代的，简装的，精装的，纸质的，电子的，或者 32 开，或者 16 开，全都没有书名，没有章节，没有页码，没有图文，每一本书翻开都是空的。”是的，这样的行为艺术是对于后现代工业社会的反动。然而，在他笔下涉及到的行为艺术是——“舞台一侧，有两个人，在一条路上行走，先是并肩而行，不一会儿，便一前一后，始终不能同步，时而这个在前，那个在后，时而相反；两人都表情木讷，形同路人。”而这样艺术恰恰是对于现代社会人和人之间木讷与无序关系的一个解读。

周闻道是坦诚的。坦诚的他在散文文本里总是按捺不住地站出来坦言——“我需要做的只是：在这座城市里，记住自己的籍贯，记住自己的姓名，记住母系和父系的血缘；守住自己的回忆和过去；守住自己的精神、灵魂、情感和对未来的期待。时刻警惕着，不要让自己像广场中央那尊镂空的雕像一样，变成一个空心人。”其实，在城市生活里，找出非空心的人真是如同大海捞针，寥寥无几，而空心的人倒是像原始森林般地浩荡，这就找着了空城的源了。

为了对现代城市精确的剖析，《七城书》里便有了这样的内容——“再次睁开眼睛时，才发现这是一座城，一座玻璃城。刚才的刺眼，来自这一幢幢楼房的屋顶和墙面。在太阳还没有出来时，这个城市和那些楼房，还只是一些混沌而纯然的乳白色透明体，被同质的雾霭包裹着。而此刻我的眼睛和脸庞，还有我那几乎丧失了知觉的身体，突然被玻璃的反光洞穿，熊熊燃烧的已不只是太阳，而是整个世界。”这就是“玻璃城”。周闻道笔下的后工业时代的城市，处处充满了森严的等级地位，不同的人不同的地位只有依靠戴的不同眼镜才能区分，“这种眼镜不是随便能戴的，在这个城市，这是一种特权和尊贵身份的象征。”等级森严，缺乏民主，正是过渡性的城市文化所无法面对的难题，在这里，作者做了有力的揭示。由于周闻道的散文十分注意现场性，所以有许多似乎是物理现象的描述。比如对于“魔镜”的描述——

“在同样的闪闪发光中，闪耀的却已是体现最新科技成果的智谋材料、强性模量、记忆合金、富勒球、巴基球和超导材料的光芒。科学家们发现，普通的硅酸盐，在超高温下，按一定比例，掺入这些添加剂，精心调配，然后再骤然淬火，便会出现一种奇迹。”是的，这个社会既然有阶层，那就会有特权阶层出现，玻璃城里的官员们严重存在——“透明的程度，要看你获得多少探视与透明权。只要你的权力没有到达较高级别，就只能是被窥视的多，可探视的少。权力与义务永远是不对等的。”周闻道用——“这位最高领导，平日在电视里布道般口若悬河，一直被视为这个城市的精神坐标。他要知道，他专门安排的这项工程，何时可以完成。那时，这个城市的一切，就可玩弄于他的股掌之间了……”这样的话对玻璃城里的官员们进行了讽喻。是的，阶层虽然是抽象的，但人是具体的，具体的人总是在不断地受其地位和环境的变化影响，所以说出这样的话语并不为奇。

三、整体的隐喻和现场氛围的有机结合

周闻道对于城市的另一个理解就是“空”，“空”在《空城》里有相当精锐的叙述。毫无疑问，他选择的文化背景——“我不知是从一部《世界建筑史》的扉页，还是从《天空之城》的主题音乐中误入这座城市的。”然而，他对于城市的季节采用了模糊叙述，从另一个侧面来剖析城市是没有季节性的一种泡沫——“就在我的眼前。雪压的树枝枯槁而坚硬，一只孤鸟飞来，围着秃枝绕了几圈，没有找到落脚之地，又失望地飞走了”，把城市表达得很充分很切实。这些精致的写意描写，也正是对城市本质的解读之一。

散文不是褒扬，散文不是歌颂，散文不是遮遮盖盖。好的散文需要用真诚来拓展其容量，读之让人感到能与文相融，能令人在清醒中看得更加清晰。在这一主题上，周闻道和“在场主义”散文家们正在积极地探索，并取得了一定的实效。比如《七城书》，其容量之博大，内涵之深广是读者有目共睹的，是不可否认的。就如《皇城》中有这样的叙述——“这很容易让人想起维多利亚女王，和她利用皇权的至高无上、力排众议修建起的水晶宫。当第一届世博会落下了帷幕，八方朝圣带来的骄纵与满足，不仅没有挽救女王丈夫艾

伯特的早逝，也没能挽留那座浩大而豪华的宫殿，在一场莫名的天火中灰飞烟灭。”不难读出那是熟稔了西方现代主义文学作者的手法，面对仿古建筑——皇城，想到了卡夫卡的《城堡》——“还到眼前的皇城，世界被阳光重构。我手执拐杖，戴着一副老花眼镜，在这个古老城堡的门外徘徊，就像卡夫卡小说中的那位土地测量师，想进去又找不到门径。”有了这样的文化对比，《七城书》这一文本就更有了文化的含量，更有了容量，更有了力度。在《七城书》里，周闻道一改他多年以来坚守的传统叙述，重加调用欧洲的文化背景来意写，对他自己的散文叙述就是一种难能可贵的突破，是一种质地的自我超越。

比如《皇城》中写道：“只在不经意的感官触摸间，感到一种气息侵袭过来，那是一种死亡的气息——不是一个人或一棵树的死亡，而是一座城，一段历史的死亡。”很显然，那是在写一种气息。皇城——正是中国封建主义的凝聚物，是封闭，是腐朽，是窒息，而这样的建筑竟然被一些地方作为仿古建筑——“只是此刻，威严正被这座仿古皇城的柔软瓦解。断续的山丘、亭台、曲廊、洲岛、桥堤，茂林，将广阔的空间分割成无数细碎，迷迷乱乱，层层叠叠。每一处几乎都写有‘皇家’二字”的本身就是一种荒诞。

因为《七城书》有多维的思想、有容量、有深度，文字也显得有趣味了。而这种“有趣”其实就是写作的高度，一种很不容易抵达的高度。他饶有兴致地写到——“我费了很大劲，也没分辨出讲话的那位领导是男是女。”这样一个城市领导者的形象，其实就是写了一个官僚主义领导者——“说是‘市民大会’，环顾四周，整个会场竟然空空荡荡，没有一个与会者。主席台上的那位讲话者也像是一个道具，莫名其妙地晃动着。”为了更透彻地写城市，便以湘西作为城市的一个对照，可是他所看到的湘西已经不是原始状态的湘西了，他不厌其烦地叙述了他到湘西的访问过程，借助老者对于“蛊”的种类进行细分，最后落到了“灵魂蛊”——“根据他的考证，灵魂蛊早已存在于传统蛊种中。比如，金蚕蛊的狡，篾片蛊的虚，石头蛊的顽，泥鳅蛊的滑，中神蛊的愚，癫痫蛊的狂，以及阴蛇蛊的毒，都是灵魂蛊中的一种成分。人们在谈论这些蛊时，往往忽略了这些蛊对灵魂的控制作用……通过改变人的灵魂而使人变成非人。”这样写并不是为了猎奇介绍“蛊”，而是为了剖析工业文明对于人性中的质朴的残害，不仅十分精彩，而且意味深长。他不无巨细地描述——“中蛊者并未被伤害，实际上早已是病入膏肓，无可救药了。

只要中了灵魂蛊，中蛊者的灵魂就开始变异，他就会颠倒对事情的看法，把黑看成白，把直看成曲，把是看成非，把对看成错。反正在他们那里，一切都是本末倒置的，结果成了原因，手段成了目的。这时的‘人’，即便是肉体完好，也不过是一具行尸走肉，与一头牛，一只狗没多大区别。”那“蛊”对人类的毒害效果和人中毒以后的表现，我们只要稍微阅读一下工业社会各个领域的怪现象，联系到我们国家遭遇的曲折与苦难，就会对这样的描述大加喝彩。

对于现代城市的欲望横流的刻画，《七城书》里的“欲城”有其淋漓尽致的描写。人在城市的氛围里，已经降低为欲望的奴隶，钱欲，权欲，名欲，性欲，骂欲等，人更具社会性和动物性，想完全禁欲是不可能的，是荒诞的，关键是如何控制欲望膨胀，为此，他有——“我不希望欲望之火熄灭，只想用最简单的方式，求证一个与欲望有关的命题，然而，我的求证并没有答案”的表达。

四、切入“介入”的实践

“在场散文”所主张的介入包括——对作家主体的介入，对当下现实的介入，对人类个体生存处境的介入。周闻道对于“介入”的实践在《七城书》里是清晰的。“在场主义”散文的写作者们，大多只谈现象不谈结论，更不谈是非，是非让读者自己去判断，给读者留了很大的想象空间。周闻道鲜明的个性，使他的个性文字更有血性，他把血性沉淀在他平静且讽喻的描述里，比如对于“未来镜”——“牛的眼睛是凸透的，而狗则刚好相反。因此，在牛的眼里，外部的影像被放大，感到自己渺小，便只好夹着尾巴躬耕田亩；反之，在狗的眼里，外部的影像都很小，所以狗便张狂，见什么都咬，这便是狗性的由来。工程师说，这未来镜，就是为适应玻璃城管理的需要，根据牛与狗的仿生学原理研制的。”

《七城书》还容纳了周闻道在场主义散文创作中的忧患意识，这是一种更深层次的介入。他在写“危城”的时候，注入了夸张手法和情景剧的元素，围绕着一块危险的悬石，城市的官僚阶层层层地推诿，推到了文物局局长头上，而文物局局长在去北京请专家的过程中不幸因车祸身亡，使文字具有了电视片的动态感。他在写浮华的人在浮华的城市里所看到事物的败落时，把重笔压在写一种不是人人能随波逐流的气息，也不是随意的一次笔触，那是需要作者有深厚的社会阅历和足够的生活资质做底蕴的。《七城书》的厚重也源于此。

尽管当下的“在场主义散文”还仅是一种文学实践活动，还需要更多的散文作家参与实践，需要更多的更具有在场精神的散文来检验，但它对当下无理性、无思想、越来越边缘的散文现象，无疑具有积极的推进作用。在这个方面，周闻道以探索者的精神走在了前面，他的《七城书》对于“在场主义散文”实践活动是有其很重的分量的，也为中国当代散文的发展做出了贡献，这是有目共睹的。在此，我对周闻道和所有参与“在场主义散文”这一文学实践活动的在场主义散文家们，表示我由衷的敬意和感激，敬重他们为散文的发展所做的一切，感谢他们给予我学习的机会。我期待“在场主义散文”会有更灿烂的新篇。

竣毅，作家，在场主义散文流派成员。

散文的低门槛和高精神

——《七城书》之感

◎缘份二月

当今散文的大量膨胀蔓延，一方面说明了散文的自由性和低门槛，另一方面也使得对散文的高精神，即散文之气，以及写作技巧的要求成为迫切。所以《七城书》的关注当下、敞亮本质、凝视精神的思维、“穷而后工”的写作方式，就成了当前一本很及时的散文范本。

《七城书》的作者周闻道，是在场主义散文的创始人和代表作家，发表作品 460 余万字，出版文学专著 10 多部，很多经典文章被选入多种选本，或多个省市高考联赛试题，先后获得了孙犁散文奖、首届中国西部散文奖、四川文学奖、新散文奖等重要奖项。周先生着意散文的精神性、介入性、当下性、发现性和自由性，他的文章在沉思与漫游里行走，诗意的语言，恣意汪洋的密集文字，天马行空的自由思想，无疑例证了在场主义散文的精髓所在。

《七城书》共分为五部分，浅显入场的“经秋植物”，是精神游走系列；通过解读名词从而解读官场的“官场词语”是当下性的展示；具有深度、精度和独特悲悯心灵的是“七城书”，这个部分有一个准确的切入点，就是置身于事内而游离于事外的散文的警惕性和真实性，窃以为，此部分也是整部书的精华所在；“发现具有初始性、唯一性和价值性的特点”（《七城书》006 页），“自然与人”这一部分就说明了散文的叙述作品最重要的品质：发现，也点出了道理和人性是知识的延伸，而非独立的一句话或一件事；此书中最具有厚度的是“智慧的地址”，散文的自由性在这里得到了最大的发挥，当然，知识的广博也是散文自由的根本，此即所谓的“洞悉”方可无拘束，“了解”才能深思维。

一般的散文是不需太过着力的，这也就导致了散文的泛滥，而精华的散文，则求散淡的诉说中有力的思维。像书中的“经秋作物”（当然，也有有力的，比如鲁迅、李敖的作品）。在周先生的文里，银杏、玉米、紫薇、梧桐等，已经不仅仅是植物了，它们代表的是生命。是去蔽后，关于生命的昭示与拯救的想象和思考。这，让我们透过现象看到事物的本质，也知道了人活着的两种姿态：独立，或依附。这两种姿态周先生并没有叱责，而是理性而冷静地告诉我们，每一种都可以灿烂，活着，本身就是美（《苦瓜》）。

我最感动的，就是这部书里充满了对于生命的思考。“压力越大，色泽越深”（《银杏》），这话看似平淡，却是生活中提炼出来的实质。正如空旷虚静的大海、沙漠、天地、山川之语，那些色泽深的地方，都是几经压力磨合而成，自然的沧桑使得周先生在发现里描述人类伟大的存在，“不怕荒凉，没有功利，也不图回报，只在乎用恒久的守望，进行一种诠释；迎接生命与智慧，便是它唯一的目的，就像它现在对我们这些不速之客的迎接”（《大漠之语》）。那么，生命“即便是美丽的”，如果“逆时而行，也是要付出代价的。”（《紫薇》），这是一种劝告，也是对生命的一种尊重。如何让生命以无比纯美和欣喜的姿态存在，全在我们是否用心去聆听，去与我们的灵魂日常对话，也就是沟通和沉思。我思故我在，而“我在”的最真诚的条件是平等的姿态，像“我们的毛病，就在于高高在上，一切以自我为中心，只在乎，只注意，只重视我们自己的表达”（《大地之语》）的这些姿势，是人生大忌。

人性至善，亲情至真。周先生的文里，流露最多的即是如此。汶川地震，是灾难。可那些守望的、寻夫的、背妻的、乞讨的、逃难的、行礼的、护子的，给我们写下了多少震撼，“希望在细分中，把不幸与痛苦化解得最小，把幸福期盼叠加得最大”（《守望的人》）！

散文是当下的叙述。是“身边最感疼痛的问题，而不是流行的、华丽的、自己并不熟悉的那些元素……是躬身触摸生命的生长状态，而不是挖掘古墓，在枯尸口里拔牙。”（《七城之书》04 页）。比如像“官场词语”的描述，从字面上理解似乎单指词语，真正的内涵却是当下官场里最苦涩的和最隐秘的东西：“官的成色在于权，而权的成色在于利”（《矛盾》）。一个“利”

足可以解释一切难以想象的官场现象，比如扯皮、推诿、会议、协调、矛盾与对指示的理解，不在官场，是无法明白此间的弹性，但由此受到的好处或害处，却是当下里最真实的。

如果说，把一座城市比喻为一棵大树，那么主体是树，结构是枝，时间是树的年轮，空间是过往的历史人物见证，那它所涵盖的范围则就是最耀眼的华盖了。比如一个城市是千万个城市的模式，是根，无论是迷茫，是欲望，还是蛊惑、格式化，都以它为基础，然后一个又一个的城市，像枝叶一般牵扯相扶着长大，或者说联合。也就是说，不管相距多远，从本质上来看，我们几乎都在同一棵树下（同一种模式）生活。同样的迷惑在各处上演，形成当下社会共有的现象。而作为以城市活动为主题的我们，因为信息的流通渠道日益增多，隐私无处可藏，“都被预先置于一个透明的容器中，既身不由己地透视别人，也毫无保留地被别人透视。”（《玻璃城》）。这是好现象，对于当前官场的隐秘和某些黑暗，以及潜规则来讲，我认为，周先生《七城书》里最闪亮的，应该属《危城》，这篇无法用言语解读，却分明说出了当一个城市面临危机时，从上到下、从官到民的种种反应，这种不露声色的介入人性、体制性、社会性、城市性的危机处理，让我们体会到无奈，或可笑，或可悲。

周先生的文章极少寻求历史的帮助，所以在想象、空间上非常广阔，散文自由的抒发和心灵延伸，就体现出了力度和无限制性。诗意的语言、渊博的学识，则更是为他智慧的游走奠定了毫无修饰的自然之路。从苏格拉底的求证无知，到伏尔泰的怀疑、反叛、超越悲观；从乔治·桑塔纳亚的理性重构和诗意，到德里达解构哲学的流动性；从斯宾诺莎把上帝还原为自然的平凡本质，到尼采悲剧式的乐观精神；以及梅洛·庞蒂的中间触摸，这一切在他自由的思维里，使得哲学从厚变薄，然后随着我们一遍又一遍的阅读，再从薄到厚。好的散文所能给予的思考，“智慧的地址”都能做到，我们也就因此理解了“人类一直在生命的黑暗里痛苦地摸索，徘徊”（《智慧，一个痛苦的分娩》）的全部意义。纵观全书，我们似乎能明白思维和智慧、怀疑和求证，一次次把人类推向了真理方向的过程，这是学识的增进，也是此书对我们最好的馈赠。

苏轼说“不能不为之为工也”。张耒也说“不待思虑而工”。“能为之”，成就了泛滥的散文，于是散文人人可为。而“不能不为之”和“不待思虑”

之后的“工散文”，则是技巧和自然的天然合成，是散文的高精神性。正如周闻道的此书，全文以在场主义散文的特点为“气”（精神，也即是灵魂），串起了一颗颗有着内在微妙联系的珍珠，这串项链，在如今浩瀚的散文海洋里，无疑适合戴在最美丽的脖子上。

走近《家的前世今生》

◎梦缘无望

“家就是城堡，即使是国王，不经邀请也不能擅自入内”。爱默生如是说。

我仰仗朝圣般的虔诚，庄重而轻轻地走近眉山闻道者——周先生著述的《家的前世今生》。不求其闻达，试图从中讨教一点家邸的秘诀。

家是什么？数年前曾听过有人这样解释，家是屋檐下养着一窝猪。那时的我实属懵懂，对家的认识仅仅是一个表面的抽象，只知道我们家从小就是爷爷奶奶掌家管事，爸爸是一个孝顺的儿子，妈妈是一个贤良的媳妇，家庭和睦其乐融融。俭朴的家有简单的幸福，勤劳的家自有简单的快乐。后来，日渐长大，耳闻目睹一些大老爷们谈笑调侃：家，不就是老婆、孩子热炕头！我，依然恋着那个根深蒂固的家，不在意、也不愿意听别人闲扯家长里短，也就不置可否。事实上，究竟，常人未及亲证，即使身在家中也未必可深谙家的文化内涵，对家的概念便是一直含混。

家为何物？闻道者在“家典”中，首先提出了这样一个疑问，正是平庸流俗之我早就想知道底细的疑惑。能引我深思者即遇明师，能使我开醒悟方为菩提。

早在两年前，我在“阅读与思考”中就曾坦承：天涯论坛、散文天下，闻道先生可是有名气有威望的文学导师！乃大家风范，皆哲思领袖！

高山仰止，山高人为峰。我是心悦诚服、恭坐于先生《家》的殿堂，全神贯注瞻仰《家》的宏观高庙，聚精会神聆闻《家》的微观经典，逐字逐句地在琢磨。而此时，闻道先生俨然一位笃定、博学的传教士，温文尔雅、手执哲学的教鞭，神采飞扬地演讲着——“家为何物？自从人类从混沌中走出，自从母系氏族解体，多少人就在思考这个问题。家，栖居的场所；家，温馨的港湾；家，心灵的驿站。面对家，一万个人就有一万个哈姆雷特。”用不着多想，先生又给了解答，平心静听：“家与家庭还是有区别的。家更富有人文元素，情感元素”。须说明的是，先生用一家房地产商的一条广告词：“‘家’放心的地方”，轻而易举的将“家”的灵魂提炼出来。看来这家文化是颇有骨骼精髓的！今持“家”书在手，试想着去领略家文化的深邃内涵。

且闻、且赏，且思忖、且领悟，焉禁不住讶叹！如此细腻的笔触，如此浓墨重彩的刻画，如此冗繁缜密的意象，如此舒展流畅的剔透，亦如此严谨而活跃的思维，以一种高蹈的文字，博古烁今，诙谐幽默、俗入雅出，令人叹为观止、肃然起敬！想必闻道先生的思维空间或心灵世界，一定是充满神性的敏锐、睿智与聪慧，而且还有一处清明幽静，储藏丰富多彩的文学圣殿及文字宝库。他，就是文字的统治者，操纵词汇的独裁者，任何物象的东西，一经他的笔文墨化濡染，便显现出其内在的艺术之美。借高虹尊师的序言：“闻道先生立志为家作典，正好比只有色块的地图上标出经纬线，刻上精确度，使家的各种构成在他的笔下都有分别的归属和不同的解释：阿猫阿狗属于家的情感构成，香葱香油属于家的物质构成……把具体的事物抽象之，把漫漶的话语概括之，把芜杂的情态提纯之，这样的行为当属于智者了”。

未曾想过，家的结构居然可以划分到这么细微：家由物质构成；家由情感构成；家由时间构成；家由艺术构成。原来，什么事情，一旦经过哲理的透析，就变得有了深度，有了一定的层次。突发联想：家，书面上只不过是一字而已，运作于文竟是一个具足弹性的单词，具象灵动而活跃。大到一个世界，一个国家，一个民族，小到一个单位，一个企业，一个团体，一个大家共享有的家。更具体到一门一户、一居一室的你家、我家、他家。刘德华唱得好：“我们都有一个家，名字叫中国……”然终究遏制不了个体内心的期盼：“我想有个家，一个不需用多大的地方……”无疑，每个人的心中都潜藏着一个大家，每个人心底都渴望有一个属于自己的小家。梁实秋前辈说得好：“世界上没有一个地方，比自己的家更舒适。无论那个家多么简陋，多么寒伧”。

对于闻道先生精心设计、构筑的《家典》，其文字的哲华绚彩虽早就令我仰视，但这《家》的专题集本还是让人耳目一新。带着一份新鲜，我兴致勃勃循着导师的指引，小心翼翼踏进他那物质结构的现代“家”。家的硬件设施、设备自然是城市人家的规模，门、窗、阳台、客厅、沙发、卧室、厨房、书房，应有尽有，只是发现少了卫生间是最大的遗憾！我想先生是不经意间的忽略，或者是另有伏笔？但他丝毫没有忽视这“家”的别有韵致，别有风味。恰到好处，这里的每一件实物都若有所思——

“门，是家与世界的通道。门内的主人不同，家的地位和辐射或聚合能量不同，门的热闹程度、出入对象也就大相径庭。门庭若市与门可罗雀，反映的便是两种不同的情形”；窗是家的又一重要物质成分。它的功用不只使室内敞亮，还“派生了又一个功效，就是观赏与外视。在现实生活中，人们常常把前沿比喻为窗口，把眼睛比喻为心灵的窗户，都是这种外视功能的延伸”；“城市室中的阳台，弘扬的其实是一种城市精神，透射的是一种生活品位和审美情趣。为什么有人把阳台称之为阳光的圣台，它不仅在物质的意义，更有哲学和精神的意义。”

客厅，美其名曰迎宾待客，沙发实则是我们每天停歇最多的客船。客厅的进化，体现的是五千年的文明礼仪之邦的人性元素，彰显的是物质时代的差异往往同步。“而人性和自然的血液却一脉相承，客厅便成了最好的见证”。

重点尤其在厨房。厨房，不仅仅是专供人们饮食、饱享口福的给养基地，“又是一个浓缩人类文明历史的博物馆”。“小小的厨房，犹如大大的社会，并不是人人事事都是心想事成，或按自己设计的轨迹运行。世间有许多意外，一旦步入某种游戏规则，往往是身不由己。最后是中庸取胜。”

房屋是家的载体，“家是心灵的港湾，卧室则是这个港湾中最安稳称心的泊位。无论是家的古老，家的现代，还是家的温馨，卧室都是核心”。而“书房拓展的是家，是人心灵的世界”。这就是《家典》的序幕。

如果说闻道先生的《家典》，开篇富于理性，那么后续作者顺着《家》的心绪，訇然掀开“情感结构”的重重门，堪称献上了一部恢宏博大的家典写意室内系列剧。使作为读者的我，得以站在一个别开生面的新视角，有一种莫名其妙的激动！

君可知，看电视连续剧是会上瘾的。鄙人虽然犹如层林尽染的秋风落叶，但仍喜欢清纯。当我素面朝天，手捧这本书匆匆在上下班路上时，竟忘记了自己真实的年龄，仿佛不是尘封不惑的“老”女人，而是当年校园路上那个害羞腼腆、走步无声的中学小女生，目不斜视，心中一片清澈。仰望蓝天、白云、轻岚，我似乎看到了一个身体力行的体道者，风尘仆仆、马不停蹄穿梭在阡尘陌路，穿行于家的前世今生，把家的种种社会现象，进行理性剖析，又以细致的笔触描绘成一幅幅清晰的画面一一呈现出来。可以说这是一盘全世界、所有家的缩影胶卷，其包罗万象，可谓形形色色，不拘一格。我来不及思想，来不及感慨。跟随作者去拜访那一个个意象纷呈的家。

从“城郊廉租屋”到“台湾温馨小屋”，又转到“小北街44号”，看到“七个人，六根柱，一间房”，还有“山腰，那装满悲怆的空房”，潸然流着泪，迷迷糊糊来到“离婚，离不掉的家”，恍惚间听见有人说“二奶有排不开的满屋闲愁”；哀叹一息，怅然转身径直闯入“峨眉春梦”；忍俊不禁之时，恰恰又遇“一种忧思两处囚”；不知是感动，还是悲哀？望星空“月儿缺了，网上那个家”；而“底层”的快乐，不仅能遍尝美食，还有善美的浪漫故事；原来，“生命与爱情都没有排序”；兴趣盎然，“初春，在元宝坡去寻找爱情”。

解开时间的结构，溯源追逆：“家既是起点，又是终点。人生就是这样，让你的步履艰难，围着家画上一个个的圆又回来了。逃不出的是家的围城，心是精神的情感的地方”。而“沉寂的戏台”，演绎不尽人生百态，谁也不可能是永远的主角。“江口吊脚楼”那也是“家”的根本，不仅仅是住房，更是情感深处的眷恋。

最让人心驰神往的是“蟆颐观问道”——

“走进蟆颐观，到林间小路散步，头上有小鸟在枝头追来追去，张扬着自然和谐的个性。周围是繁密的植物，这浓绿碧茵的始作俑者，无论是高处的楠木香樟，还是低处的灌木花草，也不管是枝繁叶茂，还是叶落枝疏，抑或花红香飘，都默默无声，稳慎持重地坚守着自己的那份本分，不独自张扬，不欺弱，不附强，悄无声息，又步调一致，维护着、助长着这净虚之地的自然和谐。脚下是柔软的土地，楠木花草精心铺设的地毯，生命的华贵温床，轻轻踏上，慢举碎步，便有一种惬意，行走在绿色王国灵魂深处的惬意。找一处林间凉亭，坐下小憩，微微闭目，轻轻松手，放飞思绪，抛弃功利，抛开人世间的一切烦恼，便会进入一种物我两忘的境界，分不清是飘逸在天空，还是行走在地上。此时，你就会感到，即使是虚无抽象的自然和谐，一旦聚合起来，也是一种摧枯拉朽的力量，在不知不觉中渗入人的灵魂，让人浮躁的心变得平和而宁静。”

“漫步在这道家的家园里，物质与精神的，我也在想，在悟，什么是道？难道就是老庄所说的‘生而不有，为而不恃，长而不宰’。抑或‘不尚贤，使民不争’，是无为而治，‘绝仁弃义’吗？仍有解不开的迷惑，总有隔靴搔痒的感觉。还是蟆颐观道长的一番点拨，叫我茅塞顿开。什么是道，何道长说，道家所说的道，是自然之道，大道，天道，是宇宙的整体平衡。庄子就说，‘古之所谓道术者……无乎不在’。这说起来很抽象，其实很简单，生活中处处有大道之理。比如这山，这水，这树，这屋，还有城市农村机关学校，功名利禄，成败得失，世界上的所有事物，都是一种自然和谐的存在，如果破坏了它的自然和谐，就是破坏了天道，就会出现问题。小到家庭纠纷，鸡鸣狗盗，人与人之间的争名夺利，大到洪涝、战争、恐怖、怪病，都是破坏自然和谐的天道的结果。道家的无为，不是不作为，而是不要违反自然天道之理，去刻意追求，否则，只能适得其反。”

心停留在蟆颐观，徜徉在自然天道的和谐里，不觉一路春风追随先行者的步伐至宁波的“生水天一阁”——

“天地为道，天地合一，大道使然；天一何止生水，天一生家，天一生国，天一生命，天一生万事万物，得道者永恒。这就是天一阁告诉我们的人生真谛。”也是闻道者寻幽访古探求的家的真谛，并言传身教在向我们传授家的道法。

“不知天上宫阙，今夕是何年？”“是父是子是家”——悠然自得来到了眉山三苏祠，“转朱阁，低绮户，照无眠！不应有恨，何事长向别时圆？”“走过瑞莲亭与瑞莲池之间的廊桥，在披风榭，却见从红尘中从容走来的苏轼，安闲自在家的庭院，被淡然素心的绿簇拥着，静默凝眸，平视前方，率性、自然、开阔，大智若愚。仿佛岁月早已消融尽了心中的一切块垒，笑对红尘，正构思又一阕大江东去。”

弹指一挥间，走过“屯堡石头寨”，参观了“董宋大本堂”。我沿着先生智慧、探索的足迹，步入一条曲径通幽、家的哲学之道，从“乾隆年间的刘家大院”，行至大地主刘文彩家的“刘氏庄园”，亲聆并感受先生的体悟：“面对历史，再大的辉煌，都是渺小，把握现在才最重要。”活在当下，直面人生。

心驰在天道，“穿行在成都错综复杂的大街小巷，心情切切地，幽幽地，去赶赴一个前世或今生的约定，去拜会一位心仪已久而又未曾谋面的高人”。

我和先生一样，意欲“寻找巴金的家”，却终也未了情。倒是明了，作为一代文豪巨匠的家，“本就不应以物质形态存在着，它是一种精神，一种早已幻化为人间美好高尚的精神家园。带着世俗的心是永远找不到的”。也记住了只要有一双明亮的眼，就可以看到世界的一切。

有这样博学广知、乐此不疲、且厚道的《家》导引，同时还能获得不菲的精神营养，即使风雨兼程，又何乐而不为呢！我不分昼夜，踏着智者的脚步，从伟人的家“小平故居”，到“深山茅屋”“野渡人家”；走在绥山之麓，沫水之滨，“想起黑猫夫人”，前往瞻仰郭沫若的旧居；辗转千年，从古埃及帝王的家“图坦卡蒙冥宫”“卡纳克神庙”，几渡赤水沉浸于“小区的诱惑”；凝望“小区的背影”；回顾西欧风情，在“多娜泰拉的怡情豪宅”，体道者告诉我们：“其实，家的物质构成弹性很大，可以简陋到一个草棚，一间茅屋，也可以奢华到无限。在这里，有限与无限，简陋与奢华，不仅显示了人的价值，人生的价值，生命的价值，而且显示了哲学的价值。而一进入哲学的领空，其实它的审美价值绕了一个圈又回归于同一，家的实质作用是一样的。”其功能：放心、栖身、养息。诚如“天在变，道也在变，唯有家的功能，依然是风采依旧”。

从古罗马的“哈德良别墅”，到“新环巷轶事”；都有家的风光无限……紧跟着先生参禅学道，品“乡野农家乐”滋味，走访“岷江渔家，那条船上承载的许多秘密和梦想”；一路“追寻云的家”且不亦乐乎；“家是人的身体与精神的寄托，二者缺一不可”。就算“迷惘的奢华”，像翡翠岛大别墅，“到了这个份上，拥有这样的豪宅，意义与价值已不仅仅停留在形而下的物质形态，而是形而上的精神层面。物质构成的家，已成为一种卓尔非凡，与众不同的精神超越与标榜。或者说就像世界上的一些事物，拥有本身就表明了很多。并不需要人去画蛇添足地再作更多的解释与说明”。因为它本身就是其金华四射的明片或身份证。

然，“在时尚的前沿，家的物质构成与精神构成，实际上从来就难以截然分开的。是否它们的理想融合，才是家的最高境界？”所谓美，不过是爱的艺术哲学，不然就没有景由心生。“谁染霜林醉”，一个红绸包不也是一个温暖如春、温馨浪漫的家！“一眼窗又能看得见多少”？生活，生存，疲于奔命，从伟人到百姓，都需要“出门”；“人就是这样，总是在矛盾中生活着。这不经过所有的家一一考证，“在家的意义上，伟人与百姓并无质的区别”，而我们的生活不仅需要充实，还应该享有丰盈，更是“多么需要怡情”！

《家》从房前到屋后，开阖娴雅自如。诚然，够得上现时代一部承前启后、继往开来的经典“家”作。掩卷沉思：不容置疑的现实，幸福的家庭大致相似，不幸的家各有苦衷。殊不知，人人想过好光阴，家家有本难念的经。

而家，也是生长哲学的地方。也许真的一切存在之处都在生长。“是的，生命中有许多节点，并不可用一个简单的词语就可圈点。它拥有一种生命和生长的内在逻辑，一旦进入你的生活，就会不可逆转，轻易地就改变你固有的认知”。

凡此种种，“世界的一切生成和灭失都由生长链接”。我不管身边发生什么变化，只注意前面的景点。惊鸿一瞥，悄然惊叹！闻道闻道，一个智者的思索，以体道为出发点，意在悟道，旨在传道。竟已怡然大方地在上帝的花园幽雅散步，“内心回归平静，仰望叠加成一种神圣的向往，向往天庭，向往上帝的花园”。理想的天空，白云悠悠。人生的空白用梦来填补，生命的愿景化作一朵开不败的荷。

扪心叩问，我心灵的家到底在何方？倏然滑落的雨点敲击出古筝一曲……我仿佛看见先哲了凡优雅抚琴的身影及柳堤翠湖掩映的倒影，油然想起柏拉图的精神家园，自然想到慈悲的佛老！或许我会出篱门回家从容走进空池，因为佛门才是我心灵依皈的净地。

梦缘无望，侯成梅，散文作家，山西。

一部中国暂住制度的送终之作

——读周闻道《暂住中国》

◎黄建清

家住三苏故里四川省眉山市的周闻道，创建了在场主义散文流派。该流派倡导作家以介入自身及当下现实，关注生命本体，承担社会责任的写作宗旨，创作去蔽、敞亮、本真的散文。这一散文流派强烈的当下关怀、时代担当和忧患意识，在以周闻道为代表的创作实践中得到鲜明体现。周闻道2014年出版的非虚构散文《暂住中国》，是该流派的实验文本，甫一出版，就得到了陈思和、孙绍振、丁帆、唐小林等众多评论家一致好评。陈思和一语道破该书创作宗旨："周闻道为我们描述的，不仅仅是农民工进城的生活速写，而且有深度地全面考察了城市'暂住'现象带来的人的尊严、权利、心理、经济、教育、疾病等多方面的问题。"

《暂住中国》共十一章，前十章通过十个血淋淋、扯人心扉的现实故事，描绘出农民工、农村大学生等群体，因暂住身份，与现实的对立与格格不入，在城市遭受的种种不公平待遇。读罢，心潮翻涌，久久不能平静。作为从大山走出来的农民子女，人生的前十八年也感受过面朝黄土背朝天的艰辛，向往过城市里的熙熙攘攘、繁花似锦。我无论如何也想不到，小时候欣羡的进城打工的父老乡亲们，满载喜悦、腰囊鼓鼓回到家乡的意气风发背后，竟隐藏着那么多的不堪与辛酸。想想近几年进城务工的双亲，或曾经或现在正遭受故事主人公相同或相似的艰难处境，心里特别不是滋味。

"暂住中国"，这一书名便透露出丝丝悲凉：中国人在自己的祖国暂住，荒唐滑稽。月是故乡明，每一个中国人都希望有一个安身立命之处。那不仅仅是住处，更是精神所寄、情感所系的家园，是神圣不可侵犯的净土。若不是生计所逼，若不是为了子孙后代早日摆脱贫穷的梦魇，谁愿意离开祖祖辈辈居住生养自己的山山水水，转辗于异乡的钢筋混凝土之间，无根浮萍般随生活的浪潮漂泊？在中国数以千计的大小城市中，他们拿着低廉的工资，在车水马龙中保持城市的整洁、文明、尊严，维护城市的正常运行，为城市的发展尽心竭力。却仅因为生于农村，一代甚至几代都要披着“农”皮，无论在城市住了多久，为城市的建设发展流了多少汗，都难以被自己建设服务的城市接纳，难以品尝自己辛勤劳作结下的丰硕果实。他们只是城市的“暂住者”，不仅享受不到城市居民相同的公共服务和社会福利，还忍受着被城市排斥、驱赶的精神压力。周闻道用十个引人掩卷深思的案例，深刻揭示出“暂住”身份带给打工者及其后代物质与精神的双重伤害。只要稍一掩卷，我们眼前仿佛就晃动着他们的身影，就看见他们无助的眼神。不，是我们。我们的父母、兄妹、乡邻、同学、亲戚。我们自己。

刚走出大学校门的何琪，只身一人到城市闯荡，应聘工作屡遭挫折。应聘礼品公司因要求本地户口且要有广泛的社会关系而被拒，向幼儿园推销玩具因为暂住身份而功败垂成。喜欢销售但因为不是城市人，不能拥有城市居民身份证这张绿卡，辛辛苦苦创业成功的玩具厂江河日下、辉煌不再。“真正令何琪决定放弃的，还不是销售困难，而是身份的障碍，以及由此带来的希望破灭。”相较于另一则故事中的主人公，何琪的遭遇还有那么一丝令人欣慰之处。从四川老家被拐卖到河北做童养媳的黄兵，饱受夫家的折磨，千方百计想逃脱公公的魔掌，回到朝思暮想的故土而不得，好不容易逃回四川，希望通过辛勤劳动谋求生存，却因为没有户籍、身份证、暂住证等证件处处碰壁，之后即便干上了活仍因没有身份证，领不上辛辛苦苦赚取的工资。活生生的黄兵，却需要一片没有生命的纸张，来证明自己的存在。何琪、黄兵是不幸的，可不幸的又何止于他们？外出打工得了重病花了大笔钱、却难以报销的黄林，生长于广东、却因不能平等地在广东接受教育、不得不回四川老家参加高考的佳佳，因农二代身份压力而相约“美丽死亡”的三位青年等等。周闻道用十个这样的小故事，从不同侧面及“暂住”这一悲凉的社会问题切入，遵循着本书的自序题名——“关注当下的痛”的宗旨，把因暂住身份而受到种种不公平待遇的人们的无奈与痛苦，淋漓尽致地呈现了出来。

《暂住中国》的成功之处，不仅在于以一个个感人至深的故事，关注着当下暂住者的痛苦，更在于他能够深入探究其中缘由，并大胆向世人揭露，其智慧与胆识令人敬佩。在这十则故事中，各种法律条文频频出现；《中华人民共和国宪法》《广东省流动人口计划生育管理办法》《治安管理处罚法》《居民身份证法》等等，直指制度之根："直到现在，中国仍然没有一部统一的国家层面的暂住人口管理法规，相关的管理法规，形成各取所需，政出多门，各自为政的杂乱局面。""我们的暂住证制度，是坏人没管住，给好人添了不少麻烦。"

不合理的制度，是一部扭曲的国家机器，面对它的魔力，纵使体制中人，往往也显得无能无助。二十多年的从政经验，使如周闻道妻子一般的户籍警，想要帮助有着黄兵类似遭遇的穷苦百姓，也陷入心有余而力不足的尴尬境地。法律的不完善，甚至不同法律之间冲突不断，上级部门或者中央政府难道没有意识到吗？他们是想有所为却不知作何为。所以，面对民众的质疑、呼喊，只能给予有所希望却又模糊不清、看似近在眼前实则遥遥无期的回应。周闻道不仅列举了县、市、省等各级教育部门不能为的现实，更是把笔锋指向了国家治理，指向教育部门最高行政长官。周闻道通过细致的分析，毫不避讳地指出，2012年全国政协十一届五次会议上，教育部长袁贵仁关于解决异地高考问题的承诺，实际是给民众开了一张无期限、无效用的空头支票。周闻道在文中指出，所谓"用不了10个月就会出台相关政策"，事实证明政策迟迟不来，就是两年后也是毫无动静。部长、副部长们谈话中的"鼓励各地"、"根据自己的实际"、没有期限的"最后实现年限"、"有条件实行"等表述，严密审慎、滴水不漏，却无异于文字游戏。周闻道在书中的直言，在谨言慎行的官场，表现出一种难得的勇气与胆识。

无疑，《暂住中国》是一本成功的在场写作实验文本，是一本紧贴时代、有意义、有价值之书。作为秉持"介入现实、关注当下、体察苦难"的在场主义领军人物，周闻道用他扎实的文本实验，诠释了在场写作的真旨。就在这部书出版几个月后，传来国家取消暂住制度的消息。这说明周闻道的敏锐眼光。这部书也因此而成为中国暂住制度的送终之作。

黄建清，四川大学文学与新闻学院研究生。

《暂住中国》与非虚构叙事本体性

◎陈泽曼

自《人民文学》推出“非虚构”专栏以来，非虚构写作逐渐形成一股潮流。周闻道的《暂住中国》，便是这股潮流中的一个显著产物。作为在场主义散文的创始人，周闻道的书写强调对现实的介入。他在该书自序中义愤填膺道：“中国人暂住中国，这当代黑色幽默，嘲讽的是谁？”的确，这种黑色幽默就像一张密不透风的大网，死死地网住了所有的暂住人群，让人疯狂，让人窒息。

“家园”，对于每一个浸润于中国文化的个体，都是个诗意的话题。早在 2007 年，周闻道便在《家的前世今生》中，表达了他对“家园”的理性哲思和感性领悟。相似的话题延续到《暂住中国》中，它以非虚构写作的姿态，直接切入到活生生的当下现实，直指一群特殊之家——暂住人口，在现实锥心的疼痛中，延续着他的家园之思，表达了他对中国几代人家园丢失的深深忧虑。

网状结构，是《暂住中国》鲜明的叙事特点。这种网状结构，以“暂住”为核心点，以“身份”为经，“生存”为纬，将触角辐射到不同的领域和人群中，展现了对现实“在场显现”的强大力量。在这里，“暂住”如同一个紧箍咒，只要你成为其中的一员，那么难逃的厄运将会接踵而来，驱之不尽。老一代打工者黄林还没有解决好医疗问题，下一代打工者阿文们，已经因为迷茫和空虚而相约美丽死亡了。城里的暂住家长张华，还没有想出应对孩子异地教育的方案，乡下的留守老人、妇女和儿童，早已面临种种人身安全的危机。

仅仅因为“暂住”二字，前一秒还怀揣大梦的热血堂侄，后一秒便成为无处可去的多余人。因为没有身份证和暂住证，黄兵想要自食其力，却无法拥有“打工主体”资格。这样的荒诞，可能贝克特等见了也会咋舌瞪目。在“暂住”这张大网之下，梦想寻找不到停驻的空间，生存权利遭遇着名存实亡的消解，而个人情感也备受压抑。在这样的情况下，何来人性的尊严呢？

当然，这张网，不可避免地网住了读者。这是非虚构写作的力量，也恰恰是“非虚构”区分于“虚构”的关键。由于叙述的背后，是活生生的存在，是错综复杂的现实逻辑。作为阅读者，你没有高出文本本身的力量，注定只能在文本的引导下，和人物共浮沉。因此，读者一旦走进这张大网，便进入了作者巧妙编织的情景框架，那种感物伤怀的愤怒、纠结、疑惑和疼惜，便随之而至，并且久久挥之不去。然而，正是因为这种现实逻辑，也决定了非虚构写作的开放性。对于事件本身，它是没有结局、没有答案的。它的发展趋向，也许就在作者的努力，也许就在读者的探究中，或者在文学对现实的介入干预中。

相对于“虚构”而言，“非虚构”的出现，提醒大家去重新思索：文学应该关注什么，或者说写什么。显然，在“非虚构书写”的层面上，解决了“写什么”的问题之余，“如何写”又成为了一个更重要的问题，或者说写作的衡量标准。如何在书写现实的基础上，呈现出文学应有的尊严和价值，这也是非虚构写作区分于新闻报道的核心。在这样的意义上，《暂住中国》呈现出其应有的美学意义，这些美学意义又与现实存在本身，共同铸成一种合力。

首先，《暂住中国》运用大量的文学修辞，在残酷的现实中存留一处喘息之地，营造出凄美的审美空间。这在《暂住中国》中比比皆是：既有“今宵暂住何处”的古典诗词化用，也有“既生我，何生暂住”的典故化用；既有“小康敲了他家一下门”的拟人和幽默，也有“留不下的城市回不去的家”的对偶和荒谬。这些文学修辞的存在，既是对现实的概括，也是思考的延伸。例如在谈及空巢老人的现状时，作者运用严谨的社会学理论，以翔实的数据，走进了当前中国农村的空巢现象。在庞大的数据和严峻的事实面前，作者抛出一句“我在这头，母亲在那头”。这样一句恰如其分的诗句，使得残酷的现实和《乡愁》的意蕴同时回荡在读者的心中，形成一种审美的张力。在叙述第二代打工者阿星们的精神困惑时，作者用一句颇具诗词味道的“误把他乡当故乡”，简单凝练而又意蕴深远，将阿星们的困惑、迷茫和疼痛糅杂在其中。在这里，作者并不是停留在对阿星们的现状的书写，而是深入到他们的心灵世界中，感受着他们所感受的迷茫、困苦、绝望。可以说，文学修辞在《暂住中国》中，不再只是点缀式的技巧，而是获得了一种非虚构在场写作的叙事本体性价值。

其次，《暂住中国》善于在跌宕起伏的叙事节奏中，糅合丰富的文学想象。面对现实本身，周闻道并非直接罗列事实材料，而是利用事实内在的逻辑线索，通过丰富的文学想象，串起人物跌宕起伏的经历。这种书写，有点类似悬疑的笔法，读者必须跟随着叙述者的步伐，时而兴奋，时而失落，时而迷茫，时而痛苦。正是这种落差，让读者更加能够深入到人物的处境中，共同感受着他们的喜怒哀乐。在《暂住中国》中，面对“暂住”如此沉重的话题，作者并没有一味营造悲伤的气氛，而是呈现了一种暂住状态下的无奈与无常。虽然是暂住人员，堂侄们依然有参与政治选举的激情。当他们满怀热情地忙活着选举投票时，那种激情似乎透露着一种希望，让人激动。然而，现实的结果却是在本可以获得胜利的希望中，接受梦碎的现实。这种瞬间的落差，更加显示出“暂住”之下现实的狰狞。在非虚构书写中，作家的任务就是在纷繁复杂的事实中梳理出叙述的角度，从中揭示现实本身所不能直接反映的深刻内涵。因此，丰富的文学想象下，跌宕起伏的叙事节奏，不仅是一种文学手法，而且是现实的象征。

在横向的叙事节奏中，周闻道还善于纵向地丰富细节想象。在讲述心急的父亲张华坐飞机赶回老家的过程中，作者本可以一笔带过，直接叙述张华回到老家找到女儿。然而，作者故意放慢叙述的脚步，想象张华在这样一次登机的过程中的种种个性细节。无论是安检时矿泉水被扔，还是登机后打电话被禁，无不透露着一种底层的心酸。在这些想象的细节面前，我们完全能够感受到这位父亲日常的窘迫和此刻的无措，他的这种窘迫，正是20多年来暂住生活的一种折射。如果说叙事节奏的处理主要反映的是作家对现实的关怀和理解，那么丰富的细节想象则体现了作家对人物的体认和怜悯。正是这种建立在现实基础上的细节想象，《暂住中国》的非虚构书写才得以抵达对文学真实的理解。

再次，《暂住中国》在佯装说理中，呈现反讽式的深刻隐喻。周闻道是以第一人称介入“暂住”的，而且，是带着政府官员的体制影子的。这种特殊的角色，既能够帮助他用理性的角度，去宏观把握现象本身，又能让他在叙事流中扮演正面角色，并常常与对象世界的暂住者发生冲突。最典型的就是他的堂侄。例如当堂侄在选举不公的现实面前义愤填膺之时，作为堂叔的“我”能够从《汉谟拉比法典》《世界人权宣言》、南非种族隔离等角度进行引导，而在劝慰偏激的堂侄的同时，又巧妙地进行了另一种带有启蒙意义的叙事。又如，在开导堂侄正确认识现实社会之“黑”时，机智地采用了印刷术中的四色原理，折射了现实表象背后更深刻尖锐残酷的问题，即越是鲜艳的色彩背后，不是没有黑，而是那黑隐藏得更深。这种机智的反讽，看似在批评教育堂侄，实际上是把堂侄的问题引向了更加尖锐深刻的层次。在面对“空巢”现象时，作者能够灵活地调出全国的统计数据，同时引申到城乡二元结构的讨论，以点带面来突出事情的严重性。在某种程度上，这种理性的分析和延伸如处理不好，可能会损害文本的审美感悟。然而，我们却不能否认周闻道希图从事实本身，探询其背后更深层次的现实文化的努力。如同他在叙述第二代打工者阿星们的相约死亡时，指出了 QQ 在当今时代的地位，它已然成为了他们唯一的精神家园。从事实本身到文化现象，更加增强了其震撼力，也拓宽了读者思考的维度。

在《暂住中国》的结尾处“欲说暂住”中，周闻道指出了暂住系列文章的发表，帮助了一些暂住问题的解决。这恰恰反映了非虚构写作的现实力量。然而，暂住之路依然存在着太多的纠结和困惑。这些困惑在一定的时空中，难以得到完满的解决。但是，周闻道却以“在场”的姿态，一直行走在探索的道路上，这也是一个作家知识分子的社会关怀与良知。这种问题意识和探索姿态，让《暂住中国》成为一个开放的文本，没有答案，没有结局，只有执着的现实追问。

“暂住”制度的身份介入胆识

◎刘晓倩

从周闻道近些年出版的一系列散文集，如《夏天的感觉》（1995）、《点击心灵》（2005）、《对岸》（2006）、《七城书》（2011）、《庄园里的距离》（2012），可以看出，他对于散文具有深刻的自觉：任何一种本质意义上的创作，都是一次新的发现，包括对自然、社会、人生、灵魂，对生命本质的独特发现。而这种发现，既根植于他追求的在场写作文学观念，又得益于他敏感而深刻的文人风骨；既有突破制度之内的铁桶之束，又有绵软如初的菩萨心肠。

尤其是周闻道在2014年出版的《暂住中国》，以一个地方官员的身份姿态，对我国存在近50年的暂住制度大胆介入，不仅对在场写作理念进行了一次生动的文本试验，而且展现了一个作家的卓越胆识和存在价值。

暂住之殇：身份背叛的沉痛代价

“一片孤叶离开了大树，不要说归根，每一次的落脚，都是暂住。”目前，中国的暂住人口大军已达2.62亿，从20世纪80年代到现在，无数农村人无数次地离开自己的家乡，历经了30多年，他们的身份仍旧尴尬。周闻道先生在《暂住中国》中，就描述了这群不容忽视但是很少占有话语权的人。

《暂住中国》讲述了一个个身份特殊、很难有所归属的城市的局外人，他们中有农民工、有学生、有商人、有无业游民。他们因为农村的贫穷与对城市文明的向往，毅然背弃身份，背井离乡。这并没有错。但是，因为中国户籍制度的荒谬混乱，他们被“挤出”正常的公民权利之外，成为“不工不农，不城不乡”的“暂住”一族，身份的背叛者。代价也是沉痛的：因为“暂住”，他们永远做不成与城市人口享受同等权利的正常公民；因为“暂住”，他们既丢失了物质意义的家，又丢失了精神意义的家；普遍失落的身份认同感，让他们迷失于自己的祖国。

现代社会的身份认同这一话题，是很多人都认识到的。而以这样一个特定的视角，切入这一层次的身份认同，不仅触及到时代之痛，而且触及到根本的制度性、政治性问题。周闻道先生作为政府官员，本来没有这样的身份之忧，却要以主人公的姿态，去触动这个体制的雷区，表现深深的焦虑。我们从这里，看到了在场写作的社会担当，及一位政府官员和作家的良知。

暂住之书：时代镇痛的经验记忆

周闻道倡导的在场写作，为什么得到越来越多的关注？一方面，他本人是在中国体制的铁桶内部，撕出一条口子的圈内人；另一方面，他的写作，是在以一种新的解构视角，引领人们去窥视这些风云诡谲。最重要的是，他始终本着为父母官的良知和为学者的胆量与担当，通过自己的书写，为这个时代寻找并留下经验记忆。当然，这样对现实的强烈介入，是要为时代镇痛，让不合理的制度早日寿终。事实上，《暂住中国》出版不到一年，中国的暂住制度就终结了。在这里，文学的力量，在场写作的力量，再一次得到验证。

当然，无论是时代阵痛，还是经验记忆，都必须点到穴位，触及问题。周闻道不仅没有回避问题，而且多维度地呈现了问题。作品以暂住人口为切入点，不仅展露了他们的生活、就业、就医、教育、精神需求、公民权利、民主诉求等一系列的尖锐问题，同时，还将因“暂住”而衍生的其他问题，比如留守儿童、妇女、老人等问题，一一剥露出来，血淋淋地呈现在我们面前。面对这些问题，他没有进行严苛冰冷的道德说教，而是站在人文关怀的主体角度，去理解和引导，带给国人深刻的思考，让记忆上升到经验的层面。

也就是：暂住的背后，还有什么？

也许“潜网”（第四章）题记中的几首诗，可以概括整个暂住人群的现状。生活是一张网，所有的人都在编织自己的那张网。而暂住者像蜘蛛一样，从一开始“辛勤地编织罗网”到“小雨落在网上”。最后随着负担越来越重，自己被自己织的网困住，再到完全无望，于是重新选择“等待天晴”。希望属于中国暂住者的晴天可以早点到来。水往低处流，人往高处走。任何的流动都是因为不平衡造成的。而人口流动无非是因为资源的不平衡、发展水平的不平衡、获得的不平衡，这些不平衡永远不可能完全消除。而不断推进的户籍改革，就是试图不断解决这个问题，可惜，这条路走得太长，记忆的经验，浸透着疼痛。

暂住之上——自我介入的在场关怀

“暂住”指的是“短时间居住”，在现实语境中，就是“无户籍居住”的意思。这个词语本身，就包含了生活的不稳定性，是一种生存状态。中国的问题是，将这种人口正常流动中的特殊情况、临时之举制度化、等级化，并与公民权利挂钩，一行就是近半个世纪，让三代人暂住下去。这不仅不合理，也违反法制本身，更重要的是，让占全国五分之一的人，丢失了家园意识。

因此，暂住之上是人，社会主义国家的主人。你怎么丧失了自己的家园，在自己祖国暂住？这不仅是时代之痛，而且是对我们坚守的价值观、宪法精神的亵渎。《暂住中国》的可贵之处在于，正如在场主义所说的，把关注的触角，指向“国家的、人民的当下的痛”，将暂住人口个体的生存状态，置于“中国”的宏大叙事之上，让我们看到许多超越事情本身的东西。

“中国人暂住中国，这当代黑色幽默，嘲讽的是谁？”生命是精神的载体，家园是精神的皈依。现代人是忙乱的，一方面执念于对物质价值追求的永不停歇，另一方面又要求在永不停歇中寻找灵魂的落脚。而那些暂住者，努力用双手建设起工业文明和城市文明，可在落脚的时候，却发现这个城市根本就不属于自己。他们何尝没有想过做城市的文明人，是什么阻断了这条“无冕之王”的“晋升”之路。经济的发展要求疏通各个渠道，无论是城乡之间，还是文化内部。但是制度的障碍又使一切变得拥堵。周闻道探讨并书写这个问题，是极具代表性和说服力的。因为他不仅用自己的政策眼光和在场书写说话，更用自己的身体力行耳闻眼见做注。有人评论说，周闻道的散文通过记忆、经验、想象，构筑了一个内在生活的意义世界，让我们恢复了对事物和生活的原初感受。在这种写作主体的自我介入中，彰显了作家强烈的在场精神和人文关怀意识。

我并不怀疑这一连串社会事件的真实性，只是周闻道在这里的“在场”写作，有时显得有些刻意了。叙述的过程运用类似小说的写作方式，虽然让叙述增添了不少生动可读性，但是时而让人有“跳戏”之感；太过注重故事性，也有可能削减了应有的深刻。因为读者在不断的引导和故事情节的渲染中，有一种强制接受的自我暗示，反而让读者的自我消化能力和反省有所失落。

刘晓倩，四川大学文学与新闻学院研究生。

为“暂住制度”敲响丧钟

——读周闻道《暂住中国》

◎润　雨

下定决心认真拜读这本书，是今年的暑期。

加入在场阅评组后，有幸得到周闻道先生馈赠的三本书，其中一本就是《暂住中国》。这本书的意义在于：它是唯一一本“能够成为一个沿袭了半个多世纪的荒诞（在自己的祖国“暂住”）制度——暂住制度的送终之作和灰色记忆”。一份厚重、沉重感占据心田。

可是，我却迟迟不敢打开它，连塑料封皮都没撕就庄重地将它插进书橱里。不是不想读，是不敢读。暂住中国，好大的口气！既有界域的宏阔——一个国家，又有状态的局促感和尴尬——暂住。当然，隐藏的主体是人。书中将会以怎样的内容怎样的文字呈现？该不会全是政策性的论述文字吧？那样的话，我是否能读懂，是否愿意有兴趣地读下去？既然拿不准把握不住，宁愿先不动它。直到今年六月获得在场微散文奖，又再次被一个文学大词刺醒——在场。冥冥之中似乎是一种召唤，一种对在场主义文本体验的亟待了解，使我果断地撕开塑料封皮，决定一探究竟。想不到这一读，便放不下了。作者以鲜活的个体案例和细节，配之以政策的“烛照”，用极富散文性的叙述文字，引领我进入了一个个曾经存在过的社会现实角落。

在场写作倡导关注国家的、民族的、人民的当下之痛。当下之痛是什么、在哪里、怎么样？作者以敏锐的视角，将目光聚焦在一个特殊的群体，一支庞大的流动大军——走出村庄流向城市的2.62亿“农民工”身上。他们的工作、他们的生活，他们的家庭，他们的生存状态。“他们”，成了一个时代的灰色标本。就这样，这个炎热的夏季，我循着作者的笔端，走进了这个特殊群体——中国城市暂住人口。

全书以章节为结构，以20世纪80年代至今，中国工业化、城镇化过程中，农村进城打工的几代农民大军为主体背景，以“暂住”为红线，串起了一系列触目惊心的现实波澜，十二章，十二个板块，纵横交错，呈现了众多底层人物在中国暂住制度下的血泪苦难和尴尬处境。作者以俯身体恤的姿态，以仰首寻章的严谨，以问道明察的责任，融情探理，深入国家制度的内核。章章如泣状，字字如笔伐，让我们看到了天天就在身边却不知其痛，时时享受其付出却不知其苦的一群人的生活，看到了体制造成的社会乱象带给百姓的生存之艰。

第一章暂住。从身为户籍警妻子“喝大酒”案，遇到一个彝族小伙子的意外死亡，实质上是暂住人口内心常存的惴惴不安开始，如打开了潘多拉魔盒，徐徐牵出我国一段时期内对流动人口、暂住人口的僵化管理，给农民工带来的身无所定、神无所依的莫名恐慌。

第二章编外公民。堂侄是教育和就业制度改革后，暂住人口中“农二代”的一个典型，也可以说是一个时代的标本。他不像他的父辈，没有文化，不懂得许多“道理”。他大学毕业，懂得法律和一些公理。但知识带给他的并不是坦途和幸福，不是几千年传统的“书中自有……”，而是更大的艰难和痛苦。他怀揣大梦，却找不到合适的工作，对于自己不愿昧良心干的活儿却不得不干。身份证被公司利用，暗箱操作，导致购房时身陷“被二套房”的困境。想买个安定居所却难以如愿，症结难解。因想去北京闯荡，却因丢失身份证办不了暂住证和招工证，成为北京街头一个流离失所的多余人。给书本里尊敬的警察叔叔讲人的权利，求暂住之惑，却被作为“盲流”遣送回原籍，绕了一个大圈，不得不梦归原处，收获的只是伤害。因身份不明，身在中国，连暂住都不行，业无所依，居无定所，成了进不了城、回不了乡，游离于城市与乡村夹缝间的野鬼游魂。

第三章无根之痛。更是一部让人发狂的血泪史。黄兵从出生就被百家抱养，丧尽人母之爱、游手好闲的母亲居然一次次把她卖出，小小年纪就沦为智障人、瘸子的妻，并被淫乱的公公长期骚扰。而她只想过一种有尊严的生活，却欲逃无路，求告无门。皆因无身份的证明，国家一系列的法制法规与她靠不上边。即便想救她于水火的良心民警，也因高悬于头顶僵化的制度，解不开她身份的谜团，束手无策。没有身份证，暂住也无门，招工、坐车、看病……一切公民的权益与她毫无关系。她成了“三无之人”，痛也无根，被苦难侵淫漫长的岁月却不知其因，不得救赎。好在，通过作者和司法部门各方面的努力，社会良知被唤醒，在旧制度消亡之际，她终迎来了一个合法的身份。

第四章潜网。何琪是有文化的“农二代”的另一种典型。他比堂侄幸运，不仅为自己的创业梦找到了一条路，而且在梦有所成的时候，得到了各级政府的厚爱。可是，制度的痼疾处处是陷阱，爱的加予不仅没有让其如鱼得水，反而造成一种揠苗助长式夭折。其中最重要的一个原因，就是他的身份，及由此而导致的不可逾越障碍——因为政府的政绩工程推动，让他的创业大梦偏离了正常轨道；又因为他的暂住身份难以获得正常贷款，死在制度的狭缝里几乎成了必然。

第五章等分选民。从日常生活，到选举，呈现的是暂住人口从最低端的生存权，到政治权利、民主权利的诉求。但是，在周闻道作品里，透过选举制度，我们看到的是暂住人口身份地位的卑微、模糊，政治权利轻而易举“被代表”的受歧视、被忽略的处境。甚至，争取选举权的动机也很简单而朴实，希望选一个自己熟悉一点的、对打工仔好一点的人，以便在政府里面有“自己的人”，使一些日常而简单的生存问题，能够得以更合理解决，而不是企图打开权力之门，谋取什么不当私利。但这样简单的民主权利，实现起来也是如此之难。不仅是“一个城里人顶多少个农民”那样的政治歧视，甚至直接的“被代表”。“全镇超过总人口一半的暂住人口，不是没有代表，而是被组织安排代表了。代表他们的不是别人，正是他们永远跨不过去的那道鸿沟对面的那些人，这个镇、这个城市的精英层。”美丽的参选大梦，破碎于无穷等分后的被代表中。至此，作品的矛头，直击我国各级政府从法治理念到立法思想，再到司法实践，对《宪法》规定的民主精神的种种扭曲。

第六章怪病。作品通过因不良工作环境而得了怪病的黄林，寻求医保的艰难旅程为主线，把现行医保制度的弊端，一层一层地剥露出来，让我们看到，生存在暂住制度夹缝里的农民工，他们的求医无助，医保“贫血性”无保障，因病致贫的生存处境。政策的滞后——医疗保险，这个涉及每一个人生老病死的根本性保障制度，基本上还停留于计划经济时代的水平。生了重病怪病的农民工，只能是听天由命了。

第七章难解之惑。呈现的是流动人口子女教育和异地高考的怪胎。它让多少未来的栋梁火烤在十字架上，从幼儿园、小学、初中，到高中、大学，就一直背负着流动与暂住人口的标签，饱受歧视性体制和政策带来的屈辱。不仅给许多家庭带来苦恼，给一代无辜学子带来伤害，而且已成为整个国家改革发展和市场经济建设的严重障碍。

第八章二代。胖子、阿文、阿星的相约美丽死亡，是暂住制度在“暂住二代”身上结出的怪胎，它让我们看到了“农二代”另一种人生的悲剧。他们的悲催在于，与父母不同的人生起点和成长背景，加深了他们人格分裂的痛苦：融不进的城市生活，回不去的故乡。故乡在他们头脑中，只是一个符号，遥远而陌生。而身处其间的城市是熟悉的，却又被无形的手制造着隔膜。从读书到就业，从恋爱到社交，流动与暂住的身份如农奴制般的世袭，“农”皮不脱，社会的偏见与歧视就阴魂不散。而精神家园的丢失，让他们对未来无所适从，极度恐慌。

第九章孤岛危机。着重从精神层面，描写在城市暂住的农民工游离在城市文化生活之外，生存于一片精神的荒岛。生存环境、条件的局限，公共文化生活的严重匮乏，导致他们“精神空虚孤单，情感易于抛锚，家庭危机四伏”。像王春枝的家庭悲剧，在城市暂住人口中并非个别，那是一群人的情感世界真实典型的写照。

第十章留守。走出去的艰难，留守的又谈何容易？农村前所未有的空巢，近亿人的留守不是老人就是妇女儿童。夫妻生活短路，家庭天伦丧失，老人孤寂无依，孩子情感缺氧。他们生存的处境不但没有得到改善，反而以几代人的外出和分离作赌注——大量的“暂住＋留守”家庭结构分守在两头：一头以屈辱、艰辛与漂泊不定，支撑着城市的繁荣；一头以分离、孤寂与痛苦，固守着农村的贫穷。养老问题、子女教育问题，尖锐地炙烤着农民工迷茫而无助的灵魂。回头看故园，曾经的山清水秀、炊烟缭绕，早已被一片荒凉寂寞吞噬。无主的果园、无主的房舍，无一不向我们诉说着农村被掏空后可怖的空巢之悲。

第十一章欲说暂住。是本书从感性的叙写上升到理性求解的一步。通过不同人物的观点碰撞，寻找病源，直击问题本质——政府责任。把追问的目光，转向政府纠结的心路历程。

通读《暂住中国》，不难发现作者站在民间的立场，以坚实的在场叙事姿态，从一个时代的大处着眼，从小人物的命运起笔，通过一章章个性化的小叙事，以貌似“清醒的”“冷峻的”写作情感，将暂住制度下人性的复杂和命运的悖论极其深刻地表现出来。

命运的悖论之一：大批的农民们离开故土外出打工，最早的目的是想挣点钱回家修房造屋，希望过上一种安居亮堂的生活。可等攒钱把房修了，他们又得继续出去打工。最终的结局是：“用年复一年的血汗积攒成屋。此刻这些屋正转换成幢幢空巢，孤寂地伫立乡间。随着农二代农三代的一去不返，这些空巢还将空下去。不仅是空巢的数量，还有空的程度，都在不断扩大加深，直至风蚀腐烂，走向灵与肉的四大皆空。”几代人的寻梦追求，最后积攒成空，如摆不脱的魔怪符咒，紧紧扼住了他们命运的咽喉。走出与留守，是尴尬的两头。唯有暂住是真实的。

命运的悖论之二：农民们外出打工，最早是想挣钱让下一代的命运得到改变。可结果如《马太福音》里说的“凡有的，还要加给他。没有的，连他所有的，也要夺过来”。可惜，在这里并不是赞赏，并没有幸福与获得的叠加，而是命运的悖论：本来想得到，结果原来有的也失掉了。从湖南娄底双峰县永丰镇走出的肖开全，将自己年幼的女儿交给44岁就做了奶奶的母亲照料，自己与妻子、父亲和弟弟到长沙打工了。谁知，母亲突然病故，一周无人知晓，尸体在家腐烂生蛆，女儿小梦如也陷入深度昏迷，全身皮肤感染，双下肢破损，并患有严重的脓毒血症。为救治女儿，他们几乎花去了打工的全部收入。从空手外出，留下空巢，到人去房空，再到人财两空。一个“空”字，道不尽的是农民工背井离乡去淘金，结果转首成空的血泪厄运。

还有，安徽太湖县晋熙镇天台联合小学的五年级学生章杨宇，开学第一天下学后，在给了爷爷一个亲吻后，独自跑到人迹罕至的村祠堂后面，借助一间小屋、一根冰冷的横梁，自缢身亡，年仅12岁。看看他写的遗书：“亲爱的爸爸妈妈，你们好，请原谅我，我不能再爱你们了。我还欠丽丽姐20元钱，请你们替我还给她。你们每次离开，我都很伤心，这也是我自杀的原因……”一种被无情的现实撕碎了的童年梦，是故乡留守孩子的悲音。正处于成长发育关键期的他们，父母的外出使他们情感缺氧，造成心理发育的不健全和个人价值观的畸形发展，直至一朵朵美丽的花朵，过早地凋谢了。而那些随父母进了城的“农二代”们，命运又怎样呢？胖子、阿文、阿星的相约美丽死亡，恰恰让我们看到了“农二代”最尴尬、最残酷的现实境况——留不下的城市回不去的故土。“城市无根，故乡走失，毫无疑问，他们已成为中国社会的一片可怕的精神荒原。”物质的家园丢失了还可以找到，精神的家园丢失了，是多么难以寻回！灵魂无寄托，生如无根的浮萍，活着难挨。

命运的悖论之三：善良单纯的阿新，本来是老实打工的一员，地地道道的社会底层弱者。但是，他却在城市的压榨与歧视面前，不得不投靠黑社会“砍手党”，以恶制恶。在保全自己，“获得人格尊严”的同时，危害其他无辜。这是多么辛辣的讽刺！是悲剧社会在逼良为恶呀。恰如王研究员说的，罪是与人性中的“恶”紧密联系的；而社会本身的不公和偏见，则让人性中的“恶”得以助长，善被消解。

命运的悖论之四：国家宪法赋予的人权，理应得到基本的尊重与维护。而“暂住制度”的机制效应却适得其反，逆其道而行之，并在漫长的几十年得不到及时的纠正。原因不外是，在现有体制机制下，我们的许多政府官员更趋于功利，对上级负责，政绩工程，远远胜于民疾民生。政府对暂住中出现的问题，不是用心用力治本，而是以拖延和应付为上策。这也难怪，“各级政府官员的权力来源不是暂住人口，凭什么对你负责；就机制而言，评定他们政绩的主要因素，不是暂住问题的解决程度，而是GDP和形象工程。规则决定游戏，凯恩斯的‘无形之手’决定着政府的内在动因。如果各级干部能像抓GDP和政绩工程那样，抓暂住问题的解决，还能拖几十年，拖到目前这样的混乱局面吗？”

索尔仁尼琴说过：文学，如果不能成为当代社会的呼吸，不敢传达那个社会的痛苦与恐惧，不能对威胁着道德和社会的危险及时发出警告——这样的文学是不配成为文学的。周闻道以一个作家社会担当和经济学家的理性睿智，在客观真实书写“中国人暂住中国”怪象中，让作家的价值、文学的价值得以彰显。可以说，《暂住中国》不仅仅是对农民工暂住生活的摹写，更是对他们苦难根源的追索，对体制的拷问。每一个章节反映一个侧面，多维度地从物质到精神，从体制到人权，从农一代到农二代，从走出者到留守人……

多棱镜般折射出暂住制度的根性危害，强烈呼吁国家“从立法、司法到行政层面，解决公民在自己祖国自由迁徙、居住的问题”。

周闻道先生是在场主义创始人。在场主义有两个关键词：散文性和在场精神，前者说的是散文的身份识别，在此不赘述；后者包括五个维度：“精神性、介入性、当下性、发现性、自由性”，核心是介入；或者说，在场的旗帜就是介入——介入现实，介入当下，介入苦难。在场的介入观倡导文学应当关注国家的、民族的、人民的当下之痛。不能不说，《暂住中国》为我们提供了一个生动的难得的范本，也让中国传统的以“文以载道”为核心的文学担当意识，获得了价值回归与精神重振，赋予了散文担当鲜活的时代意义。

读周闻道先生的《暂住中国》，让我想起一本书《寂静的春天》。书的作者为美国科普作家蕾切尔·卡森，是一本科普读物，讲述农药对人类环境的危害。它们表达的内容不同，文体呈现方式也不一样，但它们的影响力与社会价值，共同具有划时代的意义。可以打个比方，如果说《寂静的春天》，是开启美国环境绿色运动的集结号；那周闻道的《暂住中国》，则是为中国延续半个世纪的一个荒诞制度的终结敲响了丧钟，为工业化、城镇化中公民意识的觉醒吹响了号角！

润雨，朱润渔，散文作家。

让灵魂肆意缠绵

——读周闻道先生散文集《遁迹水云间》

◎川　湄

对于文学批评，我一向是涉猎多而涉足少。直到伍尔芙为我打破了这层神秘感。她说真正的批评在读者那里而不是评论家那里。她说为着爱好读书而读书的普通读者，他们那些有理有据的、生机勃勃的、独特的和真挚的，怀着巨大的同情而又带着极端严厉的批评文字，才是当下时代最有价值的批评。她幽默地说出了时代的真相："因为现在文学批评正处于生死未卜的状态，许多书籍正像射击场里的一长排动物似的从书评中跑过，而评论家只能有一秒钟时间来装弹药、瞄准和开火，假如他错把兔子当成了老虎，错把鹰隼当成了谷仓门前的家禽，或者完全脱了靶，把子弹浪费到了某只正在远处田野里吃草的温驯的奶牛身上，那完全是情有可原的。"读到伍尔芙这段关于书评的玩笑般的话语，我不禁会心一笑，心情为之一爽。心想：好敏锐的女人。

伍尔芙还认为：好散文是有诗意的散文。中外散文家都曾强调过散文的诗意，我能感觉到一切优秀的散文中或浓或淡的诗意。我认为伍尔芙为我们提出了优秀散文的标准，而且为我们鼓起了足够的阅读与批评的勇气。她的意思是：你不要认为读一本书需要什么罕见的素质：想象力、洞察力、判断力等，而害怕发表自己的意见。

我之所以从伍尔芙的文字里寻求思想支持，显然不是因为她的文字足够好，而是因为我的心灵需要，因为我对于文学批评的不自信。这种不自信，是缘于我平素的思维方式，与哲学、真理之类的概念很有点疏离的感觉。但凭着对诗人哲学家的热爱，我决心试着说出对一个常常以优美的作家散文（与学者散文相对）进行哲学思考的人的文字的看法。

将一本封面带着蓝天白云气息的书握在手中的时候，我非常清楚，我也很喜欢它是一本散文集，我立即掂出了一种特别悠远的意境。

先撞入我眼帘的是流动姿态的白色的竖排三个字：水云间。三个字右上方竖排着的黑体“遁”与“迹”两个字像是心心相印的一个人与他自己的影子。这个人应当是那个吟出“渺沧海之一粟，寄蜉蝣于天地”的举世皆知的大诗人，或者是作者，大诗人的同乡散文家周闻道。

作者姓名的黑体字之下是两行小字，也许是文章中信手拈出的，却道出了书的思想精髓。“抛却一切世俗的存在，遁迹水云间，回归原初的本我。这里的无，就是最大的有。”这原来是点题之语。对于“存在”“本我”“原初”之类的哲学术语，我并不陌生，但我知道这几个词语已经给很多读者造成了陌生的感觉。这陌生，或许正是有的人所苦心追求而无法达致的新鲜。咀嚼着这些有可能被讥之为生硬的词语，我窥见了思想与概念的意义，优美的文词与哲学的用语一发生关联，感觉又是多么丰赡！这些近乎纯粹理性的词语，使思想变得简洁、鲜明、清醒、有力。

“运思者愈稀少，写诗者愈寂寞。”我知道有的人是没有勇气或者没有福气完全消受这样一本书的，我感觉到它清淡如一杯需经浸泡才能饱闻其香的飘雪，它没有虚构的情节，它没有湿漉漉的情欲。读着它，你的心思越来越绵密，你的情感越来越飘逸，你能在联想与思索中瞬间唤回自己曾经的私密时光，从他的感觉中认识到自己灵魂深处的柔情与执着。许多篇章极尽情感的浓度与温度，让人读出温存与爱恋；许多题目极尽煽动之能力，调动了极美的词语如夜晚、呓语、忧郁、醉倒、眼神、包裹、陶醉、梦幻、阳光、菜花、搂抱、对视、轻轻、仙境。但是这许多浓情的诱惑，抵不了它骨子里的超然与抗拒。它不是烤热你双手的哔哔燃烧的炉火，而是足以改变气候的孤凛凛的沉默的冰山。

2009年第三期的《青年作家》杂志上载有周闻道四万字的长篇散文《智慧的地址》，这也许是他哲学研究的部分成果展示。对亚里士多德、伏尔泰、斯宾诺莎、柏格森、萨特、柏拉图、叔本华等哲学家的思想解读和个性化诠注，也成全了一个在感性与理性、权利与自由、信仰与怀疑、幸福与不幸的哲学论域里勇敢驰骋的思想者的光辉形象。许多哲学家本身就是优秀的散文家，他们的作品不但充满智慧而且有着高度的文学技巧；而优秀的散文家，他们的作品也无不充满着生活的情趣与智慧，无不闪烁着哲理的光辉。他在文章中说："智者的眼睛，似乎总是这样，永远注视着大自然的永恒规律，或秩序。"透过此番情景，我终于可以明白说出心里的话：读这本智者之书是需要用一些心力和眼力的，它流水行云的文字之中，熟悉的城市乡村的生活场景之下，是预设了很多思维的乐趣的。那些美丽的文字，极为鲜明地呈现着情意之美，思想之趣，极尽缠绵的感觉，萦绕于读者的心间，我闭着眼也能说出这样一些令人心动的篇章《桃源，借我一个夜晚》《要醉就醉在府河边》《云是天堂跌落的忧郁》。

"天边的彩霞编织得那样鲜丽，明天你会出现吗，我的朋友？"如此深切的、久远的、诗意的歌声，将带我去向何方？

我几乎要迷失在这缠绵的背景音乐里。在这样的歌声里，我有更多的理由迷失。我常常清醒地迷失。迷失的心，它在文字里留连、沉浸，渐渐寻求到它的快乐，它的饱满。这样的沉浸必然是有益的，就像草木沉浸于一场风一场雨。我也不能说出一场风一场雨，它们的方向或者力度，我只能说出风和雨是怎样将我惊醒，将我的目光引向远方，让我了解世界的温凉。

听啊，远处高楼上诗意的歌声："青幽幽的高原上，蓝幽幽的马兰花。"也许是"情幽幽"吧，所以接下来可能是"意幽幽"吧，我当初是这样听这样想的，后来我想到了"青幽幽"，眼睛仿佛看到了这"青幽幽"，它一下子就取代了我心里的"情幽幽"——我当即意识到正是"畅叙幽情"之类的古典词句给我心灵的烙印太深了，而且因为太固定了，也就太平庸了，太程式化了，使我完全背离了新鲜的语言。我为什么不能直接进入"青幽幽"的并不被知识遮蔽的世界呢？

但我有时也能在沉浸之中敏锐地说中某些事实，比如我用"缠绵"形容周闻道的散文集《遁迹水云间》的阅读快感。这必然是一种特别的缠绵，似乎与肉体无关，所以我又加了一个词"悠远"。思想的缠绵，这正是周闻道所操守的道德观。周闻道在哲学随笔里说：真正的道德是勇敢和才智。那么他这些有血有肉的散文，应当是勇敢和才智结合之下的产物，所以才是完全的思想，完美的缠绵。

我带着茫然的心情写下这篇文章的题目时，我的心还处于连日的郁闷之中，就像我感觉肚子里揣着自己即将落地的孩子，心里十分紧张害怕它长成什么怪胎。读他文章的时候是愉快的，但是要开口评说，我就瞠目结舌了。我现在已经写下了一两千字，但是感情上对这样理性的文字简直陌生得很，好像它们不是出自我的手、我的心。写得越多，我越郁闷，真是前所未有的怪现象。说出来的永远没有感受的多。写作令人绝望，写作或许就是领略绝望的欢乐。

但是在表达的绝望中我还有微小的希望，这是寄予你的希望。你，就是我亲爱的读者，如果你读到这里，那就是将我从绝望之中拯救了，而你自己也因此必然得救。

还要说到那句歌词。"情幽幽的高原"与"青幽幽的高原"，哪个好，为什么。我的理由是"青幽幽"好。"情幽幽"是诗人的主观抒情，而抒情是可以穷竭的，是向内的，是有限的，是忧郁哲学的延伸；"青幽幽"是诗人的客观视角，是自然的，而自然永无尽头，是积极的，敞亮的，向外的，无限的。

现在你大约可以领悟到，我读了《遁迹水云间》这本书后所要讲出来的全部真理吧。我把他的文集与自己的文集内容稍加比较，就知道自己文章的短处了。我的文章太混沌，太重浊，有时以为灵动，却失了生气，有时以为生活了，却又感觉僵硬。这大约是从主观向客观转化时，不那么圆熟深刻吧。由此我感觉到周闻道散文的力道，是如何的非同寻常：其散文融铸的主观，是哲学的硬核；其客观，是古今中外的阅读视野和深厚的生活积累。

书名《遁迹水云间》因此给我很深的触动。在追求自由和快乐的途中，诗人和散文家都是好的伴侣，他们的灵魂是自由的。要追星就追诗人，要爱就爱散文家。为什么要爱散文家呢，因为散文家更注重艺术的客观性。健康的艺术都是客观的：这是歌德的观点。歌德阐述说："一切健康的努力都是由内心世界转向外在世界，像你所看到的一切伟大的时代都是努力前进的，都是具有客观性格的。"歌德说，主观诗人很快就会把他的内心生活那一点材料用完而陷入俗套，所以我们的诗人要掌握住世界并且把它表达出来，从生活中汲取写不尽的素材。这是一个多么及时的建议啊，对于有志于写作的人，认识到这一点才能尽早有所突破。你不能局限于王国维的论点，以为诗人只需要重视主观感觉。这本集子里的散文常常表现出作者令人羡慕的诗意想象，而想象是基于描写客观世界的存在来的。稻田，村庄，田野，阳光，云朵，花朵，季节，时空交错，诗意飞扬。一篇《……后》就写尽了大自然的美：雨、雪、风、云、雾、花、屋、山。

周闻道的文字，就是让我们避免因主观而沦陷和枯竭的天风和雨水，铺天盖地，洋洋洒洒，英姿飒爽，悠远缠绵。

川湄，胡晓慧，散文作家。

在场，不只是写作方法（代后记）

这本书是广东人民出版社2023年4月出版的《发现的秘密》和《介入的力量》两书的拾遗和补充。三本书的内容，都与在场写作理论探索有关，大体可按“我读”与“读我”两部分划分，前者为本人对在场写作的理论探索和文本解读，后者为其他在场朋友对本人作品的解读。

在场主义的产生，既有其历史的必然，又与文学本身的功能和价值指向有关。文学是人学，是基于人是一切社会关系的总和。作为人学的文学的使命，就是呈现人的社会关系及其背后的意义。由此，在场主义提出，在场是作家的存在底线，并且把艺术性（散文表现为散文性）与在场精神的完美结合，作为作家追求的艺术高线。在场，不只是写作方法，在场写作的逻辑，是面向事物本身。

由此产生两个问题：何为文学的在场，怎样在场？

在场是海德格尔的哲学概念，意为在，或存在。在场主义把这个概念引入文学，指向存在意义的显现。在场的逻辑是一个封闭的环，它的主体是作家，指向是精神，源头是中国传统的文以载道、文以明道，又超越了传统“道”的局限。在场倡导作家不能停留于对象的表面，不要过度关注个人的内心世界和小情绪；要用灵魂贴近生命，把握对象世界的本质，发现存在的意义，并以文学的形式把真相呈现出来，通过叙事流重构或构建自己的真相世界。在场包括五个维度：精神性、介入性、当下性、发现性、自由性。

在场的唯一途径是介入。现代文学的“介入”（concern）观，是萨特于1945年10月1日在他执笔的《现代》杂志“发刊词”中提出的。虽然萨特关于“介入”曾有过很精彩的表述，但是萨特的“文学介入”观总体上是不纯粹的、含混的、矛盾的、前后不一致的，与政党政治有太多的纠缠，最后终于走进了他的“实践文学”的死胡同。在场的介入重点，不是爱和情感的锦上添花，而是雪中送碳。对于幸福和快乐，最好的在场就是不要过多去干扰打扰；要走出小我，更多地关注国家的、民族的、人民的当下的痛；要贴近现实，关注当下，体察苦难，瞄准生命和人性。不要到古尸里拔金牙，不要舍近求远，要记住，只有你身边发生的和亲历的事物，才是唯一属于你自己的最宝贵的写作资源。

在场主义的语言观是语言回归。不是回归到语法修辞，也不是回归到名家经典，而是回归到语言本身——在母语的本真中去寻找答案，是什么，怎么表达。

作为文学的介入，是靠语言来实现的，最终体现在文本里。按照海德格尔的说法，就是“语言是存在的家”。它表明语言与存在的不可分割，与存在“同在”。在场的语言不是日常的语言工具，而是和“存在”“意义”“同在”的“符号”。文学中最具感染力的表达、最让人无法抗拒的言说，是呈现生命的真相，人性的复杂性，存在的意义，传达世界的终极价值。这些，都离不开语言。正如维特根斯坦所说：“语言的界限就是世界的界限，对语言的驱使有多大，世界就有多大。语言不是工具，而是存在方式。”

在场写作尊重语言，依靠语言，敬畏语言，相信语言的力量能够真正地“直指人心”，语言甚至是世界全部的答案。在场写作赞赏萨特的“词语高于一切”；呼吁去除体制、习惯、网络等对母语的侵害；追求汉语本我表达的极至之美。本真的语言拒绝形容，因为再生动形象的形容，都是一种“转述”，而不是对对象特定的表达；拒绝说明，因为任何说明性的文字，都不是文学的叙事方式；拒绝引用，因为任何机械的引用，都会对你自己的表达形成遮蔽；拒绝抒情，因为真正的情不是“抒”的，是由叙事流自然而然呈现的，不是为赋新词强说愁，是于无声处听惊雷。

在场写作的使命是发现意义。世界上一切科学都是发现。所谓发现，就是人类对于自我的内在、具体性的自然及其整体规律的认识。各门学科都有自己特定的发现使命，文学的使命是发现意义。即利用语言的利器，通过作家营造的独特叙事流，重构与构建作家心目中的世界，呈现存在的意义、生命的价值和人性在不同维度的本质。

关注当下，关注身边，以“亲历”的姿态去书写，以陌生化的手法去表达。亲历不只是身体的在场，更是精神的在场，介入的在场，自由的在场，发现的在场。足到之处，就是世界的真相。

周闻道
2024 年 3 月 25 月